Veo aquel hombre hundirse en su regresión
con pasos lentos pero contados
hacia el tormento del que
nunca verá el final.
Esa hora, como el espacio de una respiración
que vuelve con tanta certeza como vuelve
su sufrimiento,
que es la hora de la conciencia. [...]

ALBERT CAMUS

Lo que yo tengo tú tienes que metértelo dentro.

Red Hot Chili Peppers

El primer fin de semana

1

Cual mítico dragón, un helicóptero surge rugiendo de la noche y desciende, iluminando con sus focos la cruz blanca de la pista de aterrizaje de asfalto y cegando a los que están en tierra. El doctor Adrian Lancaster y otros tres de su equipo lo contemplan desde el extremo del pasillo cubierto que sobresale del Centro de Urgencias. La enorme máquina se dispone a aterrizar, brillante contra la oscuridad del cielo nocturno. También dentro del pasillo el ruido es ensordecedor y el viento glacial les azota la cara y les lacera los ojos.

El helicóptero, provisto de luces intermitentes rojas y azules, se detiene en seco a unos setenta centímetros del suelo, y luego se aposenta. Con las cabezas agachadas, los del equipo de Urgencias echan a correr, empujando una camilla.

—¡Está en las últimas! —grita Ann Palicki, el doctor de vuelo, por encima del estruendo de las aspas. En este viaje sólo tiene un paciente, un quemado, sujeto con trabillas a la litera inferior—. Tercer grado en rostro, tórax y todo el brazo izquierdo. Respiración de diez por minuto y en descenso.

Normalmente un caso así iría directamente a uno de los centros regionales para el tratamiento de quemados de Toledo o Ann Arbor. Pero con una respiración tan lenta y superficial, y sin tubo traqueal, éste no habría llegado.

En cuanto sube al helicóptero, Lancaster evalúa las lesiones. La mitad izquierda del rostro está destrozada, es un mosaico de músculo ensangrentado al descubierto, membrana subcutánea y colgajos ennegrecidos de piel. El ojo izquierdo está tapado con un apósito de gasa empapado en solución salina. El fuego ha hecho desaparecer parte de la oreja izquierda y nariz y labios están hinchados y cuarteados a causa de las llamas.

El primer problema es la obstrucción de las vías respiratorias. El segundo es la conmoción.

—He intentado entubarlo, pero tiene la garganta hinchada —dice Ann—. Ha logrado seguir respirando, así que me he limitado a mantenerlo abierto como he podido y he utilizado el respirador manual. No he querido arriesgarme a cortar en el aire. Hemos tenido un vuelo muy accidentado esta noche.

—¿Qué pasó?

—Su coche se estrelló contra un árbol, aunque no parece haber sufrido muchos desperfectos. No sé qué originó el fuego. Le ha afectado casi exclusivamente a él. Además, tiene una contusión en la base del cráneo bastante fea que habrá que vigilar.

Lancaster nota entonces un tufillo, algo como gasolina tal vez.

—¿El motor no se ha incendiado? —pregunta.

—No.

—¿Y la parte inferior del cuerpo?

—Manchas de sangre alrededor de la rodilla izquierda.

—¿Quemaduras?

—No.

—Qué raro —dice. Se vuelve hacia un residente de Urgencias de primer año que se balancea nervioso de un pie a otro—. Vamos a necesitar un equipo para el tratamiento de quemados. Cuando entremos, da el aviso. Yo antes que nada tengo que fijar una vía respiratoria. Ésta está hecha una porquería. —Y, dirigiéndose a Ann—: ¿Alguna identificación?

—No.

—Don Nadie —anuncia Lancaster.

Entre Ann y el piloto levantan la litera y se la pasan al residente y las dos enfermeras de Urgencias. Luego les dan el par de bolsas de solución intravenosa y el tubo adherido al brazo del paciente. El equipo se va, uno de ellos empujando la camilla, otro manejando el respirador manual, y un tercero llevando en alto las bolsas para que sigan entrando fluidos en las venas del paciente. Ann y Lancaster les siguen al trote.

La hora oficial del aterrizaje fueron las 11 y 55 minutos, del sábado 12 de enero de 1991. Al llegar la medianoche en la pista de aterrizaje sólo quedaba el piloto, un ex teniente de las Fuerzas Aéreas que antes pilotaba enormes Sikorski de doble propulsión para el traslado de tropas al Vietnam, limpiando el pajarraco.

Dentro, bajo las lámparas de arco halógenas de la camilla de Urgencias, todo son voces precipitadas, gritos, órdenes pidiendo sangre, sustancias químicas, material quirúrgico, radiografías, y de alguna manera consiguen comunicarse en medio de aquel galimatías de voces altas y ruidos de los aparatos. El doctor Lancaster blasfema y lanza un hemostático contra los azulejos de la pared antes de terminar la traqueotomía y conseguir fijar un tubo para que el respirador supla la respiración de Don Nadie.

—¿Paso siguiente? —le dice al residente.

El residente lo mira a su vez con los ojos muy abiertos.

—Es una quemadura —dice Lancaster.

—Fluidos.

—Buen chico. Tenemos un conducto periférico en el brazo derecho. Ahora colocaremos uno subclavicular, desde el que podremos bombear los fluidos.

Mientras Lancaster trabajaba en el conducto traqueal, otros habían cortado lo que quedaba del abrigo y la camisa de franela carbonizados del paciente. Excepción hecha del parche en el ojo y de una fina cadena con un medallón alrededor del cuello, yace desnudo de cintura para arriba.

Lancaster se sorprende al ver que, también en el cuerpo, como en el rostro, la parte afectada es únicamente la izquierda. El brazo y hombro izquierdos están incluso más dañados que la cara, y el tejido de debajo del codo está muy ennegrecido. También la parte superior del tórax y el abdomen presentan quemaduras de gravedad. Sin embargo, los tejidos circundantes —el lado derecho del tórax e incluso del cuello— apenas están afectados.

—Fíjate —dice—. Tenemos una línea neta y bien marcada.

Mientras habla, Lancaster corta de un tijeretazo la cadena, que tira sobre el montón de ropa. Luego introduce la punta de una larga intravenosa forrada de látex en la depresión que queda bajo la clavícula derecha. Así que obtiene algo de sangre, saca la aguja y deja el conducto de látex colocado. Rápidamente, con ayuda del residente, sujeta el conducto y lo fija en su lugar al tiempo que una de las enfermeras abre la válvula de bifurcación que conecta el conducto a las bolsas de suero fisiológico y plasma.

—¿Has visto alguna vez algo parecido?

El residente levanta los ojos y sacude la cabeza indicando que no.

—Quemadura química —dice Lancaster—. Le han derramado algo encima. ¿Ves?

El residente vuelve a mirar.

—Ya veo —responde—. Pero eso no es lo que ocurrió aquí. Hubo un auténtico incendio, con llamas. Mira la carne, carbonizada. Mira su ropa. —El residente da un puntapié al montón de tela ennegrecida.

Lancaster asiente, pero algo no le cuadra.

Una vez establecido el circuito de fluidos, la presión arterial de Don Nadie gradualmente se estabiliza y empieza a subir un poco.

El equipo especializado en quemados ya está llegando en helicóptero.

Ann está suturando la herida de la cabeza.

Las enfermeras de Urgencias trabajan con pinzas y agua esterilizada para retirar la piel que ha quedado afectada. Ahora que los niveles de fluidos y de oxígeno en sangre se han estabilizado, el principal riesgo son las infecciones y el tejido traqueal y pulmonar dañado. Va a ser una dura batalla.

Dado que el resto del personal está ocupado, Lancaster le da un par de enormes tijeras para cortar vendajes al residente y señala las piernas del paciente con un gesto de la cabeza.

—Empieza por el cinturón, y ve bajando. Sácalo todo. Y ten cuidado, especialmente con esa pierna izquierda.

El residente se pone a cortar.

La oficina central acristalada del Centro de Urgencias del Hospital General del condado de Morgantown, el centro neurálgico del pabellón, fue construida a imitación de los centros de urgencias más importantes de las grandes ciudades. A lo largo de una de las paredes de esta oficina rectangular, la que queda frente a la sala en la que están desbridando las quemaduras y desnudando a Don Nadie, se extiende un mostrador de trabajo de formica blanca, que una hilera de luces fluorescentes ilumina en toda su longitud. Y unos taburetes están a la espera del personal que necesita ponerse al corriente de las notas o de los gráficos de los turnos de trabajo. Del otro lado del mostrador cuelgan dos pantallas de rayos X a la altura de los ojos. Junto a ellas, una máquina automática doble de café suspira y echa humo perpetuamente. Un extremo de la sala, el más cercano a las puertas, está ocupado por el escritorio de la secretaria, la centralita telefónica y la radio de onda corta que conecta el Centro de Urgencias con las patrullas de rescate y el helicóptero. El otro extremo contiene un archivador y un sofá de vinilo viejo y agrietado con los brazos llenos de marcas de cigarrillo en el cual está ahora sentado un *sheriff* adjunto delgado y patilargo, recién llegado del frío de la noche, que sostiene entre sus manos una taza de café y aspira el vapor que desprende.

Ni la oficina ni la distribución general eran así cuando Lancaster, que tiene ahora treinta y cuatro años, llegó aquí para ayudar a que este Centro de Urgencias —una especie de avanzadilla en la región rural del centro-sur de Michigan— alcanzara la era moderna de la asistencia de urgencias.

Se sienta en uno de los taburetes y se saca la mascarilla y el gorro estériles. Los cabellos lisos y oscuros le caen sobre los hombros. Su cabello es un vestigio de un tiempo y un lugar más duros. A alguna gente de por aquí solía molestarle, pero ya nadie lo toma en cuenta, excepto los chicos con los que trabaja en la Clínica Gratuita.

Lancaster se mantiene esbelto y en forma. En el sótano de su casa tiene un juego de pesas que utiliza un par de veces a la semana, y cuando le queda tiempo, corre.

Se echa los cabellos hacia atrás y los sujeta con un elástico, con la mirada fija en el *sheriff* adjunto.

—¿Usted llamó al helicóptero?

—Sí, señor. Fui el primero en llegar al lugar del siniestro.

—¿Qué ocurrió?

El adjunto se saca un paquete de Kent del bolsillo de la camisa y enciende uno. Lancaster toma un cenicero del mostrador y se lo da.

—Me avisaron desde la central por radio.

—¿Quién llamó a la central?

—No lo sé. Alguien que pasaba por allí, supongo. Pero yo estaba muy cerca. Fui y vi las llamas. Al acercarme más vi que era un hombre que se estaba quemando. ¡Santo Cielo!

Lancaster repara entonces en el temblor de sus manos, que no se debe al frío sino al *shock* de haber visto una antorcha humana, algo con lo que ni tan siquiera los polis tropiezan muy a menudo.

—¿No había nadie más cuando llegó?

—No.

—¿Al llegar allí cuánto tiempo había transcurrido desde que le dieron el aviso?

—Tres o cuatro minutos.

—¿Lo apagó usted?

—Llevo una manta en el maletero, ¿sabe? La llené de nieve, se la eché encima, y lo comuniqué por radio.

—Se necesitan agallas para meterse dentro y sofocar esas llamas. Hubiera podido quemarse usted.

El adjunto fija los ojos en el cigarrillo que hace girar entre los dedos.

—¿Y cuál es su teoría? Usted fue el primero en llegar.

—¿Sobre lo que ocurrió? —El adjunto da una rápida calada y exhala—. Es bastante corriente. Lo he visto sobre todo con camioneros. El tipo aparca a un lado, muerto de cansancio, o borracho, o colocado. Enciende un pitillo, luego echa una cabezada. El cigarrillo le cae en la ropa y arde sin llama; en realidad no hay suficiente oxígeno ahí dentro para que el fuego prenda bien, ¿sabe? Un poco después, se despierta. Hay humo. Abre la ventana para que entre un poco de aire fresco.

—Y *bum*.

—Combustión. Las llamas le van directas a la cara. Vi cómo sucedía una vez en la I-80. El camión se había detenido. El tipo ingresó cadáver. No le quedó cara.

—Es posible —dice Lancaster. Cruza la oficina y pone una de las placas craneales de Don Nadie en la pantalla de rayos X—. Así que nadie lo ha investigado, ¿verdad?

—¿Usted no cree que fuera eso lo que pasó?

Lancaster se acerca a la película y entrecierra los ojos.

—¿Por qué no le echa otra ojeada al tipo?

El poli deniega con la cabeza.

—El estado en que ha quedado es totalmente anormal. Parece como si hubiera un líquido acelerador. En el helicóptero tuve la sensación de que olía a gasolina.

—Quizá antes se le había derramado algo por allí. Gasolina o queroseno o algo.

—Quizá. Pero piense un poco. Alguien vio que se estaba quemando, después encontró un teléfono y llamó, después la central le avisó a usted, y después usted tardó unos tres o cuatro minutos en llegar allí. ¿En total, cuánto tiempo desde que se le descubre hasta que usted sofoca las llamas?

El adjunto frunce el entrecejo.

—Por lo menos unos diez o quince minutos. Tal vez más.

—Ese hombre habría quedado hecho cenizas si hubiera ardido durante diez minutos.

—¿Qué quiere decir?

—No empezó a arder hasta después de que se hiciera la llamada, cuando usted ya estaba en camino. Yo diría que no más de treinta segundos, como máximo un minuto, antes de que llegara usted allí. Y eso significa que alguien le pegó fuego. Además, le golpearon por detrás, en la cabeza —Lancaster chasquea un dedo sobre la radiografía expuesta a contraluz—. ¿Cómo explica eso, si no?

—No lo sé.

—¿Quién está hoy de guardia para un caso de homicidio?

—¿Homicidio? No está muerto.

—Todavía no.

El adjunto fuma y toma unos sorbos de café y piensa un momento.

—Odio llamar a una placa para un accidente de tráfico en plena noche. Si usted se equivoca, me van a echar la gran bronca.

—O tal vez debiéramos llamar a la brigada de incendios premeditados —Lancaster se ríe de su propio chiste. El departamento del *sheriff* tiene un hombre especializado en investigación criminal, y la policía municipal sólo dos detectives a plena dedicación, así que tanto si se trata de homicidio como de incendio premeditado, robo o acoso sexual, son ellos los responsables. Tres turnos, alternan las guardias—. Yo asumo toda la responsabilidad —dice—. ¿A quién le toca?

—Al municipio. A Frank Brandon, me parece.

—O sea que esta noche no tenemos suerte. —Llamar a Brandon a las tres de la madrugada es como hurgar con palos en la guarida de un oso que está hibernando.

—¿Doctor Lancaster? —Es el residente—. Creo que usted y el agente deberían ver esto.

El adjunto sigue a Lancaster hasta la cortina corrida ante la camilla del quemado. No mira del otro lado.

El residente ha cortado los tejanos, pero las botas y los calcetines no. La rodilla izquierda presenta heridas y cortes de gravedad, pero por debajo de la cintura no hay ninguna quemadura.

—Estaba cortando por el bolsillo, siguiendo la línea de la cremallera. Las tijeras tropezaron con algo. Miren.

El residente le alarga a Lancaster un paquete de un polvo de color tostado, más fino y ligero que el azúcar moreno pero también de aspecto granulado. Lancaster asoma por la cortina y se lo pasa al *sheriff* adjunto, que menea la cabeza con un gesto de desaprobación. Es una imagen que acudirá a la mente de Lancaster en determinados momentos el resto de su vida.

—Algo más —dice el residente. Está cortando los gruesos cordones de las botas de trabajo de caña alta del paciente. Metida dentro de la bota, dentro del calcetín, hay una cartera de piel fina que contiene un par de tarjetas de crédito y un permiso de conducir de Michigan.

A estas alturas, la curiosidad del adjunto le ha dado fuerzas para apartar la cortina y mirar.

—Michael Straw —dice el residente—. Es de Detroit.

—Tendré que hacer esa llamada —dice el *sheriff* adjunto.

También Lancaster había regresado a Morgantown, el escenario de la última mitad de su juventud, desde Detroit. Cuando llegó venía huyendo de varias cosas, del corazón de la que había sido la ciudad industrial más grande del mundo, de una serie de empleos en salas de urgencias en las que no pasaban quince minutos seguidos sin que se diera una situación crítica y no había turno que no tuviera por lo menos un traumatismo cuya simple descripción le pondría los pelos de punta a cualquier persona normal. Después de tres años como residente en urgencias y otro par de años como médico de urgencias en plantilla, no era una persona normal. Tenía una piel de látex insensible al dolor y un corazón de acero inoxidable, y se había vuelto adicto a la violencia y la desesperación. En casa por la noche pensaba en los toxicómanos y en las víctimas de accidentes del mismo modo en que otra gente piensa en sus amigos, como en aquello que de toda la vida nos resulta reconfortante y familiar.

Durante aquel tiempo había terminado por ser también a su vez paciente, el diplomado de una clínica de rehabilitación de toxicómanos de Royal Oak, eso después de haber sido arrestado por sustraer morfina del hospital. Sólo le habían salvado los esfuerzos de un abogado dotado de creatividad y de unos cuantos doctores que, a pesar de no estar dispuestos a permitir y de ni tan siquiera comprender su adicción, creían en su talento y su carrera. Gracias a la libertad provisional, y con el consentimiento de la Asociación Médica Americana, después de un año de prestación social vigilada y de terapia como paciente externo, amén de evaluaciones periciales, se había por fin redimido a los ojos del Estado y había evitado que le retiraran la licencia.

Y por último, pero no por ello menos importante, en Detroit había visto el final de su relación con una mujer llamada Denise Richards. A veces tenía la impresión de que ella le había robado la vida; otras veces, de que se la había devuelto. En los momentos de mayor debilidad, aunque siempre acababa por aceptar que era dentro de sí mismo que la debilidad se había escondido, la había culpado a ella de sus problemas con la droga, de la depresión nerviosa. Sin embargo, casi siempre, al pensar en Denise deseaba que estuviera aún ahí, y poder hablar con ella. Pero las drogas que casi lo habían destruido a él, se habían portado peor con ella, y se la habían llevado.

En cualquier caso, por fin, tres años atrás, se dio cuenta de que tenía que irse a algún sitio y volverse otra vez humano. Así que se dirigió hacia el oeste, siguiendo un instinto que le empujaba hacia el lugar que, tal vez por constituir un ya único punto de referencia, sentía como su casa, y acabó por instalarse allí, donde el ritmo era algo más pausado y el horror no era tan frecuente o tan extremo. Volvió al lugar al cual a los diecisiete años había jurado no regresar jamás.

En la cafetería, Lancaster pide un café largo y se sienta junto a la gran ventana de cristal del patio central unos minutos. El equipo de la unidad de quemados y los cirujanos están examinando a Straw y pronto lo llevarán a la unidad de cuidados intensivos. Lancaster ve al *sheriff* adjunto entrar y mirar a su alrededor con aire un poco perdido, sin saber qué hacer consigo mismo, y con la mano le hace señal de que se acerque.

—Café recién hecho en la barra —dice Lancaster.

—No —responde el adjunto, deslizándose sobre una de las sillas del lado opuesto de la mesa—. Voy a mearme en los pantalones si no ando con cuidado. Tengo la vejiga floja.

—El viejo síndrome de los riñones débiles.

—Algo —dice el adjunto—. Debería hacerme examinar por usted.

Lo curioso acerca de su adicción, arresto y tratamiento, ha pensado Lancaster a menudo, es que la gente que está al corriente —y aquí eso significa todos los defensores de la ley de la zona, siendo el chismorreo lo que es— parece admirarle por haber pasado por eso. Posee una moneda que ellos aprecian.

Uno de los requisitos de la resolución fue que su ficha le acompañaría allí donde fuera. Pero no era algo que intentara ocultar especialmente, de todos modos; más bien utilizaba su imagen como la de una autoridad en la materia. Después de un año en Morgantown viendo cómo los indigentes, los borrachos y los pobres se arrastraban hasta el Centro de Urgencias para que les trataran sus problemas crónicos, había ayudado a un grupo de doctores del condado a conseguir dinero estatal para fundar la Clínica Gratuita en la zona norte de la ciudad, cuyo objetivo no era exclusivamente el de tratar los problemas médicos sino también el de cumplir una función de rehabilitación de toxicómanos. Sigue dedicándole ocho horas de trabajo voluntario a la semana, y después de tres años aún le sorprende ver que, salvando la cuestión del tamaño, los elementos marginales de aquí no desmerecen en nada a los de la gran ciudad.

Una hora después, justo pasadas las cuatro de la madrugada y de vuelta a la oficina central de Urgencias, Lancaster está sentado en un taburete en el mostrador de trabajo; el adjunto está de pie junto a la máquina de café; el detective de policía de Morgantown teniente Frank Brandon, el investigador en jefe del departamento, se mece en la silla de la secretaria. La secretaria se ha ido a disfrutar de su descanso.

Lancaster tiene la mirada fija en la camilla vacía que Don Nadie/Michael Straw había ocupado durante su tratamiento. Ahora la sala está en silencio, el suelo está salpicado de sangre y otros fluidos, las jeringuillas, los tubos, las botellas y las bolsas están esparcidos por los mostradores y las cubetas de instrumental. Las lámparas de arco halógenas siguen encendidas, iluminando un espacio que ahora está vacío. Un trabajador del servicio de limpieza friega el suelo mientras un auxiliar repone existencias en el estante de material que ocupa la pared posterior.

—¿Así que está leyendo algo que excita su imaginación? —dice Brandon—. ¿Una buena novela policíaca? ¿O a lo mejor es que ve demasiadas películas?

Brandon, el incontrovertido oficial peor vestido del cuerpo policial, lleva esta noche un conjunto discreto: camisa marrón de poliéster, corbata de cachemira color naranja, y abrigo deportivo a cuadros escoceses de color azul.

—¿Cree realmente que al tipo se le cayó un cigarrillo encima?

—¿Yo? No lo sé. Tal vez no. ¿Cree realmente que por un brazo quemado y un paquete de drogas se puede decir que le pegaron fuego? ¿Que alguien intentó matarlo? Si ése es el caso, es un magnífico detective, doctor. Me descubro ante usted.

Brandon es bastante rechoncho, no muy alto, y la línea de nacimiento del cabello le ha ido retrocediendo hasta la coronilla. En los lados tiene el cabello rojo y rizado y no se lo corta muy a menudo, así que se le encrespa mucho. Con esa cara de irlandés rubicundo Lancaster lo encuentra algo cómico, pero está también convencido de que Brandon exagera su estilo y su horrible modo de vestir porque eso despista a la gente.

—Recibe una llamada anónima...

—No era anónima —interrumpe Brandon—. En la oficina me dieron el nombre del autor de la llamada. Lo tienen registrado. Alan algo... —De un manotazo vuelve la página de su libreta y comprueba—. No, Arnie. Arnie Holt, eso dijo el que llamó. En cierto modo eso echa abajo su teoría, ¿no es así?

—¿Eso qué significa? ¿Usted no ve nada sospechoso en este asunto?

—Quizá. Podemos estudiarlo. Pero podemos estudiarlo mañana por la mañana.

—Aquí está —exclama Lancaster—. El verdadero motivo de su irritación. Le han sacado de la cama.

—¡Basta ya!

—Escuche, ya es mañana por la mañana, teniente. Y yo también estoy molido, y mañana me toca media jornada en la clínica empezando a las nueve.

Brandon lo mira con expresión burlona.

—¿Y de quién es la culpa? —dice. Él nunca había estado muy conforme con la idea de fundar una clínica de sanidad pública. Su argumento era que no solamente alentaría a la gente de mala vida a quedarse, sino que atraería más personal de la misma calaña.

—De todos modos —dice Lancaster—, he oído decir que la mayor parte de los casos de asesinato se resuelven dentro de las primeras seis horas después del crimen.

Brandon suelta un bufido.

—Seguro —replica—. Los asesinatos. Los incendios accidentales provocados por conductores drogadictos colocados de heroína que se salen de la carretera en plena noche son otra cosa.

Ann Palicki ha llegado a la oficina y está escuchando al detective. Su mirada va del policía a Lancaster, de éste al *sheriff* adjunto y vuelve a posarse en el detective.

—¿Y qué hay del factor tiempo? —pregunta el adjunto.

—Estamos haciendo conjeturas con factores de docenas de variables —responde Brandon—. Estamos todo el tiempo haciendo suposiciones, hipótesis sobre la velocidad con que prendieron las llamas, sobre quién fue el primero en verlo. Quiero decir que las quemaduras que presenta son bastante graves. Tuvo que estar ardiendo durante un buen rato.

—No llegaría ni a diez minutos —dice Lancaster—. Ni mucho menos.

—No sabe si llegar hasta allí tomó diez minutos.

—Perdón —interrumpe Ann—. Teniente, decía usted algo acerca de salirse de la carretera.

—Usted estuvo en el lugar del siniestro, ¿verdad? Me dijeron que se había estrellado contra un árbol, que el coche patinó o que él mismo se salió de la carretera, ¿no es eso?

—Estaba en el asiento del pasajero.

Se produce una pausa en la sala, un momento de absoluto silencio.

—¿Qué? —dice Brandon.

—Estaba en el asiento del pasajero.

—Bueno, podía haberse desplazado después de chocar. Podía haber...

—Tenía puesto el cinturón de seguridad. Yo tuve que cortarlo.

La mirada de Brandon va de Ann al *sheriff* adjunto.

—Tiene razón —dice el adjunto—. Con tanta confusión, ni caí en la cuenta. Sólo pensaba en el fuego.

—Bueno, maldita sea —exclama Brandon. Menea la cabeza y se saca un Camel del paquete—. Entonces puede ser que se trate de un caso de fuga del lugar de un accidente. Eso sigue estando muy lejos de un intento de homicidio.

—La ropa —dice Lancaster—. Tal vez merezca la pena hacerla analizar para determinar la posible presencia de aceleradores. Sólo para ver qué pasa.

Brandon lo mira con dureza durante un par de segundos, luego dice:

—Sí. Haré que los del laboratorio se pongan a ello en seguida.

2

Cuando Brandon se mete en el camino de entrada a su casa son ya más de las seis. Ha llamado a Jimmy Méndez, forense del distrito de Morgantown y gurú del laboratorio de investigación criminal, y después ha llevado la ropa a los juzgados, en cuyo edificio se halla el laboratorio. Antes de hacer venir a la milicia quiere corroborar la teoría de Lancaster. Ha enviado a un par de hombres a precintar y vigilar el lugar del accidente hasta que reciban noticias suyas. Además, está cansado y todavía no ha amanecido. Así que decide irse a la cama a esperar. ¿Y qué si echa una cabezada y duerme un poquito? Es fin de semana. Los otros días al dar las seis ya está en pie, pero los fines de semana piensa que tiene derecho a dormir un poco más antes de despertar a Lorraine, su esposa, y atarla a la silla de ruedas, antes de abrirse paso a través de la nieve hasta algún lugar o sentarse en la sala llena de humo de la comisaría a escuchar gilipolleces.

Pero al entrar en su casa, suena el teléfono.

—¿Frank? —Es Jimmy Méndez—. El análisis de la ropa me ha dado positivo.

—¿Ya?

—La prueba ha echado bandas por todas partes. Definitivamente, se trata de un combustible con base de carbono, es probable que sea gasolina, pero no da una muestra homogénea. Una especie de mezcla exótica.

—Odio esa palabra.

—La muestra es poco común. Voy a mandar la ropa por mensajero al laboratorio criminal del Estado. Ellos pueden hacer un análisis cualitativo específico. Mañana deberíamos tener la respuesta.

A Brandon le encanta oír hablar a Jimmy. Su dicción, a pesar del acento hispano que le viene de familia, es la más cuidada y refinada que haya oído jamás.

—Pero estás seguro de que había algo.

—Estoy seguro.

—Un acelerador.

—Fuera lo que fuera, tenía que arder como las llamas del infierno.

Brandon asiente con la cabeza en la oscuridad de su cocina.

—Entonces, manos a la obra. Asegúrate de que ahí arriba comprueben también si hay restos de fibra, sangre, el cuadro completo.

—Yo ya he hecho mis pruebas, y he pedido otras. El vehículo sigue en el lugar del accidente. Nos veremos allí. Tienes la voz ronca.

—Maldito frío.

Se encuentra fatal: dolor de cabeza, los senos hinchados y congestión. Le quema la garganta. «Seis grados bajo cero en el exterior y estoy trabajando con sólo cuatro horas de sueño en el cuerpo —piensa—. Imagínate.»

Tan pronto como cruza la puerta que comunica la cocina y el garaje, el aire frío le hace toser. La temperatura ha descendido hasta los catorce o quince grados bajo cero. Hace más frío que en plena noche. Sin embargo, su Buick se pone en marcha en seguida. De camino a la ciudad se detiene a tomar un café y sigue hacia el norte por la carretera estatal 57, luego hacia el oeste, hasta un lugar que queda a unos veinticuatro kilómetros de la ciudad, siguiendo la ribera norte del río Sorrow, que serpentea en su descenso de los montes Irish y finalmente atraviesa el sector sur de Morgantown.

La carretera a doble carril está llena de barro, y hay tantos baches que Brandon se ve obligado a aminorar la marcha casi hasta paso de transeúnte. Entra en una zona de grava, uno de cuyos extremos ha sido acordonado con cinta amarilla. Un coche de la brigada de policía, con las luces de emergencia encendidas, uno de la policía secreta, y la camioneta azul que utiliza Jimmy Méndez están aparcados en el extremo del solar, frente al vehículo rojo de dos puertas objeto de su atención. Antes de acercárseles, Brandon cruza el aparcamiento y recorre los setenta metros cuesta abajo de parque, siguiendo sobre la nieve las huellas de alguien que estuvo allí antes que él, hasta una reja metálica de color verde que señala el borde del precipicio. A su izquierda, un bosque espeso constituye el margen oeste del parque. Este lugar, que algunos llaman Suicide Park y otros simplemente el Mirador, aunque no tenga un nombre oficial, queda en lo alto de un precipicio que se cierne sobre el río. Ha oído decir que es la caída en picado más alta de los cuatro distritos circundantes.

El río, que el frío ha vuelto más denso, hace un cuarto de su anchura habitual, convertido ahora en un arroyo que corre entre amplias capas de hielo cuarteado que se extienden desde ambas orillas. Fragmentos sueltos de hielo se desplazan lentamente sobre las aguas oscuras. Una fina capa de niebla flota suspendida en el aire, sobre el río, una cortina que distorsiona la vista del que mira desde arriba.

Empieza a caer una nieve fina, que con este frío no es habitual. En aquel instante, Brandon percibe con aguda intensidad la sensación de aislamiento de aquel lugar, el frío y las luces de color intermitentes y la nieve, y el mismo sentimiento que experimenta siempre al empezar una investigación. En sus casi veintiocho años de madero nunca ha dejado de sentirse, en ese momento preliminar, indigno y privilegiado al mismo tiempo.

El coche, con matrícula de Ohio, ha chocado contra un viejo arce retorcido. El vinilo blanco del asiento de pasajeros en el que quemó Michael Straw se ha fundido. Unas gotas de sangre seca han salpicado el asiento y la puerta. Jimmy comprobará si encaja con la de la víctima. Ha recubierto el volante, el guardabarros y el cambio de marchas de polvos de óxido ferroso de color negro para poner al descubierto posibles huellas dactilares. Está aspirando la alfombra, pero se interrumpe para hablar con Brandon.

—Hemos descubierto dos tipos diferentes de huellas —dice Jimmy—. Pertenecen al propietario y a Straw.

—¿A ver, repite?

—¿Todavía no te has enterado? Ayer por la tarde, en Wauseon, Ohio, denunciaron el robo de un Chevy Cabriolet rojo del 88. Es éste. La policía del lugar ya nos ha mandado por fax las huellas del propietario.

—¿Todo encaja?

—Por lo que nosotros podemos deducir, sí. De todos modos, en el volante y en el mando del cambio de marchas hay también huellas lisas... el autor usó guantes de látex.

No se trataba simplemente de usar guantes porque hiciera frío, sino de guantes de látex, guantes quirúrgicos. Crimen premeditado. Una jugada planeada de antemano. El doctor tenía razón. Brandon rechina los dientes.

—¡Eh, patrón! —grita alguien desde algún lugar entre los arbustos que rodean el aparcamiento. Es el otro detective de policía, el sargento Spinner Wharton, que luce su conjunto invernal preferido: un abrigo de trabajo Carhartt muy manchado de aceite, tejanos, botas y una gorra de béisbol de los Tigers. Dice que eso le ayuda a pasar desapercibido, que es una especie de protección, pero Brandon se pregunta cómo en un lugar tan pequeño podría haber alguien que aún no lo conociera, particularmente porque, con su metro ochenta y ocho y sus setenta y siete kilos, no suele pasar desapercibido.

Spinner ha descubierto algo. Tras un surco de nieve removida, encajada entre los troncos gemelos de un pino pequeño, está la llanta de una rueda, salpicada por un lado de gotitas negruzcas.

Brandon sostiene abierta una bolsa de plástico transparente especial para las pruebas del delito mientras Spinner recoge la llanta con un trapo.

—¡Jimmy! —aúlla Brandon en dirección al coche—, manda a alguien a que abra el maletero. Mira a ver si falta la llanta.

—He oído decir que el tipo fue golpeado —dice Spinner.

—En la rodilla y en la cabeza.

—Así que realmente se trata de un intento de homicidio.

—Tal vez más que un intento, a juzgar por lo que ha dicho Lancaster. Y escucha, a él le parece que la llamada tuvo que hacerse antes de que le pegaran fuego a Straw. Tenemos el nombre del autor de la llamada, un tal Holtz o Holt, algo así. A ver qué puedes averiguar.

—Vale. ¿Ya has desayunado?

Brandon lo mira.

—¿Tú no has comido?

—Sí, pero pensaba que tal vez querrías comer algo.

La fuerza policial de Morgantown no se ha enfrentado jamás a un misterio comparable al de por qué Spinner Wharton se mantiene tan delgado comiendo tanto. Su metabolismo, piensa Brandon, debe de estar a la par del de, pongamos por caso, un colibrí. Ritmo cardíaco en reposo de unas 180 pulsaciones por minuto. La ventaja es que Spinner tiene más energía que un chiquillo. Se hará veinte horas seguidas de trabajo de a pie en un caso si se le pide, y luego querrá más. Lo que es incapaz de hacer es quedarse sentado y esperar. Una vez, años atrás, Brandon, en un arranque de euforia, cometió el error de trabajar con Spinner. Fue la última vez. Ahora Brandon se encarga de la vigilancia solo.

Uno de los hombres uniformados les hace señas desde la parte trasera del coche rojo.

—Falta la llanta —dice Brandon—. Prueba A. Y ya comí algo en casa, pero gracias de todos modos.

De vuelta al coche, Brandon se arrodilla a los pies de Jimmy, que asoman por debajo de la parte derecha del guardabarros delantero, donde busca posibles restos.

—Toda esta nieve es un coñazo —dice—. Escarbaremos lo que podamos, quitaremos el enrejado y todo lo demás, pero no sé.

No hay gran cosa más, ése es el mensaje.

—Le diré a Spinner que hable con el propietario —dice Brandon.

—Nunca se sabe —le responden de debajo del coche.

Michael Straw yace en una habitación de aislamiento especial de la unidad de cuidados intensivos del Hospital General del condado de Morgantown. En cuanto se estabilice, será trasladado en helicóptero al centro de quemados de Ann Arbor.

Brandon espera en uno de los asientos del pasillo, sorbiendo lo que le queda de un café frío, hasta que una enfermera le tiende una bata y una mascarilla pidiéndole que la siga.

Straw ya tiene otra visita. Su hermana, Sarah Le Seure, está sentada en una silla de plástico contra la pared de la camarilla estéril. Brandon sólo alcanza a verle los ojos entre la mascarilla y la gorra quirúrgica, pero son unos ojos impresionantes, de color avellana, hermosos y heridos. Vive, le dice, con su marido y su hija en Emerald. Emerald es una ciudad dormitorio pequeña y agradable de las afueras de Lansing, la capital del Estado, a un par de horas en dirección norte.

Probablemente se cruzó con la ropa de su hermano al venir, piensa Brandon.

—¿No pueden dejarlo en paz, ahora que se está muriendo?

—¿Disculpe?

—¿Es usted de la policía? Lo que puedan encontrarle ahora ya no importa.

—¿Así que ha estado arrestado antes?

Sarah Le Seure asiente con amargura.

—No estoy aquí para investigar los crímenes de su hermano, Mrs. Le Seure. ¿Cuántos años tiene?

La cabeza y la cara de Straw están completamente vendadas. El tubo del respirador serpentea entre los vendajes y penetra en su garganta. El brazo izquierdo, envuelto en gruesas capas de gasa, cuelga de una barra que pende por encima de su cabeza. Las quemaduras del torso están cubiertas con una gasa fina, pero no lo suficiente como para ocultar totalmente la carne viva de color rosado que está debajo. Brandon traga saliva con dificultad y desvía la mirada.

—Veintinueve. Bastante nauseabundo, ¿verdad?

—Quizá le puede oír.

Ella se encoge de hombros.

—¿Le importa que eche un vistazo? —Brandon señala la sábana.

Vuelve a encogerse de hombros.

La rodilla izquierda está muy hinchada y se ha puesto de un tono verde y azul grisáceo oscuro. No se la han vendado. Por la cara externa de la rótula tiene un corte suturado de dos centímetros y medio, rodeado de oscuros moretones.

Brandon vuelve a poner la sábana como estaba y rodea la camilla para situarse del lado derecho, el que le ha quedado ileso, pensando en la asimetría de estas lesiones. Mientras examina las heridas, desliza su mano por la palma de la de Straw. Para él es importante sentir que puede dar consuelo a un herido. Entonces se fija en el brazo derecho. A todo lo largo de la cara interna, pero concentradas principalmente en el pliegue del codo, tiene una serie de líneas de tejido cicatrizado, salpicadas aquí y allá de puntos rojos, señales de pinchazos recientes. Los trazos son duros, como de lapicero, y recorren el brazo en toda su longitud, uno de los brazos más destrozados que ha visto nunca. Toda la zona del antecúbito es una masa sólida de cicatrices producidas por la aguja. El antebrazo, la cara interna de la muñeca, y el dorso de la mano, incluso los espacios que quedan entre los nudillos presentan también cicatrices.

—¿Su hermano era zurdo?

—No. ¿Por qué?

Brandon menea la cabeza.

—Debe haber sido un consumidor recalcitrante si éste es su brazo de apoyo.

—Sólo desde hace unos doce años. Si no anda usted buscando a Mikey y ni tan siquiera sabía que fuera yonqui, ¿qué está haciendo aquí?

—Uno de los doctores que le ha atendido es un poco impresionable. Piensa que hay ciertas evidencias de que el fuego fue provocado, que quizá Michael ha sido víctima de un crimen. Yo sólo estoy investigando.

Sarah se levanta.

—¿Usted no lo cree así?

—Estoy investigando. Sólo estoy comprobando lo que hay.

—¿Y?

—Y lo que hay son unas cuantas anomalías que quisiera que me explicaran. No quiero que se altere usted. Cuando tenga algo definitivo se lo haré saber.

—Si alguien le hizo esto a él...

Brandon está seguro de que al enterarse de lo que le había ocurrido a su hermano, cayó en un estado de *shock*, pero ahora le ve en los ojos que se ha sumido en el torbellino de emociones que vienen después de una tragedia, la cólera y el dolor y la incredulidad y, probablemente, el sentimiento de culpa. Resulta evidente que no ha dormido mucho, y también que se ha pasado un buen rato llorando.

—Dígame una cosa —sondea—. La vida es cara en Emerald. Usted está casada. Vive bien.

—¿Así que cómo podía tener a un yonqui por hermano?

Brandon ve cómo danza la furia en sus ojos.

—No procedemos de un lugar como Emerald. Nos criamos en la zona oeste de Detroit. Nuestro padre se fue de casa cuando Mike era pequeño. Yo tengo cuatro años más que él. —Se encoge de hombros—. Necesito fumar. ¿Le importa?

—Hablamos el mismo idioma —responde Brandon.

Salen de la habitación, dejando atrás sus batas y sus mascarillas, y se dirigen a una sala que se halla al fondo de la planta. Sarah Le Seure tiene los cabellos de un castaño claro que armoniza bien con el color de sus ojos, piensa Brandon.

—Francamente, he tenido suerte —dice—. Me casé con un hombre que estaba destinado al éxito.

Brandon le ofrece uno de sus Camel, le da lumbre y enciende otro para él.

—Por extraño que parezca, si no hubiera sido por Michael y su problema no le hubiera conocido. Jim era un agente de la DEA en Detroit. Hace unos ocho o nueve años cogieron a Mike por tráfico. Jim se encargó del caso. Nos ayudó mucho. Metió a Michael en un programa de desintoxicación y pasó mucho tiempo hablando conmigo.

—Su marido era un agente de la DEA y su hermano era un adicto. —Cada día se entera uno de algo nuevo, piensa.

—Jim comprendía la adicción de Michael.

Sarah se dirige hacia la gran ventana de cristal que domina sobre el río Sorrow, a su paso por la zona sur de Morgantown.

—Me sorprende —dice Brandon

—Ya sé que debe de sonar raro. Pero creo que en realidad Jim le ha evitado a Mike un montón de problemas en el transcurso de los años. Quiero decir, me parece que ha intervenido en determinadas ocasiones. Yo me he mantenido al margen.

—¿Cuándo fue la ultima vez que lo vio?

—Hace sólo unos diez días. A veces me he pasado meses enteros sin tener noticias suyas. Y luego un día llamaba, sólo para hablar, o para pedir dinero. Se lo mandaba cuando lo necesitaba.

—¿Mucho dinero?

—En general no.

—¿Y de qué se trataba hace diez días?

Sarah Le Seure se vuelve para mirarle a la cara.

—Llegó de no se sabe dónde y se presentó en casa, nervioso y buscando a Jim. Jim no se hallaba en la ciudad. Le temblaban las manos. Dijo que se había metido en un negocio nuevo. Sinceramente, no presté mucha atención a lo que me decía. Preparé la comida, charlamos un poco, y se fue.

—¿Ha dicho usted nervioso?

—Tal vez preocupado. Tal vez agitado. Tratándose de él, es difícil decirlo. Podría ser que estuviera simplemente de bajada de algo.

—¿Algo más acerca de ese negocio... dónde se llevaba a cabo, quién lo dirigía, cómo se metió él, algún tipo de información?

—No.

—¿Conoce usted a alguno de sus amigos?

—No, me temo que no.

—Si a su marido se le ocurre algo, ¿le pedirá que se ponga en contacto conmigo?

—Se lo pediré.

—Si necesita usted cualquier cosa mientras esté por aquí, por favor, avíseme. —Le da su tarjeta.

Ella hace un gesto de asentimiento con la cabeza.

—Hoy van a cortarle los dedos, sabe.

—No lo sabía.

—Esta tarde. Los doctores han dicho que ya los tenía infectados. No los pueden salvar.

Durante un momento más, Brandon la observa, fumando y contemplando el río desde la ventana. Luego da media vuelta para irse.

—¿Agente?

—¿Sí?

—¿Cree usted realmente que alguien le hizo eso?

—No. —Las mentiras consuelan.

—Pero me lo dirá, si cambia de opinión.

—Claro que sí.

Pasa un momento por su casa para ver cómo está Lorraine, y luego tiene que ir al despacho para redactar el informe de este embrollo, pero al entrar en el salón se encuentra con su hija Susan, que le está esperando. Susan lo mira fijamente, hasta que él se decide a decir algo.

—¿No hay iglesia hoy? Es bastante temprano.

—Rick se ha ido a trabajar.

—¿En domingo?

—¿Por qué no? Las carreteras están vacías.

—¿Así que has venido a hacer una visita de cortesía, o sólo a inspeccionar un poco?

—Has vuelto a dejarla sola en cama, papá. ¿Cuántas veces tenemos que discutir el tema? No se la puede dejar sola.

—Está bien, cariño.

—*No* está bien. —Susan le sigue hasta la cocina, donde Brandon se sirve un vaso de leche—. He estado hablando con gente. Hay una residencia católica muy buena aquí mismo, en la ciudad.

—No voy a meterla en ninguna maldita residencia.

—Esto no funciona.

—Aquí tiene quien la ayuda.

—Ocho horas al día, cinco días a la semana. Eso ya no basta.

La casa, que cogieron él y Lorraine cuando se casaron, veintisiete años atrás, se halla en el sector norte de Morgantown, sobre la ribera del Elmer Creek, en lo que había sido un barrio de las afueras. Ahora a su alrededor es todo ciudad, grandes superficies y casas prefabricadas y gasolineras y un teatro de tres salas, pero ha dejado de pensar en mudarse. Revistieron con paneles de madera de pino nudosa la mayor parte de la casa, y allí han criado a dos hijas.

Susan, la mayor, vive ahora al este de la ciudad. Está casada con un camionero y aprovecha lo mejor que puede la situación. La otra, May, murió hace ya dos años, en el mismo accidente de coche que dejó inválida a Lorraine y le hizo perder la razón, cuando un drogado lleno de Quaaludes y cerveza cruzó la vía central a ciento veinte kilómetros hora.

Hasta cosa de unos meses, el estado de Lorraine podía considerarse estacionario. De día contaba con una buena enfermera y de noche dormía. Pero empezó a tener problemas respiratorios, y con su terrible tos despertaba a Brandon. Ahora tenían conectado constantemente un humificador y hacían venir a un terapeuta del aparato respiratorio tres veces por semana. El comportamiento de Lorraine, lo que quedaba, también había cambiado. Empezó a pasarse horas y horas seguidas llorando.

—Estoy destrozado —dice—. Y pronto tendré que volver a salir. ¿Puedes quedarte?

Susan asiente

—Pero no hemos zanjado la cuestión.

3

Morgantown es una pequeña ciudad de unos treinta mil habitantes, mitad ciudad universitaria con barrios victorianos de rancia fortuna, mitad cuna de oxidadas fábricas del pasado y hogar de obreros subempleados. Se halla en las planas llanuras del sur de Michigan, a más de ciento cuarenta y cinco kilómetros al oeste de la demarcación de Detroit.

El frío intenso llegó a finales de diciembre y las temperaturas no cesaron de bajar hasta que a primeros de año se alcanzaron unas mínimas de veintitrés grados bajo cero que duraron una semana. Luego, una tendencia al alza que hizo subir el termómetro hasta los seis o siete grados bajo cero trajo consigo la nieve, gruesas capas que no paraban de caer una encima de la otra. Ahora las carreteras principales han quedado delimitadas por montones de fango y nieve medio derretida que se ha vuelto a helar. La gente ha entrado en un estado de catatonia ambulante que le permite seguir con su trabajo e ir tirando, pero no se siente nada satisfecha.

A primera hora de la mañana del domingo Lancaster arrastra su catatonia ambulante personal hasta la Clínica Gratuita, en el extremo noreste de Morgantown, un barrio de *bungalows* achaparrados y revestidos de madera, interrumpidos por algún que otro desvencijado dúplex que veinte años atrás había pertenecido a la floreciente clase obrera.

Antes, su tía Rose vivía allí. Cuando él era un chiquillo, antes de que también ellos se mudaran aquí, venía con su madre de visita un par de veces al año. Entonces era un buen lugar, muy distinto de su barrio en la zona este de Cleveland, donde las familias eran ordinarias, los juegos violentos y las calles el único lugar al que uno podía ir. Pero ahora, también este vecindario se ha vuelto violento. Los céspedes y las casas se están deteriorando. Todo a lo largo de Rumford, una de las calles principales, la tercera parte de las casas tienen las puertas y las ventanas tapiadas y las demás ostentan carteles de EN VENTA en el césped, carteles que se han doblado y oxidado, de tanto tiempo de estar allí.

La misma clínica se encuentra en un garaje de cuatro naves y de techos altos perteneciente al municipio que había sido utilizado para el mantenimiento de los camiones de la basura, pero ha sido insonorizado y remodelado y se ha convertido en un lugar agradable. Aparte de las oficinas, cuatro salas para los tratamientos y una para las reuniones de grupo, cuenta con su propio pequeño laboratorio para los análisis de sangre y de orina y con un aparato de rayos X fabricado allá por el 1963.

Lancaster aparca el Bronco y mira a su alrededor, al cielo bajo y gris y los edificios deteriorados cubiertos de capas de nieve negra como el hollín y los coches viejos y abollados aparcados en los bordillos.

Cuando tenía catorce años, después de que muriera su padre y él y su madre se vinieran a vivir aquí con Rose, empezó a darse cuenta de lo restrictiva que podía ser la vida en una ciudad cansada y más bien pequeña situada en la confluencia de una llanura plana y una cordillera erosionada. Y le vinieron ganas de irse otra vez. Una semana después de graduarse en la escuela secundaria volvió a mudarse a Cleveland, donde había sido aceptado para formar parte del programa para premédicos de la Case Western Reserve University.

Pocos años después, su madre y su tía se mudaron a un pueblo de Santa Fe, en Nuevo México.

De vez en cuando, al venir a trabajar a la clínica no puede por menos de sonreírse al pensar en lo irónico del hecho de hallarse de nuevo en este lugar.

Hoy está aquí sólo para cubrir las entradas del fin de semana, labor que lleva a cabo un par de veces al mes. La mayor parte de su trabajo la realiza con toxicómanos, y en alguna ocasión se encarga de las visitas de algún facultativo de la familia que está enfermo o de vacaciones.

Después de tratar un par de casos de estreptococos y de enviar a un vagabundo con tres dedos de los pies congelados al Servicio de Urgencias del Hospital General del condado de Morgantown, donde probablemente le admitirán, se encuentra con que no hay nadie más en la sala de espera. Así que Lancaster le pide a la enfermera de recepción que esté al caso y se tumba en una camilla de una de las salas de tratamiento.

Está casi dormido, con las piernas colgando de un extremo de la camilla y los cabellos colgando del otro, cuando oye que la puerta exterior de la sala de espera se abre y, a causa del viento, golpea contra la puerta interior. Otro paciente, pero está cansado y se encuentra tan bien tumbado y con los ojos cerrados encima de esta camilla tan extraordinariamente incómoda. En sus años de residente aprendió cuánto podían hacer diez o quince minutos de sueño. Decide esperar a que la enfermera lleve al paciente a otra sala y venga a buscarlo. Pasados un par de minutos, sin embargo, cuando estaba a punto de dormirse otra vez, oye que la enfermera levanta la voz, y luego la voz del paciente se hace aún más alta, cercana al grito. Oye la palabra urgencia y luego ¡Que venga aquí! Después el ruido de otra puerta que se abre de golpe y unos pasos decididos, y antes de que pueda poner los pies en el suelo y levantarse, se abre la puerta de la sala de par en par y una chiquilla entra precipitadamente.

Por lo menos así lo cree Lancaster hasta que mira con más atención y se da cuenta de que se ha equivocado, se trata de una mujer, delgada y de aspecto juvenil, pero no obstante mujer. Viste una capa de color oscuro con capucha y debajo una chaqueta de nilón de un rojo encendido y un jersey de cuello alto. Tiene algo que a Lancaster le resulta muy familiar, como si en otro tiempo la hubiera conocido, como si la hubiera conocido muy bien. La sensación de familiaridad es tan intensa, que se sorprende. Se sienta sobre la camilla y la observa mientras ella se saca la capucha.

Supone que deberá tener unos veinticinco o veintiséis años. No es posible que la hubiera conocido, después de todo, por lo menos no de mucho tiempo atrás.

La enfermera, que sujeta a la joven por la capa, dice:

—Lo siento, doctor. No tiene hora, y le pedí que se esperara...

—Doctor Lancaster, por favor —dice la mujer—. Necesito su ayuda.

Tiene una cara fina y bonita, con unos cabellos oscuros de aspecto indisciplinado a pesar de llevarlos muy cortos, y ojos oscuros para completar el cuadro. Entonces sonríe, y la tristeza que su sonrisa expresa la hace aún más hermosa. Pero cuando la sonrisa se desvanece, la expresión de su cara se vuelve sombría y tensa. Su mirada va de Lancaster a la enfermera que está esperando en el vestíbulo, luego propina un tirón a la capa y se la arranca de las manos.

Lancaster recuerda entonces dónde la ha visto, por qué le resulta tan familiar.

—Siéntate —le dice.

—Prefiero quedarme de pie, de verdad.

—Te conozco —le dice entonces.

La mujer asiente.

—Estuve aquí, en la clínica, el verano pasado. No estaba en su grupo...

—No, ya me acuerdo de ti —la interrumpe. Con un gesto, le indica a la enfermera que todo va bien. Ella sacude la cabeza con desaprobación y cierra la puerta, dejando a Lancaster a solas con la joven.

—¿Duermes cuando estás de guardia? —le pregunta.

—Llevo catorce horas de servicio, y como ves no hay ningún paciente. O no lo había. ¿De acuerdo?

—Lo siento —le responde—. Estoy preocupada. De todos modos, gracias por atenderme.

—¿Podía negarme?

Se da cuenta de que la capa, que al principio le ha parecido elegante y que en su día debió de ser cara, está hecha jirones, gastada hasta la transparencia de aquí y de allá, con la costura descosida en uno de los hombros y el forro que le sale por debajo del dobladillo. Una ganga de una tienda de ropa usada, y demasiado fina para este tiempo, razón por la cual lleva también la chaqueta. Probablemente no tiene nada que abrigue más.

Al final decide sentarse, y se arrellana en la silla que queda frente a él y cuando la capa se ajusta a su cuerpo, de nuevo vuelve a parecer elegante, como si moverse fuera cuanto tuviera que hacer para resucitar la ilusión.

—Se trata de Kevin Babcock —dice, en voz baja y tensa—. ¿Se acuerda de él? Se halla en apuros.

—Babcock —dice Lancaster—. Eso es. Vosotros dos erais compañeros. —Cruza las piernas y cierra un momento los ojos. Pensar en Kevin Babcock hace que se sienta aún más exhausto—. ¿De qué se trata? ¿De fenciclidina otra vez?

La primera vez que Lancaster lo vio, Kevin Babcock era un Angel Duster. Un par de polis lo habían llevado al hospital al encontrarlo en el aparcamiento de un hipermercado rompiendo los cristales de los coches con una palanca. El chico se había quedado sentado en la camilla, inmóvil y en silencio, los ojos le giraban en las cuencas con movimientos espasmódicos. Lancaster pidió unos análisis de sangre y prescribió una intravenosa, y luego se fue a charlar con los policías mientras una técnica del laboratorio y una enfermera se ocupaban del paciente. Al cabo de un momento se oyó un grito. Y la enfermera salió volando del compartimento y fue a dar contra una pared.

Cuando Lancaster entró corriendo, la cubeta de la técnica del laboratorio, llena de agujas, jeringuillas y tubos de ensayo, le pasó rozando por encima de la cabeza. Kevin tenía a la analista, una mujer de mediana edad de unos setenta kilos de peso, levantada en el aire y cogida del cuello con una sola mano.

Alguien le dio a Lancaster un par de correas de cuero. Estaba intentando decidir cuál era la mejor manera de acercársele, cuando los dos policías se le adelantaron. Uno sujetó a Kevin por los pies mientras el otro le daba un porrazo en plena cabeza, abriéndole un boquete enorme y dejándolo aturdido el tiempo necesario para dominarlo y sujetarlo a las barras de metal de la camilla. Éste no hubiera sido el método preferido de Lancaster, pero los maderos son maderos y los centros de urgencias, centros de urgencias, y así fue como ocurrió.

Kevin daba unas sacudidas tan fuertes que la camilla se alzaba del suelo un buen medio palmo. El boquete que tenía en la frente parecía un surtidor de sangre. Forcejeando por librarse de las correas terminó por romperse ambas muñecas. Lo único que Lancaster podía hacer era administrarle diazepam y esperar que amainara la tormenta.

—No ha tomado fenciclidina desde hace mucho tiempo —dice la joven—. Realmente, le ayudaste mucho.

—Sí —dice Lancaster—. Por eso se fue.

Una de las cosas que a Lancaster le gustaba más del cambio de la gran ciudad a Morgantown era que, si bien el Hospital General del condado de Morgantown tenía medios suficientes como para atender a casi todos los casos que se le presentaban, las dimensiones de la ciudad seguían permitiendo que incluso un doctor del Centro de Urgencias llegara a conocer a muchas de las personas que pasaban por el hospital, y pudiera seguir los casos cuando creía que podía beneficiarles en algo.

El día siguiente al episodio del PCP por la mañana, cuando Lancaster lo visitó al dar la vuelta cotidiana por la sala, Kevin no recordaba nada de lo sucedido la noche anterior. Pero estuvieron hablando cerca de una hora, sobre las drogas que tomaba Kevin, sobre las ganas que tenía de dejarlas, y sobre su vida en general. Lancaster se acordaba muy bien. Al final, le habló de la clínica y le sugirió que se pasara por allí.

No le sorprendió demasiado que, algo así como una semana después, Kevin compareciera. Y antes de que terminara la primavera, Kevin anunciaba a los de su grupo que estaba limpio de química, alcohol y cigarrillos incluidos. Lancaster lo ascendió al rango de líder de su grupo, y durante todo el verano Kevin se pasó tres noches a la semana en la clínica.

Luego, a principios de otoño, de repente dejó de ir. Lancaster había intentado llamarlo varias veces, pero Kevin se mostraba distante y estaba claro que no quería hablar.

—La puerta sigue abierta —recuerda haberle dicho Lancaster, y lo dejó ahí. La gente circula. ¿Qué podía él hacer?

—Hubiera debido quedarse —dice la joven.

—Me temo que no recuerdo tu nombre.

—Storm Summers

—Ah, sí. Cocaína

Es una suposición pero casi siempre acierta. Recuerda que ella había estado en el grupo del doctor Delvecchio. Lancaster quizá la había saludado una o dos veces. Se quedaba por allí después de sus sesiones hasta que Kevin estaba listo para irse. Casi siempre llegaban y se iban juntos. Lancaster se acordaba porque en una ocasión se había referido a ella en términos de la novia de Kevin, pero éste lo había corregido, diciéndole que eran sólo amigos.

—Sí —le responde Storm—. Tenía un pequeño problema.

—¿Sigues limpia?

Ella desvía la mirada.

—Sí.

Aunque no la crea, Lancaster le dice:

—Estupendo.

—De todos modos, no se trata de mí. Kevin no ha vuelto a tomar PCP, pero consume otras cosas.

—¿Como qué?

—No lo sé. Cosas distintas, creo. Conmigo no habla de eso porque yo no lo toco, pero me doy cuenta. Está distante, ¿sabes? Y ha tenido problemas familiares. Su madre es una fanática de Jesucristo resucitado. ¿Me vas a ayudar o no?

—¿Qué problemas?

—Las drogas. Y el sexo. Kevin ha estado... experimentando.

—¿Es eso un problema?

—Para mí no.

—Mira, si es químico, siempre puede volver por aquí. Eso ya lo sabe. O tal vez tú, o más bien Kevin y su familia, deberíais hablar con alguien más. Con un consejero. Si tiene problemas en su casa, hay gente muy buena que puede ayudar...

—No lo entiendes. —Su voz sube un punto en tono y en intensidad—. Me preocupa él, no su familia. Y no se trata de las drogas, se trata de la gente que frecuenta. Algo se llevan entre manos, algo en lo que él anda metido.

—No veo qué puedo hacer yo.

—Le gustabas. Escuchaba lo que tú decías. A veces habla de ti, incluso ahora. Pero esa gente...

—¿Quién?

—En realidad no los conozco. Sé que ayer por la noche casi mataron a un hombre.

—Ayer por la noche...

—Lo quemaron, creo. Quedó muy mal.

—¡Por Dios! —exclama Lancaster. Descruza las piernas y se planta de pies en el suelo—. Tienes que llamar a la policía.

Parece satisfecha, piensa, por primera vez, ahora que ha conseguido hacerlo reaccionar.

—Ya lo he intentado. Me preguntaron qué quería que hicieran ellos, ¿ir a proteger a Kevin de sus propios amigos?

—No, escucha. Me estoy refiriendo a una investigación acerca de ese quemado.

—¡Eso no me importa! —Se pone en pie de un salto—. Es sólo que no quiero que Kevin termine de la misma manera. Por eso te pido que le hables. Te lo ruego.

—No ruegues, por favor. Y siéntate.

—Eres el único que se me ocurre que Kevin podría escuchar. Se va a ir con esa gente esta tarde, ha dicho. Se van de viaje o algo así. No quiere decirme nada, y eso es muy raro en él. Me lo dice todo. —Busca a tientas la silla que tiene detrás y se sienta—. Va a pasar algo. Algo horrible. Me da miedo por él.

—Espera un momento. —Lancaster se dirige al aparato telefónico que cuelga de la pared y le pide a la enfermera que le dé línea con el exterior. Intenta ponerse en contacto con Frank Brandon en comisaría. No está, le dicen, así que pide por el despacho y explica la situación.

—Entendido —le dice el policía, con la boca llena de comida—. Tomaremos nota.

—Es importante —dice Lancaster.

—Seguro —responde el poli—. Lo investigaremos.

—Imbécil gilipollas —le dice, y cuelga.

Luego llama a información y pide el número del domicilio de Brandon. Responde una mujer, pero le dice que ha salido y que no sabe cómo localizarlo.

Al colgar, Lancaster se da cuenta de que Storm lo está observando y sonriéndose, pero esta vez con una expresión menos triste.

—¿Qué es lo que resulta tan divertido?

—Nada —le responde—. Sólo que me alegro de que me ayude.

—Me había parecido que era a Kevin a quien querías que ayudara.

—Sí. Claro.

Sigue sonriendo. Y él se alegra de eso. Hace tiempo que no ve nada que se parezca a su sonrisa.

—¿Qué número tienen los Babcock?

—He estado llamando a su casa cada dos horas desde ayer noche. Primero me daban señal de comunicar, luego nada. Me dijo que su madre no había pagado el recibo.

Lancaster recuerda que eso había sucedido también el verano pasado.

—Sigo sin saber qué quieres que haga.

—Sólo que le hables.

—¿Qué pasa en realidad con esos amigos suyos? ¿No conoces a ninguno?

—No. Una vez vi a Kevin con algunos, en un club que frecuentamos. Red's, se llama.

—¿Por eso estás ahora aquí?

—Me temo que sí. En realidad, sí que conozco a uno, por lo menos he hablado con él. Aunque, tal vez sea uno de ellos, o tal vez no.

—Me he perdido.

—Esta mañana me ha llamado un hombre. Ya había hablado con él una vez, hace dos días. Me llamó a mi apartamento y sólo me dijo que sería una buena idea que no me viera con Kevin durante un tiempo. Eso fue todo lo que dijo, luego colgó. Esta mañana estaba más parlanchín. Ha dicho que me había visto en el Red's con Kevin y que se había informado acerca de mí. Ha vuelto a decirme que me alejara de Kevin. Sólo que esta vez era más una orden que una sugerencia. Ha dicho que Kevin se lo diría si yo iba por allí, y que si lo hacía no me iba a gustar lo que me sucedería.

—¿Te ha amenazado?

—Sí. De un modo velado.

—A mí no me parece tan velado.

—En realidad, a mí tampoco. En parte, he venido aquí por eso. Estoy tan nerviosa, que no estoy segura de lo que tengo que hacer. No quiero precipitarme.

—Dios nos libre.

En lugar de lanzarle una mirada airada o de poner los ojos en blanco, cosa que esperaba, lo sorprende con otra sonrisa, y luego prosigue:

—Me ha dicho que ahora él se encargaba de cuidar de Kevin. Que Kevin estaba involucrado en un negocio importante y que mejor sería que yo no metiera la nariz.

—Repito la pregunta, ¿de qué se trata?

—Y yo repito que no lo sé, doctor. Tal vez cree que Kevin me diría algo. O tal vez sufra unos celos extraños. Pero yo jamás he tenido una relación física con Kevin.

—¿Quién es ese tipo?

—No le he visto nunca. Dijo que se llamaba Mr. Holt.

—¿Holt?

—Sí.

—¿Arnie Holt?

—No me ha dado su nombre de pila.

—Maldita sea —dice Lancaster. Según Brandon, la persona que llamó al quemarse Straw había dado el nombre de Holt. Lancaster vuelve a sentarse a la mesa y consulta su reloj.

—Ya te he dicho que esta tarde se iba de viaje. Yo creo que no debería hacerlo. Pero a mí no me escucha.

Lancaster tiene la cabeza como una olla y tantas ganas de acostarse que se marea. Lo último que quiere es dejarse involucrar en la paranoia de una chica histérica. Pero le vienen a la cabeza las imágenes del rostro quemado de Michael Straw. Kevin era un buen chico. Y entre los toxicómanos no encuentra uno a muchos.

—Mira —dice—, me queda aún media hora de servicio aquí. Entretanto, voy a intentar otra vez localizar al detective de policía que lleva el caso del quemado. Si no doy con él, hablaré con Kevin. Quiero que venga y declare.

—Gracias.

—No me des las gracias. No lo hago por gusto. Pero yo fui quien atendió al tipo quemado la noche pasada.

—¿Estaba mal?

—No, peor. ¿Quieres esperar aquí y venir conmigo?

Vuelve a esbozar su sonrisa triste y sacude la cabeza.

—Se va a enfadar si descubre que he estado hablando contigo, que por eso vas a verlo. No se lo digas, ¿vale? Dile sólo que lo has oído decir en algún lugar.

—De acuerdo.

Abre la puerta de la sala de reconocimiento y la sigue más allá del escritorio de la enfermera recepcionista, hasta la utilitaria sala de espera con sus paredes de ladrillo verde y su suelo de linóleo barato.

—¿Qué habrías hecho si me hubiera negado?

Ella se vuelve para mirarlo.

—Probablemente llorar y gritar o tirarme al suelo o algo así de dramático.

—Me lo imagino.

—Toma. —Le da un pedazo de papel con la dirección de Kevin—. Nos estás haciendo a Kevin y a mí un gran favor. No sé si podré devolvértelo, pero muchas gracias.

Luego, con ambas manos, se cubre la cabeza con la capucha y regresa al frío del exterior.

El Bronco de Lancaster se agarra bien en las curvas, incluso ahora que están llenas de nieve. Va en dirección oeste hacia las afueras de la ciudad, por una calle llamada, y en su opinión con toda la razón, *Pitt.** La primera casa que encuentra es vieja y se inclina hacia un lado. No está pintada y tiene el patio de delante lleno de automóviles y herramientas de trabajo y otras chatarras, todo oxidado, todo cubierto de nieve, nada que valga la pena. Unos cientos de metros más arriba hay tres casas una al lado de la otra, la última de las cuales es el domicilio de los Babcock. Las tres casas tienen un aspecto deplorable, pero la peor es la de los Babcock. Es pequeña y está hecha de ladrillos de ceniza pintados de color naranja. El patio también está lleno de basura, aunque no hay tanta como en la primera casa de la calle. Una capa ligera de nieve fresca ha recubierto el sendero, en el que se encuentra estacionado un oxidado Dodge Duster verde, revestido de un manto más grueso de nieve, con el morro apoyado en unos ladrillos.

Un viejo perro negro ha salido de detrás de la casa y se pone a gruñir, luego husmea con optimismo y confianza. Está temblando de frío y se pega a las piernas de Lancaster dificultándole el paso.

Al golpear la puerta frontal con los nudillos en una primera llamada rápida, no obtiene respuesta. El timbre funciona, pero tampoco le responde nadie. Uno de los cristales de la ventana que queda a la derecha de la puerta ha sido reemplazado por un cartón, pero los otros permiten ver el interior con suficiente nitidez. Lancaster mete los pies en un montón de nieve y suelta un juramento; a través del cristal grasiento echa un vistazo al salón. Lo han destrozado. Ve un sofá patas arriba en medio de la habitación y al lado una lámpara de mesa hecha pedazos. Hay prendas de vestir desparramadas por todas partes y está puesta la televisión. El suelo aparece lleno de botellas y cristales y en una de las paredes observa un boquete.

* *Pit*, en inglés, pozo, hoyo, trampa. *(N. del t.)*

Vuelve a llamar a la contrapuerta, luego la abre y llama a la puerta de madera, que se entreabre porque no está cerrada. Un extraño escalofrío le recorre la espina dorsal, susurrándole al oído que es hora de irse. Pero aquí hay algo que no va. Abre la puerta de un empujón y entra.

La calefacción está apagada... puede ver su aliento. Algún líquido que se ha derramado sobre la asquerosa moqueta se ha convertido en auténtico hielo. Un fuerte hedor a excremento humano flota en el aire, y Lancaster siente náuseas, pero de tanto frío que hace el tufo queda apagado, agudo y duro y contenido.

El estropicio y el desorden del salón son aún mayores de lo que parecía desde fuera. Da un par de pasos más y llama:

—¿Kevin?

Su voz se desvanece en el frío fétido del aire.

Apaga la televisión, y luego observa más detenidamente el desorden que se extiende por todas partes. Además del sofá panza arriba, la ropa y la lámpara, hay otras cosas por el suelo: una zapatilla de piel tipo mocasín, un puñado de monedas desparramadas y una caja que recuerda un joyero negro con la tapa abierta. La cajita parece incongruente. En su interior encuentra una bolsa Ziploc de plástico, y dentro de ella lo que él ya había pensado que podía haber allí: el alijo de Kevin —un par de capullos de marihuana y una pipa de cristal, un vial de polvos blancos que parecen cocaína, unas pastillas blancas, y luego una sorpresa. Al fondo encuentra dos sobrecitos de papel cristal que contienen los mismos polvos granulados de color tostado que el médico residente había sacado del bolsillo de Michael Straw. Kevin se ha diplomado en consumo de caballo.

Vuelve a poner las drogas en su lugar, y entonces se da cuenta de que el teléfono está tirado y el auricular descolgado. Primero lo cuelga, y seguidamente se lo lleva al oído. Da una señal clara y fuerte, después de todo no lo habían desconectado. Se pone en pie.

La cocina: más confusión y suciedad, platos llenos de costras congeladas de restos de comida en el fregadero, platos rotos por el suelo, el cajón de los cubiertos boca abajo encima de la mesa.

La casa es pequeña, sólo dos dormitorios pegados a un salón y una cocina. Tres o cuatro pasos le llevan de la cocina al corredor. Encuentra una habitación, la de la madre, indemne al caos del resto de la casa. La otra tiene la puerta cerrada.

Al abrirla de un empujón ve a Kevin.

Lancaster oye un sonido que sale de su propia boca: un grito de terror, un aullido de defensa inventado por algún antepasado de la familia de los simios y propulsado por una descarga masiva de adrenalina. Oye el ruido pero no tiene la sensación de haberlo producido él.

Kevin está colgado del cuello, la cuerda atada al marco de la puerta del armario. Desde el punto en que se encuentra, Lancaster sólo alcanza a ver una parte del cuerpo, una pierna y un brazo azules y una mitad del rostro, también azul, pero sabe quién es. Entra en la habitación. Por un lado de la boca sale la lengua cianótica. Tiene los ojos abiertos y saltones. Kevin está desnudo. Entre las piernas, dobladas bajo su cuerpo, con las rodillas que casi tocan al suelo, ha quedado tumbado un taburete pequeño.

Entonces la emoción se apodera de él, tal vez sea una reacción instintiva a la cual le han entrenado a ceder, tal vez la desolación o la cólera, o simplemente la incapacidad de dejar a un amigo colgado de un modo tan patético y tan expuesto; es probable que sienta todo esto al encontrar al chico muerto. Pero sabiendo que no debería tocar el cuerpo, sabiendo que Kevin está muerto desde hace tiempo, que ha estado muchas horas colgado, y que aquí no hay nada que se pueda salvar, sabiendo que debería retroceder, llegar hasta un teléfono, llamar a la policía, o irse sin más, se precipita a levantar el cuerpo con la mano izquierda mientras afloja el nudo con la derecha. Lancaster saca la áspera cuerda y deja a Kevin en el suelo.

Al mirar la muesca profunda en el cuello del chico, se da cuenta de que está sollozando sin lágrimas, le palpita el pecho, le asfixia el aire. Cuerpos así los ve en su camilla del Centro de Urgencias, o en el helicóptero, pero tropezarse con uno en una casa saqueada es un nuevo horror.

No obstante, la única reacción ante la muerte que conoce es actuar, así que aun cuando el cuerpo esté rígido, la temperatura de la piel sea puro hielo, el rostro y las manos intensamente cianóticos, las pantorrillas oscuras con una lividez violácea, actúa. Para él, el protocolo de una emergencia es como respirar. Le palpa el cuello buscando el pulso carótido, le inclina la cabeza hacia atrás y respira en el interior de la boca, y presiona el tórax con el dorso de las manos.

El pecho se hincha y se deshincha, se hincha y se deshincha, y luego se queda inmóvil cuando él deja de respirar. Golpea un poco más el pecho, luego vuelve a respirar. Vuelve a hincharse y a deshincharse. Una vez más cierra el puño y lo descarga sobre el corazón.

—Maldito seas —dice.

No sólo cólera ante esta pérdida de una vida. Cólera por haber sido arrastrado de esta manera, cólera por haber actuado de un modo estúpido, sin reflexionar, llevado por la emoción.

—Malditos seamos los dos.

Y entonces, tan repentinamente como vinieron, la demencia y el pánico se van. Está mareado y siente náuseas. Se sienta sobre los talones, luego se arrastra hasta la cama deshecha, cierra los ojos y espera hasta recobrar el aliento.

Se le despeja la cabeza.

Con su mente racional mira al chico desnudo y ve lo que realmente ha sucedido. Los suicidas puros raras veces lo hacen desnudos. Eso ya lo ha visto antes, o mejor dicho ha visto los casos que le han llegado. Asfixia autoerótica, estrangulación accidental durante la masturbación. Da gusto correrse cuando estás a punto de perder el conocimiento por falta de oxígeno. Sus sospechas se corroboran con un rápido examen. El pene está encostrado de semen seco. La cara de Kevin tiene un moreno oscuro especial y fuertes hemorragias en el blanco de los ojos y por todas partes, señal evidente de que murió estrangulado.

Desde el teléfono del salón, Lancaster le pide a la operadora que lo ponga con la comisaría de policía de Morgantown. Le contesta una señora de voz agradable.

—Mande un coche patrulla y una ambulancia al 1420 de Pitt Road —dice—. Hay un chico muerto.

—Un momento...

Lancaster oye un chasquido, y luego otro, y luego la operadora dice:

—Oiga, señor, Pitt Road es jurisdicción del *sheriff* del distrito...

Pero ya se oyen sirenas a lo lejos.

—¿Qué pasa? —dice.

—¿Señor?

Lancaster cuelga el teléfono. Un coche ha pasado por la berma de delante de la casa, un Ford Taurus nuevo de color oscuro. El conductor, que lleva gafas de cristales reflectores, baja el cristal de la ventana y examina la casa y el camión de Lancaster. Mira a su alrededor, mira hacia su regazo como si estuviera escribiendo algo, luego vuelve a subir el cristal y se va.

Entonces otro coche, esta vez viejo y estropeado, se detiene detrás del Bronco. Sale una señora. Se dirige hacia la casa con su bolsa de la compra y su maletita. El viejo perro negro menea la cola cuando ella sube por el sendero y cruza la puerta principal.

—¿Quién eres? —dice— ¿Qué estás haciendo en mi casa?

Legítimas preguntas. No se iba a acordar de él. Es de mediana edad, pero parece más vieja. Se le han vuelto los cabellos grises y tiene la cara cansada y arrugada. El tono grave y la aspereza de su voz indican que ha fumado cigarrillos durante mucho tiempo. Lancaster sabe quien es. La conoció en una ocasión en que ella fue al Centro de Urgencias a preguntar por su hijo, Kevin Babcock.

—Soy el doctor Lancaster, del hospital. Atendí a Kevin...

La mujer entra en su casa, observándolo, y deja las bolsas en el suelo. El perro viejo la ha seguido y ha descubierto el cuerpo de Kevin. Su ladrido, que es tan ronco como la voz de ella, la conduce al dormitorio. Lancaster quiere decírselo antes de que lo vea, pero se queda sin habla, y después ya es demasiado tarde.

—¡Dios! —exclama. Se deja caer al lado de Kevin— ¡Oh, *Dios*! —Mira a Lancaster.

Llega del exterior ese gemido solitario de las sirenas agonizantes. Lancaster retrocede y mira por la ventana de delante. Siente un hormigueo en la lengua y en la planta de los pies. Se acerca un coche del *sheriff* y aparca en la calle. Dos adjuntos se dirigen corriendo hacia la casa.

—¿Quién *eres*? —le grita Connie Babcock desde el dormitorio— ¿Qué le has hecho a mi hijo?

Él se aparta de la ventana y va a su encuentro.

—Soy médico —dice—. Vine aquí para ayudar —pero no cree que eso a ella, que llora y se asfixia, le sirva de nada.

—Está muerto.

Y entonces, mientras él permanece en pie escuchando en silencio este último adiós escalofriante, sintiéndose impotente y triste y estúpido, los dos adjuntos irrumpen por la puerta principal, con las armas desenfundadas y la imaginación a toda pastilla.

Los lleva al dormitorio.

—¡Está muerto! —grita Connie Babcock y luego señala a Lancaster—. ¡Él estaba aquí y mi Kevin está muerto!

La miran a ella y al chico azul que tiene abrazado contra su pecho, y luego miran a Lancaster.

Él separa las manos de los costados, mostrando las palmas, y dice:

—Soy médico. Vine para ayudar y lo encontré así. Alguien me pidió que viniera. Hace tiempo que ha muerto. No se puede hacer nada.

—Cállate —dice uno de los adjuntos, un tipo bajito de mediana edad y desprovisto de cuello.

—¿Quién se lo pidió? —le pregunta el otro, joven, rubio, y con unas gafas estilo aviador.

—Una amiga suya llamada Storm vino esta mañana y me pidió que hablara con Kevin. Hace un tiempo había sido paciente mío, en el Municipal General de Morgantown, y luego en la Clínica Gratuita. Me conocía. Su amiga estaba preocupada por él. Tenía miedo de que tuviera problemas.

—¿Qué clase de problemas?

—En realidad, no estoy seguro.

—Nunca he oído hablar de ninguna amiga suya llamada Storm —dice Mrs. Babcock.

—¿Es ése su verdadero nombre? —pregunta el adjunto más joven.

—Supongo.

—¿Apellido?

—No me acuerdo.

—¿Cómo podemos ponernos en contacto con ella?

—Yo... no lo sé. Fue también paciente. Debe de constar en los archivos. Dijo que había hablado con otro amigo de Kevin, un hombre llamado Arnie Holt, y que tenía miedo de que ese Holt...

—Madre mía —interrumpe el adjunto más joven—. ¿Conoce a ese Holt?

—No. Como ya he dicho...

El adjunto más joven se inclina hacia el otro y le susurra algo al oído. Mrs. Babcock ahora está en medio de la habitación, abrazándose a sí misma y mirando a Lancaster con una expresión de miedo y de odio.

—¿Es verdad? —dice el adjunto de mayor edad.

—Llegué hace cosa de una hora.

—Tiene una orden de búsqueda y captura ese Holt, ¿lo sabía usted?

—No me sorprende —dice Lancaster—. Ayer por la noche...

—Mejor será que venga con nosotros.

—Yo no voy a ninguna parte —dice Lancaster. Hace ademán de dirigirse hacia la puerta del dormitorio, pero el adjunto de mayor edad se cruza en su camino y le dice:

—Ponlas sobre la cabeza, hijo.

Adrian Lancaster tiene dificultades para recobrar el aliento. Nunca en su vida había recorrido con la mirada un cañón de revólver. Hace lo que el hombre le dice.

—Nos vamos a dar un paseo.

—Esto es un atropello —protesta Lancaster.

Y puede que lo sea, pero el adjunto rubio le pone las manillas, se lo lleva fuera, y lo deja encerrado en la parte trasera del coche patrulla antes de regresar a la casa.

Un poco más tarde, después de que Lancaster hubiera disfrutado la ocasión de quedarse bien helado, después de que llegaran unos cuantos hombres uniformados más, el adjunto desprovisto de cuello sale, pone en marcha el coche patrulla, deja el camino para coger la carretera, y se dirige a toda velocidad hacia la ciudad, a la cárcel.

Al llegar al final de Pitt Road, que con la nieve apenas si deja cabida a dos vehículos, se encuentran con un coche que se acerca en dirección contraria, un viejo Toyota amarillo. El adjunto reduce la velocidad y se pega a un lado para dejar paso. Al cruzarse, Lancaster mira al interior del otro coche y descubre a Storm tras el volante. Durante breves instantes los ojos de la mujer se clavan en los suyos. Alza la mano para taparse la boca.

Lancaster se retuerce en su asiento y observa cómo ella se detiene, sale del coche y se queda junto a la puerta abierta, mirándolo mientras el coche patrulla se aleja. Él también la mira, hasta que giran y la pierde de vista.

4

Cuando, después de comprar su banquete de los domingos, comida rápida metida en una bolsa, Brandon regresa a la oficina, se encuentra con una visita, un delincuente sexual semirreformado llamado Petie Boncaro. Petie está delgado hasta el punto de parecer hambriento. Lleva los cabellos casi afeitados, de modo que no son más que una leve sugerencia oscura en su cuero cabelludo, y siempre va de negro: tejanos negros, botas militares negras, y abrigo negro. Petie ejerce de chivato de vez en cuando, y hoy está sin blanca, así que anda buscando algún billete. Se inclina por encima del escritorio de Brandon y clava los ojos en la comida con tanta intensidad, que Brandon pierde el apetito y le pasa las patatas fritas y la hamburguesa a medio comer que Petie se traga de un bocado.

A Petie le gusta pasarse por allí y hablar de sexo. Morgantown ha visto crecer el número de homosexuales de café y heterosexuales desinhibidos entre su población, y en una ocasión el *Village Voice* de Nueva York le dio un buen vapuleo al publicar los nombres de doce personas, entre las que se incluían varios propietarios de prósperos negocios, dos abogados y un doctor, arrestados en una redada en un club gay. Alguna que otra vez se oye hablar de otras desviaciones más insólitas: grupos sado-masoquistas, clubs de pornografía infantil, etcétera. Parte, todo ello, de la degeneración generalizada de cuanto Brandon ve a su alrededor.

Pero Petie mantiene a Brandon informado de las quejas y los gruñidos de los desheredados y los débiles, y de vez en cuando la información resulta útil. Hoy parlotea acerca de un chico que dicen que ha muerto completamente desnudo. ¿Ha oído Brandon hablar de eso?

Brandon se echa a reír.

—¿Aquí? —le pregunta.

—Sí, eso es lo que he oído decir.

Sin embargo, Petie no puede darle más detalles. Y, lo que es más importante, dice no saber nada de Michael Straw, que es lo único que le importa ahora a Brandon. Brandon le da un billete de cinco para que se quede contento y lo echa a la calle.

Hasta que no lleguen del laboratorio los últimos análisis del coche y de la ropa de Straw, las vías son limitadas. Alrededor del Mirador no vive nadie, así que no se pueden buscar testigos; el que dio el aviso, Holt, no ha sido localizado. Brandon ha cursado una solicitud a la Policía Metropolitana de Detroit. Quiere hablar con alguien de allí que conoce a Straw, pero se imagina que hasta el lunes no tendrá una respuesta. Spinner está planeando llegarse en coche hasta Wauseon para interrogar al propietario del Cabriolet. Eso no llevará a ninguna parte.

Está a punto de llamar a casa para decirle a Susan que llegará en seguida cuando suena el teléfono y el departamento del *sheriff* del distrito le informa de que acaban de arrestar al doctor Adrian Lancaster en el lugar donde han encontrado colgado a un hombre de veintitrés años llamado Kevin Babcock.

Se preguntan si le gustaría pasarse por allí para echar un vistazo. Brandon llama al piso de arriba pidiendo por Jimmy, pero el auxiliar de éste le dice que ya está en camino.

En el camino de la entrada de la casa de los Babcock están aparcados dos coches patrulla del departamento del *sheriff*, un Bronco de color blanco, un viejo Chevy y un Duster hecho polvo encima de unos ladrillos. En el lateral frente a la fachada hay un Cherokee con tracción a las cuatro ruedas que lleva el distintivo del departamento del *sheriff* y la furgoneta del laboratorio criminal. Brandon tiene la esperanza de que alguien haya estado buscando posibles pruebas por el camino y el patio, pero sabe que no habrá sido así y sólo de pensarlo se enoja. La cinta amarilla del cordón policial recorre la fachada de la casa, a varios palmos de distancia de la pared. Es la segunda escena de este tipo del día. *Una cabronada sin precedentes* es cuanto puede pensar.

Dos agentes del *sheriff* están de pie junto a la puerta principal, ambos balanceándose de un pie al otro y soplándose las manos enguantadas. Brandon les muestra la placa y uno de ellos le dice:

—Entre, señor.

Brandon asiente, pero no va a ninguna parte. Enciende un cigarrillo, da la espalda a los dos agentes, e inspecciona el lugar.

—¿Quién suponen ustedes que vive en un sitio así?

Ninguno de los agentes responde.

—¿Eh?

—¿Señor?

—¿Quién? Qué clase de gente. La mitad de estas casas ni siquiera están pintadas. Se están derrumbando. Los patios rebosan de basura.

—Muchos de ellos son gente que siempre ha vivido así. Han nacido en estas condiciones. Me imagino que les debe gustar.

—¿Ah, sí? —responde Brandon—. Me alegra oír eso.

—Sí, señor. Y algunos son gente que vivía de la asistenci social de la ciudad y se ha mudado, ¿sabe?

—Es más fácil ser pobre aquí que en el agobio demoledor de la metrópolis.

—Sí, señor.

—¿Pero cómo es que toda esta zona rural está llena de casas en ruinas llenas de inmundicia? Unos cuantos kilómetros más al norte o al sur hay casas de campo prósperas y bien cuidadas. Y aquí se ha instalado toda la mierda.

—Así han ido las cosas —dice el segundo agente.

Brandon lo mira, es el agente más joven, y le parece ver un destello en sus ojos, como de enojo.

—Un fenómeno natural —dice Brandon.

—Más o menos —responde el agente más joven.

—¿Les llaman muchas veces a estas zonas más pobres?

—Más que a otras.

Brandon asiente, apaga el cigarrillo en la suela de su zapato y se lo mete en el bolsillo.

—Así que esto no es ninguna sorpresa.

—No, señor —dice el agente de más edad.

Brandon lo recuerda. Jamás ha visto a nadie con un cuello más corto. Tiene la cabeza encajada en los hombros.

—¿Os habéis hecho el patio, chicos?

—¿Perdón?

—Que si alguien ha peinado el patio en busca de pruebas. ¿Saben lo que son las pruebas?

—Sí, señor —dice el agente más viejo—. No, creo que no lo ha hecho nadie.

—Ya lo suponía —responde Brandon—. ¿Creen ustedes que van a tener muchos mirones por aquí? ¿Les parece necesario vigilar la puerta principal? ¿O les importaría examinar el patio a fondo?

Se miran, y el más joven hace un gesto de asentimiento.

—Se lo agradecería. Empiecen exactamente por aquí, por el centro del patio, y avancen hacia la salida. Utilicen el método de la cuadrícula, saben, como en los libros de texto. A ver qué encuentran.

—De acuerdo —dice el agente más joven, como si se alegrara de tener algo que hacer.

Dentro de la casa una mujer mayor —la madre, supone Brandon— está sentada en un sofá con una agente del cuerpo femenino. La agente le señala hacia la izquierda del salón, de donde parte el pasillo que lo lleva al dormitorio en el que Jimmy Méndez está tomando fotos con una Pentax provista de flas.

—Parece que hoy tenemos un maldito abono doble especial —comenta Brandon, contemplando el dormitorio.

Un hombre blanco, de veintipocos años, yace tendido en el suelo boca arriba, con los brazos rígidos a ambos lados del cuerpo, los labios entreabiertos, los ojos grises y muertos fijos en el techo gris y muerto. Tiene la cabeza ligeramente vuelta hacia un lado. No lleva nada encima a excepción de las bolsas de papel marrón con las que Jimmy le ha recubierto manos y pies para preservar las huellas. Dos regueros de sangre seca le bajan de la nariz.

Jimmy pasa una pierna por encima del cuerpo y se queda a horcajadas, se pone en cuclillas, y hace unas tomas de la cara de tan cerca como su lente de 50 mm le permite, como a un palmo de distancia más o menos. Luego se desplaza hacia un lado para tener un ángulo distinto, desde la misma distancia.

Debido a la posición de la cabeza, el cuello queda expuesto y se ven las lesiones: la laringe algo hundida, la marca un poco al bies del roce de la cuerda, un cardenal de color morado oscuro.

El cuerpo se extiende desde cerca de la cama hasta el armario.

—¿Dónde coño están todos?

—Acaba de irse Harvey —dice Jimmy, hablando mientras dispara la cámara. Harvey Bennet es el médico forense del condado de Morgantown—. Estuvo por aquí un minuto echando un vistazo y dijo que quería hacer el resto en el departamento.

—¿Por qué no se llevó el fiambre?

—Yo no había tomado mis fotos y tú aún no lo habías visto.

—¿Soy yo quien lleva esto? Esto es cosa del condado. Me encasquetaron lo de anoche, y también aquello hubiera debido ser del condado.

—Puedes llamar a Harvey. Estuvo aquí un minuto, como te he dicho, y luego llamó al *sheriff* Donner y a Lou Adamski para que lo dejaran listo. Quieren que tú te hagas cargo a partir de aquí, por lo menos en cuanto respecta al escenario. El *sheriff* tiene al doctor Lancaster.

—¿Sus hombres han estado investigando?

—En realidad no. Estuvieron hurgando por ahí.

—Justo lo necesario para joder la marrana.

El condado prefería abdicar en favor de la experiencia cuando se trataba de casos que podían resultar confusos. Había precedentes. Sucedía unas cuantas veces al año. Y Brandon tenía más experiencia que todos los demás investigadores del condado juntos.

—¿Cuál es la historia, pues?

—El cuerpo estaba tendido así cuando llegaron los primeros agentes. El doctor Lancaster dijo que estaba colgado pero que él lo había descolgado para intentar hacerle la respiración artificial. Afirmó que desde el primer momento supo que la víctima llevaba ya un tiempo muerta. Me lo dijeron los agentes.

—¿A ti qué te parece?

—A primera vista, autoasfixia.

Señala el taburete tumbado, la soga.

—¿Eyaculó?

—En el pene. No en las manos.

—Una jugada muy fina.

Conque eso era, piensa Brandon. Cualquiera que tuviera dos dedos de frente —incluso un agente del *sheriff*— se daba cuenta de que no se trataba de un caso de ahorcamiento sin mayores complicaciones, pim-pam-pum-fuera. Si el chico no se había masturbado, era de sentido común pensar que tampoco se había quitado de en medio o, por lo menos, que no estaba solo cuando sucedió.

Y, por si fuera poco, el tema Lancaster lo hacía todo aún más extraño.

—Antes de que empieces —dice Jimmy—, ahí fuera hay una caja, en el salón. Tal vez te interese echarle un vistazo.

—Dímelo ya.

—Drogas; coca, hierba, unas pastillas.

—¿Y?

—Y un par de papelinas idénticas a las que se encontraron en el bolsillo de Straw.

Y van tres. Era una locura pensar que el condado podía hacerse cargo de eso.

—Aparte de todo lo demás, ahora tenemos a un listillo hijo de puta haciendo circular caballo —dice Brandon.

—Tranquilízate.

—Voy a retirarme a Wyoming. Esto es una mierda.

—No sabes hasta qué punto.

—¿Dos incidentes en un solo día? Sé que son más puntos de los que yo quisiera. ¿Cuál es tu hora estimada de fallecimiento?

—Lleva muerto más de dieciséis horas. Aquí no había calefacción así que tal vez no sea exacto, pero fue bastante antes de la medianoche, de todos modos.

—Más o menos cuando Straw se estaba asando, unas horas antes.

Brandon se arrodilla junto al cadáver y primero lo mira. Kevin Babcock era un muchacho flaco de piel blanca como el papel. Los músculos de los brazos y el tórax están tan poco desarrollados, que se le ve demacrado. Es como si llevara escrita en el cuerpo la palabra drogadicto. Su cara presenta un bigote fino que nunca había terminado de crecerle bien y una serie de arañazos en la mejilla derecha. Brandon observa un rasguño reciente bastante ancho en el lado izquierdo de la caja torácica y otro, más estrecho pero más profundo, en la cadera izquierda.

—¿Tienes todo esto? —pregunta, señalando

—Sí.

Con el bolígrafo linterna le ilumina primero un ojo, luego el otro, mientras Jimmy saca fotos de ambos, luego se pone guantes y examina el semen seco del pene. Le levanta el mentón para ver mejor la garganta.

—Muy magullada —dice. Y Jimmy saca unas fotos de la zona.

Después Brandon tira de la mandíbula de Kevin intentando abrirle la boca, pero los músculos están agarrotados.

—Démosle la vuelta.

Brandon hace rodar el cuerpo hacia Jimmy, que lo sujeta mientras Brandon palpa la espalda y la alfombra bajo el cuerpo.

—No tiene heridas visibles aparte de los arañazos en la cara, abrasiones en el hombro y la cadera izquierdos, y grave lesión en la garganta.

Brandon sostiene el cuerpo de costado mientras Jimmy extiende una bolsa de nilón en el suelo, y luego lo hace descender hasta dejarlo boca abajo encima de la bolsa.

Ahora examina la espalda, le aparta los cabellos hacia arriba para ver el cuello, lo palpa en sentido descendente pasando por las nalgas y hasta los muslos.

—Aquí —dice. Separa las nalgas y señala la sangre seca que se aprecia en la parte de atrás de la entrepierna y alrededor del ano.

—Aguántalo así. —La cámara de Jimmy dispara el flas cuatro veces.

—Vigila a ver si aparece algún instrumento. Algo o alguien se metió por aquí. Dejaremos que Harvey siga a partir de este punto.

Brandon se pone de pie y echa sus guantes de goma en la bolsa de la basura de Jimmy. Jimmy ha empezado a fotografiar otros objetos del dormitorio, primero desplazándose a lo largo de las paredes, deteniéndose a cada paso para volver a disparar su cámara.

—Dos en el mismo día, Jim. Qué cabronada tan alucinante. —Enciende un cigarrillo y exhala el humo por la nariz con fuerza para quitarse de encima el hedor a muerte.—

¿Has mandado esa muestra de las drogas y la ropa a Lansing hoy?

—Sí. También hemos enviado las muestras de sangre y orina de Straw, a petición de Harvey. Las ha hecho analizar aquí pero no ha obtenido resultados.

—¿Pues por qué mandarlas?

—Lo pidió él.

Brandon se quita los residuos blancos que los guantes le han dejado en las manos.

—Hay algo en todo esto que no encaja.

—Mira, Frank, quiero empezar a espolvorearlo todo. Harvey va a mandar una patrulla para que se lleven el cadáver. Luego limpiaré todos los sifones de los desagües, barreré las alfombras. Estaré aquí todo el día. Las huellas podrían estar en cualquier parte de la casa.

—Yo te dejaré el campo libre. Alguien debería enseñar a estos catetos cómo se inspecciona un escenario, o por lo menos cómo se preserva. Sabe Dios cuántas pruebas de peso han quedado enterradas en la nieve y el barro. —Al llegar a la puerta se detiene un momento—. ¿Cuánto te pagan actualmente?

Jimmy Méndez, que se crió en el *ghetto* de obreros emigrantes de la zona este de Morgantown, uno de los pocos que ha salido de allí abriéndose camino con uñas y dientes en las escuelas y las facultades, parece sorprendido ante esta pregunta. Sonríe.

—¿Más de cuarenta?

Jimmy se echa a reír.

—Lo estás regalando, chico. Eres demasiado bueno para nosotros. ¿Lo sabías?

Jimmy se da la vuelta y continúa disparando.

Brandon les dice a todos, a los agentes y a la madre, que salgan y dejen trabajar a Jimmy. La agente accede a llevar a Mrs. Babcock en coche a casa de su hermana.

Fuera, el agente sin cuello vuelve a ocupar su puesto junto a la puerta.

—¿Tiene los pies fríos? —le pregunta Brandon.

—Hemos hecho el patio. Nada. ¿Cómo se puede encontrar algo entre tanta nieve? Tom está en el camino de entrada.

—Gracias por su ayuda —dice Brandon—. Espero que no se haya cansado mucho.

Sin embargo, el agente rubio llamado Tom ha encontrado algunas cosas. Expone su colección sobre la capota del coche de Brandon: un botón de abrigo de madera, un ojete que parece de bota de trabajo, un cuadrado de plástico duro de color negro, un condón usado y una linterna minúscula de color azul, de ésas que se encienden al presionar los costados.

—¿Cree usted que estas cosas significan algo?

—No sé si tienen que ver con el cadáver, pero algo significan para alguien. ¿Le importa que me lo lleve?

Tom se encoge de hombros.

—¿Cómo ha encontrado todo eso en medio de tanta nieve? —Le tiende unas bolsas de plástico especiales para pruebas y el agente deposita en ellas los objetos.

—No lo he encontrado en la nieve. La mayoría de las cosas estaba al lado de la calle, que había sido arado. He decidido caminar porque la verdad es que no veía gran cosa entre la nieve. La linterna y el condón estaban en el camino de entrada. El condón asomaba entre un montón de nieve, como si hubiera quedado allí al retirarla a paletadas. La linterna estaba cubierta de nieve. Aquí.

El agente acompaña a Brandon deshaciendo el camino hacia la casa y le indica con la bota el lugar donde la encontró.

—Ni tan siquiera la había visto. Andaba arrastrando los pies, para ver si aparecía algo.

Brandon palpa el lugar en el que había estado.

—¿Cuánta nieve tenía encima?

—Justo la suficiente para cubrirla.

—Así que no estuvo ahí mucho tiempo —dice Brandon.

El edificio de los juzgados alberga todo el reino de las fuerzas de la ley del condado de Morgantown: las salas de los tribunales, la fuerza policial de la ciudad, el departamento del *sheriff*, la cárcel del condado, incluso el laboratorio forense de Jimmy, que se halla en el sexto y último piso, una media planta que antes había sido utilizada como almacén. En el centro están la pica y una mesa de laboratorio de color negro, y soportes para los tubos de ensayo, los productos químicos, y otros chismes de cristal. En la pared meridional se alinean todos los aparatos que Jimmy ha conseguido reunir en los últimos años: un cromatógrafo de gas y un aparatoso espectrofotómetro, piezas de segunda mano procedentes de los principales laboratorios del Estado. Al otro lado de la sala está el archivo de expedientes, incluidos un fichero de huellas dactilares que cubre todo el condado, libros de consulta y guías telefónicas, y un par de microscopios. Todo lo que sea sofisticado se va a Lansing o a Detroit, pero Jimmy se ocupa de la mayor parte de solicitudes que se producen.

Brandon deposita las bolsas de plástico con los restos encima de la mesa central con una nota para Jimmy pidiéndole que saque las huellas dactilares, que las compare con la basura recogida en el escenario de Straw, y que analice el semen del condón que ahora está descongelándose.

La combinación de su resfriado con los cigarrillos ha conseguido que le arda la garganta y le lloren continuamente los ojos. Debería estar en casa metido en la cama, ya lo sabe, pero aún tiene que interrogar a Lancaster, y antes ocuparse un poco del papeleo. Tres plantas más abajo, en su exiguo despacho, redacta un informe sobre Kevin Babcock.

Hasta que no ha archivado estas notas y está en el ascensor subiendo al despacho del *sheriff* Donner en el quinto piso, no le viene a la memoria su charla con Petie Boncaro y se da cuenta de que cuando éste le dijo que había oído hablar de un chico que había muerto desnudo, debía de estar refiriéndose a Kevin Babcock. Pero no se divulgó lo de Kevin hasta que Lancaster encontró su cuerpo, que debió de ser casi exactamente en el mismo momento en que Petie estaba sentado en el despacho de Brandon. Así que de un modo u otro Petie se había enterado de la muerte antes de que se hubiera descubierto el cadáver.

Cuando se abren las puertas del ascensor Brandon se precipita hacia las escaleras y regresa a su despacho, desde donde intenta localizar a Petie en alguno de la media docena de teléfonos de los sitios en los que sabe que puede estar rondando, pero en ninguno consigue dar con él. Petie es un vagabundo y un gorrón. Pueden pasar días antes de que vuelva a aparecer.

5

Sólo con que le hubieran hablado, sólo con que hubieran intentado deshacer el malentendido, les habría dado hasta el más mínimo detalle. ¿Son verdaderamente capaces de creer que está involucrado en esta muerte, que podría tratarse de algo más que de simple mala suerte y error de apreciación y quizá confabulación por parte de alguien? Tal vez no. Ha estado encerrado a solas en una sala de interrogatorios durante tres horas. Tal vez es que les gusta tenerlo ahí, donde pueden demostrar su poder, y lo están prolongando cuanto pueden.

Cuando Lancaster aceptó su cargo en este lugar, daba la casualidad de que Irving Jovanovich, el gobernador de Michigan y primer independiente en la historia del Estado, acababa de destinar unos fondos públicos a la asistencia sanitaria, y en particular a los programas de desintoxicación, de las ciudades pequeñas y medianas, que eran sus plazas fuertes. Un año después, Lancaster había ayudado a que parte de estos fondos fueran dedicados a la financiación de la clínica.

Tanto el *sheriff* Donner como el detective Brandon formaban parte del grupo que ejercía presión y hacía circular peticiones en contra de su apertura. Sin embargo abrió, y al cabo de dos años se había convertido en modelo entre los centros de sus mismas características, siendo ahora subvencionada en su mayor parte por capital privado.

Habían retenido a Lancaster para interrogarlo y lo dejaron a solas en aquella sala «para que se lo pensara», según dijo un agente.

Así que piensa en Storm y en Arnie Holt y en Kevin Babcock y hay momentos en que sus pensamientos lo ponen furioso. Piensa que sería capaz de matar a alguien.

Después recupera la cordura y piensa que debería colaborar plenamente. Vuelve a pensar con detenimiento en todo lo que ha sucedido e intenta encontrar una explicación, un motivo que justifique el malentendido. Pero siempre resurge el miedo, miedo a que se produzca un terrible error y sea declarado culpable de asesinato y condenado a pasar el resto de su vida en una celda. El miedo se abre camino garganta abajo hasta dejarlo sin respiración, hasta que siente que tiene que gritar.

Pero cualquiera de estos pensamientos es preferible a sentirse agredido por aquellos recuerdos tan físicos que le llegan del pasado, de cuando pasó dos días en la cárcel Wayne County de Detroit. La cárcel no quedaba muy lejos del hospital en el que ejercía de médico residente y en el que a una hora avanzada de la noche fue arrestado por grave delito de robo y felonía y tenencia de estupefacientes. No era tan extraordinario que de vez en cuando un doctor se apropiara de algún barbitúrico o alguna anfetamina, según el momento. Pero a Lancaster se le cogió con dos viales enteros de morfina en el bolsillo de su bata y no los había recibido por la vía reglamentaria.

Recuerda aquella celda con sus paredes de ladrillo y su retrete al descubierto y su suelo de hormigón mojado y las cucarachas que correteaban por todas partes y criaturas semihumanas acurrucadas por los rincones vomitando y sangrando y roncando y llorando. Y el olor, cómo el olor es la única característica de la condición humana que puede darle náuseas incluso a un profesional de la medicina, y cómo el olor de aquella celda carcelaria, más que cualquier otra cosa, era algo que ningún ser humano debería experimentar, un hedor que no puede ser descrito excepto diciendo que no hay descripción para la combinación de las heces y el vómito y el aliento de alcohol y las emanaciones corporales y las llagas supurantes que allí se produce, y que cala tan profundamente en el cemento que no puede limpiarse jamás; que no puede ser descrito excepto diciendo que una vez olido jamás se te va de la cabeza. Se queda ahí clavado para regresar después, con los malos sueños y las malas borracheras, para atormentarte y atenazarte.

Al final Lancaster no puede evitar esos recuerdos. Le vienen hasta que vuelve otra vez a oler el aliento del vómito y su propio sudor, a sentir en el oído los gruñidos y susurros ásperos.

Al final lo único que es capaz de hacer es meter la cabeza entre los brazos y esperar.

En el despacho del *sheriff* Donner la única luz existente proviene de una lámpara flexo fijada al borde de un amplio escritorio. Fuera está oscureciendo. Lancaster está sentado frente a Donner, al otro lado del escritorio. Brandon permanece en pie, junto a la ventana, lleva un sombrero que le deja la cara en la sombra pero no llega a ocultar la mata enmarañada de cabellos pelirrojos. Fuma y escucha mientras el *sheriff* empieza a hacer preguntas.

—Un momento —dice Lancaster—. Primero hablemos de cómo me han tratado. ¿Espera que me quede ahí sentado hablando con usted después de lo que me han hecho?

—¿Lo que le hemos hecho? —responde Donner. Es un imbécil, ésa había sido siempre la opinión de Lancaster, y ahora tiene pinta de imbécil con aquella nariz que parece una patata llena de capilares rotos, y aquellos párpados caídos y aquella voz cansina y lacónica.

—Arresto improcedente —prosigue Lancaster—. Agresión, difamación, malos tratos.

En estos momentos no tiene ni idea de lo que está diciendo. Es la furia que habla por él. Y antes de que tenga tiempo de reconsiderar lo dicho, Donner se abalanza por encima del escritorio, agarra a Lancaster del cuello de la camisa, y lo levanta en vilo.

—¿Me estás amenazando, hijo? —exclama Donner— ¿En este despacho?

—Hágame un favor —dice Lancaster—. Pégueme un par de veces para que parezca realmente auténtico. Entonces le mandaré a unos abogados que le van a dar por el culo hasta tan arriba que le asomarán por la boca.

—Suéltelo —ruge Brandon—. *Ahora mismo.*

Donner deja caer a Lancaster sobre su asiento.

—No le estamos acusando de nada —le dice Brandon a Lancaster—. Esto lo estamos grabando, le doy mi palabra. Si usted quiere presentar denuncia contra nosotros, es asunto suyo. Pero ahora mismo tengo que resolver un caso de asesinato, y el tiempo no está a mi favor. Yo, nosotros, le agradeceríamos enormemente que nos dijera todo cuanto sea capaz de decir acerca de esta situación para poder proseguir con la investigación.

Lancaster respira hondo y hace un esfuerzo por calmarse:

—¿Cuándo podré salir de aquí?

—En cuanto terminemos de hablar.

Su mirada va del *sheriff*, que está incubando su enojo, a Brandon, que ladea la cabeza en dirección al *sheriff* y pone los ojos en blanco.

Lancaster sonríe para sus adentros.

—De acuerdo —dice—. Acabemos con esto de una vez.

En una hora Lancaster les cuenta su historia. Pero al repetirla una y otra vez, al contemplar las caras de Brandon y del *sheriff* y al escucharse a sí mismo, se imagina lo absurda que debe de sonar. Una chica deprimida de nombre extraño lo aborda en la clínica y declara que Kevin conocía a las personas involucradas en lo del tipo quemado la noche anterior y que una de ellas la está amenazando. Sin cuestionárselo, Lancaster se traga el anzuelo y tras unas cuantas tentativas fallidas de ponerse en contacto con Brandon, acepta meterse en el coche en una tarde de domingo para ir a hablar con aquel perdedor acabado de chaval. ¿Cómo puede explicar el vínculo que le unió a esa chica, el vivo deseo de intervenir? Y luego encuentra la misma droga que se le encontró a Straw. Y luego el cuerpo. ¿No sabía que no debía tocarlo? Por supuesto. ¿Cómo describir la emoción del momento, los sentimientos que le inspiraba Kevin, alguien a quien había apreciado, además de tratado profesionalmente?

¿Por qué no había llamado al encontrar a Kevin? Lo había hecho, más o menos. Llamó y denunció el cadáver, pero antes de poder dar su nombre oyó un coche y colgó.

Por lo menos, le dicen, tienen registrada una llamada anónima hecha desde la casa de Kevin a aquella hora.

El rostro de Brandon se ha fijado en una expresión dura, impasible y vacía.

—Lo que tienes a tu favor —le dice— es que no conozco a nadie que esté suficientemente chalado como para inventarse una historia así.

Al sonar el teléfono de Donner todos guardan silencio. Pone la llamada a la espera, le pasa el teléfono a Brandon, y dice:

—Barnes.

Brandon suelta un taco en voz baja pero coge el aparato. Ken Barnes es el fiscal del distrito, y amigo de Lancaster. Se debe de haber enterado, piensa Lancaster.

A Brandon se le va poniendo la cara cada vez más roja a medida que escucha. Casi no dice nada. Lancaster oye gritar a Barnes desde el otro extremo de la línea telefónica.

Después de colgar el aparato, Brandon se pasa un pañuelo por el rostro y dice:

—Unas cuantas preguntas más y luego se puede ir. ¿Conoce a un soplón escuchimizado llamado Petie Boncaro?

—No.

—Homosexual. Reformado, excepto que el crimen sexual es como el alcohol: cuando uno es adicto, es adicto para siempre. Sigue teniendo sus rarezas, pero para cubrirse las espaldas viene aquí y charla conmigo una vez cada pocos meses. Disfruta casi lo mismo hablando de ello que haciéndolo.

—¿Tiene eso algo que ver conmigo?

—Hoy, hacia las doce y media, antes de que yo supiera quién era Kevin, Petie me habló de un chico que quizás había muerto completamente desnudo. En aquel momento para mí no tenía ningún sentido.

—No salí de la clínica hasta mediodía.

Brandon fuma y asiente.

—Storm dijo que Kevin andaba metido en experimentaciones.

Ambos guardan silencio.

—Ésta es la clase de gente que vive ahora aquí, doctor. ¿Ve lo que sucede?

Lancaster ignora el comentario.

—Así que se trata de un crimen sexual.

—No sé de qué se trata. De sexo. De drogas duras. Lo que usted prefiera —Brandon apaga el cigarrillo dentro de un cenicero—. Escuche —dice. Expira, inspira, luego se vuelve de cara a la ventana—. Puede ser que eso tenga más miga de lo que usted cree. Ya sabe que Holt llamó cuando quemaron a Straw. Todas estas llamadas que recibimos quedan grabadas y las guardamos durante veinticuatro horas. Luego la cinta se rebobina y al día siguiente se vuelve a grabar sobre los mensajes antiguos. Pero hace poco hemos escuchado la cinta.

—Ahora mismo...

—Tres minutos antes de que en la comisaría se recibiera su llamada procedente de la casa de Kevin, otra persona efectuó una llamada para informar de que en la dirección de Kevin había alboroto, diciendo que quizá se estaba cometiendo un asesinato.

—Estaba todavía al teléfono cuando oí las sirenas. —De repente aquel momento le vuelve a la cabeza y experimenta otra vez aquella sensación surrealista. Ya lo había olvidado, o lo había suprimido—. Recuerdo haberme maravillado de que fueran tan rápidos. Era imposible. Sólo que... después no volví a pensar en ello. Con el arresto...

—Lo comprendo —dice Brandon—. Es todo muy desconcertante.

—Sabían que estaba muerto. Esperaron a que yo llegara allí, luego llamaron. Me tendieron una trampa.

—La cuestión es que, aunque esta vez el autor de la llamada no diera su nombre, suena como si fuera la misma voz que informó del caso Straw.

—De nuevo Holt.

—Y alguien, también una voz masculina, también anónima, ha llamado hoy al mediodía a Connie Babcock, que se había recluido en la iglesia y le ha dicho que regresara a su casa inmediatamente. —Deja su puesto junto a la ventana. Lancaster tiene el rostro encendido. Le martillea la cabeza y siente la garganta hinchada y reseca. Le cuesta tragar.

—¿Quién es ese tipo? —dice— ¿Por qué hará eso?

—Tómeselo con calma —replica Brandon.

—¿Y Storm? Fue ella quien me envió allí. Ayudó a que me tendieran la trampa. Puedo buscar su historial médico. Podríamos...

—Hemos hablado con ella.

—¿Que qué?

—Por eso lo hemos retenido, para poder hablar con ella primero. Se fue de aquí hace una hora. Vino por propia iniciativa, diciendo que había visto cómo se lo llevaban de casa de los Babcock. Estaba hecha polvo, llorando y todo lo demás.

—¿Qué ha dicho?

—Lo que le dijo a usted. Ese tipo llamado Holt la llamó, como ha dicho usted. Se sintió amenazada por él pero estaba aún más asustada por lo que pudiera sucederle a Kevin, a quien llevaba varios días intentando localizar. La llamada de Holt le metió el miedo en el cuerpo y la llevó a hablar con usted. Y tenemos una llamada suya registrada, como le dijo. Hubiéramos debido intervenir entonces.

—¿Por qué no se fue hasta allí?

—Dice que había ido, ayer. Kevin no estaba en casa. También nos dio el nombre de otro de esos amigos de Kevin de los que le había hablado. Petie Boncaro. Supongo que él y Kevin eran muy íntimos y la habían estado excluyendo.

Lancaster guarda silencio.

—No creo que sepa mucho más —dice Brandon—. Creo que era exactamente lo que dice ser, amiga de Babcock y alguien que sabía que se había caído en un pozo de mierda. Sólo que esperó demasiado antes de dar la alarma. Lo que tenemos que hacer es encontrar a ese Holt.

—Yo debería irme —dice Lancaster. Recoge su abrigo y sus pertenencias, que el *sheriff* le ha devuelto: llaves, cartera, dinero. Le parecen raros, como si vinieran de otro país.

—¿Recuerda algo más?

—El coche que vi, lo vi justo antes de que Connie llegara a su casa. Antes que los agentes.

—¿Ah, sí?

—Un Ford negro, un individuo que vestía traje.

—¿Podría tratarse de Holt?

—No tengo ni idea.

—¿Alguna otra cosa rara?

—Mi vida.

—¡Hombre, en algo estamos de acuerdo! Ahora váyase de aquí. Estoy harto de usted por hoy.

Hacía poco más de un año que Lancaster trabajaba en el Hospital General del condado de Morgantown cuando una noche una brigada de urgencias se presentó con las víctimas de un accidente automovilístico: dos mujeres llamadas Lorraine y May Brandon, madre e hija. La chica, May, era un caso desesperado. Tenía el pecho aplastado y al ingresar carecía de pulso y de respiración. La entubaron y se llamó a un cirujano residente para que le abriera la caja torácica allí mismo, en el quirófano de Urgencias. Si Lancaster hubiera dispuesto del equipo adecuado, se habría ocupado de ella personalmente. Pero también la madre estaba en estado crítico, y según el protocolo de las prioridades se llegó a la conclusión de que, siendo realistas, era ella quien tenía la única probabilidad de sobrevivir. Así que Lancaster le había dedicado toda su atención.

Una hora después, el cirujano comunicó la muerte de May.

Lorraine fue operada por un neurocirujano de guardia que vino de Toledo en helicóptero. Pasó seis semanas en estado de coma. Al salir del coma, había perdido la capacidad de hablar y sus funciones cognoscitivas generales habían quedado muy limitadas.

La noche del accidente Lancaster había visto a Frank Brandon como nadie lo viera ni antes ni después. Había llorado y bramado en la sala de juntas en la que Lancaster le dio las noticias. Había amenazado de muerte al vándalo inmundo que mató a su hija. Amenazó a Lancaster por mimar a aquella gentuza y por alentarlos con su rejodida clínica a quedarse cerca de la ciudad.

El jefe de Brandon, Lou Adamski, lo sujetó mientras uno de los residentes le daba una inyección de Valium. Brandon no quería que Lancaster le pusiera las manos encima.

Ninguno de los dos había vuelto a mencionar el episodio. Y con el tiempo Brandon volvió a ser el de antes, y a tratar a Lancaster como a cualquier otro profesional. Pero Lancaster sabe que tiene un hueco en el corazón, un vacío que siente cada vez que mira al hombre que le anunció la muerte de su hija. No es tan difícil de entender, piensa Lancaster.

La nieve, que durante el día se había ablandado, se ha vuelto a endurecer, dejando una capa de hielo sobre el mundo. Sigue cayendo, unas bolitas pequeñas y duras que al darte escuecen. Con el aire frío del atardecer a Lancaster le lloran los ojos. Inspira hondo una y otra vez. Se está extinguiendo la luz del día.

Hace veintiséis horas que no duerme. Encuentra el Bronco en un solar vecino, encajado entre dos coches patrulla, y se dirige a su casa. Habían llamado del hospital para decir que por la noche le iban a cubrir su turno de guardia en Urgencias.

En Detroit había sido Denise Richards quien encontró al abogado que finalmente sacó a Lancaster de la cárcel iniciando el largo proceso de salvación de su carrera. Comenzó cuando lo llevaron en coche de la cárcel al centro de desintoxicación de Royal Oak.

Respira repetidas veces en el aire frío y piensa en el momento en que abandonó aquel horrible lugar, como ahora está abandonando éste. Sin embargo, entonces Denise desapareció de su vida. Antes de que saliera de rehabilitación, ella se había ido para siempre.

Lunes

6

La madrugada del lunes, Brandon se despierta. La casa está a oscuras a excepción de la luz de la calle que se filtra a través de las persianas. Falta aún bastante para que sean las seis. Cuando se vuelve para arropar a Lorraine, se da cuenta de que está empapada en sudor, así que retira del todo las mantas de encima y le afloja el camisón. En la oscuridad y con los ojos cerrados parece que sea la misma de antes, la cara bonita que se casó con él. La vacuidad se ve sólo en sus ojos cuando está despierta.

Había sido tan joven, una vez. Envolvía con su cuerpo el de Brandon y le susurraba que jamás podría alejarse de ella. También él era joven, y duro y guapo. Sabía que era guapo. Lo veía en los ojos de las demás mujeres, incluso cuando ya se iba acercando a los cincuenta. No recordaba exactamente en qué momento dejó de ser así, cuándo ganó demasiado peso o perdió demasiados cabellos para seguir siendo apuesto. Pero Lorraine siempre le decía que era guapo. Decía que sólo era que ahora se le veía más maduro. Asentado, decía.

Un hilo de baba le cruza la mejilla. Lo seca con una esquina de la sábana que luego pasa por su frente húmeda. Toquetea el crucifijo que lleva colgado al cuello, para asegurarse de que no esté demasiado apretado.

A menudo piensa en los momentos pasados en aquella casa cuando las dos niñas armaban un alboroto constante, atareadas con sus proyectos y sus fantasías. Era una auténtica familia, la suya, de las de antes, de las que ahora ya no se ven tanto. Susan no tiene hijos y Brandon se da cuenta de que probablemente no los tendrá nunca. Ella jamás le ha hablado de este tema, pero Brandon da por sentado que se trata de una decisión tomada a conciencia. Lo que más le sorprende es que él no la censura por eso. El mundo es una mierda, le dijo una vez cuando ella tenía pocos años. Debió de creérselo.

Le produjo una extraña sensación ver a Lancaster encerrado el día antes, casi como si a fuerza de rozarse con toda aquella escoria parte de los problemas que les asediaban se hubieran desprendido y regresaran a por él, para desquitarse. Y para el doctor ésta no era la primera vez. Brandon era tan partidario como cualquiera de la idea de que si un hombre caído era capaz de regenerarse bien merecía una segunda oportunidad. ¿Pero acaso no era extraño que el caballo, que había llevado a Lancaster a la ruina la primera vez, estuviera vinculado a lo que ayer había vuelto a hacerle caer?

A Brandon todavía le quema la garganta, pero parece como si el resfriado le fuera subiendo cabeza arriba.

Encima del mostrador de la cocina Susan ha dejado un folleto de la clínica católica. Al salir, lo tira a la basura.

El laboratorio de la policía está oscuro y silencioso como el mundo exterior, en el que aún no ha salido el sol, y el turno de día, incluido el auxiliar de Jimmy Méndez, no empieza hasta dentro de un par de horas. Brandon tiene los ojos hinchados y nota la nariz como un zapato. Se siente debilitado, por el cansancio y los microbios, se ha recostado junto al mostrador de azulejos negros que se halla en el centro del laboratorio y ha encendido un cigarrillo. Jimmy hace correr el agua del grifo, le arranca el pitillo de los labios y lo arroja en la pila, donde se extingue con un silbido. Luego le muestra los expedientes de Babcock y de Straw.

—Quería verte antes de la reunión de esta mañana. He oído decir que va a haber bronca por la detención de Lancaster.

—¿Qué tienes que decirme?

—He pensado que te gustaría ver lo que tengo de momento. Y Harvey aportará noticias importantes. Yo dispondré de los resultados de la autopsia antes de las nueve y media, así que tendrás ocasión de verlos con anticipación.

Los lunes empiezan con una reunión general de los detectives y el jefe de policía de Morgantown, Lou Adamski. No cabe duda de que hoy la reunión será un poco más concurrida, y mucho más acalorada, que de costumbre.

—¿Qué noticias?

—Lo de Kevin Babcock no fue un suicidio.

—Eso no es ninguna noticia. Es una corroboración. ¿Qué es lo que se ha descubierto?

—Había algo anormal en el estado en que quedó su cuerpo, y los infrarrojos hicieron aparecer una segunda marca de ligadura alrededor del cuello, probablemente producida por un cinturón. Eso fue lo que lo mató, no la soga. El cuerpo fue colgado después.

—¿Cuánto tiempo después?

—Un par de horas.

Brandon hace un gesto de asentimiento, suspira y dice:

—De acuerdo. Examinemos el resto de lo que tienes.

—Primero extraímos unas bonitas huellas dactilares latentes del salón, del brazo del sofá, de la televisión, y de algunas piezas de la cubertería de la cocina así como del cuarto de baño. Pertenecen a seis individuos distintos, dos de los cuales son Kevin y su madre.

—Me han dicho que hay un hermano, Seth, que también tiene un historial.

—Sí, tendremos que buscar las suyas para contrastarlas.

—Coge también las de Petie Boncaro. Estoy seguro de que están en el archivo.

—Seguro. En cuanto a los restos encontrados en el patio: el plástico negro, el botón, el ojete de bota, ni huellas ni relación aparente con lo que le encontramos a Straw. Nada importante. El condón era viejo pero presentaba restos de heces en el exterior. Le pasé el semen a Harvey. Le dio el mismo grupo sanguíneo, AB0, de Kevin y otros factores específicos. O sea que Kevin había penetrado el ano de alguien. Y no tenemos ninguna prueba de que en su caso se hubiera utilizado un objeto extraño. Su propio ano presentaba escoriaciones de látex recientes.

Brandon guarda silencio.

—Lo mejor de todo ha sido la linterna del camino de entrada. Hemos sacado una bonita huella parcial, del dedo corazón. En cualquier caso, es suficiente para que podamos identificar al dueño. Si sería o no aceptada en los tribunales, no lo sé. El tamaño indica que pertenece a un individuo de sexo masculino.

—¿Se corresponde con alguna de las huellas encontradas en la casa?

—No. Éstas son distintas.

—Fantástico. El agente que la encontró llevaba guantes. Empieza por los índices, ve eliminando a todos los que estuvieron allí. Le pediremos a la madre una lista de todas las demás personas que hayan visitado la casa últimamente y también las comprobaremos.

Jimmy refunfuña.

—Y ahora, noticias aún más sensacionales. Ya sabes que antes de mandar la ropa de Straw para el norte, yo hice mis propios análisis.

—Para ver qué combustible era.

—Para eso y también le hice el examen de costumbre. Encontré un par de pequeñas fibras en el bajo de los pantalones. Los llevaba largos, así que le arrastraban. Habían recogido algo, una fibra amarillenta, parece nilón.

—¿Y?

—Son de la alfombra del salón de Kevin Babcock. Straw había estado allí.

Brandon suelta todo el aire de sus pulmones, se frota los ojos, y dice:

—Menudo paquete. Así me gusta. Prefiero tener un gran montón de mierda que muchos montoncitos pequeños.

—Todavía no tengo las huellas de Straw... pediré que me las manden de Detroit. Algo sacamos de las ruedas del coche en el que le quemaron. ¿Ha conseguido Spinner hablar con el propietario?

—Ayer no pudo dar con él en todo el día

—Rascamos las bandas de rodadura y pusimos a secar lo que nos salió. Muchos pedacitos de hormigón, que podrían sernos útiles. El hormigón es un compuesto y casi nunca se hace dos veces exactamente del mismo modo. Tenemos piedra, arena, grava, cristal, lo que sea, mezclados en una matriz de cemento prácticamente única.

—O sea, que si logramos encontrar el lugar del que viene este hormigón, se puede confirmar que el coche estuvo allí.

—Más o menos. Ten en cuenta que es probable que no haya mucha nieve donde quiera que sea; de lo contrario no se habrían pegado tantos restos a las ruedas. Podría ser un depósito de mercancías, o algo así.

—Ya.

—Y por último, ayer noche recibí la llamada de un amigo del laboratorio del Estado. Esta mañana nos enviará por fax los resultados definitivos. Pero adelantó que parecía poco habitual. Ya te dije que la sustancia que encontramos en la ropa de Straw, más concretamente, en lo que quedó de la manga consumida por las llamas, no encajaba con ninguna banda de secuencia estándar. En esto están de acuerdo. Dicen que es un acelerador de combustión rápida con una base de gasolina, pero parece haber sido sintetizado a mano. Hecho a la medida.

—¿Qué?

—Y la heroína, Frank. No es heroína.

—¿Anfetamina?

—No, no. Es como heroína, pero sintética. Algún tipo de derivado del fentanil. También se encontró en la orina de Straw.

—Pero Harvey la analizó aquí y no obtuvo nada.

—No puede. Es una concentración extremadamente baja porque es muy potente y se descompone muy deprisa. Hay que hacer unos análisis muy sofisticados para pillarla.

—De acuerdo. Ya veremos lo que nos llega antes de la sesión de información.

Jimmy hace un gesto de asentimiento.

La mitad del tercer piso del edificio de justicia lo utilizan los funcionarios que trabajan para la alcaldía, la otra mitad la policía municipal. La mayor parte de la mitad correspondiente a la poli la ocupa una amplia sala central de la brigada y oficina, en la que se lleva a cabo el trabajo cotidiano. A lo largo de la pared meridional están las habitaciones más pequeñas: el despacho del jefe en la esquina delantera, una sala de interrogatorios, el armario de medida gigante que Brandon llama despacho, y una sala de juntas larga y estrecha que se usa para todo, desde reuniones hasta almuerzos de los empleados.

En esta sala de juntas, a las diez de la mañana, Brandon, Jimmy y Spinner, que se está zampando un bollo con mantequilla a la canela, se enfrentan a su jefe, Lou Adamski. Ken Barnes, el fiscal del distrito, también está allí sentado. Dos muertes violentas en un domingo no es que sea exactamente el pan nuestro de cada día de Morgantown. Brandon, armado ahora con los informes de Harvey y los resultados del laboratorio del Estado, está listo para exponer una teoría, pero se da cuenta de que la reunión va a tomar un cariz distinto.

Lou Adamski abre la sesión diciendo: «¿Qué diablos está pasando aquí?» Es un tipo grueso y cuadrado —espaldas cuadradas, pecho cuadrado, cabeza cuadrada, manos cuadradas—, en forma de montón de ladrillos, de los que se hacen con un agregado de cenizas, dijo alguien una vez. La imagen era tan acertada que la gente empezó a llamarlo Cenicienta, hasta que se puso furioso y acabó con el apodo de un modo tajante. Sus cejas, espesas y oscuras, se entrelazan formando un único trazo cuando está enfadado, como ahora, y, según Brandon, tienen la apariencia de un largo insecto que hubiera trepado por su rostro.

—Todo pasa por el doctor —dice Spinner.

—¿Es un sospechoso?

Spinner se encoge de hombros.

Lou prosigue:

—Trata a un paciente y se da cuenta de que al tipo le han pegado fuego, entonces tiene que discutir con nosotros para que nos lo tomemos en serio. Luego se interesa por un antiguo paciente porque se lo pide una amiga suya que nos había llamado y después de él, Lancaster, intenta hablar con nosotros *una vez más*. ¿Hay indicios de alguna grave actividad criminal en todo ello? ¿Eh?

Spinner menea la cabeza en un gesto de negación.

—Exacto. Si alguien jodió la marrana, es este departamento.

Silencio.

—Vale. Así que, ¿quién tiene alguna teoría?

Brandon se muerde la uña del pulgar y espera. Un muerto, un moribundo, y el hallazgo de una heroína sintética extraña, pero el alto mando está furioso porque un doctor fue un poco zarandeado. Ken Barnes, político antes que nada, mantiene un vínculo estrecho con Lancaster y tuvo mucho que ver con la fundación de su clínica. Fue la mejor baza después de besar bebés, porque el dinero era federal y del Estado: regalos gratis sin que subieran los impuestos. Votadme.

Lou dice:

—El análisis de la voz ha confirmado que el autor de la llamada del caso del quemado y el de la primera llamada del de Babcock son una misma persona.

—Arnie Holt —dice Spinner.

—Eso parece. ¿Han comprobado la historia de Lancaster?

—La enfermera dijo que una mujer que respondía a la descripción de Storm Summers se abrió paso a la fuerza para hablar con él. Lancaster la reconoció y pidió a la enfermera que los dejara solos. Luego hizo unas llamadas al exterior mientras la mujer seguía en el despacho con él.

—En ese caso es una víctima —interrumpe Ken Barnes—. Nada más.

Brandon rechina de dientes y contempla cómo el fiscal del distrito, de unos cuarenta años y calva incipiente agita en el aire sus dedos finos. Barnes es el *yang* al *yin* de Lou Adamski; mientras que Lou parece la quintaesencia del camionero, con una voz ahumada que hace juego con su aspecto, Barnes es esbelto y acicalado hasta el punto de que Brandon lo encuentra afeminado, y da más la imagen de presentador de un teatro de variedades que de un severo fiscal.

Pero en cuanto a actitud son tal para cual. A Brandon todavía le quema la llamada de Barnes al despacho del *sheriff* Donner durante el interrogatorio de Lancaster. Incluso desde el otro lado del teléfono Brandon percibía cómo a Barnes estaban a punto de reventársele los vasos sanguíneos, y sus amenazas siguen resonándole en los oídos.

Pero entre ellos las cosas nunca han ido bien. Habían tenido problemas cuando Barnes fue elegido fiscal del distrito seis años atrás, y desde entonces han chocado a menudo. Las agarradas ayudan mucho a explicar porqué Lou, diez años más joven que Brandon y con seis años menos de antigüedad en el departamento, había sido nombrado jefe cuando unos años atrás quedó vacante el puesto. La excusa que le dieron entonces a Brandon fue que Lou tenía un máster en administración. «Un título para el que se ha estado preparando mientras yo estaba en la calle rompiéndome los cuernos», pensó Brandon.

—Pero no tiene ningún sentido —dice Spinner.

—Entonces sal a la calle y haz que tenga sentido —replica Lou—. Ahora mismo sales para Wauseon, y hablas con el propietario del coche.

—De acuerdo.

—También quiero que localices al hermano de Kevin —interviene Brandon—. Seth Babcock. En primer lugar, tenemos que eliminar huellas. Pero trata de averiguar qué es lo que sabe de los follones en los que andaba metido Kevin. He mirado su ficha. Tenencia de pequeñas cantidades primero, luego una detención por tráfico de hachís y coca en el 88. Caballo un año después. Cumplió seis meses. —Mirando a Adamski—. ¿Podemos proseguir con esto ahora, o nos quedamos sentados gimoteando un poco más por el pobre doctor?

Lou aprieta los dientes y lanza una mirada a Barnes.

Brandon abre sus carpetas y repasa los descubrimientos del forense que habían comentado antes con Jimmy, subrayando que Kevin no se había suicidado y que Straw estaba relacionado con el caso.

—Pero aún tenemos más —dice.

Aparte de la autopsia de Babcock, Harvey se había personado en la unidad de cuidados intensivos y había examinado a Straw. A los doctores, dijo, les había mosqueado un poco que el forense se pusiera a examinar a un paciente vivo. Pero dada la magnitud de estos dos casos, se sentía justificado. Y obtuvo su recompensa. Debajo de una uña de la mano derecha de Straw encontró un trozo de fibra de la soga de abacá con la que había sido colgado Kevin.

—Straw es ahora el principal sospechoso del asesinato de Kevin.

—Que hubiera estado allí y tocado la soga no implica asesinato —dice Barnes.

—Su cinturón —replica Jimmy—. El cinturón que llevaba Straw al ser ingresado en Urgencias se corresponde tanto en anchura como en textura con la marca de ligadura subyacente en el cuello de Kevin Babcock. Harvey nos demostrará que fue el cinturón de Straw, y no la soga, lo que realmente ocasionó su muerte. Además, los rastros de sangre hallados bajo las uñas de Kevin encajan con el Rh y el grupo sanguíneo de Straw.

—Todo concuerda, ¿no? —dice Brandon—. Pero el porqué le prendieron fuego a Straw aún no está muy claro.

—Probablemente estaba inconsciente cuando lo quemaron —dice Jimmy—. La sangre que encontramos en la llanta de la rueda es la suya. Recibió un fuerte golpe en la cabeza. Y ahora tenemos la identificación del acelerador. Yo había detectado petróleo, ya lo dije, pero con una secuencia de bandas muy desconcertantes. Resultó ser simple y llanamente gasolina. Pero había también residuos de ácidos grasos complejos, aluminio y plásticos.

—Napalm —dice Brandon.

—Básicamente. Napalm casero. Alguien fabricó jabón de aluminio y lo mezcló con gasolina. Es todo cuanto se necesita. Sólo hay que removerlo un cierto tiempo hasta que gelidifique.

—¿Qué diablos está pasando aquí? —pregunta Barnes.

—Se lo diré —responde Brandon—. Straw se presenta en casa de Kevin, furioso porque le han pasado una droga que considera de mala calidad, y lo ataca. Recuerden, Kevin tenía la casa a su disposición porque su madre se había ido de retiro espiritual, había salido hacia las siete de aquella misma tarde, dijo, y él tuvo contacto sexual con alguien de su propio sexo. A juzgar por sus lesiones, creo que Kevin estaba todavía desnudo cuando luchó contra Straw.

—¿Desnudo?

—Escoriaciones en cadera y pecho. Del roce con la alfombra. Si hubiera ido vestido, no le habría sucedido.

—¿Está diciendo que había alguien más allí? ¿Su amante?

—Quizás. O tal vez su amante ya se había ido. Pero Kevin estaba desnudo y había tenido relación sexual con alguien. Sea como fuera, Straw lo estrangula, luego le entra el pánico y se abre. Un par de horas después regresa para encubrir el crimen, y cuelga el cadáver a fin de que parezca un suicidio.

—Tal vez Straw lo violó.

—De cualquier modo, una vez concluido todo o bien alguien lo sorprende allí o bien alguien lo detiene por el camino, alguien que va a favor de Kevin, tal vez su amante, tal vez otra persona. Digo Holt porque él fue quien llamó. Esta persona, Holt o quienquiera que fuera, convence a Straw de ir a dar una vuelta en coche, lo lleva al Mirador, y lo fríe.

—Son puras conjeturas —dice Barnes.

Lo cual incita a Brandon a continuar.

—Lo que resulta curioso es que el asesino de Straw sabía que lo iba a matar. Lo había planeado cuidadosamente. Llevaba guantes de látex y se había tomado la molestia de fabricar una ración de Napalm. ¿Por qué Napalm? Porque se queda pegado. No es posible errar. Un cigarrillo, una cerilla, cualquier cosa lo enciende y no hay modo de escapar.

Pero el asesino no se limitó a encender el fuego. Después de dejar a Straw fuera de combate y rociarlo con la gelatina, llamó al 911. Pongamos que desde una cabina. Esperó a oír acercarse la sirena por la carretera antes de encender la llama.

—¿Dónde habría ido después?

—Ayer, en el escenario del crimen, antes de examinar el coche, seguí las huellas de unos pasos que cruzaban el parque hasta la valla. Al llegar allí torcían hacia la izquierda y luego seguían todo recto adentrándose en el bosque.

Los demás guardaban silencio, contemplándolo.

—¿Por qué esperar antes de pegarle fuego? Así es más horrible. Es un golpe del mundo de la droga, hecho tanto de cara a la galería como por cualquier otra razón. Si el tipo vive, es más horrible que si muere. La gente tiene que mirarlo, entonces.

—No puede probarlo —dice Barnes.

—Déme un poco de tiempo. Y le diré algo más. De un modo u otro, tanto si es autor como si es víctima, tendremos más noticias del doctor Lancaster.

—¡No lo meta en esto!

—Manténgase alerta, Ken. Eso es mierda de gran ciudad y él tiene la clase de pasado adecuada. No se trata de una grandiosa coincidencia.

Barnes se pone rojo. Emite unos sonidos guturales de sofoco.

Lou se inclina hacia Brandon y a poca distancia de su cara, le espeta:

—Pruebas rigurosas y nada más, teniente. ¿Entendido?

Brandon enciende un cigarrillo y dice:

—Jimmy, háblanos de la droga para que podamos largarnos de aquí.

—Tres, cuatro-metil etil fentanil. En realidad, es la sal del acrilicato de esta droga; tres, cuatro-metil etil fentanil acrilato. Una heroína sintética extremadamente potente.

—¿Como otros fentaniles?

—Sólo que más, supongo. Todavía la estoy analizando, pero por lo que he oído decir se trata de una sustancia realmente fuerte.

—Debe haber corrido la voz acerca de este material —dice Lou—. Que tu gente se ponga en ello en seguida. Si no paramos esto pronto se nos escapará de las manos.

Silencio.

—Así que váyanse.

Otra llamada al cuartel general de la Policía Metropolitana de Detroit y diversas transferencias y conexiones ponen a Brandon en contacto con un secretario que le dice que la solicitud que hizo el día antes ha sido remitida al detective Byers. Byers trabaja temporalmente fuera de la central de River Rouge. Una llamada a dicha central, otra transferencia, y le responde una mujer:

—Narcóticos.

—Con el detective Byers.

—¿De parte de quién?

—El detective teniente Frank Brandon, de la Policía Municipal de Morgantown, condado de Morgantown.

—¿Morgantown?

—Estamos a cosa de una hora y media al oeste de Ann Arbor. ¿Puede ponerme con Byers?

—Región de caballos, ¿verdad? Tengo un cuñado en algún lugar de por ahí. Me parece que se dedica a criar caballos.

—Éste es buen terreno para los caballos. Necesito hablar con el detective. ¿Está?

—Él no está. Pero yo sí.

—¿Quién es usted?

—La detective Ellen Byers.

—¡Ah! —exclama Brandon.

—¿Qué desea?

¿Ha oído hablar alguna vez de Michael Straw?

Pausa.

—Lo llamaban Zipper,* porque tenía una fea cicatriz en la cara. Sí, lo conozco.

—La cicatriz se le ha borrado, pero lo tengo aquí.

—¿En la cárcel?

—No exactamente. El hospital del condado le está dando cama unos días. A lo que queda de él, en cualquier caso. Lo rociaron con gasolina gelidificada y le pegaron fuego el sábado por la noche. Los médicos no creen que sobreviva. Según su ficha, usted lo arrestó en una ocasión.

* *Zipper*, en inglés, cremallera. *(N. del t.)*

—Era un perdedor crónico. Detenido por esto y lo otro. Se pinchaba. No podía dejarlo. Pero como Le Seure... ¿sabe quién es Le Seure?...

—Hablé con su mujer.

— ...Bueno, le vigilábamos a Michael. Pero, qué diablos, sea como sea un yonqui siempre terminará recibiendo algunos golpes. Así que en qué puedo ayudarlo, ¿o me está llamando simplemente para darme buenas noticias?

—A Straw se le encontró encima algo que parecía caballo marrón corriente y moliente. Ahora me han dicho que es una sustancia sintética, un fentanil de algún tipo. Estoy intentando reconstruir sus últimos días, y pensé...

—¿Qué es lo que era exactamente?

—Se lo leeré: tres, cuatro-metil etil fentanil acrilato.

—¿Sabe algo acerca de las drogas sintéticas?

—No mucho.

—Yo tampoco, y soy especialista en el tema. Los fentaniles son sustitutos de la heroína que se fabrican en el laboratorio. Fuertes pero generalmente con un efecto de corta duración. Recuerdo que empezaron a verse en California hace unos diez o doce años. Sólo que entonces aparecieron otras variantes, derivados del fentanil básico y muchísimo más fuertes. Hace casi ocho años empezamos a encontrar por aquí este material. Y el laboratorio nos dijo que no se trataba de un fentanil cualquiera. Era un producto químico muy concentrado de efecto duradero que tenía un nombre largo y complicado. Y esta variante en particular no se halló en ningún otro lugar del país. Quiero decir que se trataba de algo importante. Comenzaron las muertes por sobredosis, porque si no se corta acaba siendo letal. Sólo el polvo que se produce al analizar la forma pura de algunas de dichas variantes puede ser letal. En cualquier caso, la policía federal se metió en este asunto, consiguió infiltrarse e hicieron algunas redadas. A nosotros sólo nos utilizaron para efectuar detenciones callejeras, así que no puedo darle más detalles. Un viejo griego era el jefe del negocio, aunque nunca llegó a meterse de lleno en él.

—¿Se acuerda de su nombre?

—Louie Papalanos. *Fat Man*, le llamaban, porque era muy gordo. Old Fat Louie.

—¿Mafia griega?

—No era mafia auténtica. Era una familia poderosa. Fuera como fuese, estos griegos, que hasta entonces no habían estado en el negocio de la droga, consiguieron información sobre un tipo de drogas sintéticas.

—Los fentaniles.

—Déjeme terminar. He dicho que no llegaron a coger a los peces gordos, pero se llevaron a cabo muchas detenciones callejeras y se cerró el laboratorio que lo fabricaba. Todo este asunto no duró mucho tiempo, un año y medio, hasta ahora.

—¿Ahora?

—El producto químico que se producía entonces era tres, cuatro-metil etil fentanil acrilato. Una droga de composición única, como he dicho. Apareció sólo en Detroit y sólo en el transcurso de aquel año. Era una sustancia que iba firmada. La misma que tiene ahora entre manos. Y yo, detective, tengo ahora mismo un montón del producto en cuestión encima del escritorio, cogido en una detención en el momento de un pase la semana pasada.

—Recientemente, alguien ha reemprendido el negocio.

—¿Papalanos?

—No. Ahora los cabezas de familia son sus hijos, pero los tengo bien vigilados. No están detrás de esto. Fat Louie sabía que no tenía nada que hacer en el mundo de los narcóticos. Aquella fue su única incursión y Fat Louie los sacó rápidamente de allí. Fueron siempre fuertes en inmobiliaria y construcción. Hoy en día se dedican también a las piezas de automóvil. Nada de drogas.

—¿Qué cantidad ha aparecido?

—Hace tres meses se empezaron a ver algunas muestras. Esta pequeña cantidad ha ido creciendo. Tal vez nos ha llegado medio kilo en el transcurso de las últimas dos semanas. Lo que pasa es que el material siempre está cortado... laxante pediátrico, azúcar, lo que sea. Al analizarlo, la cantidad del producto químico en cuestión contenido en una papelina del tráfico callejero es inconmensurablemente pequeña.

—Ha dicho usted que los federales se involucraron en el asunto. ¿Le Seure?

—No. Eso fue después de que dejara su cargo de fiscal estatal del distrito, para trabajar con el jefe. No estaba involucrado.

—¿Straw?

—No. No que yo sepa.

—¿Y esta variante no ha aparecido en ningún otro lugar?

—Nunca. Sólo por aquí. Generalmente en forma de mezcla de color tostado, que es el azúcar caramelizado. La gente empezó a llamarlo Metal Fang, por las siglas MEFA. Quedó reducido a Fang.

—¿Podría mandarme por fax la lista de las anteriores detenciones?

—Claro. Lo que yo quiero saber es cómo se las arregló Mikey para terminar quemado en una región de caballos y campesinos. Y qué tiene que ver con mi droga.

—Si encuentra una respuesta a su pregunta, detective, me voy para allá y le compro el filete más grande de Detroit.

—Soy vegetariana.

—En ese caso le compro una ensalada. Escuche, ¿qué quería decir al mencionar que Le Seure trabajaba para el jefe?

—Creía que había hablado con Sarah.

—Sólo me dijo que había sido agente de la DEA.

—Era más que un agente, Brandon. Durante sus últimos cuatro años de servicio fue jefe del despacho regional. Y dejó ese bonito cargo por una buena razón: para trabajar para Irving Jovanovich.

—¿El gobernador?

—Sí, señor.

Jovanovich, que acababa de inaugurar su segundo mandato como primer jefe del Estado independiente de Michigan, había tenido un éxito abrumador en las últimas elecciones. A los cuarenta y cinco años se había convertido en el gobernador más joven de la historia reciente del Estado, consiguiendo la hazaña sin precedentes de conseguir el apoyo de los votantes laboristas liberales de Detroit como de los conservadores de todo el Estado.

—¿Le Seure sigue con él?

—Es jefe de personal, así que mejor que cuide bien al joven Michael.

7

Sobre el sofá de piel de su estudio, en el que se había desplomado la noche anterior, Lancaster queda sumido en un sueño ligero. Y durante este ligero sueño revive un recuerdo.

Unos años antes, en Ann Arbor y Detroit, una mujer llamada Denise Richards era el centro de su vida. En la cama, por las mañanas, solía hablarle en susurros cuando él apenas comenzaba a despertar. En su sueño esta mujer es tan real como la vida misma, está desnuda y arrodillada junto a él, con aquellos cabellos de un castaño rojizo colgando sobre su cara, haciéndole cosquillas hasta que él abre los ojos y esboza una sonrisa que se funde con la de ella, con aquellos senos pálidos y sus venitas azules en los costados, rozándolo también. Es mayor que él, ronda ya la treintena. Puede oler su aliento, rancio de la noche y sin embargo dulce. A veces lo besaba. En estos minutos de la madrugada, los primeros del día, no había hambre, ni ansia, ni vacío químico que gritara por ser saciado. Él tenía la sensación, y sabía que ella también, de que aquél era el día en que podrían dejarlo, aquél era el día en que podrían no necesitarlo, en que podrían arreglárselas sin nada más que lo que tenían al despertar: ellos mismos. Algunos días, en particular aquellos raros días en que ninguno de los dos tenía que ir a trabajar, ni a ninguna clase, ni tratar con la gente que venía a ellos en busca de ayuda, algún que otro día festivo, algún domingo ocasional, aquellos días podían hacer que la ilusión durara a veces incluso hasta bastante después del mediodía, sin tomar nada que fuera más fuerte que el café y los cigarrillos, sentados cada uno en un extremo del sofá de su salón, con el *Detroit Free Press* extendido entre los dos, oyendo el parloteo de los altavoces del transistor. A veces en lo más recóndito de su pensamiento hubiera deseado poder congelar un momento así y conservar esa imagen de los dos en una postura de tan fuerte sabor a normalidad suburbana aburrida y entumecedora para la mente. Dos personas sentadas, despertándose juntas, leyendo el periódico.

Pero incluso en días así llegaba el hambre, tal vez más lentamente, pero inexorable. Lo notaba en ella antes que en sí mismo, en el número de cigarrillos que fumaba. A primera hora, durante la primera taza de café humeante, encendía un pitillo, daba un par de caladas y luego lo dejaba reposar. Hacia mediodía los fumaba uno tras otro, a veces hasta el punto de encender uno con la colilla agonizante que acababa de sacarse de la boca. Fumaba Kools porque le gustaba la anestesia del mentol. Él también fumaba en aquel tiempo, Marlboro Reds; le gustaba el humo espeso y pesado, aquel sabor tan auténtico. El número de cigarrillos se disparaba, se llenaban los ceniceros, el aire se enrarecía por el humo que quedaba flotando.

Finalmente, uno de los dos iba al cuarto de baño, se ponía de pie en el retrete y cogía el botiquín que estaba encima del armario de la ropa, lo traía y lo colocaba sobre el periódico extendido entre ambos en el sofá. Habitualmente era ella quien hacía los honores, ella la hechicera química, el Hombre de los Dulces, mejor que cualquier otro Hombre de los Dulces, ella la poseedora de un cerebro capaz de visualizar composiciones abstractas y combinaciones teóricas de la estructura molecular de las sustancias químicas, del mismo modo que un buen cocinero podría imaginar aquella parte de sabor que cada uno de los ingredientes aportaría a un determinado plato, del mismo modo que un verdadero director de orquesta podría oír con toda claridad la partitura de cada uno de los instrumentos de una orquesta de ciento veinte músicos. Ella, con todo lo brillante que era, encendía su Bic como cualquier yonqui de la calle bajo una cuchara de plata llena del polvo mágico, mezclando una suspensión en la solución salina corriente que él se traía a casa del hospital, preparándola para las jeringuillas de tuberculina que le compraban a John, su amigo farmacéutico, quien fingía creerse que Lancaster era diabético pero debía de sospechar la verdad. No hay diabético alguno que hubiera podido consumir tanta insulina. Aparte de su propio hábito estaba el de los demás, clientes los llamaba en Ann Arbor, amigos necesitados en Detroit. Consumían jeringuillas al por mayor. Pero él le pagaba unos buenos honorarios a John, en efectivo, por supuesto, por su silencio y por su «ignorancia».

Así que ella solía sostener la suspensión a contraluz, y la correa que a él parecía oprimirle el pecho en aquellos momentos le estrujaba tan fuerte que apenas si podía respirar al contemplarla, y el zumbido que sentía en su cabeza lo ensordecía. Tenía picores en la piel, hormigueos, ¿y cómo, Dios mío, cómo podían estar sus manos tan firmes cuando él sabía que ella lo necesitaba tanto como él mismo?

Pero se mantenían firmes. Sumergían la aguja en la solución, aspiraban medio centímetro cúbico en la jeringuilla de tuberculina, la volvían boca abajo, hacían chasquear una uña contra el costado para llevar las burbujas de aire hacia la aguja y hacían brotar una pequeña rociada. A él siempre le había gustado aquel instante preciso, el momento en que ella vaciaba la jeringuilla de aire lanzando un chorrito hacia arriba. Puede verlo a cámara lenta, el fluido dibujando un arco a traves del aire cargado de humo a última hora de la mañana. Significaba que había llegado la hora. Él se anudaba su torniquete, un tubo de drenaje pulmonar de goma que se quedaba bien sujeto en la parte superior del brazo. Lo doblaba, apretaba el puño con fuerza, las venas de pronto se hacían visibles, aparecían firmes y claras, y todavía no se distinguían demasiado las marcas de la aguja.

Y entonces, después de aplicarle betadine, el antiséptico rojizo oscuro (siempre tomaban las precauciones necesarias), ella apoyaba la aguja contra su carne, la deslizaba hacia adentro y tiraba del émbolo, haciendo penetrar sangre en la solución lechosa, tiñéndola de rosa, luego pulsaba una pequeña cantidad en la vena, luego volvía a tirar del émbolo. Y a la segunda o tercera pulsión hacía saltar la goma y, Santo Cielo, me cago en Dios. A veces le producía una erección.

Y ella extraía e inyectaba más, extraía, inyectaba, hasta que la dosis había sido administrada. Y entonces, con las manos firmes como un roble, la cabeza despejada, libre de zumbidos, libre de presiones en la caja torácica, con los ojos abiertos, podía él coger el encendedor Bic y la cucharilla y el polvo y empezar a cocinar la dosis de ella.

Doctor Pico, lo llamaban. Lo querían.

Y ella lo quería. Lo seguiría queriendo durante el resto de su vida.

Una chica de ojos oscuros está de pie junto a él.

—Denise —dice Lancaster.

—Storm.

—¿Qué?

Entonces se despierta, y se sorprende de mala manera. Se aparta de la joven con una sacudida, levantando de un tirón un cojín del sofá para utilizarlo como escudo.

—¿Qué estás haciendo aquí?

—La puerta del garaje estaba abierta. Me he permitido entrar —responde ella.

—¿Estás loca?

—Quizá.

—Podría hacerte arrestar. Podría pegarte un tiro.

Al mirarla, el corazón se le pone a latir con tanta violencia que parece que quiera saltarle del pecho, medio esperando que suceda algo horrible, que ella se saque una navaja o que algunos de sus amigos aparezcan repentinamente por la puerta para robarle.

En lugar de eso, la chica se sienta en el suelo frente a él, a estilo indio.

—¿Cómo puedes entrar, así, sin más, en la casa de alguien?

—Ya te lo he dicho, la puerta del garaje...

—Quiero decir, ¿cómo? ¿Cómo tienes tanto descaro?

Al observarla, el corazón de Lancaster va recuperando el ritmo normal. Lleva el mismo jersey y la misma chaqueta que el día anterior, pero sin la capa. Muy a su pesar, reconoce que la joven hace lucir mucho la ropa que lleva puesta. Pero se pregunta quién puede ser esta chica. ¿Qué clase de persona se permite entrar en la casa de alguien que es casi un desconocido total?

Lancaster tiene una sensacion semejante, imagina él, a lo que sentiría si se encontrara a solas con algún animal semidomesticado, un perro mitad lobo, pongamos por caso, que no hubiera sido adiestrado más que parcialmente, o un gato que hubiera vivido la mayor parte de su vida en los bosques. No tenía idea de lo que podía esperar de ella.

—No es «cómo» lo que deberías preguntar. Es «por qué».

—¿Tendría que preguntar por qué? No me importa por qué. Maldita seas.

Se restrega los ojos, intentando que se le despeje la cabeza y recuperar la compostura.

Ella se encoge de hombros.

—¿Ah, sí? ¿Por qué? —dice—. Oía pasos.

Lancaster vuelve la cabeza como si no quisiera escucharla.

—Me persigue alguien. He visto un coche aparcado frente a mi casa.

—Vete —responde él.

—¿Quieres saber qué clase de coche? No me he fijado. Era de un color oscuro, y dentro había un hombre.

Lancaster tiene un momento de vacilación.

—¿Vestía un traje?

—Ah, te interesa. ¿Lo ves?

—No me interesa. Creo que voy a llamar a la policía.

—No sé cómo vestía. No me parado a mirarlo. Lo único que sé es que me daba la impresión de que estaba allí por mí. De que me estaba esperando.

—Sigo sin entender por qué has venido.

—Estoy asustada.

—Pues acude a la policía. Yo no puedo hacer más por ti.

La mirada dolida que danza unos breves instantes en el rostro de la chica le llena de enojo. ¿Y por qué? ¿Por el hecho de que los necesitados acudan a él? ¿Por el hecho de que él haya hecho de los necesitados su misión? ¿Por el hecho de que incluso estando enojado no pueda dejar de contemplar su cara sólo porque le gusta?

No quiere mirarla. Quiere mantener toda la distancia posible entre él y cualquiera que tenga algo que ver con Kevin Babcock.

—No puedo ayudarte. No quiero ayudarte.

—¿Qué puedo hacer?

—He dicho que te fueras a la policía si tienes miedo. Igual que hiciste ayer.

—¿Estás enfadado conmigo por eso?

—¿Enfadado? ¿Por haberme encontrado con un chico

muerto y haber sido arrestado? ¿Por haber caído en una trampa como un imbécil? ¿Enfadado?

—Conmigo, quería decir. No ha sido culpa mía. También a mí me tendieron una trampa, ¿sabes?

Lancaster no la mira.

—Fue todo horrible —dice ella.

—Ésa es la palabra.

—Fui sincera; espero que te conste. De haber sabido...

—De acuerdo. Olvídate. Les dijiste a los polis todo lo que sabías. No podemos hacer nada más. Como te he dicho, si estás asustada, acude de nuevo a los maderos.

—No puedo.

—¿Por qué no?

—Porque la policía está metida en esto.

—¿Qué quieres decir «metida en esto»?

—No lo sé.

—Sin embargo, sabes más de lo que me dijiste ayer, ¿no es así?

—Un poco.

—¿Quién te ha dicho que los maderos estaban metidos en este asunto?

—Kevin, hace un par de días.

—¿Policía local?

—No, por Dios. ¿Esos incompetentes?

—¿Los estupas?

—Algo así.

—¿Los estupas iban detrás de Kevin?

—Sí, creo que sí.

—¿Kevin andaba traficando con caballo?

—No lo sé.

—Traficaba, ¿verdad? Santo Cielo —murmura Lancaster. Se sienta en el diván y se inclina hacia adelante llevándose las manos a la cabeza—. ¿Por qué diablos no me lo dijiste antes?

La chica guarda silencio.

—¿Con quién podía estar traficando?

—Con mucha gente, me parece. Trabajaba junto al Red's, ya te lo dije. ¿Conoces el sitio?

—Claro.

El Red's, bar y discoteca, aislado con toda premeditación en el punto más extremo del Este del condado, reputado por servir a la clientela que la mayor parte de los habitantes del condado llamarían extraña. Autodefinido como «una alternativa». Había oído decir que existía gente dispuesta a hacerse en coche todos los kilómetros que los separaban de Toledo o de Ann Arbour para llegar hasta allí, individuos que se afeitaban la cabeza y se agujereaban las narices.

—La última vez que lo vi, en el Red's el viernes pasado por la noche, estaba con un amigo suyo llamado Petie Boncaro y un par de tíos que no eran de la ciudad.

—Brandon dijo solamente que le habías hablado de Boncaro.

—Sí.

—¿Y eso por qué?

—Esos otros tipos eran grandes traficantes. Peces gordos. ¿Puedo fumar?

—¿Quiénes eran?

—No oí sus nombres. El tipo de gente que sólo mueve grandes cantidades. Y eso significa que son asesinos. Auténticos asesinos.

La chica enciende un cigarrillo y sacude la cerilla hasta que se apaga, luego se la clava en la pierna.

Lancaster contempla cómo inhala profundamente y cómo exhala, y cómo después sacude la ceniza sobre sus tejanos y la frota, y vuelve a preguntarse quién es, y qué clase de temeridad podía empujar a alguien dotado de su innegable gracia natural y dominio de sí mismo a terminar siendo la ex confidente de un traficante de droga muerto, temerosa de los traficantes asesinos. Tal vez, se recuerda a sí mismo, la misma clase de temeridad que llevó a un joven médico residente a la adicción que casi puso fin a su carrera antes de que empezara.

—Me habías dicho antes que no conocías a ninguno de ellos.

—No los conozco, ni tan siquiera sé cómo se llaman. Sólo he oído hablar de ellos. Y no es el tipo de gente que quiero que me presenten. No me pareció necesario explicarte todo esto. Sólo quería ayudar a Kevin.

Brandon tenía razón, decide: no sabe nada. No sirve para nada, sólo es otra fuente de dolor y de problemas.

—Bueno, ya lo he intentado. Ahora haz lo que quiero yo.

—¿Qué es?

—Vete.

—¿En serio?

—En serio. Si estás asustada, deberías hablar con el detective.

Ella sacude la cabeza.

—No me fío de nadie.

—¿Entonces por qué estás aquí?

—Tú tienes más que perder que nadie, así que me consta que eres legal. Cuando se cargaron a Kevin, no sabía dónde...

—¿Se lo cargaron?

—Sí, cuando lo asesinaron...

—Kevin se colgó. El término es asfixia autoerótica.

—Eso no es verdad.

—¿Ah, no?

—No era idiota y no tenía desviaciones sexuales tan extremas. Yo lo conocía. Y sabía que estaba hundido hasta mucho más arriba de la coronilla. Alguien lo mató.

—Eres muy lista, ¿verdad?

—Tal vez no. Pero me sorprende que no hayas oído hablar de esto. Se comenta por la calle, doctor. Kevin fue eliminado, y también Straw, y los dos estaban en contacto. He oído decir que se metieron en un negocio que salió mal. También se dice que tú estabas involucrado en el asunto. Yo no lo creo...

Lancaster se inclina hacia delante y la agarra por las solapas de la chaqueta, de modo que su bonita cara queda tan sólo a un par de centímetros de su propio rostro, y hasta puede oler el aliento dulce y rancio y los restos del perfume de lilas.

—¿Qué es lo que se dice?

—Pegan fuego a un hombre. Luego encuentran muerto a Kevin. A ti te detienen. La gente sabe que tú habías sido yonqui. Cuentan que habías sido arrestado por ello. Los rumores corren.

«Una trampa» —la frase que utilizó cuando Brandon le habló de la llamada— le vuelve a la cabeza. Suelta la chaqueta de la chica y ésta casi se cae al suelo.

—Sería mejor que te fueras.

—Creía que podíamos ayudarnos mutuamente. Creía que ya que estabas involucrado...

—No estoy involucrado. Estoy tan lejos de estar involucrado que te dejaría pasmada. No quiero conocerte. Me alegro de que hayas superado tu problema con la cocaína. Lo siento por ti si Kevin era tu amigo. Aparte de eso, no puedo ayudarte.

Lancaster piensa en la confabulación, dándole vueltas a sus posibles consecuencias... una reputación es algo tan frágil. Qué duro fue reconstruir su carrera la última vez, y qué fácil le resultaba a un colgado cualquiera hacerla volar por los aires de nuevo. Ignorando a Storm, se va junto a la ventana y mira al exterior, su patio delantero desaparecido bajo la nieve y el camino de entrada que clama por que lo despejen a paladas.

—Tal vez no conozca a esta gente, doctor Lancaster —dice la chica—. Pero conozco a este pueblo y sé dónde trafican y cómo conseguir entrar allí. Tengo amigos. Si quieres empezar a buscar, te ayudaré.

—¿Por qué?

—Porque tengo la sensación de que necesito protección. Yo también estoy metida en esto. Como he dicho antes, alguien estaba esperándome. Yo conocía bien a Kevin. Muy bien. Quizá él utilizó mi nombre cuando no hubiera debido hacerlo. Quizá yo fui su excusa. O tal vez yo sepa cosas que alguien más quiere saber. Si Holt te tiende una trampa, también me la tiende a mí. De lo único que estoy segura es de que estoy muy asustada. Y sé que, a pesar de lo que quisieras, tú no estás al margen. Ahora no.

—¿Realmente crees que fue asesinado?

—Te lo aseguro.

—Te agradezco que me lo digas —dice Lancaster—. Todo. —Se dirige a la puerta principal y la abre—. Pero tengo que pensar.

La joven se abrocha la cremallera de su chaqueta.

—Si me entero de algo más, te llamaré . —Le tiende un papelito con su número de teléfono—. Si necesitas saber algo, avísame. Créeme... yo puedo averiguarlo.

Luego se va.

8

La zona sur de Morgantown, separada del centro de la ciudad por el río Sorrow, se ha convertido en una urbanización irregular de edificios prefabricados. Restaurantes de comida rápida, estaciones de servicio, hipermercados, edificios de apartamentos baratos y calles nuevas se esparcen en espiral a partir del núcleo, el paseo Valleydale, situado en la intersección de la carretera 57 y la autopista del Sur.

Brandon se dirige hacia un bareto cochambroso llamado Spike's, que se halla junto a un viejo camping de caravanas detrás del paseo. Todas las antiguas casas bonitas han desaparecido; sin embargo, las caravanas y los bares cutres han logrado sobrevivir a la oleada del desarrollo. Por lo menos son resistentes, piensa Brandon.

En la zona de aparcamiento de grava del Spike's hay un par de camionetas, un Pontiac Le Mans hecho polvo de quince años, tres Harleys y una Kawasaki 500 accidentada. Es tan sólo la hora del almuerzo, pero Brandon sabe que es probable que las personas que quiere ver se hayan pasado toda la mañana allí.

Dentro está oscuro. La atmósfera húmeda y hedionda —una mezcla de sudor y cerveza con un fondo de vómito— le provoca náuseas. La decoración es de un post-Neanderthal temprano: paredes de cemento desnudas y fotografías de las páginas centrales de los periódicos fijadas con cinta adhesiva en lugares estratégicos, y colgando sobre la barra, la reproducción hinchable, a tamaño natural, de una señora desnuda.

Brandon se sienta en el desierto extremo de la barra que queda cerca de la puerta, en cuya superficie de madera se han grabado dibujos y frases intelectuales tales como VIVA LA CAZA Y RASTREO DEL COÑO y CÓMEME. Al entrar

Brandon, se hizo el silencio y aún perdura mientras pide un Seven Up. Siente muchos pares de ojos clavados en él, desaprobando su presencia, pero el camarero le sirve el refresco, y luego se queda de pie, con los brazos cruzados, observando cómo bebe. Por el rabillo del ojo Brandon ve que alguien vestido con una chaqueta de nilón verde se escabulle más allá de la voluminosa cabina telefónica anticuada adosada a la pared trasera y se dirige al pasillo que lleva al lavabo de hombres.

—Shirley —le dice al hombretón que está detrás de la barra—, pasaba por aquí y he sentido la súbita necesidad de beber algo frío.

—Estúpido, Brandon.

Shirley debe medir aproximadamente un metro noventa y cinco, y debe de pesar unos ciento cuarenta kilos. Tiene los cabellos aún más rojos que los de Brandon, con cejas y barba a juego. Shirley sabe bastante de lo que ocurre en Morgantown.

—¿Estúpido? —dice Brandon.

—Aparecer por aquí, tío. Le das mala pinta a este lugar.

—Cielos. Y tú tienes una apariencia respetable que mantener.

—Vete a tomar por saco.

—Ándate con cuidado, muchacho —le responde Brandon—. Háblame de Kevin Babcock.

—¿Aparte del hecho de que fuera un mierdecilla infecto?

—Digamos que de en qué estaba metido y con quién andaba.

—Digamos que si me entero de alguna cosa te llamo, ¿te parece?

—¿Lo conoces de algo?

—Conozco a su hermano muy bien.

—¿A Seth?

—Sí.

—Si lo ves, le dices que quiero hablarle. Tengo que averiguar si sabe algo de lo que hacía Kevin.

—De acuerdo. No sé cuánto tiempo pasaban juntos. Yo sólo veía a Kevin de vez en cuando. Solía ir con los tíos raros del Red's. Intentó introducirse un par de veces aquí antes de comprender que le iban a dar una patada en el culo.

—¿Con quién solía ir? —Brandon saca un pañuelo y se suena la nariz.

—Con Petie Boncaro, a veces. Maricones de mierda de ésos.

—¿Como Tommy Winter?

Shirley mira a su alrededor.

—No, que yo sepa.

—Pensaba que lo sabías todo.

—Claro, guárdatelo para ti.

—Si oyes algo me das un telefonazo, ¿vale? Este asunto está que arde.

—Vale —le contesta—. Y ahora lárgate.

—Me voy —dice Brandon, y se levanta—. Pero tengo que orinar. Este Seven Up baja muy deprisa, ¿sabes?

Una de las puertas de la parte trasera del Spike's se abre a un pasillo estrecho que a su vez lleva hacia las habitaciones privadas. A mitad de este pasillo, del lado opuesto a la puerta de salida del bar, hay otra puerta, vieja y de madera, que conduce a la zona de aparcamiento. La aparición vestida con chaqueta verde que Brandon había visto, o bien se ha escabullido por esa puerta, o bien está escondiéndose.

El excusado de hombres está helado e inmundo: *graffitis* hechos con rotulador Magic Marker que cubren las paredes de cemento, mugre incrustada en el lavabo, un centímetro de agua medio helada en el suelo alrededor del urinario y del único retrete privado. Brandon prueba el retrete. Está cerrado, pero cuando se agacha y mira no ve pie ninguno.

Abre los dos grifos, y se pone en cuclillas cerca de la pared divisoria.

—Tommy, hijo de puta, hace una buena temporada que no te dejas ver.

No hay respuesta.

—Me haces promesas y luego no cumples con tu palabra.

No hay respuesta. Brandon enciende un cigarrillo y echa el humo por debajo de la pared del retrete.

—Me estás asfixiando.

Más humo en el retrete. Entonces, alguien se pone a toser tras la puerta cerrada. Una voz dice:

—Maldito seas, Brandon, sabes que soy alérgico.

—Y por eso vas todo el día arrastrándote de bar en bar.

—¿Qué quieres? —gime la voz.

—Hace dos semanas que no te veo, y han estado sucediendo un montón de cosas rejodidamente extrañas. Cuando más te necesito, colega, desapareces de mi vista.

—He estado ocupado, eso es todo. No tuve tiempo de pasar. No he estado evitándote ni nada por el estilo.

—Eso está bien, Tommy. No creo que pudiera dormir por las noches si sospechara que intentabas evitarme. Así que habla. Mike Straw podría ser un buen comienzo.

—No lo conozco.

—¿A quién?

—A Straw.

—¿Quién es Straw?

—Basta, Brandon. Yo no conozco a ningún Mike Straw.

—¿No has oído hablar del tipo que se asó en el Mirador?

—Algo he oído. Un yonqui.

—¿Eso es todo lo que has oído?

—Ajá.

—Qué decepción, Thomas.

—Pero algo he oído acerca del chico.

Brandon deja caer el cigarrillo, que se apaga en el agua del suelo con un siseo.

—Sé que piensas que se estaba haciendo una paja y que se colgó. He oído decir que no fue así. Se dice que quizá alguien lo colgó.

—¿Dónde has oído decir eso?

—No sé.

—¿Petie?

—Hace tiempo que no veo a Petie.

—¿Dónde, pues?

—Por ahí.

—Eres un tramposo de mierda, Tommy.

Brandon enciende otro cigarrillo, luego enrolla un billete de cinco dólares y lo deja en la rendija que queda donde las dos paredes del retrete se juntan para formar una esquina. Permanece un momento allí y luego desaparece. Entonces asoman los pies de Tommy, y Brandon puede ver sus botas vaqueras, tan usadas que habían sido envueltas con cinta adhesiva plateada para evitar que se abran del todo.

—Tu amigo Petie Boncaro me contó lo del suicidio del muchacho.

—No es amigo mío.

—Me lo dijo antes de que se descubriera el cuerpo.

Silencio. Más humo en el retrete. Más tos.

—¿Luego?

—Luego, ¿cómo lo sabía, Tom? ¿Cómo podía saber el viejo Petie que el chico había muerto allí, en el campo, cuando aún no se había ni descubierto el cuerpo? ¿Crees que Petie había metido mano en el asunto?

—Puede que hubiera metido algo, pero no creo que fuera la mano.

—¿Petie le pasaba droga a Kevin?

—Eres tan lento, Brandon.

—Por eso te necesito, Thomas.

—Petie y Kevin estaban enamorados, hombre. Kevin fue el primero que consiguió que Petie dejara de meterla en cualquier parte en cuanto se le presentaba la ocasión. Eran íntimos. —Tommy se ríe de su propio chiste.

—La noche que murió Kevin, Petie y Kevin se lo habían hecho, ¿verdad? Estuvieron juntos.

No hay respuesta.

—Petie estaba allí cuando mataron a Kevin, ¿no? Vio quien lo hizo.

Silencio de nuevo.

—¿Qué pasó después de que colgaran a Kevin?

—Petie regresó allí...

La voz de Tommy se desvanece. Tose.

—¿Vio con quién se encontró Straw?

—No lo sé.

—¿Quién más está metido en esto?

—No podría decirlo.

—¿Conoces a un tal Arnie Holt?

—No —Silencio—. Petie dice que muy pronto volverás a tener noticias suyas.

—Eso es bueno. Lo he estado buscando. Debe de haberse cavado una madriguera. —Brandon enrolla otro billete de cinco y lo mete en la rendija

—Supongo. Nadie lo llamaba así, Brandon.

—¿A quién te refieres?

—A Mike Straw.

—¿Lo conocías?

—No. Lo único que había oído decir es que tal vez era un enlace, un correo con contactos en Detroit.

—Pues entonces, ¿cuál era su nombre de batalla?

—No lo sé, pero no era Straw.

—¿Zipper?

—Sí, tal vez era ése.

—¿Y qué hacía un correo de la gran ciudad por aquí?

—¿Sinceramente? No tengo ni idea. ¿Tú ves mucho movimiento en las calles? Yo no.

—¿Con quién se ponía en contacto aquí?

—No lo sé. ¿Tienes otros cinco?

—Cuando hayamos terminado. ¿Y Kevin Babcock?

—Tibio.

—¿Qué quieres decir con eso? ¿Kevin formaba parte de la banda?

—Calentito.

—Petie también estaba involucrado.

—Sopla una agradable brisa balsámica.

Brandon se levanta porque empiezan a dormírsele las piernas.

—Petie y Kevin traficaban.

—Esto es una auténtica sauna. Lo que pasa es que Petie no es un traficante. Es un charlatán. Le gusta vacilar de que es un próspero hombre de negocios en potencia. Le va a montar una pequeña empresa sumergida y sacarán un montón de dinero. Ni él ni Kevin ni Seth sabían qué coño estaban haciendo.

—¿Seth? —Brandon contiene la respiración—. ¿Seth Babcock también estaba metido en esto?

—Caliente

—¿Estaba directamente involucrado en el tráfico?

—Se me derrite el culo, Brandon. Tengo que salir de aquí. No sé nada más.

—¿Y qué hay del doctor... Lancaster?

—He oído lo que pasó. No sé de qué va la cosa. También era yonqui, detenido en la gran ciudad por robar morfina. Ésa es la historia. Una vez te engancha, te engancha para siempre, pero por qué tendría que tontear con camellos provincianos de mierda blanca es algo que me sobrepasa.

—Necesito a alguien que me eche una mano en este asunto, Thomas. Así que sal de ahí. — Enrolla un billete de diez y lo introduce en el retrete—. Ven aquí mañana a la misma hora. Quita el pestillo de la puerta trasera y nadie se dará cuenta.

—Nada de esto es seguro.

—Pues asegúrate.

—Dame tiempo. Dos días.

—No tengo tiempo. Tienes hasta mañana por la tarde. Digamos a las cinco.

No hay respuesta.

—Quiero saber más acerca de Kevin, Petie y Seth, con quién trabajaban. Esto no tiene ningún sentido.

Tommy no responde.

Al salir, Brandon le pasa un billete de diez a Shirley por encima de la barra.

—La casa invita a una ronda a mi cargo.

—Gracias —dice Shirley. Luego se mete el billete en el bolsillo y mira alrededor para asegurarse de que nadie más lo ha oído.

En el camino de vuelta al centro, Brandon ve a dos hombres empujando un carrito de la compra en la 57, más allá de los montones de nieve apilada y de las viejas y recargadas construcciones victorianas. Los coches dan un amplio viraje para no atropellarlos. Brandon pone el intermitente y se detiene.

—¿Os llevo? —les grita.

La pareja hace un alto al llegar al coche. Ambos son bastante jóvenes, cuarenta y pocos, pero parecen viejos. Lucen unas barbas descuidadas y enmarañadas y ropa brillante de grasa, y apestan. La expresión más cercana que se le ocurre para describir su olor es la de basura en estado de putrefacción. Pero no es exacta. Uno de ellos tiene una llaga purulenta en la mejilla.

—¿Qué?

—¿Hacia dónde vais?

—Hacia el norte.

—Aquí os pueden hacer daño.

Se miran el uno al otro. Ninguno de los dos dice nada. Y entonces a Brandon ya no le importa. De todos modos, no hay manera de que quepan el carrito y ellos en el coche, y sabe que no se van a separar de él. Les recomienda que vayan con cuidado y arranca, observándolos por el espejo retrovisor hasta que los pierde de vista en una curva.

En su mesa hay un montón de correo, unos cuantos mensajes telefónicos y una copia del informe de Harvey sobre Kevin Babcock. Nada de parte de Petie Boncaro ni sobre él.

Llama a Jimmy al piso de arriba y se entera de que ha identificado otras tres huellas de la casa de Babcock como las de Petie, Lancaster y Michael Straw. Quedan otras dos huellas por identificar, incluida la de la linterna.

Antes de que haya colgado el teléfono, suena el intercomunicador, con aquel sonido que le da dentera.

—Tengo una visita esperándome —le dice Lou Adamski—. ¿Quieres reunirte con nosotros?

—¿Quién es?

—Un tipo llamado Kline. De la DEA.

Brandon siente que una oleada de rabia repentina se apodera de él.

—Ya me imaginaba que ibas a llamar a alguien de fuera.

—¿Y eso te supone algún problema?

—No, señor —contesta Brandon—. Es sólo que no me sorprende. —«Es muy típico de ti pensar que no somos capaces de llevar ningún caso con más de cincuenta gramos de hierba», quisiera decirle.

—De todos modos, cálmate. No van por ahí los tiros. Nos quiere hablar de lo de Straw por alguna razón.

—¿Nos llamó él?

—Eso es.

—Qué diligencia —dice Brandon—. Byers, el detective de Detroit, debe haberlo llamado. Puede que sepan algo que nosotros ignoramos.

—Esperémoslo. Vente para acá.

El federal, Julian Kline, es joven, de unos treinta y cinco años. Tiene los cabellos rubios y rizados, las cejas y el bigote del mismo color, y detrás de unas gafas de diseño de montura roja, unos ojos azul neón; una cara de niño bonito que le habrá metido en líos más de una y más de dos veces, imagina Brandon. Su traje también parece de diseño... Brandon calcula que probablemente cuesta más que todo su guardarropa. Kline confirma que se ha enterado del asesinato de Straw a través de la brigada de estupefacientes de

Detroit. Es un agente especial del departamento de Detroit y ha estado trabajando con la policía de Motown en la cuestión del fentanil, como la denomina él.

—Así que Straw está fuera de combate —dice Kline—. Napalm casero. El caso más extraño de ensañamiento que haya oído en los últimos tiempos. Y el jefe, aquí, me dice que tenéis un asesinato relacionado.

—Probablemente. Parece como si Straw hubiera perpetrado ése, y luego alguien se lo hubiera cargado a él.

—Un pequeño ajuste de cuentas.

—Eso parece —dice Brandon—. No sabía que aquí hubiera base como para mandar a nadie al otro barrio en un ajuste de cuentas.

—Como el cáncer maligno, colega. Se extiende sin parar.

—La ciudad se está convirtiendo en una mierda.

—La vuestra y todas las demás. Pero en este caso, admito que es un tanto extraño. Estáis hablando de Fang. Un caballito endiabladamente pernicioso. Ya le han atribuido docenas de muertes por sobredosis, y seguro que habrá más.

Lou comenta:

—Es sólo un fentanil. No es tan raro.

—Claro. ¿Pero qué significa «sólo un fentanil»? Las variaciones son infinitas. Carfentanil, sufentanil, parafluorfentanil, alfametil fentanil, benzil fentanil, etcétera. Rompes una cadena lateral por aquí, añades una molécula de carboxilo por allá. Narcóticos sintéticos muy eficaces todos ellos, relativamente fáciles de reproducir en un laboratorio decente. Drogas de diseño. Infinitas variaciones. Con infinitas variaciones de potencia, algunas se ha probado que tenían hasta tres mil veces la potencia, gramo por gramo, de la morfina pura. Pero esta fórmula en particular, la tres, cuatro-metil etil fentanil, tiene una capacidad para colocar de hasta quizá seis mil veces la de la morfina. Es decir, mil quinientas veces la de la heroína pura. La cantidad necesaria para producir efecto es inimaginablemente pequeña, una microfracción del porcentaje del volumen total. Las muestras que nos llegan de la calle, que de hecho contienen la droga en su forma de sal de acrilato soluble en agua, son casi en su totalidad sacarosa caramelizada. Un noventa y nueve coma novecientos noventa y cinco por ciento.

Lou dice:

—Imaginad qué cantidad de producto final se puede elaborar a esta razón.

—Fácil. Un gramo de Fang puro en una proporción de mil quinientos a uno, por lo bajo, una vez cortado equivale a más de tres libras, un kilo y medio, de heroína importada de alta calidad. Quiero decir de calidad al por mayor, si se compran varios kilos de golpe... de tal vez un noventa por ciento de pureza. ¿A cuánto, a ciento cincuenta de los grandes el kilo, actualmente? Así que ya estamos hablando de doscientos veinticinco mil dólares por *un gramo* de esa porquería, y ése es sólo el primer eslabón. Después será tratado como cualquier alijo de caballo: digamos que el tipo que compra el kilo lo corta al cincuenta por ciento, así que ahora ya tenemos dos de una potencia equivalente a un cuarenta y cinco por ciento de la heroína pura. Su comprador lo triplicará hasta seis kilos de un once o doce por ciento de pureza. Esta cantidad se repartirá a los distribuidores que, a su vez, sacarán tres de cada uno antes de dividirlo en gramos o papelinas. Lo que equivale a dieciocho kilos en la calle de una concentración equivalente al cuatro por ciento de heroína, aproximadamente, que es lo normal. Pero recordad, no es heroína. Todo viene de un gramo de este superfentanil. La concentración es tan baja que casi resulta indetectable.

Brandon hace sus propios números con rapidez. A cincuenta pavos el gramo, que sigue siendo un precio realmente de mayorista, vienen a ser novecientos mil dólares por un gramo de Fang puro. Con papelinas en la calle representa todavía más. Cifras por las que morir y morir y morir.

—Lo que queremos saber es cómo encaja aquí —dice Lou—. ¿Straw lo traía para acá, lo suministraba?

—Me parece una teoría plausible —dice Kline. Se levanta las gafas de diseño de modo que reposen en lo alto de su cabeza de rizos rubios—. Vuelve a verse por las calles de Detroit desde hace unos meses.

Brandon y Lou se miran el uno al otro durante un segundo. ¿Cómo es, quisiera decir Brandon, que un federal viene a parar aquí a las veinticuatro horas del descubrimiento de un cadáver, a apenas seis horas de haber sido identificada una heroína sintética nefasta? La mirada de

Lou indica que ambos están haciendo las mismas conjeturas. Algo grande se esconde aquí.

Entonces Lou hace una indicación con la cabeza.

—Díselo —dice.

—Saque su cuaderno de notas —dice Brandon—. Hablemos de Kevin Babcock y del médico que lo encontró.

9

Los departamentos generales de radiología y patología están situados en los sótanos, debajo de la sección principal del hospital, fuera del alcance de la vista del usuario habitual. Los despachos de los médicos y los laboratorios también se encuentran en la misma planta inferior, pero más separados, en un ala remota que comparten con limpieza y mantenimiento, conectados al resto del edificio por un pasillo estrecho y mal iluminado que llaman la catacumba. Lancaster calculó una vez las distancias y llegó a la conclusión de que Harvey trabajaba más o menos bajo el helipuerto que se halla frente a Urgencias.

Harvey está sentado detrás de su escritorio, fumando la pipa de espuma de mar que no sale de su boca ni cuando lleva a cabo las autopsias.

—Adrian —dice, y luego sigue echando bocanadas. Tiene una nariz afilada y rasgos oscuros: cejas gruesas y negras y cabello oscuro que se peina hacia atrás. Al hablar, fija su mirada ligeramente desviada hacia la derecha un palmo por encima de la cabeza de Lancaster. Lancaster supone que los que trabajan con los muertos nunca tienen, realmente, necesidad de hilar tan fino como el resto del mundo en sus relaciones interpersonales.

Ha oscurecido. Lancaster ha llegado un poco temprano a su turno de ocho de la noche a ocho de la mañana. A excepción de la voz de Harvey, todo está en silencio. Las salas de autopsias, que Lancaster puede ver a través de la puerta abierta, están a oscuras. En algún lugar de ahí dentro Kevin Babcock yace en un frío depósito.

—He oído decir que lo de Babcock no fue autoasfixia. Que tal vez fue asesinado.

Del cajón superior Harvey saca un fino encendedor de plata, de la forma y el tamaño de un lápiz, que da una llama especial para encender pipas.

—No puedo hablar de eso.

—¿Es cierto?

—Maldita sea. Privilegio profesional o no, sólo con que le digas a alguien que has bajado aquí, me las cargo.

Lancaster espera.

—He elegido mal las palabras. Perdona. —Harvey enciende la pipa y se levanta una nube de humo alrededor de su cabeza—. Estoy abriendo una investigación. Y si Straw expira, también sobre él. Quiero que un tribunal le eche una ojeada al asunto.

—Así que no me puedes decir nada.

—Nada de nada. —Por vez primera mira a Lancaster directamente a los ojos—. Pero me sorprendes. Piensa en lo que viste. Babcock estaba colgado del marco de una puerta con una cuerda de abacá de tender la ropa atada al cuello. Si hubieras decidido pasar un buen rato con juegos de autoerotismo, ¿usarías un material tan áspero para colgarte?

—No.

—¿Viste alguna tela o cualquier otra cosa que sirviera para disminuir la abrasión?

—No.

—Muy bien. Ahora recuerda qué más viste, el cuerpo y cómo colgaba.

Casi todo el peso reposaba en la cuerda. Los pies, de hecho tan sólo los dedos, descansaban en el suelo.

—Recuerdo que tenía las piernas dobladas y las rodillas le quedaban a unos centímetros del suelo. Tenía la cara y las manos intensamente cianóticas. El tórax y el abdomen menos.

—¿Las dos manos?

—Ehh... no lo sé. Recuerdo haber visto la derecha.

—¿Y las piernas y los pies?

—No lo sé.

—Si el cuerpo hubiera estado colgado durante un buen rato, ¿en qué parte de las extremidades inferiores esperarías encontrar la lividez? Piensa en la postura, con las rodillas dobladas.

—La zona frontal de la parte baja de las piernas hubiera debido estar lívida.

—Eso es.

—Pero no recuerdo haberlo visto. Miré cuando lo bajaba. No... —Entonces lo recuerda: había lividez a lo largo de la parte *de atrás* de las piernas. Levanta los ojos para mirar a Harvey.

La chica tenía razón. Kevin no se había colgado, porque cuando murió no estaba colgando.

—¿Por qué no me di cuenta?

Harvey se encoge de hombros y vuelve a encender la pipa.

—Había lividez a lo largo de todo el lado derecho de la espalda, en la mano derecha y a lo largo de ambas pantorrillas. Estuvo echado después de morir, con el brazo derecho colgando más bajo que el cuerpo.

—¿Y entonces por qué tenía el rostro cianótico?

—Porque fue asfixiado. Mira. Iba en serio cuando te dije que no puedo hablar de esto contigo. Pero que me parta un rayo si no me he quedado sin tabaco. Tengo que ir a mi coche a por otra lata —y con esto se levanta y se marcha.

Lancaster está sumido en intensas cavilaciones... le lleva un momento darse cuenta de que la lata de Prince Albert medio llena se halla junto al informe sobre Babcock encima del muy bien ordenado escritorio de Harvey.

Se desliza alrededor del escritorio para llegar al lado opuesto y abre el informe. En primer lugar ve las fotos del cuerpo, incluyendo primeros planos del cuello. La marca que dejó la cuerda se distingue claramente, de la parte inferior izquierda a la parte superior derecha. Pero hay además una fotografía del cuello de Kevin tomada con rayos infrarrojos durante la autopsia, en la que también se percibe una extraña segunda marca de ligadura de color blanco, de unos dos centímetros de anchura, que cruza todo el cuello en línea recta. No se trata de ninguna marca de ahorcamiento. Kevin fue estrangulado por alguien, probablemente por detrás.

Se sienta en la silla de Harvey, ya que mantenerse en pie le representa de repente un esfuerzo insuperable. Las notas confirman lo que Harvey acaba de decirle. Los análisis histológicos demuestran que fue el cinturón, no la cuerda, lo que causó la muerte.

Hace ademán de levantarse cuando una hoja de papel verduzco —una copia en papel carbón de los resultados del laboratorio criminal del Estado— atrae su atención. En la parte superior, en letras rojas, se lee PETICIÓN DE ANÁLISIS CUALITATIVO. Abajo, en una casilla denominada RESULTADOS alguien ha escrito *3, 4-metil etil fentanil acrilicato*. Grapadas a esta hoja hay dos fotos de paquetes de polvo, el mismo polvo tostado y granuloso que Straw llevaba encima y que Kevin tenía en su salón.

Lancaster recuerda este producto químico, aunque él no lo había probado nunca. En los días de Detroit pegó fuerte en las calles. Se daban sobredosis por toda la ciudad, y Lancaster fue uno de los que tuvo que hacerles frente. La droga —Fang, la llamaban— mataba a la gente. A menos que la víctima de una sobredosis consiguiera llegar al Centro en pocos minutos y le fuera aplicada la respiración asistida, tenía pocas probabilidades de sobrevivir. Durante más de un año tuvieron que vérselas con aquella porquería, y luego desapareció sin más.

El Fang ha vuelto, piensa, y sigue hojeando los papeles de la carpeta.

Casi ha terminado y oye que Harvey se está acercando por el pasillo cuando, al final de la carpeta, encuentra unas cuantas hojas con anotaciones sobre Michael Straw. Supone que Harvey las guarda en la ficha de Babcock hasta que Straw expire y le abra su propia carpeta.

Lancaster pasa rápidamente las hojas intentando retener cuanto puede. No hay nada que le llame particularmente la atención y se levanta. Entonces su mirada se posa en una pequeña anotación a pie de página de uno de los papeles: APODO *Zipper*.

De repente siente tanto vértigo que vuelve a desplomarse sobre la silla.

Detrás de esa hoja está lo que parece una fotografía del permiso de conducir de Straw, que muestra claramente una larga cicatriz dentada que le cruza la mejilla de arriba abajo a partir del ojo izquierdo.

Cuando entra Harvey, Lancaster lo mira con ojos desorbitados.

—¿Tiene algo que ver la fotografía con que parezca que hayas visto un fantasma? —dice Harvey—. ¿Estás bien?

Lancaster siente que la sangre se le retira de la cara. Se dispone a hablar cuando una voz neutra y monótona anuncia por el altavoz: «Doctor Lancaster, acuda a Urgencias, doctor Lancaster, a Urgencias.»

Harvey levanta el auricular del teléfono de su escritorio y marca el número de una extensión. Sin decir palabra, se lo pasa a Lancaster.

—Lancaster al aparato.

—Le pongo con la unidad treinta y cinco —dice Eileen, la recepcionista de Urgencias. Luego oye:

—Base, tenemos a un hombre, de unos treinta años, rescatado del río en Juncket Street. No prevemos ni pulso ni respiración.

—¿Cuánto tiempo hace? —pregunta Lancaster.

—La policía nos comunicó que alguien había caído al río hará unos veinte minutos. La temperatura del agua aquí es de dos grados.

—Tráiganlo inmediatamente —dice Lancaster.

Pide que lo pongan con una enfermera de Urgencias y le dice:

—Preparad la Uno. Tenemos un ahogado en agua fría, que ha estado sumergido una media hora aproximadamente. Llevad el laboratorio y el respirador a Urgencias. Busca a Ann. Llama a los de la UCI y notifícaselo.

Su vida está a punto de cambiar, ahora ya lo sabe. Pero de momento en lo único que puede pensar es en el trabajo que le espera.

Mientras va de la oficina de Harvey a los ascensores corriendo por el pasillo, vuelve a sonar la voz monótona procedente del sistema de megafonía: «Doctora Palicki, acuda a Urgencias, código azul, llegada de la unidad móvil de Urgencias en cinco minutos. Laboratorio y respirador a Urgencias, código azul...»

Una practicante de la unidad móvil de Urgencias está sentada sobre la barriga del muerto, golpeándole en el tórax, comprimiéndole el corazón, mientras su compañera le introduce oxígeno puro por la garganta. Embisten las anchas puertas neumáticas de cristal e irrumpen en el vestíbulo. Lancaster los ve desde la sala de Urgencias. Los buzos empujan la camilla. Sus trajes de goma negra van chorreando agua sobre el linóleo del largo pasillo.

Uno de los bomberos, cubierto con su impermeable amarillo, los va siguiendo al trote. También los acompañan un par de polis y detrás, afuera, se ha quedado un equipo de periodistas a quienes no se les permite la entrada.

En la sala, Ann le quita el collar para las cervicales y se pone a trabajar con un especialista en respiración para suministrarle aire. Lancaster le introduce una aguja en la arteria femoral y extrae sangre mientras le grita al técnico de laboratorio

Gasometría, electrolitos, recuento completo, y una muestra sólo del tipo sanguíneo. Quiero una de células rojas seleccionadas y otra de sangre entera en el Centro de Urgencias por si la hemólisis es fuerte. ¿Entendido?

La practicante de la unidad móvil de Urgencias ya no está encima del cuerpo, pero sigue bombeándole el tórax.

—Basta —dice Ann mirando por el laringoscopio e intentando colocar el tubo respiratorio.

La practicante se aparta, sacudiéndose el cansancio de los brazos.

—Establezcamos dos líneas periféricas de calibre amplio —dice Lancaster—. Empezaremos con medio miligramo de epi con impulsiones intravenosas de uno a diez mil, repetición a los cinco minutos y luego atropina. La lidocaína y los electrodos que estén a punto. Probablemente antes o después habrá que darle el *shock*. ¿Tenemos la identidad de este hombre?

—Pete algo —dice uno del equipo móvil—. Un policía lo ha identificado en el escenario. Boncaro. Petie Boncaro, eso fue lo que dijo.

Lancaster se aparta del cuerpo y mira al especialista.

—¿Qué sucede? —dice Ann Palicki—. ¿Adrian?

Lancaster retrocede hasta dar contra un estante. El ruido del Centro de Urgencias se desvanece. Todo queda en silencio. Por un momento se siente abrumado por el absurdo. Y la brillantez, si es que se trata de una trampa. Planificarlo de tal manera que cada vez sea él quien trabaje con la víctima. Straw, y luego Kevin, ahora Boncaro. ¿Cómo es posible?

Y, todavía más horrible, Michael Straw era Zipper, Zipper de Ann Arbor, Zipper, el que...

—¡Lancaster! —exclama Palicki.

Se recupera, vuelve a la mesa, y empieza donde lo había

dejado, intentando reanimar a este ahogado. Sigue siendo su trabajo.

Con el agua del río el suelo resbala, hasta que alguien tiene la buena idea de poner unas mantas para que puedan tenerse en pie.

10

Cuando Brandon llegó a Juncket Street, una zona de fábricas y almacenes dispersos y un polígono industrial que alberga pequeños negocios, sólo habían pasado quince minutos desde el incidente. Las luces de los camiones de bomberos, de los coches patrulla y de la patrulla de rescate, focos azules, blancos y rojos lanzando destellos intermitentes, se reflejaban en la nieve, en el asfalto y en la negrura del río.

Lou Adamski estaba en cuclillas en el barro helado de la orilla, mirando más allá del reborde de hielo hacia la mitad del río Sorrow, donde esperaba un bote de aluminio. Un médico solitario, arropado en una parka de color naranja fosforescente con la inscripción UMU en grandes letras negras en la espalda, miraba por encima de la borda en dirección a las aguas oscuras. Brandon supuso que apenas si podía llegar a ver los haces de luz de las lámparas selladas de mercurio de los buzos moviéndose bajo el agua. La temperatura del viento, había oído, era de quince grados bajo cero.

—Esos chicos no pueden estar ahí mucho rato —le gritó a Lou por detrás.

—Inmersiones de cinco minutos —dijo Lou—. Pero llevan trajes polares. Suben y se les chequea. Si están bien, vuelven a bajar otros cinco minutos.

—¿Cómo saben dónde sumergirse?

Lou desplazó su punto de mira del río al puente.

—Ve y date una vuelta, Brandon. Lo hemos precintado por los dos extremos. Camina por la calzada, no por las aceras. Ya lo verás.

Brandon se arrebujó en su abrigo, siguió por la orilla del río hasta la base del puente, se agachó por debajo de la cinta amarilla y caminó a través del lodo por el carril que va en dirección sur. Las farolas emitían un aura veteada de un color rosado. Allí el tráfico había fundido la nieve, pero en ambas aceras, junto a los muros bajos de hormigón, se veía que la nieve fresca, de unos cinco centímetros de espesor, estaba intacta. En el lado oeste, un único par de pies había caminado por encima de esa nieve hacía poco tiempo. Cruzó la calzada y miró hacia la acera opuesta: dos pares de huellas, uno en cada dirección, ambos pertenecientes al mismo par de botas, unas botas que llevaban tacos. Pero los pasos que iban hacia el sur eran mucho más espaciados. Alguien había hecho una parte del camino de ida andando y luego había vuelto hacia atrás corriendo.

El puente se arqueaba ligeramente. En su cúspide, el único par de huellas se juntaba con un segundo par procedente del lado opuesto. En el punto del encuentro, la nieve contaba una historia muy clara. Había sido pisoteada y removida en un área más o menos circular; donde los dos cuerpos se habían arrastrado se distinguían las marcas de un brazo por aquí, de una cabeza por allá.

Brandon se arrodilló. En la zona barrida se destacaban unas manchas de sangre, y al mirarlas de cerca vio que en la nieve formaban un reguero.

Subió con cuidado a la acera en el punto de la zona barrida donde había tenido lugar la pelea y se asomó por encima del muro. Estaba justo encima del bote y ahora podía ver que debajo de éste, bajo la superficie del río, una de las luces de los buzos se iba haciendo más intensa a medida que ascendía hacia la superficie.

El buzo emergió, levantando un puño hacia el cielo. El puño sostenía uno de los extremos de un hilo de pesca con moscas amarillo fluorescente. Eso significaba que el otro extremo estaba atado a algo. Habían encontrado a la víctima, pensó Brandon.

La nieve que había encima del muro que recorría el puente había sido raspada justo allí donde se hallaba él ahora, barrida del muro en el lugar en que un cuerpo había sido empujado hacia el otro lado. Y en aquel punto, allí donde el muro tenía una junta de dilatación de acero, se había quedado enganchado un retal de nilón negro. Un pedacito de tela, quizá de un abrigo.

Ahora estaba emergiendo un segundo buzo, pero su luz no era tan brillante como la del primero porque no la sostenía por encima de la cabeza. Entre las manos tenía el cuerpo que estaba haciendo subir. El primer buzo volvió hacia abajo para ayudarle en el último metro. Entre los dos lo empujaron hacia arriba para pasarlo al sanitario que los esperaba en el bote. Los tres lucharon con el cuerpo hasta conseguir que, chorreando, rodara por encima de la borda hasta quedar tumbado boca arriba. El muerto llevaba un abrigo negro. Tenía el rostro azul.

Brandon conocía el abrigo. Conocía aquella cabeza casi rapada. E, incluso a través de la máscara de la muerte, reconocía los rasgos de Petie Boncaro.

Entonces Lou empezó a gritar desde la orilla. Habían conectado con el hospital por radio. Dado que el agua estaba tan fría, cabía la posibilidad de reanimarlo.

Los dos buzos se desplomaron mientras el sanitario ponía en marcha el fueraborda y se dirigía hacia la orilla a toda velocidad.

Brandon bajó de la acera y volvió del puente corriendo. Lou estaba esperando junto a la patrulla de rescate.

—Es Boncaro —dijo Brandon sin resuello.

Lou lo miró.

—Tengo unas cuantas cosas para ti.

Brandon asintió.

—Hablemos, pues. Luego, ve y reclama las ropas.

Brandon pone el motor en marcha para encender la calefacción. Lou está en el asiento del pasajero.

—Así que tenemos una cinta del autor de la llamada.

—¿El mismo de las otras dos? —pregunta Brandon.

—Sí.

—¡Dios mío!

Lou se frota sus gruesas manos delante de la calefacción.

—Spinner vino a verme esta tarde. Encontró la casa donde vive Seth Babcock con una mujer llamada Carla Nye. ¿Conoces esas urbanizaciones cerca de Ridge North, al lado del club de campo? Una de ellas se llama Cottonwood Hollow.

—Ésas no son casas baratas.

—Exacto. Así que envié a alguien a la oficina del condado a investigar la propiedad. La casa está a nombre de Nye, pero resulta que ella antes trabajaba como administrativa en un banco. Y quédate con esto: pagó a cuenta treinta de los grandes hace dos años, cuando la compró.

—Bonita herencia.

—Kline, gracias a la varita mágica de la DEA, obtuvo copia de una reciente devolución de impuestos. No es ninguna herencia. Ella declaró todos sus ingresos como procedentes de una empresa que tiene llamada MTown, S.A.

—¿Qué clase de empresa?

—Consultores. ¿Y adivinas quién figura como presidente?

—Seth Babcock —responde Brandon.

—Has acertado.

—El niño Seth debe haber ascendido del pequeño tráfico de papelinas de los tiempos de las vacas flacas al tráfico pesado.

—Todavía no son tiempos de grandes cosas. ¿Como cuán grande podría ser en Morgantown?

—Eso es lo que todos nos preguntamos.

—No. Suponemos que es uno del puñado de intermediarios que lo compran y lo traen al condado, eso es todo. Sólo que ahora se ha perdido de vista. Nye insiste en que se largó cuando Kevin lo compró y que desde entonces no ha vuelto a aparecer. Ella piensa que está escondido corriéndose una juerga en algún lugar.

—Así que quizá habían puesto en marcha un nuevo negocio, Babcock & Babcock. Y le estaban haciendo una pequeña compra al señor Michael Straw.

—Algo así podría ser —dice Lou.

—¿Sabes lo que me pregunto? ¿Cómo podía el tío vivir en una casa como ésa y dejar a su madre y a su hermano viviendo en una chabola de cuatro cuartos?

—Quizá meter a Kevin en el negocio era una manera de enmendar las cosas. En cualquier caso, ahora tenemos que encontrarlo. En lo que a Arnie Holt se refiere no hay nada que presentar. No hay pistas, no hay número de la seguridad social, nada. Es la hostia. Como si el tipo no existiera. Pero es otro hijo de puta al que hay que pillar.

Brandon dice:

—Byers me mandó un fax desde Detroit con una lista de nombres, todos los que fueron arrestados hace seis años por estar involucrados en el asunto del Fang. Todavía nada. Straw no está. Tampoco Holt, ni nadie de por aquí.

—Bien —responde Lou—. Ahora, aquí tienes tu regalo —y le pasa a Brandon una carpeta delgada de un marrón jaspeado, sellada con una etiqueta color naranja que ya ha sido abierta—. De parte de Kline, de los archivos de la DEA. De cuantos podría tratar, trata de Lancaster.

—No me digas.

—Léelo. No es muy largo.

Brandon lee por encima la primera página, que hace referencia a la adicción de Lancaster y a su arresto por robar morfina del hospital. Pero luego pasa a una historia más detallada. Lancaster había sido heroinómano durante cuatro años. Él y su novia, Denise Richards, habían tenido relación con un traficante llamado Bobby Karnowski en Ann Arbor. Había indicios de que Lancaster y Richards trabajaron para él.

—Traficaba, Lou.

—Puede.

—Y ahora es un maldito médico en nuestro hospital.

Pero lo realmente chocante es la parte del informe donde se habla de Karnowski y se menciona a un camello al que utilizaba fuera de Detroit que respondía al nombre de Zipper a causa de una gran cicatriz en el rostro. Aunque así es como únicamente se le conocía en aquella época, su verdadero nombre era Michael Straw, el niño mimado cuñado del jefe de distrito de la DEA, James Le Seure.

Brandon se siente invadido por una creciente oleada de furia.

—Lancaster conoció a Straw en Ann Arbor.

—Por su alias —dice Lou—. El informe es claro en este punto. Straw no utilizaba su nombre verdadero. Era muy estricto en eso. Y no había manera de que Lancaster lo reconociera cuando lo vio. Puede que todavía no sepa quién es el tipo.

—¿No te parece todo un tanto extraño? Lancaster atiende a Straw y me llama en plena noche, luego encuentra a Babcock, y ahora se sabe que ha tenido algo que ver con Straw.

—Sí. ¿Pruebas de que Lancaster haya cometido un crimen en la actualidad? No.

—¿Qué significa?

—Dejemos que nos guíe. Si está involucrado, lo crucificamos. Si alguien tira de su cadena, ése será el que estamos buscando.

—¿Y quién lo vigila?

—Ya lo hablaremos mañana. Ahora quiero que recojas las ropas de Boncaro, pero mantente lejos de Lancaster. Luego te vas a casa y descansas un poco. Si Boncaro no sobrevive, tendremos los resultados de la autopsia temprano.

—Por Dios, Lou —Brandon se muerde el labio inferior—. Quiero que lo traigan e interrogarlo.

—Ya lo hiciste.

—Pero no basta... ¿qué diablos quieres? El hijo de puta está podrido.

—No quiero podridos, Brandon. Quiero culpables. Quiero al asesino y al traficante. La podredumbre no me sirve de nada.

—Es culpable.

—¿Cómo puedes decir eso? No tienes nada contra él. Ninguna prueba.

—La idea de que en un pasado tuviera esas relaciones y luego viniera aquí a ejercer me saca de quicio.

—¿Crees realmente que está matando a la gente? ¿Crees que está traficando con caballo aquí?

Brandon se muerde el labio con más fuerza y se pone a contar. Diez. Veinte. No, piensa. Interiormente, no lo cree, no puede creerlo. A pesar de las enormes diferencias existentes entre ellos dos, de las horribles asociaciones que Lancaster representa para él, a pesar del hecho de que Lancaster viene de un lugar y de un tipo de vida que le revuelven el estómago, él admira a ese hombre. Sabe qué clase de médico es, le ha visto salvar una vida detrás de otra con su cabeza, con su instinto y con sus pelotas. Le llaman el doctor derrotado, pero Brandon ha visto cómo recuperaba a unos cuantos que todo el mundo, los policías, los de la unidad móvil de Urgencias y las enfermeras, daban por muertos.

—No lo sé, Lou. Todo esto es una auténtica locura.

—Recoge la ropa, Frank —Lou abre la puerta del pasajero y la fría noche entra arremolinándose en el coche—. Mañana continuaremos.

11

Le aplicaron los electrodos seis veces en una hora y media de lucha. A las diez menos diecisiete minutos, Lancaster dice:

—Eso es todo, personal. Lo doy por concluido. Gracias.

Dejan el instrumental, se acallan las voces, se oye un rumor de pasos alejándose, al tiempo que se cierran las cortinas y la cara del difunto Petie Boncaro es cubierta con una gruesa sábana.

En el despacho el teléfono está sonando y Eileen le hace señas de que entre.

—Es para usted. Ha estado llamando cada diez minutos durante esta última hora. Dice que es importante...

Lancaster coge el aparato.

—¿Sí?

—¿Doctor? —dice una voz rasposa, susurrante y grave.

—¿Quién es?

—Mi nombre no importa. El señor Boncaro nos ha abandonado, supongo.

—¿Quién diablos es usted?

—Me llamo Holt, doctor Lancaster.

Arnie Holt. Lancaster se queda sin aliento.

—¿Doctor?

—¿Mató usted también a Petie?

—Por supuesto que no. Y tampoco maté al pobre Kevin.

—¿Quién coño es usted?

Fuera del despacho, a través del cristal, Lancaster ve a Frank Brandon cargado con una de las bolsas de plástico para las pertenencias personales del hospital. La ropa de Boncaro.

—Holt, ya se lo he dicho. Un peón sin importancia. Un mensajero trivial con un mensaje crucial.

—¿De qué iba todo eso de Kevin?

—Espejos, doctor. Imágenes. Reflejos. Uno mismo. —Oye una risa cargada de flema—. ¿Está ahí, doctor?

—Sí.

—Las diversas personalidades de los demás.

—¿Qué...?

—Straw —dice Holt—. Michael Straw, doctor Lancaster. Una imagen acerca de la cual debería usted reflexionar. Se le conocía por otros nombres. Otro nombre. Hace mucho tiempo.

Brandon se está acercando a la puerta cuando su mirada se cruza con la de Lancaster.

«Indícaselo —piensa Lancaster—. Házselo saber.»

Brandon le saluda con la cabeza y toca el ala de su sombrero.

—En el hace mucho tiempo de *usted*. Tenía una fea cicatriz en el rostro. Había sido mal suturada, de modo que le habían quedado pequeñas marcas redondas a ambos lados de la cicatriz principal, con un dibujo regular que le atravesaba la cara. Así que le llamaban Zipper. ¿Se acuerda?

Ahora Brandon se ha ido. Lancaster guarda silencio pero han empezado a temblarle las manos. Siente frío en la cara, y sin embargo la tiene empapada de sudor.

—¿Doctor? —dice Holt.

—Sí —susurra.

—Usted lo conocía.

—¿De qué se trata?

—Arnie Holt, doctor. Es el nombre perfecto, como descubrirá. Regio, incluso, aunque tal vez no lo crea. El nombre de un rey, de una bestia.

—¿Qué he hecho yo?

—No sea narcisista. Escuche: Kevin está eliminado. Petie está eliminado. Pero aún quedan jugadores. Seth Babcock, el hermano de Kevin, sigue en el juego.

—¿Quién mató a Kevin y a Petie?

—Ah, ¿quién, en verdad? Hay también otros jugadores. Han salido a jugar hombres malos y misteriosos. Guárdese las espaldas, doctor.

—¿Quién es usted?

—Próximo capítulo, segunda parte, *La historia de Petie*.

Se corta la comunicación. Holt ha vuelto a desaparecer. Adrian Lancaster se sienta junto al mostrador.

—Doctor —dice Eileen—, ¿está usted bien?

Él la mira, mira al equipo que se halla en la cabina con el difunto Petie, mira la sala de Urgencias.

—Voy a necesitar algún tiempo.

—Sí, señor. ¿Está usted...?

—Quiero decir varios días, Eileen. Ha habido una defunción.

—Oh... —responde ella—. ¿En su familia, doctor? ¿Por eso lo llamaban? Hubiera debido decirme algo. Lo siento mucho.

—No pasa nada. Sólo necesitaré unos días.

—¿Cuántos?

Lancaster no responde.

—¿Una semana? —pregunta Eileen.

—Sí.

—Me ocuparé de ello. Volveré a confeccionar los turnos para que los examine antes de irse.

—Gracias —dice él, y le palmea el hombro. Luego se dirige hacia la sala de personal. Al echar a andar siente que empieza a temblar de nuevo. El temblor se inicia por las manos y luego va ascendiendo hasta adueñarse de toda la parte superior del cuerpo.

Debería irse ahora mismo. Allí ya no será de ninguna utilidad.

Va del Centro de Urgencias a la parte principal del hospital, sin rumbo fijo, y pasa por delante de la ventana del servicio interno de farmacia.

Se detiene. Una chica llamada Kelly está de turno esta noche. Le gusta esa chica.

—Kell —le dice.

—¿Qué sucede, doctor? —y se echa a reír.*

—Hay una señora que me está volviendo loco ahí abajo, un auténtico manojo de nervios. ¿Crees que le podemos dar unos tranquilizantes bajo mi prescripción para poder sacármela de encima? Digamos que Meprobamato, por ejemplo. Retardado.

—Meprospan.

—Sí. Cuatrocientos milígramos, ocho tomas, cada doce horas. Le haré una receta para más tarde.

* En inglés, la pregunta *What's up, Doc?* es el saludo de Bugs Bunny. De ahí la risa inmediata después de la pregunta. En español se pierde el sentido de *Doc*: doctor, viejo, amigo. *(N. del t.)*

—Déme un minuto.

Meprobamato. Cree recordar que todos los años se fabrican y se venden, en los Estados Unidos sólo, unas 250 toneladas del medicamento. Recetado como tranquilizante suave, tiene un efecto muy parecido al de los barbitúricos. Mucha relajación muscular y somnolencia si se toma en cantidades.

Va a la cafetería, donde compra un botellín de leche para calmar su ardor de estómago.

A su regreso, Kelly le pasa un sobrecito marrón que contiene las ocho cápsulas blancas y azules. Le tiende un bloc que él firma sin leer. A continuación entra en el primer lavabo de hombres que encuentra y se asegura de que está solo, saca dos pastillas y se mete las otras seis en el bolsillo de la bata.

Se sienta en uno de los lavabos y sostiene las dos píldoras en la palma de la mano. Ochocientos miligramos contrarrestarán mucha ansiedad, supone. En el lugar al que se dirige, un exceso de nervios podría causar un exceso de problemas.

«Media hora —piensa—. Eso es cuanto me tomará. Luego todo volverá a ir bien. Entonces ya estaré tranquilo.»

No ha tomado ningún medicamento aparte de aspirinas o antibióticos en los seis años transcurridos desde su rehabilitación. Pero la vida ha tomado el cariz de los sueños, y en los sueños no hay reglas.

Sostiene las dos píldoras entre los dedos y las mira. «Es siempre el miedo —piensa—. Sólo es eso lo que nos empuja a hacerlo, a nosotros los adictos, en activo o reformados.»

Pero antes de que las pastillas le lleguen a los labios, brota su gran ira, que desplaza el miedo que siente. La ira tiene un valor. La ira protege y destruye. La ira es lo que le salvará.

Se pone de pie, antes de que pueda reconsiderarlo, vacía su mano en la taza, tira de la cadena y observa cómo las dos cápsulas azules y blancas desaparecen en un remolino.

Martes

12

Al llegar a casa, Brandon volvió a encontrar a Susan, que lo estaba esperando. Llorando. Faltaba poco para la medianoche.

—No soy capaz de aguantar esto —le chilló—. Espiar a tu propio padre. ¡Me hicieron salir! ¡La dejé bien arropada! ¡Está bien!

—No está bien —dijo Susan, rompiendo en grandes sollozos.

—Me estoy volviendo loco, Sue. ¿Cuánto tiempo estará fuera esta vez?

—Cinco días... ¿qué quieres decir con eso? ¿Crees que lo hago sólo porque estoy *sola*? Papá, por Dios.

—Lo siento.

—Jesús. —Susan estaba de rodillas en medio del suelo del salón, atragantándose de tanto llanto.

—Susan, estás histérica. Tenemos que zanjar esta cuestión.

—Necesita ayuda.

—Te vas a poner enferma.

—Tengo miedo de que se muera.

Él se arrodilló en el suelo junto a ella y la estrechó contra su pecho. La oyó susurrar y se dio cuenta de que estaba rezando, una costumbre que había tomado desde el accidente.

Cuando hubo terminado y estaba ya más tranquila, Brandon la llevó al sofá y se sentó a su lado.

—¿Puedes quedarte? —le preguntó—. Yo tengo que volver a salir temprano.

—¿Por qué?

—Es un lío, querida. Un caso difícil. Quédate conmigo, anda.

En la habitación encontró a Lorraine llorando y la almohada que tenía bajo la cabeza empapada. Quiso llamar a Susan y decirle que su madre reaccionaba ante su pelea, como si eso probara algo importante, algo que convencería a Susan de que su madre debía quedarse allí.

Durmió a intervalos, y se despertó definitivamente a las cinco, no menos enfadado de lo que estaba al irse a la cama. Cuando se dio cuenta de que ya no iba a descansar más, a pesar de que seguía estando extenuado y de que parecía que el virus le daba unas décimas de temperatura, se vistió y volvió a salir al frío del exterior.

Ahora, a las seis y veinte, está sentado en el Buick, con el motor en marcha para tener calefacción, sorbiendo una taza de café del termo que ha traído, y vigilando las puertas que llevan de la sala de Urgencias al aparcamiento del personal. Ha aparcado más lejos, en la parte destinada a las visitas, pero tiene buena vista. Es una locura, lo sabe, pero quiere ver al doctor, vigilar lo que hace, ver si conduce como un culpable. Lou le dijo que no lo perdiera de vista.

La calefacción del coche funciona a tope y Brandon ya no siente frío, ni siquiera en los pies. Tiene el rostro caliente y húmedo. Se le cierran los ojos y cabecea, luego se despabila y sintoniza una emisora de *jazz* de Ypsilanti. Odia el *jazz*, pero se capta bien y necesita el ruido.

«Haz algo.» Abre la cartera encima del asiento de al lado y esparce la información que ha reunido: la lista de Byers de los arrestos por Fang en 1984, el pequeño portafolios de cuero que contiene todas sus notas de los últimos días, las sinopsis de los informes de Harvey y de Jimmy y la carpeta de la DEA sobre Lancaster, que ya ha revisado una docena de veces. Le llama la atención la falta de detalles que en realidad contiene, sólo unas pocas páginas a doble espacio que describen la vida de Lancaster en Ann Arbor y en Detroit.

Pero al empezar a leerlo de nuevo, lo vence el cansancio. Toma unos sorbos de café frío, apaga el motor y reclina la cabeza hacia atrás cerrando los ojos. Le arde el pecho hasta la garganta y tiene la impresión de que la fiebre le va a hacer salir humo de la cabeza.

Hay demasiados cabos sueltos. «Straw abrasado con Napalm.»

Siente que se va durmiendo lentamente, pero no hace nada para impedirlo.

«Straw abrasado con Napalm.» Jesús bendito. Quemados dices, él sí que ha visto quemados... Corea, 1952. Había un tipo, un compañero de... Wallace, Idaho. Brandon sonríe. «¿Cuánto tiempo ha pasado desde la última vez que pensaste en él?» Theodore no sé qué. Una vez, Brandon lo llamó Ted y tuvieron una agarrada, así que Theodore. Alguien dijo que era un hijo de puta pretencioso, pero Brandon lo entendió.

Habían estado patrullando una tarde, tres en un Willys por una sucia carretera en el extremo sur de una zona desmilitarizada setenta y cinco kilómetros al norte de Seul. Habían adelantado a una chica montada en bicicleta, con su larga falda flotando al viento al pedalear. Theodore miró a Brandon, meneó la cabeza y se llevó a los ojos dos dedos formando una V. Quería echar un vistazo por si llevaba algo.

Esperaron a que la chica llegara a su altura y la detuvieron. Con el cañón del rifle, Theodore le levantó la falda y la vio, una radio emisora-receptora sujeta con correas debajo del sillín. Era una roja, en seguida se dieron cuenta. Theodore la agarró por el cabello y, a pesar de sus gritos, la llevó a rastras hacia los matorrales para registrarla y luego dispararle en la cabeza. Tenían órdenes tajantes.

Brandon y el conductor se quedaron vigilando por si alguien había estado siguiendo a la chica.

Cuando se oyó el estallido, sonó más como un jadeo fuerte que como el disparo de un rifle. Brandon no estaba seguro de lo que era. Entonces vio humo.

Echó a correr pero era demasiado tarde. La chica estaba reventada, la bomba que llevaba atada a la cintura la había destripado. Theodore estaba más o menos entero, pero la onda expansiva le había destrozado la cara y las manos. Estaba tumbado, gritando, todo achicharrado y echando peste a carne chamuscada. Al cabo de tres días había muerto.

Theodore... K, algo polaco. Brandon y... Kowalski. Les llamaban Mick & Stosh. El irlandés y el polaco.

Brandon sonríe y se lleva el cigarrillo a los labios.

Kowalski.

Kowalski. Jesucristo.

Casi se le cae el cigarrillo, pero consigue ponerlo en el cenicero, enciende la luz interior y busca entre los papeles que tiene en el regazo la lista por orden alfabético de los arrestos por Fang que había mandado Byers. Aquí... desliza el dedo hasta llegar a la K y lo encuentra: K, algo polaco. No Kowalski sino Karnowski, Robert Karnowski.

Abre la carpeta de la DEA sobre Lancaster para asegurarse, y en la página dos, en el mismo párrafo que Michael Straw, está el nombre: Bobby Karnowski.

> Según los informes, Karnowski, un camello de Ann Arbor, y Richards vivían en el mismo edificio que Lancaster, y parece ser que Karnowski había contribuido a la adicción de Lancaster. Según algunas fuentes, en realidad Lancaster, de un modo u otro, trabajó para Karnowski entre finales de 1981 y 1982. Karnowski y Richards se habían conocido a finales de los años setenta y se creía que habían mantenido relaciones sexuales.

Así que Karnowksi había sido jefe de Lancaster durante un año y medio. Y Karnowski fue arrestado dos años después, en 1984, en relación con la síntesis y distribución de la sustancia bajo control tres, cuatro-metil etil fentanil. El Fang.

Había demasiados nombres en la lista del Fang; Brandon había pasado por alto la relación la primera vez.

Pero ahora las piezas empezaban a encajar: Lancaster conectado a Straw; Straw a Karnowski; Karnowski al Fang; el Fang a Kevin y a Straw y de vuelta a Lancaster.

«Te pillé», es el primer pensamiento de Brandon. «Pero, ¿y qué? —piensa luego—. Es la misma pregunta que me hizo Lou. ¿Crees de verdad que está detrás de esto?»

Brandon se frota los ojos. Hay demasiadas conexiones, demasiadas pruebas que apuntan al doctor. Tal vez sea ésa la cuestión: son demasiadas.

Pero luego estos pensamientos desaparecen. Tira el café por la ventanilla y pone el motor en marcha. Vuelve a tener frío y, además, Lancaster se dirige al aparcamiento.

Son las siete y veintisiete. Apunta el alba.

Brandon observa cómo la furgoneta arranca y sale del pequeño aparcamiento que se halla ante la entrada principal, pone la marcha y la sigue.

«Culpable o no, hay que seguirlo a él —se dice a sí mismo—. Ya te preocuparás más tarde.»

Entonces ocurre algo extraño. Un coche de cuatro puertas de color oscuro arranca de un aparcamiento lateral cortando a Brandon. Dos hombres en el asiento delantero. Trajeados. Salen disparados tras la furgoneta de Lancaster.

Brandon se queda tan sorprendido que, por un momento, no reacciona. Permanece parado en el camino de entrada al hospital con la vista fija en las casas del otro lado de la calle hasta que alguien por detrás, uno del turno de noche que quiere llegar de una vez a casa, aporrea el claxon. Brandon pone la directa en la dirección que había tomado el coche.

Vislumbra la furgoneta de Lancaster más adelante, seguida por el coche oscuro. La furgoneta gira a la derecha en Greenway y se dirige hacia el oeste, hacia la urbanización donde vive. El coche también gira a la derecha.

Maniobra por entre el escaso tráfico de primera hora hasta que por unos momentos consigue acercarse lo suficiente para ver la matrícula del coche. Entonces afloja la marcha y coge el comunicador de la radio.

—Central.

—Aquí cincuenta y uno —dice Brandon—. ¿Quién habla? ¿Bernie?

—Sí, señor.

—Tengo una matrícula de Michigan, parece un Ford, número AA-cinco...

—Federales —dice Bernie antes de que Brandon le dé el número entero.

—¿Estás seguro?

—En ese Estado sólo utilizan tres prefijos. Ése es uno de ellos.

—Corto.

«Kline.» Kline tiene a sus muchachos en el caso. Husmeando en la ciudad de Brandon. Siguiendo a sus sospechosos.

Brandon golpea el volante con el puño hasta que le duele la mano. Pero la ira cede para dejar paso a un retortijón en el vientre cuando medita y se da cuenta de que Lou Adamski, y probablemente Ken Barnes, han estado metidos en el asunto desde el principio. Anoche Lou dijo: «Tenemos que vigilarlo, Brandon. Él nos guiará.»

¿A quién?, había preguntado Brandon. Ahora lo sabe. Lou ha estado haciendo tratos con los federales a sus espaldas. Por esta razón le impidió que lo llevara a comisaría. Habían hecho entrar a Brandon en la investigación para sustituirlo, sus propios jefes le han estado tomando el pelo.

Pisa a fondo el acelerador, gira en la primera travesía y se dirige hacia el edificio de los juzgados.

La puerta del despacho de Lou está abierta y Brandon ve que dentro está Julian Kline, de cháchara. Pasa de largo y entra en su propia oficina. No transcurre ni un minuto que Lou y Kline llaman a su puerta.

—Adelante. —Brandon está dispuesto a liberar su furia, dispuesto a saltarle al cuello a su jefe y a repartir coces, a preguntar por qué diablos Kline pone a sus muchachos de la DEA detrás de Lancaster sin advertírselo a él.

Pero al entrar, Lou le dice:

—Tenemos a Seth Babcock. Te hemos estado esperando.

Brandon cierra el pico y los sigue.

Seth Babcock es más fornido que su hermano, debe pesar unos noventa kilos y mide cerca de metro ochenta. El cabello, oscuro y engominado, es lo suficientemente largo como para que se lo pueda recoger en una pequeña coleta. Lleva un abrigo de cuero negro hasta las rodillas y un diamante de medio quilate en la oreja. La minúscula sala de interrogatorios huele a sudor y a colonia.

Según Lou, Babcock se había entregado, sencillamente. Se había metido por el camino de entrada a su casa, había salido del coche, y había permanecido allí, como si estuviera esperando. Naturalmente, el departamento tenía la vivienda rodeada. Le saltaron encima.

—*Estaba* esperando —dijo Brandon—. Quería venir. Cualquiera que sea su juego, se le ha escapado de las manos.

Lou Adamski y Julian Kline siguen el interrogatorio de Brandon en la oficina de Lou, desde donde lo están grabando.

—¿Te has tomado algo? —dice Brandon.

—Darvon para el dolor de cabeza.

—¿Eso es todo?

Asiente con un gesto.

—¿Nos vas a ayudar?

—¿Tengo un abogado?

—Esto es voluntario.

—Entonces quiero irme.

Brandon, que no se ha sentado, apoya un pie en una silla de madera y después deja reposar el peso de su cuerpo sobre la rodilla. Cierra los ojos y hace unos movimientos rotatorios con la cabeza para aliviar la tortícolis que ya empieza a sentir.

—Anoche, cuando sacaron a Boncaro del río, yo estaba allí. También vi al quemado, a Straw. Una antorcha humana. Estuve en su habitación; está hecho una pena. Con Kevin lo mismo...

—Cállese.

—Tienes miedo de ser el próximo.

—Quiero irme.

—Petie tenía miedo. Tuvo su oportunidad y la rechazó. ¿Con quién está conectado Straw?

No hay respuesta.

—Tu propio hermano, por el amor de Dios. Pensaba que te iba a gustar pillar a los bastardos que lo hicieron.

No hay respuesta.

—Nos han dicho que hay un plan para distribuir heroína sintética en Morgantown y que tú estás implicado. Quiero saber quién la trae y por qué se muere la gente. ¿Es una lucha territorial? ¿Alguien se ha metido en tus movidas? ¿O viceversa?

—No sé nada de eso. No tengo ni idea de por qué los están matando. No quiero movidas.

—¿De dónde viene el material?

—Yo no estoy haciendo llegar droga a esta ciudad de mala muerte.

—¿Quién, entonces? ¿Y por qué ya no hay más? No veo que circulen grandes cantidades de dinero por aquí, y francamente, tampoco veo mucho producto. Quizá sólo eres el último de la cadena de algún granuja. ¿Quién está detrás de ti?

Seth no dice nada.

—¿Realmente crees que voy a dejarte marchar así?

—Dijo que no tenía nada contra mí.

—Dije que era voluntario, Babcock, y el voluntario eres tú. No te hagas el escurridizo, ahora que estás aquí. No tengo tanta paciencia.

Sigue sin decir nada. Ése es su juego. Quiere ver las cartas de Brandon, cuáles son sus triunfos.

—De acuerdo —dice Brandon—. Si no quieres hablar, tengo otras alternativas. Una, cocinamos alguna patraña y te retenemos el tiempo suficiente como para encontrar basura de verdad. No sería difícil. La DEA está aquí. Pueden empezar a desmenuzar los registros de la sede central de MTown, S.A. Ya sabes lo que pueden llegar a hacer si encuentran el menor indicio de que MTown ha blanqueado dinero procedente de la droga. Se lo van a quedar todo, Seth. O, dos, te soltamos ahora mismo y lo hacemos a lo grande. Basta con correr la voz de que te has ido de la lengua, de que les has hecho pasar un buen rato a los buenos. Yo me inclino por la segunda opción porque de ese modo algo gano. Una noticia así le hará salir los colores a alguien. Le entra el pánico, viene corriendo, y empieza a cantar. No falla.

—Nunca se sabe, detective.

—De todos modos, no vamos a por ti. —Brandon se dirige hasta la ventana enrejada y mira hacia abajo, hacia el callejón trasero. Inspira por entre los incisivos, emitiendo un silbido. Le duelen los senos frontales—. No sacaremos nada con retenerte aquí, salvo la satisfacción que eso nos pueda dar.

Brandon asiente como si estuviera considerando las opciones.

—Joder, usted es tonto de remate —dice Seth.

—Pues instrúyeme.

—No *entra* material *en* Morgantown. Si lo pensara medio segundo, se daría cuenta.

Brandon mira por la ventana. Y entonces se echa a reír, porque lo ha cogido. Pasa una patrulla antes de que diga:

—Se fabrica aquí. Y tú la mandas fuera.

—Kevin era el único que conocía al químico. Él me pasaba a mí el producto con instrucciones sobre la proporción del corte. Este material crece y se hincha. Me daba mucho margen.

Y quien sea que lo compra vuelve a cortarlo una y otra vez. Brandon se lleva una mano a la frente y se sienta, conmocionado por la revelación.

—Y entonces pasa a Detroit.

—Al final. El mayor mercado de heroína del mundo. Entiéndalo, yo no trabajo en la calle, ni mucho menos. Yo trato con la cúspide de la pirámide, tío. Meto toda la carne en el asador y suelto el paquete de una vez.

De modo que el Fang que Byers y Kline han estado viendo por sus calles no es droga de Detroit; viene todo importado de Morgantown.

—¿Cómo funciona, ahora que no está Kevin?

—No, no —dice Seth—. Si quiere meter las narices, hagamos primero un trato. Está todo preparado para empezar a moverse a lo grande. —Señala la tachuela de diamante de su oreja.

—¿Qué es lo que quieres?

—Primero, hablo, me voy, y usted no dice nada a nadie. *Nada*. Le iré dando más información. Si hay detenciones, me enchironan como a cualquier otro, y luego me protegen. Segundo, usted y la DEA se quedan fuera del negocio. Todo lo que he hecho hasta ese momento queda libre de cargos. Si en un futuro me pillan, entonces me pueden hacer comer todo el marrón.

—¿Cómo de grande es a lo grande?

—Un kilo de concentrado, para empezar.

—¿Qué es el concentrado?

—Equivale a caballo puro, que yo adquiero por cien de los grandes. Es una ganga.

—¿Cien mil? ¿Tienes tanto dinero en efectivo?

—Mire, yo sólo estoy en medio. Saben que sirvo.

—Primero lo vendes y después lo pagas.

Asiente.

—Pero lo transformo en seguida, con lo cual tengo dos kilos a ochenta cada uno. Me quedan sesenta largos para mí. Mucha pasta, pero cualquier día lo dejo y me dedico a vivir mi vida.

Así que el trato está hecho: acompañarán a Seth a su casa en secreto. Actuará como si no hubiera ocurrido nada.

—¿De dónde viene?

—Realmente no lo sé. Todo fue al revés. Mi hermano pequeño, que era incapaz de venderse el culo por un centavo, me viene hace cosa de tres o cuatro meses con una bolsa de este material. Yo se lo di a probar a unos cuantos. Después empezaron a pedirme más y más, y empezamos a exportarlo, no mucho, quizá un par de bolsas al mes. Le pregunto a Kevin quién lo fabrica, pero me dice que si alguien lo descubre, todo se irá al garete. ¿Quién soy yo para joder la marrana?

—¿Quién lo compra?

—Pasaba de mano en mano, en Jackson, y luego fuera. Ahora tengo nuevos clientes que vienen directamente de la ciudad, compran cantidades importantes.

—¿A ésos los representaba Straw?

—Sí.

—Y ahora que no está Kevin, ¿qué?

—No sabré nada hasta el último momento.

—¿Te llamarán?

Se encoge de hombros.

—Después de la muerte de Kevin, recibí una llamada anunciándome que una nueva partida estaba lista.

—Del químico.

—De quien sea. Petie era quien debía recogerla. Ésa fue la gota que provocó su muerte.

—¿Mencionó alguna vez Kevin a un tipo llamado Arnie Holt?

Seth le lanza una rápida mirada, después baja los ojos hacia el tablero de la mesa.

—¿Es él el químico?

—Ya le he dicho que no lo sé. Sólo lo vi una vez.

—¿Lo viste?

—Una vez. Apareció por el Red's. Sólo pude echarle un vistazo rápido.

—¿Qué aspecto tiene?

—Un tipo bajito. Muy flaco, con pinta de confidente, barbas de chivo negras, gafas redondas. Llevaba uno de esos gorros de caza de color naranja, mitones. Estrafalario.

—¿Hablaste con él?

—No.

—¿Alguien más lo vio?

Seth se encoge de hombros.

—Estaba en el bar. Cualquiera podía verlo.

—De todos modos —dice Brandon—, damos por sentado que quien se puso en contacto contigo antes, de uno y otro lado, volverá a hacerlo. Te pondremos un micro.

—No voy a ponerme ningún jodido micro.

—Cálmate.

—¡Joder cálmate! Son asesinos. No tenéis ni idea. Debería hacerme examinar mi rejodida cabeza.

—Entonces, ¿por qué no te las piras?

—Me quieren dentro, tío. No puedes escaparte cuando te quieren metido en el ajo.

«Arrogante engominado», piensa Brandon.

—Necesitas que estemos allí cuando se haga el pase —dice—. No lo olvides. Más tarde o más temprano, te harán lo que le hicieron a Petie.

—Os avisaré. Ya se me ocurrirá algo.

Brandon vuelve a mirar por la ventana hacia la callejuela. Es una apuesta poco segura, pero es lo mejor de que disponen ahora mismo.

—¿Puedo hacerte una pregunta? ¿Por qué no le has comprado a tu madre una casa decente?

—Lo he intentado, tío. No quiere saber nada de eso. Piensa que mi dinero es sucio.

—Qué tonta —dice Brandon.

Jimmy llama justo antes del almuerzo para asegurarse de que Brandon ha visto su nota con la identificación de las seis huellas encontradas en la casa de Babcock. La última pertenecía a Seth.

—¿Todavía no tenemos nada sobre la linterna? —le pregunta Brandon.

—Nada. Fui eliminando uno por uno a los que se encontraban allí. Nos hemos ocupado de todos los nombres que nos habéis dado, los que están relacionados. Revisamos la lista de los amigos de Kevin. *Nada*.*

—¿Me puedes conseguir unas buenas ampliaciones? Que se puedan mandar por fax.

—Las tendrás en tu mesa después del almuerzo.

Spinner se encorva sobre un bol hondo de *linguine marinara* en el restaurante italiano de Elio de la calle Singer, jun-

* En español en el original. *(N. del t.)*

to al campus de la Universidad de Waite. Brandon, ignorando la ternera que tiene delante, está fumando y dándole a un whisky con soda.

—Me encanta esta porquería —suelta Spinner. Su mujer lo tiene a raya con el presupuesto, así que para comer se trae al trabajo bocadillos fríos y patatas fritas que ella le prepara. Brandon quiere que tenga la cabeza en el caso en cuestión, no en su estómago, por eso hoy lo mima. Piensa que, de todos modos, Spinner puede comerse el bocadillo para merendar.

—Has dicho que el tipo estaba nervioso —recalca Brandon. A última hora del lunes, Spinner había localizado al propietario del Cabriolet rojo robado en el que fue quemado Straw.

—Se traía algo entre manos —corrobora Spinner—. Estuvo esquivándome durante dos días. Todo lo que yo quería era verificar dónde estaba el coche cuando fue robado, esa clase de basura. Si la gente no fuera tan asquerosamente estúpida... ya sabes. Al evitarme, el individuo no hace más que llamar mi atención, mintiéndome por teléfono, «Ahora no es un buen momento, oficial». Idiota. Finalmente lo sorprendo ayer por la noche, está en el camino de entrada a su casa reparando otro coche. Casi se mea en los pantalones cuando entro.

—¿Qué crees? ¿Deberíamos arrestarlo?

—No, no jodas. Pero empieza diciéndome que el coche estaba enfrente de su casa cuando fue robado. «¿Dónde estaba usted?», le pregunto. «Dentro», dice. Hago salir a su mujer, que estaba en Toledo en el momento de los hechos, no vio nada, pero al tenerla allí delante, el tipo empieza a ponerse rojo de verdad y a sudar. ¿Cómo es que vienen a robar un coche delante mismo de su casa? Me sorprende. ¿Tiene algún sentido? Alguien quiere un coche para perpetrar un asesinato, ¿y van a escoger esta carroza rojo brillante aparcada justo delante del propietario en Wauseon, Ohio? Así que pido disculpas a la mujer y el tipo y yo damos un pequeño paseo por su jardín trasero. Le digo que hay un asesinato de por medio, su coche fue utilizado. Supongo que no querrá verse metido en esa mierda, ¿verdad? Si me está tomando el pelo, se encontrará en una verdadera pesadilla.

Spinner deja de hablar y embaula otra tanda de pasta en su escuálida cara.

—¿Y? —pregunta Brandon.

—El jodido empieza a vociferarme, después lo suelta.

Brandon conoce la continuación. Sonríe.

—Tiene una querida por aquí que se ha estado beneficiando durante un año —dice Spinner, asintiendo burlonamente, con la boca llena de fideos y pan.

—El coche fue robado aquí ¿no es cierto?

Spinner vuelve a asentir.

—¿Sabes dónde?

—Habían alquilado una habitación para pasar la tarde en el Ramada, en el precioso centro de Morgantown, a dos manzanas del maldito edificio de los juzgados. El coche fue robado del aparcamiento. El tipo tenía tanta prisa por quedarse en pelotas que se dejó las llaves puestas.

«Nunca es complicado», piensa Brandon.

—Podría ser alguien hospedado allí.

—Allí o quizá en el Washington.

El hotel Washington, en la calle del mismo nombre, en el límite norte del verdadero centro, fue en su tiempo un establecimiento elegante. Pero, cuando los promotores pusieron el Ramada justo enfrente, bajaron los precios y ofrecieron distracciones tales como gimnasio y piscina, el Washington empezó a decaer. Ahora, ha pasado a ser una posada para pobres de solemnidad.

—Tienes una pista —dice Brandon—, síguela.

Spinner asiente con la cabeza y sigue masticando.

—También deberíamos interrogar a los amigos de Kevin Babcock —continúa Brandon—. Y alguien tendría que meter las narices en el Red's, para ver si alguno de los empleados recuerda haber visto a Holt. Quizá podamos obtener una descripcción.

—Me encargaré de ello. ¿Y qué pasa contigo? Tienes un aspecto lamentable.

—Tengo que ver a gente —responde Brandon—. Y me siento hecho una pena.

Parece que le ha bajado la fiebre, pero siente los ojos, la cabeza y la garganta tan mal como siempre. Ni tan siquiera el whisky le hace efecto.

—Eh —le dice Spinner—, ¿vas a comerte esa ternera?

FAX

Fecha: 16 de enero, 1991

Para: Detective Ellen Byers
River Rouge Precinct

De: Detective Frank Brandon
Departamento de Policía municipal de Morgantown

Le adjunto una huella hallada en una linterna que se encontró en el escenario de un asesinato relacionado con Michael Straw. Las comparaciones con todas las demás huellas disponibles relacionadas con ambos casos no nos han llevado a ninguna parte.

¿Podría compararla con cualquiera de las personas conocidas asociadas a Straw, o con alguien que hubiera tenido algo que ver con el Fang hace seis años y que pudiera estar involucrado en este caso? Tal vez sólo se trate de una conjetura, pero quiero cubrir todos los ángulos y agradeceré cualquier rayo de luz que nos pueda proporcionar.

Gracias por adelantado por su ayuda. Hablaremos pronto.

13

Por tercera vez en el día de hoy, Lancaster llama al despacho de su buen amigo Ken Barnes, detective de la DEA.

—El señor Barnes sigue reunido —responde la secretaria—. ¿Quiere que lo llame él?

—Es importante.

—Lo siento, doctor...

Lancaster cuelga. Se lo está quitando de encima y lo sabe. Barnes ha dejado de atender a sus llamadas. Algo ha cambiado y ha enfriado a Ken. Sin duda, conoce su conexión con Straw. Y ahora la idea de que Lancaster esté involucrado en todo este follón no es tan absurda, después de todo.

Así que corta los lazos; hay que deshacerse de las malas compañías.

—Que te jodan, Ken —Adrian Lancaster lanza al aire su maldición

De camino a casa se había detenido para comprar unas cuantas cosas que aún no sabía si iba a usar. Ahora ya sabe que no le queda alternativa.

Está exhausto por la noche de trabajo. Se tumba en el sofá de piel de su estudio para descansar unos minutos. De lo próximo que tiene conciencia es de que está sonando el timbre de la puerta. Se incorpora y se sienta. Siente la cabeza espesa.

Vuelve a sonar el timbre. Mira el reloj: son las 3:42. Ha dormido cinco horas. Se levanta de un brinco y tiene que agarrarse al borde de la chimenea para recuperar el equilibrio. Queda mucho por hacer.

El timbre.

Es un mensajero de la única empresa que hay en la ciudad.

—Un paquete.

—¿Qué es?

—No lo sé.

—¿Quién lo envía?

—Del motel Days Inn. Un tal señor Regal Crusader. —El muchacho le dirige una mirada extrañada y sacude la cabeza. A Lancaster le empiezan a silbar los oídos. Firma en el libro, le da un pavo al muchacho y cierra la puerta.

Es un sobre marrón, liso, sin otras identificaciones que la palabra *Doctor* y su dirección escritas en mayúsculas. Lo abre y saca una única hoja de papel:

Doctor L.

Estaba siguiendo a Petie Boncaro en el puente cuando vi, o mejor dicho sentí, a alguien que se acercaba desde el otro extremo. Pero se suponía que no habría nadie más allí, solamente Petie y el paquete que iba a recoger. Seth Babcock tenía que encontrarse con Petie más tarde, pero vendría del norte, del lado de la ciudad, igual que yo. Me detuve y me arrastré hasta llegar a una altura que me permitiera ver el lugar donde Boncaro esperaba. Las precauciones rinden buenos dividendos. Cuando el recién llegado resultó no ser Seth, la trampa me hizo sonreír. Habían seguido a Petie.

Se trata de gente infame. Recuérdelo, doctor.

El asaltante —no pude distinguir sus rasgos ni ver sus cabellos, puesto que una máscara negra le cubría el rostro— se metió la bolsa del preciado polvo, la que Petie iba a entregar a Seth, en la gabardina, y luego procedió a golpear a Petie Boncaro. Petie no se defendió. Solamente intentó cubrirse el rostro. Finalmente, el hombre le arrastró por los pies y lo arrojó por encima de la barandilla. Petie chilló hasta que las aguas se cerraron sobre su cabeza y apagaron definitivamente su voz.

De cara a la luz sobre el puente, caminé hacia atrás hasta quedar fuera de la vista del asesino de Petie. Entonces me volví y corrí hasta el primer teléfono público que encontré y, buen ciudadano que es uno, llamé a la policía.

En ese momento vi a otro individuo que se deslizaba hacia el puente: Seth Babcock. Es un animal: olió el peligro antes de acercarse y se escabulló por la orilla mirando hacia arriba. Debió de ver al enmascarado, ya que de repente salió corriendo.

Colgué y me alejé del puente iluminado hacia la oscuridad de las calles de Morgantown, hacia una zona de almacenes y fábricas: forjas, tiendas de metales y centros de reciclaje de acero. Todo tenía un olor muy particular y característico, el olor algo acre y metálico del petróleo, la grasa y el alquitrán.

A lo lejos, dirigiéndose hacia el puente, convergían las sirenas. Petie estaba muerto. Kevin estaba muerto. Mis amigos. Alguien los estaba matando. Alguien había salido a jugar.

Volví a sonreír. Se me rompía el corazón, y era feliz.

De vuelta a mi exigua habitación, doctor, abrí las ventanas para que entrara el aire frío. Tengo una fotografía suya pegada en la pared. Está usted saliendo por la puerta principal del hospital. La hierba es verde; piense cuánto tiempo debe de hacer de eso.

Susurro: (¡Soy su mejor fan!)

Siempre suyo,
Arnie Holt

Escaleras arriba, el tiempo apremia. ¿Por qué razón le persigue ese loco de Holt? Lancaster saca ropa de su armario y la embute en una bolsa de bandolera. Queda mucho por hacer. Luego saca un trozo de papel de su cartera y marca un número. No hay respuesta.

«Cálmate —piensa—. La única manera de salir de ésta es ser frío como el hielo. Piensa. El primer paso es recoger. El segundo...»

Oye un ruido en el piso de abajo.

Hay alguien en la casa. Del maletín médico que tiene en su dormitorio, saca un bisturí y retira la protección de plástico de la hoja. Se desliza pegado a la pared del pasillo hacia las escaleras.

Cruje la escalera.

—¿Doctor Lancaster? —dice una voz débil—. ¿Doctor? —-Es una voz de chica.

Lancaster suelta el aliento contenido y respira hondo, la sangre le vuelve a la cabeza y se detiene la subida de adrenalina.

—Aquí arriba.

Se mete el bisturí en el bolsillo de la camisa.

Storm sube por la escalera mirándolo a la cara. Lleva unos Levis y una camiseta negra. Su chaqueta roja está colgada en la barandilla. Se ha puesto brillantina en el cabello y se lo ha peinado hacia atrás, la primera vez que la ve así. Parece mayor, decide.

Cuando llega a su altura, Lancaster se planta delante suyo. Es más alta de lo que le había parecido, casi tanto como él, y lo mira directamente a los ojos.

—No deberías haber venido. Te estaba llamando para decirte que podríamos encontrarnos.

Tiene la misma mirada tensa que había observado en la clínica, y se conduce con la misma gracia, pero hay algo más, una cierta fragilidad, una vulnerabilidad, que no había detectado antes. Su delgadez hace aumentar esta impresión, así como sus ojos, tan oscuros que no puede distinguir la pupila del iris.

Ella le pasa los brazos alrededor del cuello y lo abraza. Lancaster se queda con las manos libres, luego las pone en su talle. Piensa que con sus manos podría rodearle toda la cintura. Huele el cabello de la chica. Lo aspira.

—Tengo miedo —le dice ella, con la boca pegada a su hombro.

Se le hace un vacío en las tripas, una sensación que ya ha sentido antes pero que ahora, aquí, con esta chica, lo sorprende.

Ella le dice:

—Un coche me ha estado siguiendo. Han venido a mi apartamento. Me he escabullido por detrás.

—Nos vamos —le contesta él—. Hemos de prepararnos. Tienes que ayudarme.

—Y puedo ayudarte —se separa de él—. Te has alegrado de verme. —Lo afirma como un hecho.

—¿Qué?

—Has estado sonriendo todo el rato mientras yo subía las escaleras.

—¿De veras? —Se siente ridículo al darse cuenta de que es verdad. Y ridículo por partida doble porque no se había percatado hasta que lo ha dicho ella.

Pero ahora la desea, a esta chica de la que no sabe nada, a la que encuentra impredecible y que, en cierto modo, incluso le da miedo. Ella sabe cómo encontrar a los que él anda buscando, la red de escoria que él pretende descubrir. A pesar de su fragilidad, posee cierta fuerza y un abandono que él necesita. No tiene nada que perder. ¿Y qué si no la conoce? Ninguno de los que conoce lo puede ayudar ahora. Sus amigos de antes salieron de su vida hace mucho tiempo. Está solo. Y cuando uno está solo, la compañía de una atractiva desconocida siempre es bienvenida.

En el cuarto de baño, ella le empieza a cortar con las tijeras su cabellera de casi treinta centímetros. Siguiendo sus instrucciones, deposita los mechones en una toalla de papel extendida sobre la tapa del váter.

—¿De qué va esto, puedes decirme? —le pregunta ella.

—Realmente, no lo sé. Sospecho que tiene que ver con una vieja y aburrida historia, pero no le veo ninguna explicación.

—Pues entonces, cuéntame la historia, de todos modos. A menos que no puedas hablar de ella.

—Sí puedo. Fue hace mucho tiempo.

—Cuenta.

—¿Por dónde empezar? Crecí en Cleveland y, más tarde, me trasladé a Michigan, al instituto. De hecho, aquí. A Morgantown.

—¿De verdad? ¿Viviste aquí en esa época?

—Sí. Luego conseguí una beca del Case Western, y más tarde fui admitido en una de las mejores facultades de medicina del país: la Universidad de Michigan en Ann Arbor. No tenía dinero, y mi madre, que se había mudado a Santa Fe, todavía menos, así que me endeudé mucho.

A medida que se adentra en la historia, le resulta más fácil de explicar de lo que había creído. Estaba a punto. Así de sencillo.

Dado que iba a ser médico, los bancos estaban más que dispuestos a prestarle dinero suficiente para sus estudios, libros, matrículas e incluso algún extra para pagar el alquiler. Aún así, tenía que comer, por lo que tuvo que echar mano de sus ahorros y hacer trabajos ocasionales, como camarero, enfermero, cosas por el estilo, para ir tirando. Y así durante los dos primeros años en la Facultad de Medicina.

Había estado viviendo en una residencia de estudiantes, pero en el verano entre segundo y tercero decidió que era hora de empezar a vivir su vida, por así decirlo; encontró un compañero de piso, otro estudiante de medicina, y se trasladó a un apartamento en las afueras de la ciudad, al norte, cerca del ambulatorio en el que hacía algunos turnos. El edificio estaba bastante descuidado, con desconchones en la pared, una instalación eléctrica que fundía las bombillas y unas escaleras oscuras y apestosas, pero el apartamento estaba bien de precio, tenía dos habitaciones y quedaba bastante cerca de la Facultad y del hospital.

Ahora bien, en el mismo edificio, de hecho en la misma planta que los estudiantes de medicina, vivía otra pareja, un hombre y una mujer. No sabían mucho de ellos, excepto que no parecían tener trabajo fijo y que la mujer era muy bonita.

Ahora su larga cabellera ha quedado reducida a unos cinco irregulares centímetros. Storm recoge los cabellos cortados con cuidado, para no dejar pistas, y los ata con un elástico por un extremo para hacer un solo mechón, una cola de caballo incorpórea que deposita ceremoniosamente encima del lavabo. Lancaster mueve la cabeza con aprobación.

A continuación, Storm abre la bolsa que Lancaster trajo de la farmacia, saca todo su contenido, incluidos un par de guantes de plástico, que se pone. Abre un frasco y luego dos botellas de plástico más grandes marcadas como REVELADOR y CREMA DECOLORANTE. Él la observa mientras los vierte a partes iguales en el frasco, y lo agita. El fuerte olor a amoníaco le quema la nariz y le llena los ojos de lágrimas.

Lancaster se sienta en el váter, con los hombros cubiertos con toallas, y ella le aplica la solución en el cabello con un masaje.

—Después recortaré un poco más, para que quede más igualado.

—Date prisa.

—Por ahora, tenemos que esperar. Tienes el cabello oscuro. Esto va a tomar tiempo. Sigue con la historia.

Una noche, la atractiva mujer llamó a su puerta. Le sangraban la nariz y los labios y tenía uno de sus ojos morado e hinchado. Estaba llorando.

Le examinaron las heridas, que se curarían por sí solas. Le dieron hielo envuelto en un trapo y le dejaron pasar la noche allí. Ella no quiso contarles lo que había sucedido, sólo dijo que no tenía importancia y que no debían preocuparse.

Storm termina de aplicarle el tinte y le cubre la cabeza con un gorro de ducha de plástico que él había comprado. Lo sigue hasta la habitación, donde Lancaster continúa preparando su pequeña bolsa.

Poco tiempo después, continúa, la mujer, Denise, invitó a los dos estudiantes a cenar. Acabada la cena, su compañero, que se llamaba Bobby, sacó un par de botellas de vino, un poco de marihuana y algo de cocaína. Se quedaron los cuatro bebiendo y fumando, y luego empezaron a esnifar coca. Adrian Lancaster, el estudiante de medicina, nunca había probado la coca, pero su compañero de piso sí, así que él pensó que debía probarla para ver qué pasaba. Estaba bastante bien. Le gustaba la euforia que le producía la droga, y también le gustaban las sensaciones físicas, los dientes dormidos, el sabor a medicamento que le bajaba por la garganta. Aquella noche se lo pasaron bien, y repitieron varias veces en el transcurso de los meses siguientes; él, su compañero de piso, y el hombre y la mujer sentados alrededor del vino, cortando rayas de coca encima de un espejo y esnifándolas. Adrian encontró en aquellas drogas una especie de alivio que nunca había imaginado. Era un tipo muy encerrado en sí mismo, anal, podría decirse, pero descubrió que, bajo su influencia, su mente racional y hambrienta de control se relajaba y se abría.

Lo que le pareció particularmente extraordinario fue su primera experiencia con las drogas que abren la mente, las psicodélicas. Bobby le dio una pastilla de ácido una noche y su vida nunca volvió a ser la misma de antes. Empezó a experimentar, de manera más o menos controlada, con drogas no químicas, como el peyote y la psilocibina, principalmente. Era fantástico. Por primera vez se dio cuenta de que existía un modo válido de ver el mundo que no tenía nada que ver con el enfoque intensamente racional y lineal que él siempre le había dado. Y consideró que merecía la pena tenerlo en cuenta. Para hacer una prueba, en una ocasión tomó unas setas de psilocibina antes de volver a trabajar en un problema muy complejo de bioquímica que le había planteado un profesor y que lo llevaba de cabeza porque no lograba encontrar la solución. Se trataba de algo muy preciso, algo acerca de la manera en que ciertas moléculas proteicas se enlazaban en presencia de ciertos enzimas hepáticos. Parece ser que en realidad nadie acababa de entender el mecanismo exacto de esta reacción. Bajo la influencia de la droga, elaboró una teoría, una hipótesis, que era brillantemente extravagante, y muy impresionante. Como dijo su profesor, «quedaba fuera del terreno trillado, pero era fascinante». El profesor lo mencionó en un artículo que estaba escribiendo, y dio a Lancaster su primera credencial como autor. Estaba atónito. Había podido penetrar en uno de los problemas más científicos y concretos mediante lo que, después de todo, era en esencia una alucinación psicótica. Comenzó a experimentar más, e incluso consideró dedicarse a la investigación.

Estas drogas psicodélicas no le representaban ningún problema. Las usaba como herramientas. Se veía a sí mismo como a un Aldous Huxley moderno. No obstante, Lancaster, encantado por los milagros de la farmacopea moderna, empezó gradualmente a utilizar otras drogas para que le ayudaran en el duro trabajo de la facultad. Era increíble. Al contrario del drogata común, él sabía exactamente lo que tomaba, qué efectos le iba a hacer y cómo contrarrestarlos. Empleaba Dexedrina para estudiar y Seconal para dormir por la noche. Y eso no parecía tener consecuencias particularmente nefastas. Pasaron los meses. Lo tenía todo controlado.

Se mira al espejo.

—Funciona —dice.

—Tenlo un rato más. Déjalo reposar.

Lancaster se sienta en el borde de la cama.

—Has dicho que te seguían. ¿Has vuelto a entrar por el garaje?

—Sí, no te preocupes. He aparcado delante del bloque de más arriba y del otro lado de la calle, y he cortado por el patio que queda detrás del tuyo. No me ha visto nadie.

—¿Qué es lo que te hace actuar con tanta astucia?

—La paranoia —le contesta ella—. Ése no es el final de la historia.

—No. Claro que no.

—Continúa, por favor.

El verano siguiente, entre tercero y cuarto, trajo consigo algunos cambios. Su compañero de piso se graduó y se marchó para iniciar su residencia fuera del Estado, dejando a Adrian en una situación un tanto apurada. Sus finanzas no habían mejorado. De hecho, habían empeorado.

Apenas si había ahorrado —por una razón: las drogas cuestan mucho dinero— y no tenía manera de pagar él solo el alquiler de un apartamento de dos habitaciones. Naturalmente, podía buscarse otro compañero de piso, o podía mudarse, pero no tenía la energía necesaria para pensar en estas cosas y pronto se presentó por sí sola otra solución.

Ahora pasaba más tiempo con la pareja de al lado, bebían vino los tres, consumían gramos de coca y discutían cualquier cosa que les pasara por la cabeza. A Adrian le gustaban esos dos, los apreciaba, especialmente a ella. Era muy brillante. Una noche estaba hablando de su situación cuando él, Bobby, hizo una sugerencia, una manera de dar un buen uso al dormitorio vacío y de conseguir el dinero extra que nuestro estudiante necesitaba. Y no sólo para pagar el alquiler. «Dinero de verdad», dijo.

Bobby, naturalmente, se ganaba la vida traficando. Hacía poco que había conseguido un contacto sobre una parte de la heroína que llegaba a Ann Arbor, y había pensado en la manera de sacarle todo el partido posible. Su idea era que Adrian consiguiera un buen suministro de jeringuillas y agujas limpias, un suministro que pudiera tener a buen recaudo. Y puesto que era experto con la aguja y sabía un par de cosas acerca de las dosis, se podía utilizar la segunda habitación como un salón para picarse de lo más original. Una sala para yonquis respetables, estudiantes y profesionales que necesitaban un lugar. Nada de tirados. Nada de violencia. Bobby podría decir con toda honestidad a sus clientes que se iban a meter el pico más seguro de la ciudad, inyectado por un doctor en ciernes. Una especie de clínica. Y por las molestias, nuestro estudiante se iba a hacer algo de dinero extra para pagar el alquiler y tener algo en el bolsillo. Sería muy discreto. Bobby se encargaría de manejar el material y de obtener clientes.

Y lo que tal vez fuese lo mejor de todo, desde el punto de vista médico, él les garantizaría a esos yonquis droga y agujas limpias. Ellos se habrían pinchado igual. Ésta era una manera de proporcionarles seguridad.

Adrian se negó rotundamente. La idea era aborrecible. Significaba correr un gran riesgo. Podía arruinar toda su carrera si era descubierto. Durante tres años había vivido casi sin dinero. Otro más y entraría en un programa de residencia que al menos le pagaría un sueldo para medio ir viviendo. Podía encontrar un sitio más barato o a otro compañero de piso.

Entonces, una noche de septiembre, oyó gritos en el apartamento de al lado, y al poco rato alguien llamó a su puerta. Era Denise, con el rostro ensangrentado otra vez. Le curó las heridas lo mejor que pudo, le aplicó hielo para bajar la hinchazón y la tendió en el sofá. Más tarde, esa misma noche, un ruido lo despertó. Se abrió la puerta de su habitación y entró Denise. Se sentó en la cama y empezó a hablarle de lo atraída que se sentía por él desde que se conocieron. Él quiso decirle algo, pero ella le tapó la boca con la mano y se metió en la cama con él. Se imaginó que ella estaba como una moto por alguna causa. Fuera lo que fuera, sabía que tenía que pararla pero, claro está, no lo hizo. Hacía mucho tiempo que estaba enamorado de ella. Y ella se volvió loca. Hicieron el amor hasta el amanecer, con pequeños intervalos.

Aquella noche lo cambió para siempre. Estaba colgado de ella como nunca había estado colgado de nada ni de nadie en toda su vida.

Al cabo de pocos días, ella y una amiga suya, una yonqui llamada Sandra que también era una de los principales distribuidores de Bobby, lo llevaron a algunos de los lugares que los yonquis utilizaban para drogarse, donde compartían jeringuillas, agujas y torniquetes. Eran los lugares más horribles que había visto jamás: unas habitaciones apestosas e infectas en sótanos y en casas abandonadas, con ventanas rotas y basura por el suelo.

No hacía mucho que ella le había hablado de aceptar la oferta de Bobby. Pasaba más tiempo en su apartamento; dormía con él dos o tres noches a la semana, a veces se quedaba allí el fin de semana, y a Bobby parecía no importarle mucho, especialmente en vistas del acuerdo al que habían llegado.

Se inició lentamente, un par de clientes a la semana, pero el negocio creció. Se convirtió en el doctor de la heroína de los yonquis de Ann Arbor. Le llamaban doctor Pico. Por increíble que parezca, se vio a sí mismo como un próspero Albert Schweitzer de la contracultura. Hizo mucho dinero y nunca lo pillaron. Entonces, un par de meses antes de graduarse en mayo, Bobby y Denise tuvieron la gran pelea. Adrian pensó que esta vez tendría que llevar a Denise a Urgencias. Le sangraban la boca y la nariz y tenía cortes importantes. Pero ella le pidió que no lo hiciera. «Cúrame tú», le había dicho.

Y él hizo lo que pudo.

Poco después de esto Bobby se marchó, y con él se fue el contacto, así que el salón de los picos quedó definitivamente cerrado. Ya era hora. Nuestro estudiante no era de los que tienta a la suerte. Además, sacó algo de eso. Él y Denise decidieron que era absurdo tener dos apartamentos en la misma planta. Dormían juntos, de cualquier modo, así que ella se mudó a vivir con él y, cuando el otoño siguiente nuestro estudiante empezó su residencia en el Hospital Henry Ford de Detroit, Denise se fue con él, y durante la semana hacía el viaje de ida y vuelta cotidiano a Ann Arbor para seguir con sus estudios. Estaba haciendo un curso de posgrado en química.

Lo único malo en esta historia era que Adrian se había enganchado a la droga que lo había alimentado. Se convirtió en un consumidor. Al principio fue un experimento, como con las psicodélicas. Luego fue una manera de calmarse por las noches, para dormir. Resultó que Denise hacía más de dos años que era adicta. Pronto se picaron y se colocaron juntos. Al final, pasó a ser su vida, sencillamente.

Transcurrió el tiempo.

Él mantuvo su adicción, y ella la suya, hasta que hacia el final de su segundo año de residencia, casi cuatro años después de haber conocido a Denise, más de dos años después de que empezara a consumir, fue arrestado cuando salía del Hospital Henry Ford. Los guardias de seguridad y la policía de Detroit lo estaban esperando en la puerta, una noche de otoño. Le encontraron dos viales de 50 cc. de morfina en los bolsillos de la bata.

La vida se desmoronó a su alrededor. Pasó dos noches en la cárcel e intentó contratar él mismo a un abogado. Pero antes de que diera con uno, un criminalista de Detroit consiguió un trato con el hospital y las autoridades. Denise lo había contratado, aunque Adrian no estaba seguro de si ella había sido arrestada también.

Como parte del trato, fue ingresado inmediatamente en un programa de desintoxicación de dos meses en el Hospital Beaumont de Royal Oak, y el aturdimiento del síndrome de abstinencia le ha dejado un vacío en sus recuerdos de esa época. El trato que consiguió el abogado estipulaba que si Lancaster lograba mantenerse limpio y prestar servicios públicos, le conservarían la licencia. En el Henry Ford no le iban a permitir que siguiera con su residencia, pero tampoco iban a oponerse a que la acabara en otro hospital de Detroit, así que trabajó para la Michigan Clinic durante un año y luego terminó en el Detroit Medical Center, en el corazón de la ciudad.

Después del arresto, sólo vio a Denise en dos ocasiones, cuando ella lo fue a visitar al Beaumont, aunque incluso estas visitas eran negociadas por el abogado y no se quedaban a solas. Cuando Lancaster salió, ella se había ido de la zona. Había desaparecido. Alguien le dijo que se había mudado al oeste, cerca del mar. Los dos meses de desintoxicación le habían parecido años e íntimamente él sabía que lo mejor que podía hacer era no seguirla, olvidarla y dejar que ella lo olvidara. Más tarde oyó decir que había muerto de colapso hepático como consecuencia de una hepatitis.

Storm se seca las lágrimas del rostro.

—Lo que la mayoría de la gente no entiende —le dice él— es que los yonquis pueden llevar vidas muy normales y limpias. Si vigilan las dosis y utilizan instrumental limpio, pueden trabajar y tener familia y nadie tiene por qué enterarse nunca. Una vez conocí a un hombre de setenta y seis años que había sido adicto durante cuarenta y dos. Un caso real. ¿Qué te sucede?

—Es que es triste —le contesta.

—Sí, pero ya pasó.

—Entonces, ¿qué tiene todo esto que ver con Kevin Babcock?

—No lo sé —dice él—. Pero tiene relación. La misma noche que Kevin murió, hubo otro intento de asesinato, el de un tipo duro llamado Michael Straw. Era el gran quemado del que has oído hablar y, como ya sabes, yo lo atendí cuando ingresó. Tenía un paquete de polvos marrones en el bolsillo, la misma droga que vi en casa de Kevin. Yo no conocía el nombre de Straw y a él no lo reconocí a causa de las quemaduras. Yo sólo lo había conocido por el apodo de Zipper. Era uno de los suministradores de Bobby Karnowski. Bobby Karnowski era el camello que vivía en la misma planta, el novio de Denise.

—Entonces, ¿quién es Holt?

—Ni idea. Pero ahora se pone en contacto conmigo. Me llamó anoche a Urgencias. Y hoy he recibido esta carta —le acerca el sobre por encima de la cama.

—Oye —le dice ella después de leer la carta—, te conté que Kevin frecuentaba el Red's. Yo solía acompañarlo. Él desaparecía durante horas, para hacer la ronda. Hiciera lo que hiciera, era en otro sitio. Nunca me han presentado personalmente a Holt, pero tengo muchos contactos en esta ciudad y conozco el Red's. Te llevaré. Esta noche.

—¿Para qué?

—Le gente oye cosas, pero tienes que ser agresivo. Si quieres respuestas tendrás que perseguirlas. No van a llamar a tu puerta.

—De acuerdo. Pero antes tenemos que desaparecer.

En el cuarto de baño, llena la pila de agua, sumerge la cabeza y se aclara el cabello. Se seca con el secador y, cuando termina, se estudia en el espejo. Lo que antes era largo y oscuro ahora es corto y rubio, casi blanco. Además, hace un día y medio que no se ha afeitado. La incipiente barba empieza a darle un aire más duro, lo que ayuda a alterarle un poco los rasgos.

—¿Te repaso ahora el cabello? Ha quedado bastante mal.

Vuelve a mirarse al espejo, girando la cabeza a uno y otro lado.

—Date prisa —le contesta.

—¿Estás preparada para esto? —le pregunta, mientras ella empieza a cortar.

—Sí —le responde—. Estoy contenta de que estés conmigo.

Cuando ha terminado, él se ocupa de la casa, desenchufa los electrodomésticos, cierra las puertas y las ventanas y las llaves del agua. Pone los platos en remojo, y lava la mitad. El resto lo tira en una bolsa de basura que arrastra hasta el contenedor de la calle. Toma la precaución de ponerse un sombrero.

Unas cuantas casas más abajo, está aparcado un Taurus negro, el mismo que Lancaster vio delante de la casa de Kevin justo antes de que llegaran los agentes. A Lancaster no le sorprende. Lo esperaba. Mientras lo observa, el coche da media vuelta y desaparece.

14

—Brandon, me estás tocando las pelotas por nada, tío. Esta ciudad se ha enfriado. No tengo una mierda para ti.

Little Tommy Winter está de nuevo en la que parece su posición habitual, con los pies encima de la taza, y el retrete cerrado contra el mundo. Brandon se halla en cuclillas sobre el inmundo, mojado y helado suelo, hablando y escuchando por debajo de la pared divisoria.

Fuera, pronto se hará de noche. El resfriado de Brandon sigue su curso a todo gas en su garganta y cabeza y parece que esté tomando posesión también del pecho. No obstante, se las ha arreglado para hacer una corta siesta, después de comer con Spinner. Considerando el resfriado y el hecho de que solamente ha dormido tres horas, se siente bastante en forma.

—Sólo dime dónde buscar, Tom. En dos días, hemos tenido dos muertos y a otro en estado crítico.

—Nada de estado crítico —dice Tommy—. Hay novedades acerca de la antorcha.

—¿Straw?

—Ha estirado la pata. Se ha apagado. No estás en la onda, Brandon.

—¿Cuándo?

—Esta tarde, hace un par de horas.

Sarah Le Seure... necesita volver a hablar con ella y es posible que todavía esté por aquí. Lo siguiente que hará es pasarse por el hospital.

—La ciudad tiene a todos los hombres disponibles trabajando en esto. Ahora estamos sondeando a los Babcock y los alrededores de Juncket Street.

—¿Y qué?

—Pues que no ha salido nada.

—Brandon...

—Y tu colega Petie. ¿Cómo te hace sentir eso?

—Fatal, Brandon. Petie era un jodido santo, y todos lo sabíamos.

—Dime lo que sepas, Tom. No tengo tiempo para tonterías.

—Estábamos equivocados. La droga no viene a la ciudad.

—Ya lo sé.

—¿Quién te lo ha dicho?

—La sintetizan aquí. Kevin la conseguía para su hermano. Y su hermano la pasaba a los distribuidores.

Silencio en el retrete.

—¿Caliente? ¿Estás sudando?

—Sí, es cierto. Ves, lo que pasa es que no había droga en las calles. No tenía sentido. Así que husmeé por ahí. Sale toda fuera, hombre. Material puro, he oído decir.

—Fang.

—Fang, Fang, qué pasada. Hizo que Petie se ahogara y que Kevin se colgara.

—Cuéntame más sobre Seth Babcock.

Silencio de nuevo.

—¿Te espanta ese nombre? Cuando lo mencionaste ayer, no me dijiste que fuera un miembro tan activo de nuestra pequeña comunidad.

—Sea lo que sea, Brandon, no se trata de un asunto de tres al cuarto y no son todos unos incompetentes. No lo vas a leer en los periódicos. Kevin era algo así como un contacto para Seth. Seth venía a buscársela a *Kevin*. Kevin era el *hombre* esta vez, Brandon. Si he de serte rejodidamente franco, no sé cuál era el juego. Pero en cualquier caso, Kevin estaba en el centro. Había otro tipo, nadie sabe quién es. Vieron a Kevin con él. Siempre llevaba un sombrero naranja.

—¿Holt?

—Sí, creo. Nunca he sabido cómo se llamaba. Nadie lo sabía.

—Háblame de él.

—No hay mucho que decir.

—¿Lo has visto?

—Un par de veces. Un bastardo feo con dientes marrones podridos.

—¿Con barba?

—Sí, pelusilla.

—¿Quién es?

—Nadie le conoce. Nadie salvo Kevin había visto a ese tipo antes. Brandon, he oído que con este asunto no se bromea. He oído...

—¿Dónde lo has oído, Tom? ¿Quién te cuenta esas cosas?

—Por favor. Estoy temblando. Jesús bendito.

—Viste a Petie antes de morir, ¿verdad? —Brandon saca una botella de brandy de su chaqueta y se la pasa por debajo de la pared divisoria.

—Sí. Después de que tú y yo habláramos conseguí ponerme en contacto con él. Estaba asustado. Me dijo que era un asunto gordo, Brandon, que quería salirse. Lo que había pretendido era lograr unos pavos vendiendo un poco y ahora el mundo se le venía encima. Pero, Brandon, Petie era más de lo que te piensas.

—Él y Kevin...

—Sí, sí. Él era el correo de Kevin y el novio de Kevin. Pero también era un chivato. Eso es lo que tú no entiendes.

—Trabajaba para mí. Habló conmigo el lunes por la mañana.

—No para ti. Te tiró de la polla. Estaba consiguiendo mucho *dinero*.* Lo untaban a lo grande.

—¿Quién?

—No puedo, Brandon.

—Escúchame, Thomas: ¿quién coño está en mi ciudad? —Brandon se enfada, de repente, incluso se indigna, y eso lo sorprende. Pero lo que está pasando aquí es mucho más que el juego de unos cuantos chicos del lugar en un pequeño laboratorio.

—No lo sé.

—¿Con quién estaba hablando Petie?

—No lo sé. No me lo dijo. Pero estaban investigando a la gente que negociaba con Seth, los grandes, los del dinero. No les importaban los pequeños negocios de Petie, ni los de Kevin, ni tan siquiera los de Seth, en realidad.

—¿Querían meterse?

* En español en el original. *(N. del t.)*

—¡No, hombre! Brandon. Oh... —A Tommy se le quiebra la voz—. Estaba trabajando para el jodido gobierno, Brandon.

Brandon tarda un momento en recuperarse.

—El gobierno es una organización muy grande —dice muy suavemente, casi en un susurro.

—Fue sometido a una investigación minuciosa. No querían a Seth ni a Kevin ni a ninguno de esos tipos. Querían saber con quién estaban relacionados.

Siguieron a Straw, sin duda, piensa Brandon. Straw los condujo a los Babcock. Kevin Babcock era el conducto hacia el desconocido Holt y hacia cualquiera que sea la gran organización a la que pertenece. Piensa en lo deprisa que aparecieron Julian Kline y los otros hombres de la DEA. Probablemente hacía semanas que tenían a sus agentes por aquí.

—Al principio Petie fanfarroneaba diciendo que Kevin era el hombre importante, que era el jefe de la operación, que Kevin iba a traficar grandes cantidades, que iba a usar a Seth para mover la droga. Pero luego Petie se puso realmente nervioso por Kevin y cambió de canción. La última vez que vi a Petie andaba balbuceando algo acerca de Kevin y de cómo el Hombre lo iba a descubrir y de que el Hombre era importante y estaba enfadado. Dijo que el Hombre me conocía, Brandon. Y hoy he recibido una llamada.

—¿Qué llamada?

—No lo sé. Creo que me conocen...

Se apagan las luces.

El retrete en el que se halla con Tommy está muy oscuro, negro como el carbón, porque no hay ventanas. Brandon no podría ver su propia mano de no ser por el cigarrillo que sostiene.

—Eh —dice Tommy, con una voz quebrada por el miedo.

—No te muevas.

—Brandon.

Brandon avanza a tientas hasta el pasillo, y continúa pegado a la pared, hacia la puerta que da al bar. Las últimas luces del día se cuelan por las rendijas de la puerta.

Abre la puerta interior, rodea la vieja cabina telefónica situada junto a la puerta y entra en el bar, que está también a oscuras porque han pintado las ventanas. La clientela grita y ríe y la voz de Shirley se alza sobre las demás:

—Esto no tiene gracia. Encended las luces.

En algún sitio se rompe un vaso, lo que provoca aún más risotadas de borrachos.

Y entonces, detrás de él, procedente del pasillo del servicio de hombres, Brandon oye un susurro extraño y fuerte: «Pffft.» Es un sonido que ha oído antes. Otra vez, «Pffft», y todavía una vez más.

Tres veces el sonido de una pistola con silenciador.

Cada nervio y cada músculo de su cuerpo sabe lo que está sucediendo. Abre de una patada la puerta del pasillo y tira el cigarrillo en la oscuridad, se echa a un lado y saca la pistola de la funda que lleva debajo del brazo. En el mismo instante, suceden varias cosas: al avanzar, Brandon tropieza con una silla y cae contra la cabina telefónica; un brillante fogonazo surge del pasillo y la pistola con silenciador vuelve a vomitar, con más ruido ahora que lo está apuntando a él. Calibre pequeño, cree. Veintidós probablemente. La pistola adecuada para distancias cortas. El cristal de la cabina explota sobre él y algunos de los fragmentos le caen en la cabeza. Siente cómo se le abre una herida en la oreja. Alguien en el bar grita.

La puerta exterior se abre, dejando que entre la luz, y luego se vuelve a cerrar.

Brandon ha caído de lado, en una postura extraña, con la mano que sostiene la pistola atrapada contra la pared, pero consigue incorporarse, apuntar hacia la puerta y disparar. Su 38 ruge, astillando la madera y ensordeciéndolo.

Cuando se apagan los ecos, se da cuenta de lo silencioso que se ha quedado el bar. Espera sin respirar. Un segundo, dos, sin moverse por miedo a que haya alguien esperando para dispararle. Pero sus entrañas le dicen que todo ha terminado.

Se oyen voces, unos pasos que vienen del bar y una linterna que lo deslumbra.

—Mierda, es Brandon. Se ha vuelto majara.

Es Big Red Shirley, el propietario.

—Encended otra vez las luces, deprisa.

—¿Qué demonios pasa?

—Quédate ahí —le dice. Le coje la linterna y la dirige hacia el agujero que ha hecho en la puerta exterior. En apariencia no hay nada al otro lado, y entonces oye el ruido de un coche que se da a la fuga. Para cuando abre la puerta y corre hacia el aparcamiento, el sonido ya se está apagando en la lejanía y ya no queda nada que ver.

—¿Tommy? —llama Brandon, que ha vuelto al frío retrete.

No hay respuesta. Ve que hay agujeros de bala en las delgadas paredes del excusado, le da una patada a la puerta, rompe el pestillo y apunta con la linterna.

Tommy sigue estando en cuclillas sobre el asiento del váter, pero se apoya de costado de una manera extraña. Le sale sangre de detrás de la oreja izquierda, por donde una bala o un fragmento ha penetrado en el cráneo. Tiene la respiración rápida y entrecortada. Brandon le levanta los párpados y observa una pupila totalmente dilatada y la otra del tamaño de un alfiler.

Sigue sosteniendo la mitad superior de la botella de brandy entre sus dedos. La mitad inferior ha sido barrida por un balazo.

—Maldita sea. Shirley, llama a una ambulancia. Y que vengan unas patrullas también. Date prisa. Todo irá bien, Tommy —Brandon lo levanta del váter y lo lleva al pasillo, donde le sostiene la cabeza hasta que llega la unidad móvil de Urgencias.

Acuden cinco coches, tres del *sheriff* y dos de la ciudad. Spinner Wharton y Lou Adamski llegan al cabo de unos minutos. Shirley descubre que han reventado la cerradura de la caja de fusibles situada en el pasillo trasero y que han cerrado el interruptor principal, cortando el suministro al edificio.

Brandon está sentado en el asiento trasero de un coche de la secreta, fumando y temblando. Spinner y Lou están delante. Uno de los intermitentes del guardabarros está girando, bañándolos en olas de luz roja. Ha oscurecido del todo.

—Hacía tiempo —dice—. La última vez fue en el 74, un tipo que estaba tan bebido que no podía ni tenerse en pie. —Brandon da una calada y echa el humo contra el cristal—. Tiró a las nubes y yo le volé la rótula.

Spinner, desde el asiento del conductor, observa a Brandon por el retrovisor.

—¿Estás bien?

—Sólo un poco nervioso.

—Siempre ocurre cuando todo ha terminado, ¿verdad? Son extraños, los nervios. Apuesto que ahí dentro has sido todo lo rápido que tenías que ser.

—Le han dado a Tommy. Creo que al fin y al cabo ésa era la idea.

—Mira dónde ha hecho blanco la última bala y calcula en qué sitio te habría tocado si hubieras estado de pie.

—¿Sí?

—Justo donde importa, amigo. Justo en el cambio de marchas.

—Tuve suerte. Y si no hubiera salido del retrete para ver lo que pasaba... —Baja la ventanilla, tira la colilla y enciende otro cigarrillo—. ¿Algún otro herido?

—Un par, se cortaron con los cristales, nada serio. ¿Quieres que llamemos a tu hija o algo?

—No.

Brandon observa a Jimmy Méndez y a un hombre de balística de la patrulla de carreteras que andan dando vueltas dentro del círculo de luz que arroja la lámpara de seguridad rosa que se ha colocado en la fachada trasera del edificio.

—Ha sido como si llevara un micro y lo hubieran oído. Alguien sabía que yo estaba aquí. ¿Alguna pregunta para los testigos? —pregunta Brandon.

—Tú eres el único. Nadie vio nada.

—¿Y Tommy?

—Está vivo. Eso es todo. ¿Sabías que Straw ha muerto hace unas tres horas?

—Ha corrido la voz. ¿Algo sobre Lancaster? ¿Lo tenemos vigilado, Lou? —Se inclina hacia adelante y le pellizca el brazo.

Lou guarda silencio un momento, y luego dice:

—Esta noche llegará una orden de búsqueda. Tenemos agentes en su casa. Iremos por la mañana. ¿Te interesa?

—No me lo perdería —dice Brandon—. Siempre es un placer estar en el ajo.

Conduce él mismo en dirección a la ciudad, hacia el Hospital General de Morgantown para preguntar por Tommy. Sube hasta la Unidad de Cuidados Intensivos suponiendo que sabrán lo que pasa.

—Saldrá pronto del quirófano —le dice un residente—. Dentro de una hora. La herida no es muy profunda, pero con las lesiones en la cabeza lo único que se puede hacer es esperar.

No hay ninguna razón para quedarse, en realidad, pero Brandon se sienta en el pasillo, meditando. Tiene trabajo que hacer, tanto trabajo que se siente confuso, y no sabe cuál debería ser el siguiente paso.

—Perdóneme —le dice a una enfermera—. Había un paciente aquí, un quemado. Michael Straw. Sé que ha muerto hoy. Soy amigo de la familia y me preguntaba si ya se habrán marchado.

—Su hermana estaba aquí hace una hora, cuando llegó su marido. Tenían que arreglar unos papeles.

—¿Dónde suele ser eso?

—Normalmente, en los servicios sociales...

—¿Dónde están?

—Quinto piso —dice ella—. Ala B.

«Exhausta —piensa—. Tiene tan mal aspecto como mal me siento yo.»

Sarah Le Seure está sentada en una silla de un despacho externo. Lleva el cabello recogido y no va maquillada. La puede ver a través del panel de vidrio junto a la puerta. Da unos golpes en el cristal. Ella lo mira por un momento, con una cara sin expresión, luego se levanta y abre la puerta.

—Detective.

—No la molestaré —le dice él—. Ya me he enterado. Lo siento mucho.

—Es mejor así —dice ella—. ¿Todavía insiste en que fue un accidente? No me responda. He averiguado unas cuantas cosas.

Él asiente.

—Me mintió.

—Usted no me dijo que su marido era la mano derecha del gobernador. ¿No cree que eso es importante?

—¿Y por qué debería serlo? —dice una voz profunda. Un hombre enjuto, de cabello plateado, se acerca por el pasillo del fondo del despacho.

—Éste es el detective Brandon —dice Sarah—. Hablé con él el lunes. Ya te lo dije.

—Ya —dice Le Seure—. El que no creía que nadie le hubiera hecho eso deliberadamente a Michael. ¿Ha vuelto a considerar la situación?

—La estamos revisando.

—Por Dios, hombre, el chico fue asesinado por algún maníaco. Espero que hagan algo más que revisarla por encima.

—Estamos haciendo algo más. Claro que sí.

—Bien —dice él—. Quiero que capturen a ese animal. Y ahora hablemos de mi posición. Mantenemos un máximo de discreción al respecto. Con Michael en la familia... ya me entiende.

El jefe de personal del gobernador tiene al yonqui de cuñado.

—Me lo figuro.

—Hemos llegado hasta el extremo de contratar una empresa de relaciones públicas para que no se mencione a Michael en la prensa *bajo ningún concepto*. Estoy seguro de que lo tendrá en cuenta.

—Estábamos públicamente avergonzados de él —dice Sarah—. Cuando nos era útil, lo utilizábamos. Pero en caso contrario fingíamos ignorarlo. —Hay algo más que un poco de amargura en su voz.

—Sarah —dice Le Seure.

—No tenías por qué quedarte ahí sentado, mirándolo —dice ella—. No tenías por qué quedarte viendo cómo se moría.

Brandon se aclara la garganta.

—Nunca facilitaremos ninguna información personal sin antes consultarlo con ustedes. Sólo quería darles mi pésame. Estoy seguro de que tienen otros asuntos que atender.

Sarah Le Seure le tiende la mano. Pero su marido se da la vuelta y se va. Brandon vuelve a hacer un gesto de asentimiento y cruza el umbral de la puerta.

Pasa por la sala de Urgencias y asoma la cabeza en la oficina. La administrativa está bebiendo una Coca-Cola y leyendo.

—El doctor Lancaster —le dice Brandon— llega hacia las siete y media, ¿verdad?

Ella asiente.

—¿Ha llegado ya? —Sólo quiere hablar. No habrá arresto. Ni presiones. Irá directamente al grano y pedirá lo que necesita: ayuda.

—Esta noche no trabaja.

—Oh.

—Se tomó un permiso personal, de una semana entera, bastante precipitado. Un fallecimiento en la familia o algo así.

Brandon sale corriendo antes de que ella termine la frase. Cruza por la nieve a toda prisa, se mete en el aparcamiento, maneja torpemente las llaves del Buick, y enciende el viejo motor. *Venga, cariño*. El 350 zumba y se enciende. Pone la marcha y despega, dando un brinco tan fuerte al salir del camino de entrada que el morro rasca contra el suelo.

Al tiempo que se salta un semáforo, se da con el puño en la frente, castigándose a sí mismo por no seguir su instinto, por dejarse disuadir por Lou. Con federales o sin federales, sabe lo que está pasando. El doctor volará. Estas cosas acaban siendo siempre una cuestión de corazonada, de intuición. O la das por buena o no. Y ninguno de los malditos trucos, pruebas y técnicas de la policía, ni seguimiento federal alguno puede ayudarte cuando te has equivocado.

Su única esperanza es que Lancaster todavía no se haya esfumado. Conduce como un loco hacia Sunnyvale Street, en la zona oeste de Morgantown.

15

En el sótano de su casa, en una vieja letrina en desuso cubierta de planchas podridas, Lancaster guarda un revólver Smith & Wesson 357 de acero inoxidable, envuelto en un paño engrasado dentro de una bolsa de plástico. Lo desenvuelve y lo sostiene contra la luz de la calle que se cuela por la media ventana a nivel del suelo. No tiene óxido, ni está picado. Tan perfecto como el día que su padre se lo compró.

Lancaster tenía trece años. Vivían al norte de Cleveland, cerca de la costa del lago Erie. Su padre trabajaba en los muelles, cuando tenía trabajo; pero entre los despidos y sus propios antojos, la suya era una situación laboral de provisionalidad e intermitencias. Aquel día su padre había conseguido el primer cheque de verdad en mucho tiempo que, además, era un cheque gordo. Dijo que había visto la pistola en el escaparate de una tienda de empeños y que sabía que era una buena compra. Había pertenecido a una señora que quería protegerse, le contó el tendero. Murió mientras dormía y formaba parte de la herencia. El tendero pedía cien dólares. El padre de Lancaster se la quedó por setenta y cinco. La puso sobre la mesa y le dijo a Adrian que había dos cosas a tener en cuenta acerca de la pistola. Una, que era algo que le duraría para siempre. Pocas cosas podías comprar como ésta. La segunda, que era la cosa más poderosa que un tipo corriente podía tener entre las manos. El poder químico contenido en la pólvora y el poder de la muerte cuando éste se desencadenaba.

—Es como tener un puñado de sol —le había dicho—. Te puedes quemar gravemente. O puedes quemar a cualquier otro pobre hijo de puta.

Su madre no había dicho nada. Se había quedado en la puerta de la cocina, observando y frotándose los brazos.

Lancaster no llegó a dispararla nunca. Habían hablado de ir al campo, a una galería de tiro, o de encontrar algún bosque solitario y disparar contra los tocones, las latas y las sombras. Pero antes de que tuvieran la oportunidad de hacerlo, su padre murió en un accidente en los muelles que nunca quedó del todo explicado. Todo lo que supieron fue que no quedó mucho de su cuerpo por enterrar. Sólo un ataúd sellado con una foto encima. Un mes después se trasladaron a Morgantown para vivir con Rose, la tía de Adrian.

—Están afuera esperando —dice él—. ¿Puedes salir sin problemas?

—Ya te he contado cómo entré. —Storm levanta la pistola para mirarla y examinarla a contraluz.

—Espera a que suba a la furgoneta y me vaya. Me seguirán. Entonces te marchas tú.

—Doctor Lancaster, hagámoslo.

Él guarda la pistola en la bolsa y la mira. Mantiene la cabeza erguida, casi con orgullo, y parte de la ansiedad de antes se le ha borrado del rostro. Todavía no entiende de qué podría sentirse tan orgullosa esa chica, pero le gusta su porte.

—Valleydale Mall —dice Lancaster.

Al Taurus negro no se le ve por Sunnyvale, pero Lancaster presiente que está cerca.

Ha aparcado el Bronco bajo una farola para que sea bien visible, aunque hace ya un par de horas que ha anochecido.

Se le cristaliza el aliento en el pañuelo blanco que le oculta la mitad inferior del rostro. Se detiene para asegurarse de que lo vean bien, levanta los ojos al cielo y se cala la gorra por encima de las orejas; una gorra de punto de color amarillo chillón. En la parte de atrás del interior de su tocado ha cosido la cola de caballo larga y negra que antes le colgaba del cráneo. Le llega, como siempre, a media espalda.

Se sube la cremallera de su parka color naranja fosforescente, tira la bolsa al interior de la furgoneta y se mete dentro.

Allí está, tres coches más atrás: al tomar una curva amplia vislumbra la pintura oscura del coche por el espejo retrovisor lateral. Va en dirección al centro de la ciudad, luego hacia el sur por Center Street, que desemboca en la 57, la cual a su vez lleva al río Sorrow y al paseo, donde se cruza con la autopista del sur.

Justo al límite de la zona de aparcamientos del paseo, se mete en una estación de servicio Sunoco y le dice al mecánico que la furgoneta no anda fina. ¿Le podrían echar un vistazo, hacerle una puesta a punto, lo que necesite? Al mecánico se le iluminan los ojos.

—Tómese su tiempo —dice Lancaster.

Agarra la bolsa y se dirige hacia la entrada principal de las galerías. Justo al cruzar la doble puerta de cristal, se detiene y observa el Taurus que pasa por delante. Un tipo trajeado sale del lado del pasajero y lo sigue. Lancaster entra en las galerías caminando despacio.

En el departamento de caza de Sears compra una caja de balas. El tipo trajeado se entretiene en el pasillo mirando un escaparate de botas.

Cuando vuelve al patio central, con su cúpula de cristal y su fuente de agua danzarina, Lancaster percibe el destello de una cabellera pelirroja y una chaqueta deportiva de colores brillantes, verde y amarillo. ¿Brandon? Se da la vuelta para mirar, pero no ve nada.

Ya basta, piensa. Se mete en el pasillo de los servivios en forma de L, que va de la parte trasera del patio central a los lavabos. Al doblar la esquina, se agacha y aguza el oído a la espera de pasos.

Cuando llegan, Lancaster se levanta con impulso y se avalanza contra el tipo trajeado, dándole con el hombro en la cintura y empujándolo contra la pared. Más por la sorpresa que por otra cosa, el tipo pierde el equilibrio, trastabillea y se cae.

Lancaster sale disparado por donde ha venido, hacia la muchedumbre, esquiva a los compradores alrededor de la fuente y entra en una tienda de ropa donde los altavoces del techo atronan con una emisora de *rock*.

Desde el otro lado de un mostrador de camisas hawaianas estampadas, observa cómo pasa corriendo el secreta trajeado, hablándole a una radio de mano.

—¿Lo atienden? —le dice una chica. Lancaster se deshace de ella con un gesto y se escabulle por entre los estantes de ropa y los adolescentes hacia la trastienda.

—Señor —insiste ella, subiendo el tono de voz.

Lancaster se vuelve y la agarra del cuello de la camisa, obligándola a agacharse detrás de un perchero.

—Cierra el maldito pico —le dice, en un siseo.

—¡Eh! —grita el encargado de cuello grueso.

—Enséñame la entrada trasera.

—¿Qué clase de gilipollas es usted?

La vendedora se ha levantado y, al retroceder, tropieza con el mostrador.

—¿Queréis problemas? —dice Lancaster. Hace asomar de la bolsa la culata de la 357 descargada, para que el encargado la vea—. Haced más ruido. Formad un tumulto. O enseñadme esa maldita puerta trasera.

El encargado señala con el dedo.

—Adelante. Los dos.

Les sigue por detrás del mostrador hacia el almacén, esquiva pilas de cajas y estantes vacíos hasta la puerta, y asesta un golpe en la señal que reza SALIDA DE EMERGENCIA. Con el golpe se dispara una inoportuna sirena, que hace que la chica se ponga a gritar. Pero ya está fuera, al amparo de la noche, en los muelles de carga, al lado de un montón de nieve apilada de dos metros de alto.

Al tiempo que corre a lo largo de los muelles de carga, se quita el gorro de esquí amarillo con la cola cosida, la chaqueta naranja y el pañuelo blanco, y los tira a un contenedor. Debajo lleva un jersey grueso de color gris y un pañuelo oscuro, que se enrosca alrededor del cuello y la mitad inferior del rostro. Se cala unas gafas de concha de cristal transparente y transfiere todo el contenido de la bolsa bandolera a una pequeña mochila de nilón, arroja la bandolera al contenedor y echa a correr hacia el grupo de coches más próximo.

Después de cubrir unos quince metros, mira hacia atrás a través de las ventanas de un coche aparcado. El secreta trajeado está de pie bajo una lámpara de seguridad, delante de la tienda de ropa, con la radio en una mano y la pistola en la otra.

Medio agachado, Lancaster echa a correr otra vez hasta el límite exterior del aparcamiento.

El Taurus ha llegado a la zona de carga. Ve que el tipo trajeado se mete dentro. Antes de que haya cerrado la puerta, el coche arranca despacio y avanza en silencio por detrás de las galerías. Cuando lo ha perdido de vista, se fuerza a sí mismo a caminar con tanta naturalidad como le sea posible hacia la autopista. Le zumban los oídos.

En la esquina, un rubio con un corte de pelo militar espera a que cambie el semáforo, Lancaster ve las luces del Taurus que se acercan por la calle.

Frío como el hielo, se dice a sí mismo.

El coche reduce la marcha cuando el acompañante lo mira y le dice algo al conductor. Entonces, un turismo familiar sale del lateral de las galerías y entra en la carretera, cortando el paso al Ford y obligando al conductor a frenar súbitamente para evitar una colisión. Le chirrían los neumáticos. En ese momento de confusión, Lancaster cruza la calle.

Se cuela en un autoservicio, lo cruza, sale por la puerta trasera y se dirige hacia la señal de Taco Bell.

Debajo de la señal hay un Toyota Celica de un amarillo apagado.

—Muy guapo —bromea Storm cuando entra.

—Conduce —le dice a la chica.

16

Delante del Best Western Motel de Tecumseh, Michigan, a unos cincuenta kilómetros de Morgantown, Brandon se frota las manos ante el chorro de aire caliente que sale por debajo del salpicadero de su Buick. Está helado, aunque el coche ha estado en marcha varias horas. Vigila la habitación número 134, que Lancaster y la chica llamada Storm han alquilado. Es atractiva. Amiga de Kevin Babcock, ahora se mueve con el doctor Adrian Lancaster.

Brandon sonríe de autocomplacencia. Nadie sabe dónde está él. Nadie sabe dónde está Lancaster. Están solos y juntos.

Vio cómo se desarrollaron los hechos.

Llegó a casa de Lancaster a tiempo, y circuló lentamente hasta dar con la callejuela lateral en la que se escondían los federales. Dos hombres. El motor en punto muerto. Esta vez no tenían ni idea de que él estuviera allí.

Cortó por la siguiente calle lateral, dio un rodeo y aparcó entre los federales y la casa de Lancaster. Vio su furgoneta aparcada bajo una farola.

Cuando uno de los federales se metió en las galerías siguiendo a Lancaster, Brandon también había entrado; estuvo observando cómo Lancaster hacía una carrera absurda, despistaba a su perseguidor y entraba en una tienda, y supo que ya no volvería a salir.

En la tienda de discos adyacente les mostró la placa, y estaba a punto de reventar la puerta trasera cuando se disparó la alarma. Entreabrió un poco la puerta y tuvo tiempo de atisbar cómo se desprendían gorra y coleta a la vez de la cabeza de Lancaster, dejando al descubierto el corte militar de su cabello rubio, y cómo desaparecían la chaqueta de color, el pañuelo y la bolsa. «No hacen doctores estúpidos», pensó. Volvió a sentir por aquel hombre algo cercano a la admiración.

¿Pero qué significaba todo eso? ¿Estaba Lancaster realmente engañándolos a todos? Resultaba evidente que todo aquello lo había planeado cuidadosamente.

Lancaster echó a correr hacia los coches. Brandon, oculto tras un montón de nieve, se deslizó por la puerta y también se fue hacia los coches aparcados. Llegó unos segundos antes de que el idiota del federal asomara por el fondo.

Lancaster cruzó la autopista del sur; el coche gubernamental negro dio la vuelta y pasó de largo por delante de él, sin que se enteraran. Brandon volvió a echarse a reír.

Pero cuando el doctor cruzó la calle y entró en un coche amarillo que lo estaba esperando, Brandon se dio cuenta de que también él la había jodido. Tenía el coche al principio del paseo, delante de las galerías. El coche amarillo —Brandon observó que le faltaba un piloto trasero— se fue en dirección oeste por la autopista del sur hacia la 57, y luego giró hacia el norte, adentrándose en la ciudad.

Echó una carrera para regresar a las galerías, volvió a pasar por la puerta trasera de la tienda de discos, que por suerte no estaba cerrada con llave como hubiera debido, y salió por la fuente del centro. Una mujer se puso a gritar al ver aquel hombre corpulento de aspecto oficial que se movía con tanta decisión y tantas prisas.

Su coche estaba aparcado enfrente, en el carril de los bomberos. Desde allí inició una loca carrera hasta la salida del extremo norte, más allá del Sears Auto Center, a la izquierda hacia el semáforo que daba acceso a la 57, con la luz de emergencia encendida para abrirse paso. Le llevó unos dos minutos.

Le dolía el pecho y respiraba con dificultad. Sentía un martilleo tan fuerte en la cabeza que veía colores.

Aceleró su vieja carroza gigantesca y fue adelantando el tráfico al límite de sus posibilidades hasta llegar a la altura en que la 57 se dividía en dos carriles, pasado el puente del Sorrow, y se convertía en Center Street. Entonces apagó la luz de emergencia con la esperanza de que el coche amarillo cruzara el corazón de la ciudad.

Finalmente, en el centro, donde el tráfico doblaba por McKinley Street para evitar el núcleo del distrito financiero, en una hilera de coches atascados detrás de una camioneta, divisó uno al que le faltaba el piloto trasero. Al aproximarse, vio que era el coche amarillo.

Siguió hacia el norte, más allá de los límites de la ciudad, del nuevo multicine y del almacén de suministros agrícolas TFG, adentrándose de nuevo en la oscuridad de los campos helados. A unos ocho kilómetros, el coche giró hacia el este por la estatal 15.

Ahora, sólo era cuestión de quedarse en la retaguardia y no perder de vista el piloto trasero desparejado.

Y la persecución lo llevó a Tecumseh, al Best Western. Una vez que Lancaster y Storm hubieron tomado habitación, volvieron a salir y alquilaron un Chrysler mediano. Luego compraron algo de comida y regresaron al hotel.

Brandon encontró un teléfono público, llamó a su hija y le dijo que pasaría la noche fuera, quizá toda la noche. Pero el camionero seguía de viaje, así que a ella no le importó quedarse, y Brandon tuvo la impresión de que a la chica la aliviaba que esta vez la hubiera avisado por teléfono en lugar de dejarla descubrir por sí misma que él había desaparecido.

Se hizo con un par de hamburguesas y un café doble y se preparó para lo que suponía iba a ser una noche estúpida y fría que pasaría helándose en el asiento delantero de su coche.

Se despierta de su duermevela para descubrir que la puerta de la habitación 134 está abierta. Storm se despide con un gesto, entra en su coche amarillo y se marcha. A Brandon le da un vuelco el corazón pero en seguida se tranquiliza. Vuelve a cerrar los ojos hasta que, cosa de una hora y media después, sale el propio Lancaster, se mete en el Chrysler de alquiler y arranca.

«Bien», piensa Brandon. Lo que más odia es permanecer inactivo.

17

Para empezar, el nombre no es el adecuado: el Red's* es amarillo. Los desnudos focos son amarillos, el suelo es amarillo y las paredes tal vez sean blancas pero las luces hacen que se vean amarillas. La decoración parece obra de una cuadrilla de renovadores que, armados de mazos, hubieran empezado a golpear a diestro y siniestro y a hacer saltar la argamasa, dejando al descubierto el entramado y la tela metálica, y que luego se hubieran detenido de repente, abandonando el lugar en ese estado de semidestrucción. El techo está compuesto de tuberías vistas, yeso a medio desconchar y vigas sin desbastar. En las pantallas de televisión situadas en cada una de las esquinas se exhiben vídeos musicales. La música surge de un equipo potente irrumpiendo en las salas a todo ritmo, envolviendo a Lancaster cuando éste hace su entrada.

El Red's ha sido construido bajo tierra, el techo resulta bajo en la primera sala y al adentrarse en el recinto principal, más hundida, llega a cobrar una altura, o profundidad, de unos cinco o seis metros. Esta estancia es oscura; los focos amarillos quedan muy separados entre sí y se crean amplias zonas de sombra. Unas mesas y sillas de hierro forjado estilo jardín están irregularmente dispuestas alrededor de la pista de baile situada en el centro de la sala. Hay dos bares, uno cerca de la entrada en la primera sala y otro al fondo de la sala principal con la pista de baile. Lancaster, que sigue llevando las gafas de concha, encuentra una mesa en un rincón de la sala principal. Quiere tener algo sólido detrás de la espalda.

* *Red, rojo* en inglés. *(N. del t.)*

El lugar late, se agita y zumba vertiginosamente. Tres mujeres vestidas de cuero negro de la cabeza a los pies ocupan la mesa contigua. Una de ellas, de pelo rojo mechado de azul, tiene un aire despectivo y parece dispuesta a machacar a cualquiera que no la mire con buenos ojos. Otra, esbelta y con el cabello de un rubio casi blanco peinado de punta, deja deslizarse su chaqueta de cuero negro dejando al descubierto un breve chaleco que le queda suelto, y luego lo mira derecho a los ojos. Él desvía la mirada por un momento, pero en seguida vuelve a observarla. Ella sigue mirando. Lleva los ojos muy pintados de negro y los labios del mismo color. Le resulta familiar.

Un momento después Lancaster, que está concentrado en su consumición, tiene la sensación de que alguien se halla de pie junto a él.

—Hola, rubito. —Se trata de la chica delgada de labios negros y chaleco—. ¿Sabes quién está sentado en la barra?

Lancaster la mira, y se da cuenta por fin con un pequeño sobresalto de que es Storm.

—Siéntate —le dice, empujando con los pies la silla que tiene enfrente—. Realmente, no te he reconocido.

—Eso es bueno. —Y, señalando con el dedo, dice—: ¿Ves al tipo que lleva una chaqueta de cuero que le llega a las rodillas? El del cabello negro.

Resulta difícil ver algo a esa distancia con aquella iluminación tan rara, pero Lancaster consigue distinguir al hombre que está en la barra.

—Sí...

—Seth Babcock.

El hermano de Kevin, el cual, según Holt, tenía que encontrarse con Petie después del pase del puente.

—¿De verdad?

—De verdad.

Lancaster vuelve a mirar a la mesa contigua, a sus amigas.

—¿Qué pensarías si no me conocieras y me vieras por ahí con gente así?

Él se encoge de hombros.

Ella se echa a reír.

—Probablemente pensarías que soy una buscona.

—Tal vez.

—Escucha, podría encenderte y apagarte como un interruptor durante toda la noche. Apuesto a que nunca has conocido una mujer como yo.

Sin lugar a dudas, piensa Lancaster. A pesar del lápiz de labios negro, las lentes de contacto azules, la sombra de ojos naranja y la gruesa capa de colorete, resulta bonita. Pero está tan cambiada respecto a dos horas antes, que se siente aturdido y desorientado. No llega a reconciliar las imágenes, por no hablar de las personalidades, como pertenecientes a una misma persona. Todo rastro de la chica de antes ha quedado sublimado, ni tensión alrededor de los ojos, ni tristeza o indecisión, ni vulnerabilidad.

Va colocada de algo, piensa. Tenía razón en la clínica cuando supuso que mentía al decir que estaba limpia.

Storm enciende un cigarrillo.

—La aparición de Seth significa algo. Normalmente no sale si pueden verlo. Es una especie de sombra, no sé si me entiendes. La mayoría de la gente podría cruzarse con él en la calle, o incluso verlo en un bar como éste, y ni se lo imaginarían.

—¿El hermano de Kevin es un trafica?

—Y trabajaba con Kevin.

—Lo conoces.

—Conozco a personas que lo conocen. Y hablan conmigo. Ése es mi don: la gente me cuenta cosas. Juzga por ti mismo.

—Sí, pero...

Storm levanta una mano.

—En presente. Se supone que Seth tiene un dedo metido en el cotarro del tráfico de este condado, aunque sin mucha relevancia. Se limita a flotar entre bastidores, pero lo sabe todo.

—Y está aquí esta noche.

Storm lo mira a los ojos y le dice:

—¿Te das cuenta de lo importante que eres?

—Un par de horas atrás ni tan siquiera yo sabía que iba a venir por aquí.

—Una eternidad.

—Nadie más podía saber que iba a venir.

—Exacto.

—Lo has dicho tú.

—Yo lo he planeado.

—Tus amigas.

—Conocen a gente. Me ayudan. —Vuelve a echar un vistazo a su mesa.

—Así que has ido diciendo a todo el mundo que vendría. ¿Por qué me habré tomado la molestia de pasar por toda esta charada del corte de pelo?

—Has perdido tu cola, pero también has perdido a tu perseguidor. Ha funcionado. Seth no te ha visto en su vida, ni con pelos ni sin pelos. ¿Qué más le da? ¿Quieres o no quieres averiguar algunas cosas? Nada de evasivas ahora, doctor Yonqui. A estas alturas, no.

—¿También les has contado a todas tus amigas mi pequeña historia?

—Gracias por la confianza. Nunca te traicionaría de ese modo.

Lancaster tiene la sensación de hallarse en la cara lisa de un acantilado. Ha perdido su punto de agarre y ha empezado a resbalar. Poco a poco va cogiendo velocidad; cada vez más deprisa sin posibilidad alguna de detenerse.

—Hubieras debido hacer lo mismo que he hecho yo, si tan duro te ha resultado. —Tira de sus pinchos color platino—. Es una peluca, por si no te has dado cuenta. Tengo bastantes.

—Tienes un aspecto diferente.

—¿Mejor?

—Diferente

—¿Excitante?

—Sí...

—Cambio a menudo. Me gusta cambiar.

Lancaster vuelve a fijar la vista en su bebida.

—¿Qué ves ahí?

—El futuro. ¿Quieres que te hable de eso?

—¿Por qué sigues llevando las gafas?

—Camuflaje. En realidad, nunca me has dicho a qué te dedicas. ¿Estudias?

—No.

—Trabajas.

—No quiero hablar de eso. Así que, ¿cuál es mi futuro?

Lancaster mira de nuevo su whisky, lo hace girar en el vaso.

—Aún está un poco oscuro —dice—. Pero veo venir un gran cambio.

—¿De verdad? —Eso le interesa. Se inclina hacia delante, apoyando sus brazos desnudos encima de la mesa—. ¿Qué clase de cambio?

—Turbio —le responde—. Pero llegará pronto.

—Me vendría bien un cambio en mi vida.

—¿Qué es lo que no funciona en tu vida?

—Es aburrida. —Da una calada al cigarrillo y expulsa el humo a lo Bette Davis, sin tragárselo—. Eso es lo que me gusta de ti. No eres aburrido.

—Creía que tenías miedo.

—El aburrimiento puede llegar a dar miedo.

—Bueno, apostaría a que el aburrimiento no va a durar mucho.

—Tienes razón. ¿Quieres ligar algo?

Lancaster hace un gesto de negación con la cabeza.

—¿Para qué?

—¿Qué estamos haciendo aquí? Has dicho que querías venir. Lo he arreglado para que pudieras encontrarte con Seth Babcock, que no suele aparecer en público. Ahora haz algo al respecto.

—Yo quería encontrar a Holt.

—No está aquí. Pero Seth sí. Y él sabe cosas, créeme: ¿Quieres ligar algo?

—¿Para qué?

—Tan sólo ligar algo.

—No quiero ligar nada. Ya no compro.

—Si quieres averiguar algo, Adrian, tienes que volver al estercolero. Tienes que volver a caer bajo. —Es la primera vez que lo llama por su nombre de pila.

Lancaster se da cuenta de que lo que dice es cierto, y le da miedo. Muestra su vaso vacío a la camarera.

—Cuando me pediste ayuda, me lo tomé en serio. Te lo he preparado todo. Pero los que están metidos en esto no van a venir a sentarse en tu regazo. Escúchame: deberías ligar algo. Y una cierta cantidad, nada de miserias. Suelta unos cuantos billetes.

—¿Qué es lo que hay?

—Caballo. Coca. Pastillas, excitantes o calmantes. Alucinógenos. Drogas experimentales. *Speed* de farmacia. *Speed* callejero. Hierba. Popper. Cristales de diseño. Dime qué, y te lo puedo poner delante en menos de media hora.

—Veo peligro —dice él, hablando en su vaso vacío—. Este cambio que se aproxima.

Ella lo mira un momento y dice:

—Eres muy extraño.

—¿*Yo* soy extraño? —Se echa a reír.

—Tanto palique. Necesitamos un descanso. Bailemos. —Hace un gesto de aburrimiento obviamente muy ensayado, pero Lancaster puede ver en el pico del escote cómo le late el corazón.

La camarera pone otro vaso delante de él. Él desliza un billete de cinco dólares y la despide.

—Un medium recién llegado. Las cosas se ven más claras.

—¿Puedes ver ahora el futuro?

Engulle la bebida de un trago, y entonces dice:

—Sí. Me dice que vamos a ir a bailar.

Es un clásico de los setenta, algo de Johnny Rotten, de los Sex Pistols, *punk* acelerado y agresivo de la primera época, una versión distorsionada y sarcástica de *Rock Around the Clock*. Seis, tres, siete, nueve, dos *rock*. Storm está desenfrenada. Se agacha mucho y sube disparada. Al moverse, se sujeta a la camisa de Lancaster, que a su vez sujeta los flecos de su chaleco. Se desplazan juntos con movimientos bruscos, golpeando con sus cuerpos a los que están a su alrededor, y se agarran con más fuerza, como si para ellos no existiera nada más. Storm le rasga la camisa. Bajo los flecos Lancaster siente sus pechos, con los pezones duros y erectos. Se la acerca de un tirón.

Ella le pasa los brazos alrededor del cuello, le pega los labios a la oreja, y le dice:

—Puedo hacerlo mejor. ¿Quieres?

Él sacude la cabeza.

—Yo no puedo.

—Venga.

Lo arrastra cogido de la mano hacia el fondo del bar. Él intenta resistirse pero le falta voluntad. Se meten por el lúgubre pasillo que lleva a los retretes, deteniéndose frente a una puerta sin letrero. Ella echa un vistazo a su alrededor y lo hace entrar. Es un pequeño almacén, con cubos de basura de plástico gris vacíos amontonados en una esquina y fregonas en la otra. Storm cierra el pestillo de la puerta, luego se saca una navaja del bolsillo, la abre con un chasquido y coloca la fría hoja sobre el rostro de Lancaster. Éste cierra los ojos.

—Arrodíllate —le dice.

Él se deja caer.

—¿Te gustaría que te hiciera ligar algo? Puedes ver en su elemento a la basura que vive por aquí, la gente que se relacionaba con Kevin.

Los ojos de Lancaster están a la altura de la entrepierna de cuero negro de ella. Un vial de vidrio marrón con tapón negro aparece en la mano de Storm.

—Si quieres, puedo conseguirte la misma calidad a ochenta y cinco dólares el gramo. Es una ganga.

Con un par de golpecitos suaves deposita una pequeña cantidad del contenido del vial en la punta de la navaja y se la pone delante. Cocaína.

Lancaster mira sus falsos ojos azules y murmura:

—De verdad que no puedo.

—Vamos, doctor, la coca no era tu bestia negra. Es como el whisky; no significa nada. Hazte una raya, hazlo por mí. Después rockanrolearemos un rato. —También ella se arrodilla, y se inclina hacia adelante de modo que él se ve obligado a respirar su aliento. Cierra los ojos—. Ven hacia donde estoy yo —le dice—. Desciende hasta el nivel en que me encuentro yo.

Lo que dice es verdad; la cocaína nunca había sido una droga a la que se hubiera enganchado. La usaba cuando quería, después la dejaba. Aun así, sabe que es algo con lo que ahora no tiene nada que ver. Pero el hecho de que esté arrodillada allí, echándole a la cara su cálido aliento, con el labio superior perlado por un hilillo de sudor, combinado con el efecto del whisky que le hace girar la cabeza, hacen que la tentación sea fuerte, no tanto porque desee la droga, sino porque desea compartirla con ella, estar con ella en el mismo nivel, rebajarse, tal como ella dice. Es una especie de rito de iniciación, su compromiso de seguirla, la demostración de que está dispuesto a ir donde ella lo lleve.

Se tapa un orificio de la nariz y empieza a esnifar con el otro, pero en el último momento cambia de opinión y echa la cabeza hacia atrás antes de que le llegue el polvo. Hace un movimiento negativo con la cabeza.

Así que Storm acerca su cara al polvo y lo inhala ella. Mientras la observa, Lancaster se imagina el impacto de la droga en su cerebro, imagina que está cerrando los ojos como ella hace, levantando la cabeza y meciéndose sobre sus propios tobillos, sintiendo cómo se le va durmiendo la cara.

Se imagina que es una coca potente, limpia y pura, quizá la más pura que jamás haya tomado.

—¿Es limpia?

—Limpia y buena —contesta Storm.

—Como tú —dice Lancaster.

—Ralph, Adrian —dice Storm a modo de presentación. Ralph es delgado hasta el punto de parecer enfermo. Su cara de calavera esboza una grieta que parece una media sonrisa, después sigue chupando su botella de cerveza. Está sentado con los pies y sus correspondientes botas de vaquero sobre la mesa, con la barbilla retraída y apoyada contra el esternón. Lancaster le ve el cuero cabelludo a través de los cabellos.

Apura la cerveza y dice:

—¿Qué?

—Fang —dice Storm.

—No, no. Nadie toca ese palo por aquí. Yo tengo China. Eso es lo que hay.

China blanca. En la época en que Lancaster empezó, la China era la mejor heroína callejera que se podía conseguir. Pero acabó siendo otro nombre genérico para cualquier caballo chungo que alguien se tomara la molestia de meter en una bolsa de plástico.

Lancaster asiente con la cabeza.

—¿Calderilla?

—Un gramo.

Ralph frunce los labios y asiente. «Una buena venta —le dicen sus ojos a Storm—. Te lo debo, guapa.»

—Sesenta y cinco.

—Cincuenta —dice Lancaster. Hay que seguir el juego. El juego consiste en demostrar que se sabe de qué va el asunto.

—Sesenta. Si no te gusta, prueba en otro lado.

—Cincuenta. Y si es buena, quiero una onza tan pronto como puedas conseguirla. Digamos mañana, por ejemplo.

Con eso basta para que Ralph baje los pies al suelo.

—Vas a tener que darme uno de los grandes.

Lancaster asiente.

—Tengo que salir a dar un garbeo. Esperad un minuto y venid fuera conmigo, pero que no parezca que me estáis siguiendo.

Apartado del edificio, el aparcamiento está a oscuras. Storm se apoya en el guardabarros de una camioneta, fumando un cigarrillo, nerviosa. Lancaster pasea, arriba y abajo, para combatir el frío. La temperatura vuelve a ser de unos cuantos grados bajo cero, y una brisa gélida procedente del oeste mantiene la helada en unos niveles propios del Ártico.

—Eh, eh —dice Ralph surgiendo de la oscuridad y acercándose a ellos. Arroja a Lancaster un paquete del tamaño de una bellota, envuelto en plástico, que contiene un polvo blanco.

—Es auténtica. Ya lo verás. Vas a querer tu onza, tío. Ven mañana por la noche, a la misma hora, en el mismo sitio. Uno de los grandes y trato hecho.

—Déjame probar ésta. —Lancaster le pasa un billete de cincuenta.

—Vale, tío —dice Ralph, alargando el brazo. Pero en aquel momento, ve algo por encima del hombro de Lancaster y le cambia la cara.

—Me tengo que abrir —dice, retirando la mano.

—Espera, Ralphie —dice una voz suave. Seth Babcock, recién salido de la oscuridad que se extiende más allá de los coches, irrumpe en el círculo de luz mortecina que llega del edificio—. Quédate, colega. —En su mano izquierda sostiene algo que parece una 45 automática.

—Claro —dice Ralph. Resulta evidente que Ralph no se siente muy a gusto por tener que participar en la reunión.

—El médico de Kevin liga algo —dice Seth—. Ralph dice que quieres más. Ahora te dedicas a comprar al por mayor. Los tiempos han cambiado.

—¿Médico? —dice Ralph.

Seth Babcock es de una fealdad aplastante, piensa Lancaster. Tiene rasgos cambiantes; una cara que no podrías recordar aunque quisieras. Y con su larga chaqueta negra y sus cabellos oscuros fijados con aceite y peinados hacia atrás, se funde con la noche. Ésa es su habilidad. El único elemento que destaca de su apariencia es el gran diamante de su oreja izquierda que capta y refleja la luz cuando vuelve la cabeza.

Lancaster mantiene las manos apartadas de los costados.

—¿De qué va la movida, doctor? No tiene sentido que estés aquí. ¿Quieres darme una pista?

—Estoy aquí porque también busco explicaciones. Quería encontrar a Holt.

—Holt es un comediante —dice Seth con un gesto de asentimiento.

—Entonces lo conoces.

—Sé de él. Es decir, en realidad no nos hemos visto nunca cara a cara. Pero nos conocemos. Vayamos a algún lugar donde se esté caliente. Hay un sitio que puedo utilizar y no está lejos de aquí, una casa de campo acogedora y tranquila. Podríamos tomar algo, ponernos al corriente de las cosas.

—¿Conocías a Straw?

—Doctor Lancaster, vamos...

—Dímelo.

—Lo conocía. Eso es todo. Representaba a algunas personas con las que yo necesitaba tener tratos. No sé quién se lo cargó. Ojalá lo supiera. Ojalá supiera quién se cargó a mi hermano.

«Pobre de aquél que lo haya hecho», piensa Lancaster. Percibe un deseo de muerte en la voz de Seth, y no le cabe la menor duda de que le sería fácil cargarse a quien fuera para detener aquella locura, para vengarse de la venida a menos de sus negocios y para vengar a Kevin.

—¿Te has puesto en contacto alguna vez con esas personas?

—Si hubiera estado en contacto con ellas, no hubiera necesitado a Straw, ¿no te parece? Ahora —dice agitando el cañón de la pistola—, vamos. Empiezo a tener frío.

Storm retrocede unos pasos y se vuelve para encender un pitillo, protegiendo la llama del viento. Después Lancaster ve salir volando de sus manos el cigarrillo, que cae al suelo con una lluvia de chispas. Se da media vuelta hacia el grupo con una pistola en la mano, una pequeña automática plateada. Pero Seth no se da cuenta hasta que ella le apunta a la cabeza.

—Storm —dice Lancaster—, estamos sólo charlando. Aquí todos queremos lo mismo.

—Piénsatelo bien, Adrian. No queremos lo mismo en absoluto. Seth sólo quiere que las cosas se desvanezcan, incluidos nosotros. Nosotros buscamos la luz del día. Esa luz a él lo derretiría. Tira la pipa, Seth. Y saca la otra mano del bolsillo.

—Storm —dice Seth—, si te quieres ir ahora, te lo permito.

—Haz lo que te digo.

—Storm. —Seth sonríe.

Ella apunta la pistola hacia la camioneta que se encuentra detrás de ellos y dispara contra la ventanilla, dejando un agujero del tamaño de una moneda en medio de una telaraña de cristal de seguridad triturado.

—Mierda —grita Ralph, y se tira al suelo.

Seth Babcock la mira, sin saber qué hacer. Entonces sacude la cabeza. Su automática cae sobre la grava del suelo. Mantiene las manos alejadas del cuerpo, como Lancaster.

—Sácate la chaqueta y déjala caer, también. Después retrocede.

—¡Chocho loco! —dice. Pero deja caer la chaqueta y echa a andar hacia atrás, arrastrando consigo a Ralph.

—Recógela, Adrian.

Lancaster contempla cómo agita su pistola, dándole instrucciones. Se la ve igual de cómoda con la pistola que con un cigarrillo, piensa.

—Storm.

—¡Recógela! En el bolsillo interior hay una agenda. Sácala.

—Estás muerta —dice Seth—. Tú misma te acabas de sentenciar.

Lancaster encuentra una agenda negra.

—Ahora recoge la pipa. Seth, túmbate al lado de Ralph y pon las manos detrás de la cabeza.

Él la contempla, esperando una oportunidad.

—Seth, te lo juro por Dios.

Seth se arrodilla, después se estira de cara al asfalto y entrelaza los dedos por detrás de la cabeza.

Lancaster tiene el pesado 45 de Seth en una mano y la agenda negra en la otra.

—Ahora vámonos.

—¡Estás muerta! —grita Seth mientras se alejan—. ¡Estáis los dos muertos y enterrados, maldita sea!

Storm camina con la espalda pegada a la de Lancaster para poder vigilar a Seth y a Ralph.

—Quietos —dice.

Entonces, como si se hubieran puesto previamente de acuerdo, Storm y Lancaster salen corriendo.

Mientras Lancaster intenta abrir a tientas el coche alquilado, entra en el aparcamiento, rugiendo y chirriando, un Chevrolet todo terreno de color rojo cereza, con el chasis muy levantado y unos contundentes guardabarros de tamaño descomunal.

—Date prisa —dice Storm.

Seth carga contra ellos. Hace señales a la camioneta color cereza y apunta a Lancaster.

—Date prisa, Adrian.

El coche alquilado arranca en seguida y Lancaster le da gas, haciendo chirriar los neumáticos sobre el asfalto helado al deslizarse hacia atrás, luego bloquea el freno, y hace que el morro dé un limpio giro de 180 grados.

—Cabalga, vaquero —dice Storm.

Lancaster saca el coche del aparcamiento y toma la carretera en dirección a Morgantown.

—Un detalle sin trascendencia. —Storm se pasa la mano por la cara, embadurnándose de maquillaje todavía más de lo que ya estaba.

—¿Quieres decirme de qué se iba todo eso?

—Nada —dice ella—. No era nada. Seth quería llevarte a dar un paseo del que nunca hubieras regresado.

—Quiero decir toda esta estúpida movida.

—Hacer sonar un poco sus cajas torácicas, doctor. Es el juego.

—Lo conocías, después de todo.

Ella no contesta.

—Ni tan siquiera pienso que sean Seth o su gente los que están cometiendo los asesinatos.

—Todo el mundo comete los asesinatos, Adrian. Descubre a uno, y los descubrirás a todos. Son como serpientes. Sólo hay que sacarlos de debajo de las piedras.

—¿Por eso querías la agenda?

—¿Esto? —Baja la ventanilla y arroja la agenda de Seth

a la oscuridad de la noche—. ¿De verdad crees que iba a escribir algún número importante?

—¿Por qué la has cogido?

—Sólo para joderlo. Es escoria y se lo merece. Lo maldigo por haber metido a Kevin en su negocio de mierda.

Por el retrovisor, Lancaster ve un par de grandes faros de camioneta que se les aproximan.

—¿Se te ocurre alguna estrategia inmediata? Los tenemos pegados al culo.

—Conduce deprisa.

—Genial —le responde.

Es una carretera de dos carriles encajada entre bancos de nieve amontonada, un trazo borroso que se desliza veloz y continuamente delante del haz luminoso de los faros. Sin embargo, ha sido transitada, de modo que el asfalto está seco y limpio, y Lancaster conduce a todo gas. Se pone a ciento veinte y la camioneta sigue pegada a ellos. A ciento treinta consigue distanciarse un poco. A ciento cuarenta casi puede respirar.

Entonces se oye un ruido alarmante en la parte trasera del vehículo.

—Están disparando —dice Storm—. Supongo que esto es lo que se llama juego duro.

—Jesús bendito.

—En el próximo cruce llegaremos a una gasolinera. Haz como si fueras a pasar el semáforo hasta el último momento, y luego te metes en la estación de servicio, pero hazlo de modo que tu lado del coche quede frente a la carretera. Se puede hacer. Ellos no podrán tomar la curva con la camioneta.

—¿Y después qué?

—Esto hará que nos pasen de largo y además los sorprenderá. Y yo tendré un buen ángulo de tiro.

Storm coge las dos pistolas, salta al asiento trasero y baja el cristal de la ventanilla del lado del conductor. El viento es ensordecedor.

Coge una curva cerrada a noventa por hora y allí, a unos cien metros, ve un cruce, el semáforo en verde y a la derecha una estación Shell. Pisa el acelerador a fondo hasta llegar al semáforo. Entonces, en el último momento, a unos treinta metros de la entrada de la estación de servicio, pisa los frenos sin bloquearlos, gira el volante, y se mete chirriando en la gasolinera, oscilando después hacia la izquierda para permanecer en paralelo con la carretera, y esquivando por los pelos los primeros surtidores. Por detrás llega un devastador alarido de neumáticos que se queman y la camioneta queda paralizada en pleno patinazo. Resbala lateralmente, apuntando el morro hacia ellos.

Storm dispara tres tiros con la pequeña 25 y dos zambombazos con el 45 de Seth.

—¡Vamos! —grita.

Lancaster vuelve a pisar el gas, atraviesa la gasolinera, pasa por delante de las atónitas miradas de los clientes, se mete en el cruce, toma la carretera menos transitada, y se pierde en la noche en dirección norte.

Nadie les sigue.

—De un vehículo en movimiento a otro, y le di a un neumático —dice ella—. ¿Soy buena o no?

—Estás loca.

—Tú ya tienes lo que querías.

—¿Ah sí? Todo lo que he conseguido es un gramo de caballo callejero muy cortado y que un trafica tenga ganas de meterme una bala en la cabeza, y sigo sin tener noticias de Arnie Holt.

—Sí —dice ella saltando otra vez al asiento de delante—. Pero ahora saben quiénes somos. Y nos respetan.

—¿De verdad le diste a uno de los neumáticos?

—¿Quieres dar la vuelta para comprobarlo?

—Es un tiro imposible.

—Mi padre —responde ella— me enseñó a disparar en cuanto cumplí los seis años. Una de las múltiples ventajas de no tener hermano.

Se hallan en lo alto de una larga pendiente cubierta de hielo compacto y deslumbrante. Lancaster toca los frenos y casi se le va el coche, pero logra recuperar el control y se arrellana en el asiento para deslizarse cuesta abajo.

Está a punto de preguntarle qué es lo que sucede realmente, de qué va esa locura que ha montado en el Red's, por qué sabe más acerca de las conexiones de Kevin de lo que le hizo creer, y por qué le mintió respecto a que estaba limpia de drogas. ¿Está realmente involucrada en este asunto, después de todo? ¿Traficaba con Kevin? ¿Qué quiere? ¿Por qué ha hecho que la acompañara? Dándole vueltas a todas estas cuestiones y buscándoles una respuesta, mira por el retrovisor.

Abre la boca pero ya es demasiado tarde. La camioneta ha llegado a lo alto de la cresta a tanta velocidad, que sus neumáticos casi se levantan del suelo. Lancaster tiene el tiempo justo de agarrar el cuello de la chaqueta de cuero de Storm y empujarle la cabeza contra el asiento. Se pone en tensión y por instinto gira bruscamente el volante hacia los bancos de nieve del arcén para no recibir un impacto directo. A esa velocidad, la camioneta los mataría.

Y después lo único que sabe es que está nevando de nuevo. Hay nieve por todas partes y ellos giran sobre sí mismos, resbalan y chocan contra la tierra, el hielo y las rocas. En el chasis del coche, bajo sus pies, aparece un agujero. Storm da un grito. Alcanza a vislumbrar un trozo de cielo. Algo choca contra el parabrisas, combándolo. Un chorro de nieve entra por el agujero del chasis y le cae en el regazo.

Entonces se detienen.

Han quedado contra el poste de una valla a unos catorce metros de la carretera. A Lancaster le da vueltas la cabeza. Siente cómo le resbala por el rostro la sangre pegajosa que sale de algún punto de su cuero cabelludo. No recuerda el impacto del choque. El coche se encuentra sepultado por la nieve y la oscuridad absoluta. El viento, eso sí que lo oye. Oye una vibración. El motor. Por lo demás, el mundo está en silencio.

Miércoles

18

El miércoles, a primera hora de la tarde, la enfermedad ya se ha apoderado de los pulmones de Brandon, convirtiendo su tos en un ladrido resonante. Neumonía, supone. Neumonía doble. Puede que cáncer de pulmón. Enciende un cigarrillo y después de unas caladas la tos amaina.

Para este caso se ha reservado la sala de reuniones. De una de las paredes cuelgan mapas detallados del condado y de la ciudad, salpicados de alfileres de colores. Un tablero de corcho contiene algunas de las fotografías de la autopsia de Kevin, de su garganta marcada por la cuerda y de la cara quemada de Straw.

Los muchachos están dando cuenta de su almuerzo, bocadillos procedentes del bar de enfrente. Julian Kline, con sus gafas rojas de diseño y otro traje de lana que también parece nuevo, está sentado en un extremo de la mesa. Ken Barnes y Lou Adamski en el otro. Spinner, acomodado junto al mostrador, desenvuelve un bocadillo. Brandon está apoyado en el alféizar de la ventana, oprimiéndose el puente de la nariz y haciendo votos para que cese el martilleo de sus senos frontales.

—¿Dónde estabas, Brandon? —le pregunta Lou.

—Siguiendo una pista. —Esa mañana han ejecutado la orden de registro del apartamento de Lancaster, y Brandon no se hallaba presente. Lou estaba, según sus propias palabras, un tanto decepcionado.

—Tenía que seguir con lo mío, Lou. No he tenido alternativa —la voz de Brandon suena hueca y ronca.

—¿Estás bien? Deberías ir al médico.

—También debería tomarme un par de semanas en Florida. ¿Qué habéis encontrado?

Lou pone sobre la mesa un frasco de Pyrex mediano, de cuello estrecho y fondo ancho.

—Proviene del sótano de Lancaster. Hay otros dos iguales. La DEA los ha enviado a Detroit. Los tres han sido analizados: uno contenía residuos de tres, cuatro-metil etil fentanil acrilato. Los otros dos tenían residuos de dos de los productos químicos necesarios para sintetizarlo. Lancaster está metido en este asunto.

—¿Huellas dactilares?

—Otra vez guantes de látex.

—Además, parece que se ha largado —dice Kline—. No lo encontramos por ninguna parte. Hemos descubierto un producto para teñir el cabello, recientemente utilizado, en una papelera, en el primer piso.

Brandon pasea su mirada de Kline a Lou, y luego sacude la cabeza. Nota que el rostro de Lou se va encendiendo, que le van subiendo los colores cuello arriba.

—Pero escucha esto. —Spinner sostiene un bocadillo de *roast-beef* con mayonesa en una mano y un café en la otra—. Un accidente entre un camión y un coche anoche en Flanders, y el conductor del camión se queda frito. Pero cuando llega la patrulla, no aparece ningún ocupante del coche por los alrededores. Todo lo que encuentran es una 45 en el asiento trasero y una pequeña Spears del 25 semiautomática bajo el asiento del acompañante. Llenas de huellas. Era un coche Avis: alquilado por el doctor Adrian Lancaster.

Ken Barnes se aclara la garganta y dice:

—Tenías razón, Brandon. Te debo una disculpa. Teníamos que haberle detenido.

Para sus adentros, Brandon empieza a reírse como un loco del chiste de Barnes. Desea contarles lo más gracioso de todo: «No tenéis razón. No se trata en absoluto de Lancaster. No es culpable. ¿Tres recipientes abandonados por ahí con residuos de droga, sin huellas, sin alijo, sin instrumental? ¿Haberle pillado con el cadáver congelado de Kevin Babcock? ¿El ingreso de Michael Straw en Urgencias con el rostro convenientemente quemado?»

Para sus adentros, Brandon se desternilla de risa. Se va a morir. Junto a la ventana de la sala de reuniones, no obstante, ni tan siquiera sonríe. Se limita a asentir con solemnidad.

Llegó al lugar del accidente unos segundos después de que sucediera. El camión estaba volcado de lado, y uno de los faros seguía encendido, iluminando la carretera. El conductor tenía la cabeza aplastada contra el volante, su rostro una masa sanguinolenta. Brandon se arrodilló y buscó un pulso inexistente en su carótida.

Seth Babcock apareció por detrás del camión. Al ver a Brandon, alzó las manos, luego se dio la vuelta y se alejó por la carretera.

A unos quince metros aproximadamente por detrás de él, Lancaster se había abierto camino a través de la nieve hasta el asfalto. Tenía el rostro ensangrentado.

Brandon hizo marcha atrás pendiente arriba y abrió la puerta del pasajero.

—Entra.

—Storm —dijo Lancaster.

—Tienes que largarte de aquí ahora mismo.

—Ayúdame a encontrarla.

Brandon y Lancaster regresaron hasta el coche avanzando con dificultad entre la nieve. Al ver lo destrozado que estaba el vehículo, Brandon no podía creer que ninguno de los dos hubiera sobrevivido.

—¿Storm?

No lograban ver a la chica en la oscuridad.

No la oían.

—¿Storm?

—Creo que no di en el neumático —dijo ella entonces.

Brandon palpó su cabello extendido sobre el asiento y deslizó la mano hacia su rostro pegajoso.

Lancaster encontró su maletín en el coche. De vuelta a Tecumseh compraron esparadrapo, gasa, algo de comida y una botella de agua.

En la habitación del motel, Lancaster y Brandon se ocuparon de la chica. Después de limpiar la herida, hubo que darle siete puntos justo por debajo de la línea de nacimiento del cabello. Lancaster no tenía anestesia, así que Storm tuvo que apretar los dientes.

—Te quedará una cicatriz —le dijo—. Sólo he cosido lo suficiente para que se aguante.

—Un recuerdo —respondió ella con un hilo de voz.

Después Brandon examinó personalmente a Lancaster. Tenía cortes; también le saldrían unos buenos morados, pero nada serio, nada que no pudiera arreglarse con un buen vendaje.

—Has tenido suerte —dijo Brandon.

—¿A eso le llamas suerte?

Pasaron la noche juntos en la habitación del motel, Lancaster y Storm en una cama y Brandon en la otra; sabía que si en aquel momento los dejaba, cuando volviera habrían desaparecido. Y estaban todos tan cansados que durmieron de un tirón. Brandon tenía la intención de levantarse a las siete para estar presente en el registro de la casa de Lancaster. Pero cuando por fin se despertó, eran las once pasadas.

A la una tenía que estar en la comisaría para asistir a la reunión. Se aseguró de que desayunaran algo y bebieran agua. Apenas si consiguieron despertarse lo justo para ser capaces de comer, lo cual a Brandon le pareció bien. Luego los esposó el uno al otro en la cama, y aseguró las esposas en la cabecera.

—Lo siento —les dijo.

Lancaster sacudió la cabeza y volvió a dejarla reposar sobre la almohada. Ya se le estaban volviendo a cerrar los ojos.

El resto de la reunión pasó rápido. Spinner tiene un puñado de pedazos de hormigón que encajan con los restos encontrados en el Cabriolet. Relata la historia de cómo, junto al patio de un almacén de grúas y material móvil pesado situado detrás del Hotel Washington, bajo un tejado autoportante, empezó a aplastarlos. Y prosigue diciendo que el equipo almacenado pertenecía a una empresa llamada Abood Contractors, con sede en el norte de la ciudad. Y que fue hasta allí en su coche y empezó a preguntar, hasta que al final un tipo recordó haber visto el Cabriolet rojo detrás del hotel el sábado por la tarde. Lo recordaba porque acababa de comprarle el mismo modelo a su hija, sólo que en azul.

—Empezaremos a indagar esta tarde —dice Spinner. Kline traerá hoy a un dibujante de la DEA para que haga un retrato robot de Arnie Holt a partir de las descripciones de un par de camareras del Red's.

Lou añade que ha sido localizado el número de teléfono que Straw marcó desde la casa de Kevin el sábado por la noche. Correspondía a un pequeño motel, y la llamada era para un cliente que pagó al contado y se registró como John Smith. Un callejón sin salida.

Es como si un cristal grueso separara a Brandon de alguna clave importante. Y por más que rasque, no consigue ni arañar la superficie.

En medio de una frase de Lou Adamski, Brandon se levanta aturdido y se va a su despacho.

—Frank —le grita Lou—. ¿Qué diablos...?

Hace un día nublado, y el pálido sol de primera hora de la tarde apenas si aporta una débil claridad a su despacho, pero Brandon prefiere la semipenumbra a la luz artificial. Enciende un cigarrillo, que en esta ocasión desencadena un ataque de tos.

Entonces alguien llama a su puerta. Es Kline.

—¿Podemos hablar?

—Habla tú. —Brandon tose con violencia en un pañuelo y luego estornuda. Le lagrimean los ojos.

—Realmente, deberías cuidarte.

—¿Quién dirige esta función?

—¿Quién? Tú...

—Sé que seguíais a Lancaster. No me informasteis. ¿Lou está al corriente?

Kline asiente.

—¿Y Barnes?

—Sí.

—¿Por qué me dejan de lado?

—Deberías preguntárselo a ellos.

—Te lo pregunto a ti.

—No lo sé —dice Kline. Se pasa la mano por la cara—. Creo que sólo querían una fuente externa, alguien independiente. Alguien que trabajara por cuenta propia.

—Lancaster vio el coche de tus mentecatos a sueldo delante de la casa de los Babcock, antes de que llegaran los agentes. Un Ford negro, y un conductor trajeado. No os dejasteis ver por aquí hasta el día siguiente.

Kline cruza las piernas, acto seguido vuelve a su postura inicial.

—De acuerdo. Hemos estado siguiendo la droga durante dos meses. Hace un par de semanas que estamos en Morgantown.

—Straw.

—Él fue quien nos trajo hasta aquí, sí. Pero oye, no me lo explico, Brandon. Honestamente, no consigo imaginarme la procedencia de la droga. Estoy desconcertado. Sugerí a Lou y a Ken que nuestra presencia fuera lo más discreta posible para no levantar sospechas. De este modo, las cosas afloran a la superficie con más facilidad. Tú ya lo sabes.

—Es mi investigación.

Kline se encoge de hombros.

—La presencia de los federales hace que la gente actúe de otra manera. No quería que ni tú ni los que manufacturan la droga cambiarais de procedimientos.

Brandon asiente.

—Anoche perdimos de verdad a Lancaster.

Brandon desvía la mirada, la dirige a través de la ventana hacia los tejados de los almacenes de la acera de enfrente, y entrecierra los ojos.

—Si vuelve, Brandon, acudirá a ti.

Brandon apura el Camel y observa a este hombre de la DEA, demasiado frío, a través del humo.

—Quizá —contesta.

—Lo necesitamos.

—Es una lástima que no trabajemos juntos en este caso, ¿no es cierto?

—Frank.

«Ábrete a él —le dice una voz interna—. Dale los detalles que aún desconoce. Colabora, háblale de Lancaster...»

Pero no. Brandon se da cuenta de que este juego no es el suyo, es un juego con granujas de apariencia cambiante, una charada de información bajo mano y por detrás. Aquí no se trata de drogas. Ni de asesinato. Se trata de conocimiento. Y la regla número uno es proteger lo que tengas.

Tiene que volver a Tecumseh, al motel, pero antes de que consiga marcharse suena el teléfono. Es Ellen Byers, le dicen desde la centralita, así que se pone al aparato.

—¿No devuelves las llamadas?

—He estado fuera. Lo siento.

—Bueno, tengo algo que te interesará. La huella de la linterna. No estaba segura de que nos llevara a alguna parte. Ahora me temo que nos ha llevado demasiado lejos.

—¿Sabéis a quién corresponde?

—Mi laboratorio empezó por la ficha de Straw y comprobó todos los nombres que aparecían, siguiendo tu sugerencia. Luego se amplió a toda la lista de las detenciones por Fang. Nada. Así que empecé a buscar. Habrás oído hablar del MALPAS, supongo.

El Michigan Automated Latent Prints Analysis System (Sistema automatizado de análisis de huellas dactilares latentes de Michigan) es una base de datos en desarrollo que, con el tiempo, contendrá la totalidad de los cinco millones largos de huellas dactilares que tiene el Departamento de Justicia, más todas las que se irán registrando. Esto significa que cualquier persona cuyas huellas hayan sido registradas durante los últimos veinte años, o en el futuro, podrá ser identificada en cosa de horas a partir de una huella anónima. Una tecnología increíble, piensa Brandon, cuando funcione. Lo último que había oído decir era que no iba a ser plenamente operativa hasta dentro de dos años.

—No sabía que lo estuvieran utilizando.

—Han introducido aproximadamente una cuarta parte de las huellas del Departamento de Justicia —dice ella—. El programa todavía tiene errores y no es inmune a los virus. Pero pensé que siempre sería mejor poco que nada. ¿No te parece?

—Claro.

—Pero aquí está la cosa. También lo están utilizando para organizar las fichas de las huellas de origen no criminal: funcionarios estatales, personal de justicia, etc.

—¿Se comprueban también éstas en una investigación criminal general?

—Es otra base de datos, pero creo que en cualquier investigación se comprueba todo cuanto incluye el sistema. Así que escucha: la huella de la linterna ha sido identificada.

—¿Un funcionario estatal?

—Sí.

—¿De la DEA?

—Los archivos son de personal del Estado, Brandon. No son federales.

—No veo...

—Es alguien que figura en la nómina de la oficina del gobernador.

A Brandon se le erizan los pelos de la nuca.

—¿Quién es?

—Pongamos el jefe de personal del gobernador.

—Le Seure —dice Brandon—. Puedo mirar si tenía a alguien vigilando a su cuñado. Pero ir él mismo...

—Estoy trabajando en ello —responde ella con lentitud—. Definitivamente, tienes unos cuantos asuntos interesantes por aquí.

Durante el camino de vuelta a Tecumseh, la paranoia se va apoderando de Brandon. Está atento al retrovisor, da varios rodeos innecesarios, y se detiene para ver si hay alguien por los alrededores, pero no hay nadie.

Cuando llega son más de las cuatro. Antes de ir al motel compra unos bocadillos de pollo y ensalada envueltos en plástico y más agua.

En la habitación, Lancaster está despierto con la mirada fija en el techo.

Storm, sin la peluca y vestida tan sólo con el chaleco de piel y los pantys, duerme junto a él. La chaqueta que llevaba está enroscada alrededor de las esposas. Brandon se queda impresionado de su fragilidad, de la delgadez de sus brazos, pantorrillas, muslos y abdomen.

—Bien —dice al desatarlos.

Lancaster se incorpora y se frota las muñecas.

—Vaya jugarreta —protesta.

—Pues llama a la policía —Brandon enciende un cigarrillo y hace girar la silla del escritorio hasta los pies de la cama—. Hablemos.

—Vete al infierno —responde Lancaster.

Storm abre los ojos y se vuelve hacia él.

—Cuéntaselo, Adrian. Cuéntale lo que me dijiste a mí. También me gustaría fumarme un cigarrillo, si no os importa.

—Hay dos alternativas —dice Brandon. Le tira un Camel y su encendedor a Storm—. O bien os detengo o bien os dejo marchar. Cuando hayas hablado lo decidiré. Yo soy el jurado, así que hazlo bien.

Brandon deja los bocadillos y el agua sobre la cama y espera.

—¿Entonces por qué nos ayudaste a escapar anoche?

—Para que pudierais confesaros conmigo —dice Brandon—. Si eres legal, necesito tu ayuda. Se me están echando encima un montón de problemas y pienso agarrarme a lo que pueda. ¿Sabes qué es el Fang?

Lancaster asiente.

—Tienes que saber que mi gente ha entrado en tu casa esta mañana. En el sótano han encontrado tres frascos que contenían residuos de la droga. Incluso tu colega Ken Barnes quiere tu piel ahora. Se le han cagado en la nariz y cree que has sido tú. No sabe si estás vendiendo o comprando o qué, pero está harto y te va a pillar.

—¿Entonces por qué no me arrestas, sin más?

—Pienso que Ken Barnes es un gilipollas. Además, sea cual sea la opinión que tenga de ti, de una cosa estoy seguro: no eres estúpido. ¿Primero esta historia con Holt y Kevin, y luego desapareces dejando en tu casa tres recipientes con restos de droga? Ni hablar.

—Me crees.

—Creo, por lo menos, que ahora te están tendiendo una trampa. Puede que cometieras errores en el pasado. Eso no me incumbe.

—Así que hablemos —dice Brandon—. Empecemos por el principio.

Una parte de él casi sigue esperando que este médico yonqui se niegue a hablar, o que deje claro que es culpable de algún crimen, para justificar que vuelva a esposarlo. Pero ante todo siente curiosidad por saber dónde está el meollo de todos estos problemas, y sabe que en estos momentos se halla más cerca de lo que ha estado desde que todo empezó.

Lancaster desenvuelve un bocadillo y comienza a comer. Mastica deliberadamente despacio, sin decir nada, con la mirada fija en la alfombra barata. Cuando ha terminado, alza los ojos, mira a Brandon, asiente y empieza.

Habla durante un buen rato.

19

Lancaster repite la misma historia que había contado a Storm. Es una buena historia, y auténtica, y se da cuenta de que impresiona. Al terminar, Brandon guarda silencio.

Por fin, hace un gesto de asentimiento con la cabeza.

—Es un principio —dice—. Ahora, afrontemos el presente.

—Quiero que Storm descanse —responde Lancaster—. Ha pasado por un *shock*. Tiene que recuperarse un poco.

Fija su mirada en el azul pálido de los ojos de Brandon, y ve que el detective entiende lo que él quiere que entienda: hay cosas que deben discutir en privado, lejos de ella.

—Claro —dice Brandon.

—Quedaos —protesta Storm—. Yo también quiero oír.

Lancaster extrae de su maletín el sobre con las seis pastillas de Meprospan que sacó de la farmacia después de la llamada de Holt, coge una y se la pasa a Storm. La chica se la traga con un poco de agua de la botella. Luego se encierra en el cuarto de baño y se mira al espejo. Primero su cabello le choca. Ya se había olvidado de eso. Se da cuenta de que tiene un aspecto distinto, pero en realidad no es a causa del cabello. Hay algo más, algo en los ojos y en la boca, una desesperación que no había estado allí desde hacía mucho tiempo. La desesperación de un hombre que necesita algo y no está seguro de ser capaz de conseguirlo.

No sabe qué hacer. Se ha escapado para encontarse esposado a una chica extraña y peligrosa y a un poli que dicta sus propias normas sobre la marcha. Necesita liberarse de ellos. Se da cuenta de que se equivocó al pensar que marchándose de Morgantown encontraría la salida del laberinto, que aquí iba a poder descifrarlo. Pero no tiene nada que ver con este lugar. Es a sí mismo con quien debe hacer frente, y en eso nadie lo puede ayudar.

Han empezado a temblarle las manos de nuevo. El pánico que experimentó en casa de Kevin, y después de la llamada de Holt, al recibir la carta y una vez más cuando Seth se le acercó delante del Red's, se ha vuelto a apoderar de él. Vuelve a sentir la violencia del accidente de la noche anterior, reaparecen en su mente imágenes de víctimas de accidentes similares, piensa en la inmensa suerte que tuvieron él y Storm de poder escapar, comprende que cuando vuelva a suceder, ya sea un coche, una pistola o la caída desde una ventana, probablemente no tendrá tanta suerte. Y no le cabe duda de que algo más sucederá. La violencia está donde él se dirige, reside en la gente que intenta encontrar. La violencia es el único lenguaje que todos comparten.

Tiene que estar todo lo tranquilo que pueda. No debe dejarse invadir otra vez por el pánico. Ni temblar. Ha de ser capaz de encontrar lo que está buscando, y enfrentarse a ello, por horrible que sea.

Una vez más, coge dos pastillas y mira cómo reposan en la palma de su mano. Han pasado seis años desde la última vez que se drogó, seis años sin nada. Pero ya no puede hacerle frente él solo.

«Después, puedo dejarlo de nuevo —se dice a sí mismo—. Sólo son pastillas, para resistir un día.»

Y acto seguido las pastillas ya están en su boca, secas y pegajosas; coge un poco de agua del grifo en el cuenco de la mano, se la lleva a la boca, y traga.

«Es tan fácil», piensa. Y así, su resolución y su abstinencia y la promesa que se había hecho a sí mismo se las lleva el agua.

—Lo necesito —le musita al rostro extraviado y ojeroso que lo mira desde el espejo—. Sólo esta vez. No habrá más.

Cuando abre la puerta, Brandon lo está esperando con el abrigo puesto. Storm ha vuelto a quedarse dormida.

Brandon deja que Lancaster conduzca. Está anocheciendo.

—El presente —dice Brandon.

—La noche que murió Petie, después de que yo anunciara su defunción, Arnie Holt me llamó a la sala de Urgencias.

Brandon guarda silencio.

—Más tarde escribí todo lo que pude recordar de la conversación.

Le tiende un sobre a Brandon.

—Luego, cuando llegué a casa por la mañana, vino un mensajero. Me dio esta carta mecanografiada. Lo puedes comprobar con la empresa, pero estoy seguro de que no nos llevará a ninguna parte.

—Seguro —Brandon lee mientras avanzan.

—Unidad cincuenta y uno, confidencial —dice una voz por la radio.

—Tengo una llamada —dice Brandon—. Hay una estación de servicio más adelante. Habrá un teléfono.

Lancaster aparca y observa cómo Brandon se precipita al teléfono, marca, espera, y vuelve a marcar.

Al regresar al coche, dice:

—¿Qué tal un trago?

—Claro.

—Media vuelta, volvemos a la ciudad, por la autopista South Border. Vamos a un sitio de nombre Spike's. Tengo que ver a un tipo llamado Shirley.

Con la ayuda de una linterna, Brandon vuelve a la lectura. Cada documento lo lee tres veces. Por fin dice:

—Debes de tener alguna idea.

—En realidad, no.

—¿Ni un plan?

—Regresar.

—¿Qué pasó anoche con Seth?

—Como todo el mundo, cree que sé algo.

—¿Por qué fuiste allí?

—Estaba buscando a Holt. En su lugar, encontré a Seth. O él me encontró a mí. Todavía no estoy seguro.

El rumor de la clientela del Spike's hace que Lancaster tenga dificultades para oír la conversación entre Brandon y el corpulento camarero llamado Shirley. Se esfuerza por escuchar cuanto puede.

Se han sentado juntos en la barra. Brandon está inclinado hacia adelante de modo que su nariz casi se toca con la de Shirley. Brandon tiene un cigarrillo colgando de los labios y Shirley un Tiparillo quemando en el cenicero. Lancaster se sorprende de la cantidad de cigarrillos que Brandon llega a quemar. Debe de sobrepasar los dos paquetes diarios.

Shirley da una calada al Tiparillo y dice:

—Mira. Petie era el correo. Ya sabes que vendían fuera.

Brandon asiente.

—Petie la recogía en el puente del que lo echaron al agua. Después de pasarla a Kevin, Petie tenía planeado hacer un último transporte y largarse de la ciudad. Debería haberse ido cuando sintió la imperiosa necesidad de hacerlo. De todos modos, Seth era quien debía encontrarse con él después del pase, y yo sé que Seth no empujó a Petie. Incluso en el caso de que Petie se lo estuviera poniendo difícil, él se hubiera limitado a darle una patada en el culo. Y ahora me entero de que las muertes de Petie y de Kevin han entorpecido las operaciones, y que estaban a punto de pasar a cosas más sustanciosas. Tengo el presentimiento de que habrá por lo menos otro pase, si la gente sigue queriendo comprar. Apuesto a que sí.

—¿En el puente?

—¿Usarías tú el mismo sitio?

Brandon sacude la cabeza en un gesto de negación.

—Pues ellos no son más estúpidos que tú. Habrá otro punto de descarga. Sólo tienes que imaginarte dónde.

—Y tú dominas el arte de hacer conjeturas.

—Puede.

—Shirley.

—Estoy preocupado. Le he echado el ojo a una Hog del 59 que un amigo mío de Montpelier se vende. Su mujer está preñada, verás, y le dijo que tenía que quitársela de encima, que un padre no puede tener moto. Se le rompe el corazón al pobre bastardo, pero yo le dije que me la quedaría...

—¿Cincuenta te ayudarían?

—No me irían mal, colega. Pero esta información tengo que pagarla de mi bolsillo. Aquí soy el intermediario.

—¿Un billete de cien?

Shirley asiente.

—Maldita sea. Mejor que sea información de primera categoría, o de lo contrario me vas a tener que proporcionar información gratis durante mucho tiempo. —Brandon deja cinco billetes de veinte sobre la barra y espera a que Shirley los doble con cuidado y se los embuta en los Levi's.

Entonces Shirley dice:

—Ahora esperemos. Te diré lo que quieras saber.

—¿Esperar qué?

—Una llamada —responde, vertiendo *bourbon* en el vaso de Brandon y whisky escocés en el de Lancaster—. Espero una llamada.

Lancaster sorbe su whisky con hielo y observa a Brandon.

—¿Cómo está tu mujer? —se decide a preguntar.

Brandon lo mira.

—¿A ti qué te parece?

Lancaster hace un gesto de asentimiento.

—¿Puedo preguntarte una cosa? —dice Brandon.

—Claro.

—Alguien así, con su estado de salud, ¿crees que estaría mejor en un asilo?

—No sé cuál es su estado de salud.

—Tiene problemas para respirar, mucha congestión. Nos viene un terapeuta tres días a la semana.

—¿Y funciona?

—Más o menos.

—¿Estás solo con ella?

—Normalmente sí. A veces se queda sola del todo.

—¿Como ahora?

—Tengo una hija que la vigila.

Lancaster toma otro trago y fija la mirada delante de él.

—No me puedes responder, ¿verdad? —dice Brandon.

—Es una de esas decisiones que sólo tú puedes tomar. Si quieres que le eche un vistazo...

—No. No te pedía esto.

—Vale.

—Ya pensaré algo.

Transcurre media hora hasta que suena el teléfono. Shirley escucha, cuelga, y luego vuelve a inclinarse sobre la barra y le pregunta a Brandon:

—¿Has estado alguna vez en aquella vía de acceso que pasa por detrás del aeropuerto?

—Claro.

Es el lugar de cita de los chicos y las chicas estudiantes de COU. Cuando Brandon no era más que un poli uniformado, mucho, mucho tiempo atrás, hubo un período en el que descubrir y dispersar a esos jóvenes todos los viernes por la noche formaba parte de su ronda. Solían gastarle bromas al respecto, diciendo que era el método de control de natalidad más eficaz de todo el condado.

—Quizá te apetecería pasarte por allí después de la puesta del sol.

Son casi las seis.

—El sol acaba de ponerse.

—¿Cómo crees que funciona? Lo planifican y lo reparten tan deprisa como pueden. Lo asombroso es que yo siga teniendo un papel en todo eso. Deberías tomarme en más consideración.

—Maldita sea, Shirley, ¿crees que tu información es de fiar? ¿El pase tiene lugar ahora mismo?

Shirley le guiña un ojo y recoge el puro.

—Seth Babcock te manda un saludo.

Así que después de todo salió bien parado.

—Otra cosa, Brandon. Sé que has estado pensando cómo pudo alguien saber que tú y Tommy estabais escondidos celebrando una reunión en el momento crítico, cómo pudo alguien estar al corriente de ello para acertar el disparo de aquel modo. Pero había gente que lo sabía. Tommy no era ningún secreto. Incluso los grandes sabían de él, hombre.

—¿Los federales?

—Ajá.

—¿Quién?

—Tommy no quería decirlo. Ni tan siquiera creo que lo supiera. Sólo sabía que lo estaban vigilando.

Brandon dirige una mirada rápida a Lancaster.

—¿Quieres ir? Tú mismo.

—Iré —dice Lancaster.

20

Conducen. La puesta de sol, que ha teñido el cielo de naranja y rosa, casi se ha desvanecido. Las carreteras están oscuras y húmedas por el hielo, que se ha fundido, pero pronto volverá a congelarse. Brandon se pone en contacto por radio con la centralita para que le den acceso a una línea exterior y pueda llamar a Lou y a Kline. Pero en el motel nadie responde a la llamada en la habitación de Kline, y quien coge el teléfono en casa de Lou es su hija de quince años, que le dice que sus padres se han ido a cenar fuera pero no sabe dónde. Finalmente, Brandon consigue hablar con la esposa de Spinner: su marido ha salido a comprar. Volverá dentro de veinte minutos. Brandon le pide que tome nota de lo que él le diga, y le resume la situación. Dice que Spinner debería colocarse en el extremo oeste de la vía de acceso para poder quedarse él en el este. Spinner debería conseguir refuerzos lo antes posible.

Se detienen a unos centenares de metros de la entrada este a la vía de acceso, en un tramo rural de la autopista Blair en el que las casas están a considerable distancia unas de otras. Brandon lleva un par de chalecos antibalas Kevlar en el maletero. Uno se lo pasa a Lancaster y el otro se lo pone por debajo del abrigo. Comprueba la 38 Especial estándar que lleva bajo el brazo. Luego, de una vieja caja de municiones militar de color verde saca su pistola de refuerzo, un revólver Magnum 44 de finales de los cincuenta modificado, de carga rápida, y una docena de cartuchos —cada uno con una carga de 225 granos correspondientes a una bala de núcleo de mercurio semiblindada, más 22 granos de la pólvora Hércules 2.400. Seis de los cartuchos los mete en el cargador, y éste en el bolsillo del abrigo. Los seis restantes van directamente al revólver.

Un armero amigo suyo llamado Erv Orrison había hecho las modificaciones; adaptó el gollete del arma para introducirle el cargador rápido y le añadió un juego de cachas de goma, y diseñó la carga para que cumpliera con los requisitos de Brandon: un disparo, una baja, fuera problemas.

Orrison se llevó a Brandon al bosque y abrió fuego contra un tronco con un 38 ilegal. Hizo un agujero de entrada. De salida, nada.

Luego disparó con el 44. El estallido que salió de la boca del arma hizo que Brandon diera un respingo; sonó como si le hubiera caído un rayo al lado. A Orrison, el culatazo le hizo levantar los brazos por encima de la altura de la cabeza y retroceder un paso. También esta vez el tronco tenía un agujero de entrada limpio y pequeño. Pero en este caso la bala había salido, aunque en realidad Brandon no se atrevía a llamarlo agujero de salida porque casi la mitad de la parte de detrás del tronco había simplemente desaparecido. Caminó hasta más allá del tronco, mirando el reguero de polvo, que se extendía unos treinta metros.

—Si le das a alguien en el hombro, le arrancas el brazo —dijo Orrison—. Si le das en la rodilla, se queda sin pierna. Si le das en cualquier punto del abdomen o del tórax...

Brandon se levanta el cuello del abrigo y se prepara para lo que espera que sea una cita con Seth Babcock y quienquiera que haya sustituido a Petie Boncaro y a Kevin Babcock. Lancaster le sigue.

La vía de acceso traza una amplia curva de noventa grados, que parte de Blair, al este, y termina hacia el norte, en la autopista Sampson. Tiene más de un kilómetro y medio de longitud, demasiado terreno para ser cubierto por sólo dos hombres. Brandon, blasfemando en voz baja por llevar calzado de calle, traje y abrigo, en lugar de ir bien equipado con ropa de deporte, avanza con dificultad por el camino de grava cubierta de nieve hasta que, según sus cálculos, han llegado a la mitad. A su izquierda se levanta una alta valla de alambre y más allá está el aeropuerto, ahora a oscuras excepto por las luces de un azul intenso que delimitan la pista que corre de norte a sur. A la derecha tienen una ringlera ancha y silvestre de matorrales espesos que se extiende por lo menos unos cien metros antes de abrirse a los campos cubiertos de nieve. Brandon descubre una posición ventajosa, un montículo elevado junto al camino que les permite tener una visión más amplia de los alrededores. Como si eso importara, piensa Brandon. Ahora ya ha anochecido, no va suficientemente armado y está condenadamente solo. Es consciente de que Lancaster será más un estorbo que una ayuda.

Lancaster pisa fuerte golpeando el suelo con los pies y se sopla en las manos.

—¿Por qué no lanzas un cohete de señales? —dice Brandon.

—¿Ya sabes lo que estás haciendo? ¿Tienes alguna idea? —le suelta el doctor como respuesta.

Es una buena pregunta. Brandon se imagina cómo se hubiera podido llevar a cabo la operación de haber tenido la información con mayor antelación: ropa de caza, botas impermeables, un termo de café, cinco o seis buenos agentes apostados a intervalos. Se arrodilla junto a Lancaster, perdiéndose en sus agradables fantasías, con los pies completamente helados y mentalmente dispuesto a mandarlo todo al carajo y largarse a su casa.

En aquel momento, Lancaster le toca el hombro y dice:

—Allí.

Una luz. Está sucediendo.

Al principio está confuso. Esperaba que viniera de un extremo u otro de la vía de acceso. Pero esta luz, un único faro, avanza zigzagueando campo a través, en dirección sur. Ahora ya oyen el zumbido del motor.

—Una moto de nieve —dice Lancaster.

«¿Dónde estás, Spinner?»

La moto de nieve aminora la velocidad al llegar a la maleza, y sigue su camino a lo largo de un sendero que al parecer el conductor conoce bien. Por un momento Brandon teme que se les acerque demasiado y los descubran. Pero la luz tuerce y llega a la carretera unos cincuenta metros más abajo del montículo en el que están apostados.

El vehículo aparca junto a la valla y se detiene, enfocándolos con el faro, el motor en marcha. Alguien desciende y se sitúa en el haz de luz.

—Acerquémonos —murmura.

La nieve tiene un palmo de profundidad y no se ha encostrado demasiado, así que sus pasos quedan amortiguados. Conduce a Lancaster a través de los arbolillos y matorrales que flanquean la carretera. A veces pierde de vista la luz, y en una ocasión tiene que deslizarse a gatas por debajo de una rama, pero a esas alturas el frío, los desgarros de su traje, y los dedos entumecidos de los pies y de las manos han dejado de existir.

Llegan a un claro, un círculo llano y espacioso que parece una zona dormitorio de ciervos, a tan sólo unos doce o trece metros de la moto de nieve, cerca del borde del camino. Brandon se arrastra hasta la cuneta y se mete entre un matorral y el grueso tronco de un árbol. Lancaster se desliza junto a él.

—Dime si los conoces —susurra Brandon.

Hay dos hombres, uno en cuclillas y el otro de pie, ambos delante de la moto de nieve, iluminados de pleno por el faro. El que está en cuclillas situado de cara a la luz, y por lo tanto de espaldas a Brandon, fuma un cigarrillo. El aire lleva una bocanada de humo a la nariz de Brandon. Pero el que está de pie se gira. Lleva un gorro de cazador naranja, barba negra, traje militar de fajina y gafas redondas.

—Holt —dice Brandon.

Lancaster deja escapar un gruñido ahogado y hace ademán de levantarse, para correr hacia el gorro naranja. Brandon lo agarra por el pescuezo y le hunde la cara en la nieve.

El tipo en cuclillas deja de hablar y mira en dirección a ellos. Por un momento, escucha atentamente, luego arroja el cigarrillo y vuelve a la conversación.

Brandon aprieta los labios contra la oreja de Lancaster.

—Un sólo ruido y nos joden vivos. Tran-qui-lí-za-te. ¿Vale?

Siente el olor de los productos que Lancaster utilizó para teñirse el cabello. Al final, después de un largo y tenso momento de estasis, Lancaster afloja y se deja caer contra él, y Brandon lo suelta.

Ahora el que está en cuclillas habla en voz alta, enojado. Brandon consigue distinguir algunas palabras:

—Hijo de perra... olvídalo...

Y entonces oye una frase con claridad:

—Mi hermano fue asesinado por esos bastardos. ¿Te acuerdas?

—Babcock —dice Brandon—. Holt y Seth Babcock.

«¿Dónde están los hombres de Kline?», se pregunta Brandon. Al final de la charla de esta mañana, Kline le había dicho que iban a seguir a Babcock, para, pasara lo que pasara, tener pruebas de los acontecimientos. Pero esos incompetentes deben de haberlo perdido del mismo modo que perdieron a Lancaster.

Ahora habla Holt, pero en voz demasiado baja para que les sea posible oírlo.

De repente, llega por su izquierda el ruido de un motor más potente. Brandon vuelve a agarrar a Lancaster y se agacha entre la maleza tan sólo unos segundos antes de que los faros inunden de luz el punto desde el cual estaban espiando. A Brandon se le acelera el corazón; la subida de adrenalina le da mayor agilidad mental.

«¿Dónde demonios está Spinner?»

Un furgón, una camioneta de reparto provista de pescante y con los neumáticos muy anchos, se detiene justo delante de Brandon y Lancaster, y la luz de sus faros confluye con la del foco único del vehículo de nieve. Un hombre sale de la cabina. Brandon se adelanta aún un poco más a rastras para poder verlo bien. Sin embargo, se encuentra con que la camioneta le tapa la vista, así que, haciendo señas a Lancaster para que se quede quieto donde está, sale de los matorrales trepando sigilosamente, atraviesa la cuneta y se queda junto a la rueda derecha delantera.

El recién llegado viste ropa de caza de camuflaje y cuando por un momento se gira, Brandon observa que lleva un pasamontañas negro.

«No pude distinguir sus rasgos —había escrito Holt acerca del asesino de Petie—, puesto que llevaba puesto un pasamontañas negro.»

El hombre en cuestión le da la espalda a Brandon. Seth está de pie frente a él, y entretanto Holt regresa a su puesto sobre la moto de nieve.

Y empieza la transacción.

Brandon no acaba de entender todo lo que dicen. Seth y el tipo recién llegado son los que llevan la voz cantante. Pasado un minuto, Holt se pone en pie, levanta el asiento del vehículo y saca un paquete que arroja a Seth, el cual, a su vez, se lo da al hombre.

Es un paquete grande, pesado, envuelto en plástico y papel de aluminio. Como mínimo, un tocho de un kilo.

El hombre del pasamontañas levanta una mano, se da la vuelta hacia la camioneta y empieza a caminar llevándose el ladrillo.

—Déjalo donde podamos verlo —dice Seth, y el hombre suelta el ladrillo sobre la nieve antes de continuar hacia la camioneta.

Brandon rueda de costado, de vuelta a los matorrales, y se deja caer desde el borde del camino hasta la cuneta, hundiéndose en la nieve y desapareciendo de la vista. Escucha el ruido que hace el hombre al moverse por detrás de la camioneta, oye cómo se abre la puerta trasera, cómo se cierra después. Luego, el hombre del pasamontañas se dirige de nuevo hacia la luz.

Cuando ya ha pasado, Brandon se pone de rodillas. Ahora Lancaster está a su lado.

—¿Qué están haciendo?

—¡Chitón!

—Tengo algo para vosotros —vocifera el hombre en dirección a Seth y Holt. Lleva un portafolios en las manos. Y, en su espalda, sujeta en bandolera con correas, visible sólo para Brandon y Lancaster, aparece una pistola de cañones recortados, de calibre 12, que antes no estaba ahí. Junto a él, en el haz de luz de los faros del furgón, yace el tocho de un kilo.

El hombre le tira el portafolios a Seth, que se quita un guante de un tirón para poder abrirlo.

Brandon, que ha regresado junto a la camioneta, saca el 38 de la sobaquera y se lo pasa a Lancaster.

—Quédate fuera de la vista —le dice—. Limítate a defenderte. Si pasa algo, vete de aquí. —Saca el 44 del bolsillo de su abrigo y amartilla el percutor.

Holt arranca la moto de nieve.

Seth tiene en alto el portafolios, abierto y vacío.

—¿Qué coño pasa? —grita.

Brandon oye el miedo en su voz. «Sí, muchacho —piensa—. Es el momento.» Seth suelta el portafolios y hurga en su chaqueta buscando algo, cuando ve el cañón del 12 con que el hombre del pasamontañas le apunta.

—¡No! —vocifera Babcock. Al levantar los brazos para protegerse, el hombre dispara y le da a Seth de pleno, desgarrándole el chaquetón de arriba abajo y haciéndolo reventar completamente despanzurrado. Una neblina de sangre y plumón flota en el aire iluminado entre el vehículo de nieve y la camioneta.

Brandon dispara al aire con el 44, un cañonazo ensordecedor que los deja a todos paralizados por un instante.

Acto seguido, Holt acelera el motor de su vehículo y mete una marcha.

El hombre mira a Holt y luego se vuelve hacia Brandon.

La moto de nieve da bandazos entre la maleza, gira peligrosamente y se aleja campo traviesa. Arnie Holt consigue escapar.

Brandon está apoyado en la capota de la furgoneta, y el 44 por delante, bien asido con ambas manos.

—¡Policía! —grita.

Pero el hombre del pasamontañas no se lo piensa un segundo. Abre fuego. El disparo da en la nieve que hay delante de la camioneta, que le salta a Brandon a la cara. Brandon también abre fuego, el arma vuelve a tronar y el culatazo le pega fuerte en las manos. Pero la nieve le ha distraído. Se ha dado cuenta de que erraba el tiro.

Y entonces nota un sabor amargo y siente que un calor extraño le recorre el cuerpo. Se marea. La cabeza le da vueltas, ora lentamente, ora a toda velocidad. Ve unas luces rojas y azules aproximándose por el extremo norte de la vía de acceso, hendiendo el aire en dirección a ellos. Dos juegos de luces. Spinner y Lou. Aún se da cuenta de que el disparo ha reventado el paquete de droga. Que, junto con la nieve, Fang en polvo se dispersó en el aire y le dio en la cara.

La droga, el Fang, sobre él.

Pierde la conciencia.

El hombre de la recortada observa. Como en un sueño, Brandon se aparta de la camioneta. El 44 cae con un sonido sordo sobre la capota y resbala, hundiéndose en la nieve.

Y entonces el hombre del pasamontañas vuelve a disparar.

Jueves

21

Ann Arbor, la arquetípica ciudad universitaria del medio oeste americano, florece incluso en lo más crudo del invierno; las casas antiguas y los céspedes amplios de la avenida Washetenaw, en el camino de entrada a la ciudad viniendo de la vía del tren, siguen teniendo un encanto particular, aunque muchas de ellas se hayan convertido en oficinas o clubs estudiantiles, y en el centro de la ciudad los estudiantes en perpetua campana abarrotan las plazas y las aceras. Los escaparates de las tiendas exponen ropa, discos, pósters de viajes o joyas, y los músicos callejeros tocan sus instrumentos, a pesar del frío.

Hace doce horas que Lancaster ha conseguido escapar por segunda vez, pero a pesar del Meprospan —se tomó otras dos pastillas al coger la habitación— está destrozado.

Cuando estaba tumbado sobre la nieve y la maleza del borde de la carretera secundaria escuchando los disparos y los gritos, empezaron los temblores de verdad: piernas, brazos y cuerpo, cara. Todo se agitaba. Hundió el rostro en la nieve y gritó. Sonó otro disparo. Cuando alzó la vista, Brandon estaba tendido cerca de él sobre la hierba.

Permaneció en silencio. Estaba seguro de que el enmascarado de la escopeta vendría a matarlo también a él. Pero el tipo se metió en su camioneta y se fue.

Incluso con el chaleco antibalas Brandon podía estar muerto, Lancaster lo sabía. A pesar de los temblores y del pánico, consiguió ponerse de rodillas y rasgar la chaqueta de Brandon. Ahí, incrustada en el chaleco, había una bala plana, una sola masa de plomo en lugar de docenas de perdigones. A tan corta distancia el impacto debía de haber sido enorme, quizá lo suficiente para detener un corazón aunque estuviera protegido por un chaleco blindado.

Pero Brandon intentaba decir algo. Sonaba a algo así como *vete*.

Lancaster vacilaba, y entretanto las sirenas se oían cada vez más cerca por la carretera. Sus temblores se agravaban, unos espasmos incontrolables le sacudían todo el cuerpo. Apenas si llegaba a dominar sus manos.

Vete.

Registró los bolsillos de la chaqueta de Brandon hasta que encontró las llaves, luego echó a correr, abriéndose paso a ciegas por los matorrales y bancos de nieve campo a través. Tropezó con los surcos helados que habían sido labrados el pasado otoño, dio un traspiés cuando, al pisarlo, se rompió el hielo, se cortó al caer de bruces al suelo, se incorporó con dificultad y echó a correr de nuevo.

En pleno campo, a medio camino entre la línea de maleza que había dejado atrás y una arboleda distante, vio un foco que barría la nieve avanzando hacia donde él estaba. Se arrojó de cabeza a un surco, frenético, cubrió de nieve sus pantalones oscuros, luego se tapó la cabeza con los brazos y rezó para fundirse con el terreno. Cuando la luz del foco pasó de largo, volvió a echar a correr.

Al llegar al bosque dobló en dirección oeste, de vuelta a la autopista Blair. El coche estaba donde lo habían dejado. Lancaster corrió por el bordillo de la carretera, abrió la puerta del copiloto, y se metió dentro. Se deslizó hasta el asiento del conductor. Entonces, por el retrovisor, vio las luces intermitentes, un coche patrulla subía por la carretera a toda velocidad. Se tendió sobre el asiento y esperó.

Escuchó cómo el coche patrulla se acercaba, reducía velocidad, se detenía. Otro haz de rayos de luz pasó a través de las ventanillas del coche para perderse en la oscuridad. Contuvo el aliento mirando la cálida luz blanca que pasaba unos centímetros por encima de su nariz. Oía el crepitar de la radio, las voces de los dos polis que iban en el vehículo.

Después la luz desapareció. El coche patrulla siguió su camino a toda prisa. Lancaster se incorporó y observó cómo giraba por la entrada de la vía de acceso.

Puso en marcha el coche de Brandon, hizo un giro de 180 grados y se alejó en dirección contraria.

Está en un motel de Ann Arbor no lejos del estadio de fútbol de Wolverine, en el extremo sur de la ciudad. Observa su rostro en el espejo: tiene la frente llena de magulladuras; el puente nasal atravesado por una incisión de más de dos centímetros de longitud; la mejilla izquierda se le agita al ritmo de un tic nervioso; a cada inspiración se le abocinan las fosas nasales, como si tuviera fiebre.

Se ve a sí mismo trabajando, inclinado sobre algún cuerpo destrozado, con manos firmes, y una mente pronta y lúcida. Entonces se ríe de su imagen actual, de la débil ruina en la que se ha convertido en unos pocos días. Pero la comparación carece de todo sentido. El trabajo forma parte de las vidas de los demás, de los desastres de los demás. Esto es *su* vida, y aquí está la diferencia.

Ha encontrado un paquete de Marlboro Lights de Storm, único rastro de ella, en el bolsillo de la chaqueta. Enciende uno, lo coloca en un cenicero, y contempla las volutas que hace el humo al ascender.

Sobre la mesa chapada de vinilo barato descansan el 38 Especial de Brandon, el 357 de su padre, y el gramo de heroína comprado en el Red's. Las Meprospans no le sirven de nada. Necesita algo más. Los nervios lo matarán, piensa, si no consigue controlarlos. Ya no puede resistir más los temblores, el miedo que lo atenaza, que lo ha conducido hasta esta habitación y no lo deja salir. Muchas cosas dependen de que no pierda la cordura, de que sea capaz de funcionar.

Sabe lo que esto significa. Y la única solución aquí y ahora es este gramo de tiza callejera.

Sabía que sería una decisión difícil. Sabía que tendría que luchar contra sí mismo, y asumir la sensación de derrota. Pero no hay lucha. Ya se ha rendido; se rindió al tomar las primeras pastillas. Es un hecho evidente. No siente ningún remordimiento, ningún miedo, ninguna aprensión, sólo deseo.

Se vendió a la Droga hace mucho tiempo, y desde entonces fue suyo para siempre. Eso se lo habían enseñado en Royal Oak; todo lo que podía hacer era estar alerta día tras día. Evitarla a toda costa. Pide ayuda si crees que la necesitas. Recuerda siempre que te posee.

Pero ahora ha llegado el momento en que tiene que volver a la Droga, para confesar su debilidad y su necesidad.

La Droga promete vigor y claridad de pensamiento. La Droga promete salvarlo. Tendrá que volver a pagar por ello, y ahora el precio será más alto que nunca. En realidad, y lo sabe, puede que ya no regrese. Pero no hay elección. Eso o morir graznando en alguna ignominiosa habitación.

Coloca sobre la mesa la bandeja negra de plástico del recipiente para el hielo. Utilizando un escalpelo abre de un tajo la bolsita.

El polvo se derrama sobre la bandeja. Lo empuja con la cuchilla, mirándolo, escuchando lo que le dice, aunque todavía no llega a oírlo con claridad.

Debe empezar despacio, aunque no le haga efecto, porque ahora no le tiene tolerancia. Con la punta de la cuchilla se lleva una muestra del polvo a la nariz y lo inhala. Por más que Ralf *el Camello* afirme la grandeza de su género, Lancaster se da cuenta de que está bastante cortado. Pero la Droga está allí. Siente cómo el fuego le recorre el cuerpo de la cara hasta los dedos de las manos, hasta los pies. Se le abren los pulmones, le desaparece el dolor de cabeza y se le hinchan los párpados. Como una antigua amante, piensa. Sienta tan bien.

Se lleva la cuchilla al otro orificio nasal y vuelve a esnifar.

Luego se tiende en la cama a esperar y ver qué ocurre. La Droga puede ser feroz; no debe pasarse ahora. Pero siente que está surtiendo efecto.

Pasados unos minutos mantiene la palma de la mano por encima del vientre. Está firme como una roca.

En cierto barrio del oeste de Ann Arbor el terreno se vuelve accidentado, y algunas de las casas construidas en sus cuestas empinadas, de porches altos sostenidos por columnas largas que asemejan zancos, parecen casi exóticas. En uno de los edificios, emparedado entre dos casas de este estilo, encuentra un dúplex viejo y desvencijado con una escalera poco estable de color gris clavada en uno de sus flancos. Lancaster aparca su recién alquilado LTD y comprueba de nuevo la dirección, aunque reconoce la casa.

La escalera termina ante una puerta, que abre una mujer de unos cincuenta años, a juzgar por su aspecto, aunque en realidad tiene sólo treinta y cuatro, la edad de

Lancaster. La sonrisa le marca un sinfín de arrugas alrededor de los ojos, pero en seguida se desvanece de su rostro con el impacto que le causa reconocerlo. Tuerce la boca en una mueca de tensión y su mirada se vuelve glacial.

—Tú —dice.

Se llama Sandra Lear, antigua camello de Bobby, amiga de Denise. Una greña del cabello sucio y mechado de gris le cuelga delante de la cara. Tiene la boca fina y dura, los ojos negros. Ojos de animal, solía decirle a Denise. Denise se reía, porque era verdad. Sandra tenía ojos de tejón o de hurón. De algo que vive bajo tierra.

Lancaster la aborda:

—Necesito hablar contigo. Lo siento.

Ella mira alrededor, arriba y abajo de la calle, como si quisiera pedir ayuda, como si quisiera escapar. Luego gira sobre sus talones y vuelve a meterse dentro, desapareciendo de su vista. Lancaster la sigue, introduciéndose en el mismo desorden que reinaba la última vez que estuvo aquí, en 1983. Las mesas están atiborradas de vasos y platos sucios. De una de las paredes cuelga una tabla de planchar. El sofá está cubierto de ropa que Sandra está en perpetuo proceso de recoger y doblar, y un cesto para la colada anda tirado por el suelo. En un cenicero ya atestado se consume un cigarrillo.

—Kid vendrá pronto a casa.

—No me demoraré mucho —dice él.

—¿Algo de beber?

—No. Sólo quiero enterarme de algunas cosas que debiera haber sabido.

Sandra se ríe de su explicación.

—Me habías asustado. Creía que se trataba de algo serio.

—Se trata de algo serio.

Le da una versión resumida de la situación y finaliza diciendo:

—No podía creer que tuviera algo que ver con —extiende los brazos, con las palmas hacia arriba— ... esto. Con nosotros. Pero todo ha vuelto a empezar. Estoy completamente entrampado. Quizá tenga que hacer frente a acusaciones de asesinato.

Sandra se levanta de un salto y se va, como si no pudiera soportar tenerlo ante sus ojos. Él la sigue por un pasillo estrecho y enmoquetado hasta la cocina, que se halla en la parte trasera de la casa.

Recuerda esta habitación. Denise venía mucho aquí. Eran amigas, muy distintas una de otra, unidas por una amistad improbable; Sandra, expulsada de la escuela superior y dos veces divorciada a los 23 años, y Denise con sus graduaciones y su equilibrio. Pero Denise la necesitaba. Lancaster siempre había pensado que Sandra le recordaba a Denise a personas que conocía en Kentucky, de donde ella era. También creía que fue Sandra, y no Bobby, quien había iniciado a Denise en el consumo de heroína.

Sandra lo mira duramente a los ojos y dice:

—¿Qué diablos estás haciendo en mi casa? No te quiero aquí.

—¿Qué ocurrió después de que me arrestaran?

—Tú la viste.

—En desintoxicación. Pero cuando me soltaron fui a casa y sus cosas habían desaparecido. Ella había desaparecido. *Tú* habías desaparecido. No logré encontrar a nadie.

—No pareció que te esforzaras mucho.

Lancaster se acerca al fregadero y mira por la ventana hacia el patio y las fachadas traseras de las casas de la manzana de enfrente.

—¿Se suponía que debía hacerlo? Imaginé que todos lo queríais de ese modo, que ella no quería verme más. De lo contrario, habría dejado una nota, por lo menos. Y luego pensé que tal vez fuera mejor así. El abogado me había dicho que estaba en Seattle.

—Ella le pagó para que dijera muchas cosas.

—¿Eso qué significa?

—Adrian.

Cuando la mira, Sandra tiene los ojos llenos de lágrimas. Se sienta y coge una servilleta de papel de encima de la mesa para secarse la cara

—También a mí me dejó, ¿sabes?, pero no es cierto que se fuera hacia el oeste. No fue a ningún lado. Murió aquí, Adrian. Estaba muerta incluso antes de que tú salieras, quizá una semana después de que te visitara por última vez.

Lancaster se inclina sobre el fregadero y siente náuseas. Siente arcadas en el estómago pero no ha comido nada en casi veinticuatro horas, de modo que no puede sacar nada. No es más que el reflejo del *shock*.

—Escapé, simplemente —dice Sandra—. No podía soportar quedarme aquí y tener que dar la cara. Acabé volviendo para el funeral. Está enterrada junto a los suyos. Hay un pequeño cementerio parroquial. Allí me encontré con su hermana.

Él se apoya en el fregadero e intenta recobrar el aliento.

—Nunca hablabla de su familia. Como si no existiera.

—Había muchas cosas que nunca supiste de ella, cosas que ella no quería que supieras. Incluso que había muerto.

—¿Por qué?

—No lo sé. Solía decir que a ella le bastaba con que la amaras. Te admiraba. Una vez me dijo que tu medicina era un sacrificio noble. Así lo llamó.

—Sacrificio.

—Que dedicaras tu vida y tus conocimientos a ayudar a los demás, de uno en uno. ¿Ves?, Adrian, no se parecía a nadie que yo conociera. Denise poseía una mente tan... me faltan palabras para describirlo.

Conceptual, piensa él.

—No es brillante —dice Sandra—. En este campus puedes encontrar montones de gente brillante. Cientos, supongo. Denise no era como ellos. Era un genio de carne y hueso. Me parece que no te dabas cuenta. Creo que eso fue lo que le causó tantos problemas.

—¿A qué te refieres con todo eso de sus problemas y de su muerte? ¿Qué diablos estaba ocurriendo?

—Exactamente no lo sé. Creo que no lo sabía nadie. Pero tenía que ver con el trabajo que llevaba a cabo aquí.

—¿En el campus?

Cuando vivían en Detroit, mientras él era médico residente, ella viajaba diariamente a Ann Arbor para trabajar en su doctorado. Ya tenía un doctorado en farmacia por el Estado de Ohio. Aquí estaba finalizando la investigación para una especie de graduación interdepartamental en farmacia y química orgánica, en un campo conocido como química médica, que versaba sobre el diseño de nuevas medicinas por medio de la alteración de moléculas existentes o la síntesis de otras nuevas. También en eso era buena, él lo sabía, aunque no hablara muy a menudo de su trabajo. Era muy buena. Había empezado a publicar con regularidad, y le había enseñado alguno de los ensayos en que había colaborado.

—No. Me hubiera enterado.

—No en el campus. Había otras cosas que se esforzó en impedir que supieras. Decía que tú eras el que trabajaba de verdad, y que no habría sido justo cargarte con otras responsabilidades.

—No tiene sentido.

—¿Tiene algún sentido que te enrollaras con ella? ¿Que hicieras lo que hiciste con ella aquí? Erais tan de cuidado como cualquiera. Un médico y una farmacéutica inyectando drogas de la calle en los brazos de la gente. No es muy difícil que alguien se crea completamente a salvo en tales manos, que crea que debe ser algo, no sólo válido, sino bueno.

—Nunca incitamos a nadie. Sólo ayudábamos a personas que lo necesitaban.

—Mira, *yo* estaba ahí, recuérdalo. Yo también me di caña. Conozco la sensación. Era una buena sensación. Tenías la sensación de que era correcto, Adrian, tener a un médico que te inyectara. Daba la sensación... de ser legal.

—Yo todavía no era médico. Y ellos, tú, lo habríais hecho de todos modos. Además, Sandra, tú ayudaste a convencerme, ¿recuerdas? Yo no lo iba a hacer, hasta que tú y ella me llevasteis en una gira excepcional por todos los pestilentes antros donde la gente se pincha en esta ciudad. Nuestro modo de hacerlo ofrecía mayor seguridad. Nadie iba a morir de sobredosis ni por culpa de una jeringuilla sucia. —Se detiene, turbado al oír aquella retórica en la que hace tiempo ha dejado de creer—. Ahora no puedo entenderlo. Pero en su momento le veíamos el aspecto positivo.

—Admito que hice mal. Por aquel entonces estaba bastante liada. Pero vosotros dos hubierais debido saber que eso no estaba bien. Manteníais el hábito de gente que tal vez lo hubiera dejado. Erais dos criminales pagados de vosotros mismos.

—Vale, pero lo dejamos. Eso fue años antes de que me arrestaran. Antes de que ella muriera. En Detroit todo eso terminó. Sólo nos lo hacíamos el uno al otro, y a algunos pocos amigos que necesitaban ayuda.

—Ella nunca lo dejó, Adrian. Es lo que estoy intentando

decirte. Tan solo te sacó a ti de la historia. Supongo que esto es lo que en realidad has venido a escuchar, ¿no es así?

—¿Qué?

—Que ella siguió trabajando con Bobby. Trajinaban grandes cantidades cuando vivíais en Detroit. Estuvo metida hasta el final. No venía aquí sólo para trabajar en un doctorado.

Lancaster no puede creerlo. Es imposible que siguiera traficando sin que él lo supiera. Cierra los ojos y se concentra en mantener la compostura.

—Estabais hasta las orejas.

Y sin embargo, se da cuenta de que no sólo era posible que ella continuara traficando subrepticiamente para Bobby, dado que todo tenía lugar en Ann Arbor, lejos de él, sino que, además, fuera capaz de hacerlo sin decírselo nunca. Poseía ese poder, la capacidad de retener muchas cosas en su interior, de guardarlas y vivir día a día como si no existieran. Ella proporcionaba la heroína que utilizaban en Detroit. Lo único que le dijo fue que la compraba a alguien de fiar. Si él tenía sus reservas al respecto, nunca las sacó a colación. No le gustaba que siguiera teniendo contactos con un traficante, pero sabía que necesitaban un suministro. Que el traficante fuera Bobby Karnowski no lo escandaliza. Pero que siguiera trabajando para él, sí. Lo que se pregunta es por qué lo habría hecho. Odiaba a Bobby y lo que Bobby hacía. ¿Por qué volver a trabajar con él? ¿Por qué arriesgarse de ese modo cuando estaba tan cerca de terminar su graduación?

Ícaro y Dédalo. A ellos se parecían, había dicho Denise la última vez que la vio, durante su segunda visita al hospital de Royal Oak. Habían volado demasiado cerca del sol, y ahora uno de ellos había caído en las aguas de la tristeza. Se refería a él, pero a ella le tocó de rebote. Ella era Ícaro. A ella se le derritieron las alas y murió. A él le tocó quedarse sufriendo.

—Entonces tengo que ver a Bobby —dice Lancaster.

—Él no quiere verte a ti.

—Quiero verlo. Y no quiero que sepa que estoy por aquí y decida que es una buena ocasión para abrirse unas cuantas semanas.

Sandra coge el teléfono, marca, y escucha.

—No está en casa.

—Me quedaré cerca. Quiero verlo. No hace falta que se lo digas. ¿De acuerdo?

—Vale.

—Sólo ponte en contacto con él. Entérate de sus movimientos.

—¿Qué le vas a hacer?

—Sólo charlar, Sandra, como tú y yo. ¿Tienes alguna vez noticias de Harpo Epstein? —Epstein era el abogado que Denise contrató para que los salvara.

—Supongo que sigue ejerciendo en Detroit. Oigo su nombre de vez en cuando. Le hacen mucha publicidad por su trabajo pro beneficiencia.

—Ya.

—Jesús, Adrian. Pensaba que lo habías dejado.

—Lo hice. Pero ahora he vuelto.

Esa noche, en un bulevar cerca de la Nacional 23, en la periferia este de Ann Arbor, en el cuarto trasero del *Piscadero's Lounge*, Lancaster está solo, sentado junto a una mesa situada en un rincón, cuidando de su whisky. Las personas que había conocido aquí hace tiempo que se han ido, pero el lugar es el mismo y el negocio también. No precisa más de veinte minutos para saber a quién necesita dirigirse.

El tipo parece joven, probablemente veintipocos años. Es delgado y musculoso y con pinta de saber de qué va la cosa, a pesar del fracaso de su proyecto de barba. Lancaster le hace señas. El tipo se desliza hasta allí y se sienta.

Sin prisas, Lancaster pone sobre la mesa su tarjeta de identidad del hospital y su permiso de conducir. Los polis no pueden falsificar su identidad.

—Chaval —dice—, que sea de buena calidad. Dos gramos.

El tipo se levanta y sale del bar.

Pocos minutos después entra un tipo diferente, más robusto, con unas rendijas hinchadas a modo de ojos, que mira a Lancaster y se va al váter. Cuando regresa, se sienta delante de él y dice:

—Hola, socio.

Lancaster desliza un billete de cien dólares debajo de una servilleta. El sujeto hace una bola con la servilleta y se la mete en el bolsillo.

—Segundo retrete —dice. Se levanta, y se va.

En el segundo retrete, detrás de la cisterna, hay una papelina de papel marrón. Contiene dos mini bolsitas de plástico, de las que cierran herméticamente, con heroína blanca, supuestamente de un gramo cada una, que probablemente no dan el peso.

Cuando Lancaster está por irse, ve que ninguno de los dos tipos se halla en el bar. Sabe que están en alguna parte vigilándolo. Cuando vean que se va, regresarán. Ahora es un extraño en la ciudad y ellos tienen que tomar sus precauciones.

22

Cuando el dolor reaparece, lo hace a partir de los pies. La puerta está entornada y le permite ver un reloj en el antiséptico pasillo iluminado: la una y pico de la madrugada, pero siguen escociéndole los pies como si los tuviera congelados. Recuerda la nieve, y recuerda haber estropeado un buen traje. Recuerda haber disparado el revólver. Pero no logra recordar qué pasó.

La habitación está a oscuras, a excepción de la luz verde de un monitor que cuelga por encima de la cama. No puede verlo, tan sólo oye su bip rítmico, y finalmente comprende que le está midiendo su propio ritmo cardíaco. Tiene la mano izquierda inmovilizada. Levanta la derecha para poder tocar los parches y cables que lleva pegados al pecho. Ahí nota también una venda, y al ejercer presión le duele. Se pregunta si le han pegado un tiro. Sin embargo, no hay tubos ni aparato de respiración asistida. Experimentalmente, prueba a respirar hondo, tose, y entonces el dolor lo sobrecoge, unas sacudidas agudas que le recorren el estómago, el pecho y ambos brazos. Gime.

Entra una enfermera.

—¿Detective?

La luz verde le permite ver su cara.

—¿Qué me ha ocurrido? —Su voz es apenas un susurro.

—El chaleco lo ha salvado, pero tiene tres costillas rotas y una contusión pulmonar. Para colmo, tomó una dosis bastante elevada de narcótico. Al parecer, lo inhaló al romperse una bolsa.

Fang.

—¿Siente dolor?

Brandon asiente.

—Voy a ver qué podemos hacer. Los médicos quieren asegurarse de que le han bajado los niveles en sangre antes de administrarle cualquier tipo de calmante. Los del laboratorio se llevaron muestras hace media hora. Pronto sabremos algo. Ahora descanse.

En realidad, no entiende gran cosa de lo que le dice. La enfermera ajusta algo en el monitor y se va, acompañada del rumor amortiguado que hacen sus zuecos mullidos al pisar el suelo.

Al cabo de un rato, se acuerda de Lancaster y del motel de Tecumseh. Recuerda habérselo callado, no haberlo dicho ni tan siquiera a Spinner. Se acuerda de Shirley, de una conversación en el Spike's, y después de eso la memoria le falla y salta al recuerdo de los momentos finales.

Yacía en la nieve, entre la maleza, mirando a través de las ramas de un árbol hacia el cielo negro moteado de estrellas. Le pareció que pasaban años. No sabía dónde estaba. Tenía frío y no podía respirar.

Cuando las luces de la moto de nieve y de la furgoneta desaparecieron, reinaron el silencio y la oscuridad. Pero luego, de repente, volvía a haber luz. Gritos. Chisporroteo de radios. Luces de colores que giraban sin cesar. Era bonito.

Pero esta vez el vértigo era demasiado fuerte. Se le entumeció la lengua. Se quedó sin aliento; se hundía en un mundo de aire, nieve y luz.

Recuerda haber levantado los ojos hacia el despejado cielo nocturno, las estrellas brillaban al principio. Pero al mirarlas empezaron a desvanecerse hasta que no fueron más que distantes puntos opacos de luz. Y entonces se apagaron completamente y volvió la oscuridad y la nieve fría en la que yacía se iba fundiendo alrededor de su cabeza.

Intenta recapitular empezando por el final, reconstruir exactamente lo que había pasado, pero ahora le duele tanto el pecho que cada vez le resulta más y más difícil respirar.

Cuando por fin llegan, una hora después, está bañado en sudor y acompaña con un gemido cada respiración.

—Diez miligramos —dice alguien.

Una enfermera le introduce una aguja en el muslo. Cuando empieza a presionar el émbolo, Brandon contempla el reloj del pasillo. No pasan ni diez minutos antes de que se duerma de nuevo.

Al volver a despertarse sigue estando oscuro. En el hospital reina el silencio. Repara en un crucifijo que no había visto antes en la pared de enfrente, cortesía del hospital para las habitaciones de sus pacientes católicos. Los ojos de Jesús, en su agonía, miran al cielo. «Soy católico —piensa Brandon—. Se lo debe haber dicho Susan.» Parece extraño. Han pasado muchos años desde la última vez que fue a misa. Lorraine y él llevaban cada semana a las niñas a la iglesia cuando eran pequeñas, pero al llegar a la adolescencia perdieron interés y Brandon no parecía tener el tiempo ni las ganas de seguir haciéndolo. Hace una década que no reza.

Pero ahora junta las manos sobre su dolorido pecho y cierra los ojos.

—«Cuida de mi familia —susurra—. No te preocupes por mí, pero gracias por la tregua. Sé que estuve muy cerca.»

Por la mañana se despierta y ve a su hija sentada junto a él.

—¿No le habrás dicho nada a tu madre? —Todavía hace esa clase de preguntas aunque, de todas maneras, no cree que Lorraine pueda entender gran cosa.

Susan se echa a llorar al verlo despierto y hablando.

—No, papá. Sabe que algo anda mal porque he llamado a una enfermera. Y tú no estás. Pero se encuentra bien.

Brandon vuelve a reclinar la cabeza en la almohada y cierra los ojos. Jadea; el catarro no le ha desaparecido con una simple bala.

—Tuviste suerte, papá.

Recuerda haberle dicho la misma estupidez a Lancaster hace uno o dos días.

—Sigue recordándomelo —le responde.

—Te he mentido —dice ella—. No he llamado a una enfermera.

—¿Dónde está?

Susan se tapa la boca con una mano.

—¿Qué has hecho con ella?

—Ya te dije que acaban de abrir un centro.

—¿La has llevado a la residencia? ¿No tengo yo que aprobarlo?

—Ese sitio se iba a llenar. Tú estabas en el hospital. Me dijeron que era un buen momento. Cuando te den de alta, si quieres sacarla, puedes hacerlo. Pero alguien tenía que cuidar ahora de ella.

—Sólo llevo aquí doce horas.

—La llevé esta mañana. Rick ha vuelto. Ya no puedo quedarme más.

Cosa extraña, no recibe la noticia con enojo.

—Escucha, pequeña —le dice—. Tengo mucho trabajo, así que puede que no la saque en seguida al salir de aquí. Pero cuando esto termine, ella vuelve a casa, que es su sitio.

—Eso es cosa tuya, papá.

—No lo olvides, Sue.

Después del almuerzo, aparecen Lou, Kline y Spinner. Brandon se hace el tonto, aunque a estas alturas recuerda muchas de las cosas que pasaron, al menos hasta el momento en que, a la luz de los faros de la furgoneta, Seth fue fulminado por un disparo. Todavía no recuerda haber recibido él mismo un impacto.

—¿Quién murió? —pregunta.

—Babcock —dice Lou—. Recibió una descarga de perdigones de los grandes justo bajo la caja torácica. Su madre enterrará a sus dos hijos en la misma rejodida semana.

—¿Cómo es que los perdigones me rompieron tres costillas?

—Lo tuyo era una bala —dice Spinner.

—El tipo no quería arriesgarse —dice Lou—. Pensó barrer con el primer par de cartuchos, y después apuntar con intención. Conozco cazadores que lo hacen así. ¿Cómo diablos fuiste a parar allí, Brandon?

—No lo recuerdo. Me dieron un chivatazo. Por teléfono quizá.

—¿Por qué fuiste solo?

—Pasaba en aquel momento. Te llamé a ti y a Kline,

después a Spinner. Todo iba demasiado deprisa. —Brandon mira a Kline—. ¿Quién estaba siguiendo a Babcock?

—Yo tenía a dos hombres detrás de él.

—¿Los mismos retrasados mentales que perdieron a Lancaster?

—Les tendieron una trampa. Un segundo coche los bloqueó. Babcock te estaba tomando el pelo desde el principio. Había tomado sus medidas. Le ayudaron a que perdiéramos la pista.

—Peor para él. —Pero Brandon sabe la verdad. No nos quería despistar a «nosotros», sino a los federales. Quería a Brandon a solas. Fue a él a quien le hizo llegar el mensaje.

—Y a mí me llamaron desde Detroit para que asistiera a una reunión. Lo siento.

—No sé lo que haríamos por aquí sin vuestra experiencia.

—Mira, Brandon, sé que estás malherido. No acostumbro a meterme con alguien cuando está ingresado en un hospital pero estoy un poco harto de tu actitud.

—Y yo estoy un poco harto de tus putadas. Estoy un poco harto de interceptar cartuchazos con el Kevlar.

—No debieras haberte inmiscuido.

—¿No? ¿Hubiera debido quedarme sentado metiéndome el pulgar en el culo como haces tú?

—Hijo de...

—Basta —dice Lou apretando los dientes.

Pero Brandon vuelve a caer postrado en la cama, jadeando y con dolor en el pecho. Entonces se dispara algún monitor, un zumbido agudo que hace que vengan las enfermeras corriendo y que termine la reunión.

Cuando se calma un poco, una de las enfermeras trae una jeringa y le vuelve a frotar el muslo. Él contempla como le clava la aguja y le inyecta un líquido incoloro. Se recuesta y cierra los ojos. Se relaja. Su respiración se normaliza. El dolor desaparece.

Antes de dormirse, Brandon experimenta la sensación que le proporciona el narcótico. Ésa era la sensación, piensa, la cáscara protectora que Lancaster tanto necesitaba. Si se deja ir un poco, casi puede comprender la lógica del asunto. Es mejor que el alcohol; el alcohol es pesado y enervante. Pero esto es pura seducción. Es como una amante.

Después, vuelve a dormirse.

Al atardecer emerge de su duermevela y encuentra junto a la cama a una mujer desconocida que lo contempla por encima de sus gafas.

—He oído por la radio que te habían herido. ¿Sabes que te has convertido en noticia en todo el Estado? —Su voz, pausada, grave y profunda, le resulta familiar—. Este caso ha trascendido y te está haciendo famoso, Frank.

Quizá sea una periodista. No ha tenido demasiado en cuenta la faceta de las relaciones públicas, lo único que ha entendido es que Lou está siendo muy presionado por el fiscal y el alcalde para que encubra las cosas.

—Y los primeros informes eran extremadamente vagos. No sabían si estabas muerto o no..

—Eres Ellen Byers —dice él.

Ella esboza una media sonrisa y se gana la simpatía de Brandon. Está sorprendido, sin embargo. Se la imaginaba más dura, tal vez algo pesada a juzgar por su voz, una especie de matrona fuerte y vigorosa. Pero Ellen Byers, de unos cuarenta o cuarenta y cinco años de edad, es cualquier cosa menos una matrona o una mujer excesivamente dominante. Parece suave, de hecho, incluso amable. Tiene una cara atractiva y sorprendentemente expresiva. Parece que las emociones pasen por su rostro, especialmente por sus ojos, y se anuncien a medida que van viniendo. Lleva el cabello, de un castaño veteado, liso y nítidamente cortado a la altura de la línea de la mandíbula. Se aproxima más a la imagen que Brandon tiene de una profesora de escuela primaria, especialmente por su modo de mirar por encima de las gafas con ojos de miope, que a la de un detective de narcóticos de la ciudad de los motores.

—Eres la primera chapa femenina con la que me encuentro.

—Qué pena. Pero el mundo está cambiando muy rápido. Pronto estaremos en todas partes.

Él se ríe y en seguida hace una mueca.

—No tenías por qué hacer un viaje tan largo para venir a saludarme.

—Quería conocerte. Además, tenemos algo que hacer.

—Con una condición —dice él—. Tú y yo, todo lo que digamos queda entre nosotros. Punto. En este momento no están tus superiores. Los míos tampoco. Ni la DEA, ni nadie. De lo contrario, ya puedes coger el coche y volver a casa ahora mismo.

—¿Qué es lo que te preocupa?

—Muchas cosas. Si hacemos el trato, siéntate.

Le cuenta todo lo que sabe. Quizá sea la debilidad a causa de las heridas o las drogas. Quizá se deba tan sólo a la soledad de no tener a nadie con quien compartir sus experiencias, de no poder confiar ni tan siquiera en sus compañeros policías. Pero una vez que empieza, ya no puede guardarse nada.

—Le Seure debe haber venido aquí para sacar a su jodido cuñado de otro lío —termina diciendo—. Sólo que llegó demasiado tarde.

—Quizá —responde ella—. Probablemente. Pero he estado fisgoneando por mi cuenta desde que me llegó esa huella. Creo que tengo algo que te puede interesar. Pero primero necesitas que te ponga en antecedentes. Le Seure trabajó para la DEA desde el 66 hasta el 84, cuando fue elegido Jovanovich. Había trabajado como asesor de su campaña durante los dieciocho meses anteriores a la elección.

—¿Qué calificaciones...? —empieza Brandon, pero ella levanta una mano para interrumpirlo y de nuevo inclina la cabeza para mirarlo por encima de las gafas.

—Escúchame primero. Jovanovich sabía que uno de los puntos principales de su programa sería una enérgica actitud en contra de las drogas. Presumiblemente, Le Seure fue elegido para organizar este tema. Y de hecho, su primer puesto después de las elecciones del 84 fue como jefe de las fuerzas especiales antidroga que el gobernador había creado.

—¿Cómo llegó desde esa posición a jefe de personal?

—No lo sé. ¿Quieres escucharme? Jovanovich tuvo que superar el gran obstáculo que representaba ser un independiente. Necesitaba apartarse con claridad tanto de la facción conservadora como de la liberal. ¿Me sigues?

Brandon asiente. Se había encontrado mejor, pero ahora se está agotando el efecto de algo, ya que vuelve a dolerle el pecho; cada vez que respira le duele más.

—Se hizo fuerte fuera del área de Detroit —dice Ellen—. Entre los conservadores. Para empezar, el candidato republicano de esas elecciones era flojo. El demócrata, el vicegobernador Charles Johnson, tenía más fuerza, pero su base era demasiado amplia, estaba desperdigada, en vez de estar muy concentrada en el engranaje político de Detroit. Jovanovich vio la brecha y apostó fuerte por la ciudad. Reclutó a demócratas poderosos y carismáticos, uno de los cuales era Le Seure. Los otros eran prebostes del movimiento obrero, politiqueros, líderes sindicales, esa clase de gente.

—Se arriesgaron mucho apoyando a un independiente.

—Y ganaron por mucho. ¿Te encuentras bien?

Hace un gesto de asentimiento y dice:

—Pásame esa toalla.

Ella la coge, la dobla y le seca el sudor de la frente.

—Quizá debería llamar a alguien.

—Cuéntame el resto —dice él.

—Conocí a un periodista del *Free Press* especializado en temas políticos que había trabajado mucho en esa campaña. Le seguí el rastro y le dije que estaba interesada en James Le Seure. Me respondió que nunca había publicado nada, pero que había escrito algunos artículos que los editores habían congelado. Me los envió por fax.

Le pasa a Brandon el mecanografiado de un artículo no publicado, con fecha de junio de 1983. Él lee el principio, que describe el historial de Le Seure en las campañas antidroga y cómo Jovanovich lo había reclutado para la campaña gubernamental. Pero Brandon no consigue concentrarse. Deja la hoja sobre la cama y dice:

—Cuéntamelo tú.

—El padre y el tío de Le Seure se dedicaban a los bienes raíces y tenían contactos. Subvenciones gubernamentales, reducción de impuestos, todo ese cotarro. Amasaron una fortuna con los terrenos urbanizables después del éxodo al extrarradio de finales de los 60. Más tarde, en el 75, fueron procesados por violación del código de la construcción, evasión de impuestos, crimen organizado.

—¿Crimen organizado?

—Habían estado trabajando con otro constructor que también les suministraba materiales. Materiales baratos de baja calidad por los que pagaron mucho dinero. Dinero del gobierno. ¿Te das cuenta?

—Ya, ¿y qué? Estaban jugando al juego de las comisiones ilegales.

—Ajá, y ese suministrador también les conseguía la mayor parte de las obras, sin licitación pública y demás. ¿Sabes quién era ese suministrador?

—Dime. —Las punzadas en el pecho le obligan a cerrar los ojos. Necesita una inyección y aprieta el botón para avisar a la enfermera.

—Louie Papalanos.

Brandon abre los ojos y la mira.

—¿Le Seure conocía a Papalanos?

—Tenía que conocerlo si su padre era uno de los socios de Fat Louie.

—Santo Cielo. ¿Puedes llamar a una enfermera?

Brandon aprieta el botón una y otra vez hasta que una de las enfermeras de noche asoma la cabeza y dice:

—¿Algún problema? ¿Le ha dado un espasmo en el dedo?

—Le duele mucho —dice Ellen.

—Dígale que sólo tiene que apretar el botón una vez, querida. Ya vendremos.

—Muy bien, querida —replica Ellen—. ¿Puede hacer algo por él?

La enfermera comprueba la hora y dice:

—Sí. Se ajusta al horario.

Un minuto más tarde, está de vuelta con la inyección y, poco después, Brandon queda sumido en el sueño contemplando la cara de Ellen.

Sigue allí cuando vuelve a despertarse. Afuera ahora es de noche. No le duele tanto el pecho pero tiene la cabeza embotada.

—Deberías irte a casa —le dice.

—Lo haré. Quiero acabar esto. ¿Puedes hablar ahora?

—Sí. ¿Dónde estábamos?

—Creemos que Le Seure conocía a Papalanos. También sabemos que Papalanos distribuía Fang, aunque nunca se demostró.

—¿Cómo lo sabes?

—Por un informador. A finales del 84, cuando la DEA empezó de verdad a meterse con esa droga, un tipo terminó por hablar, un jefe de distrito. Había ido a comprarle algo a su suministrador, que en ese momento estaba borracho. Éste empezó a largar y le dijo que el Fang provenía de Fat Louie Papalanos y sus hijos. Ni tan siquiera lo cortaban, sólo subían el precio y lo pasaban, de modo que el vendedor tenía que arreglar mucho la mercancía. En esa compra, nuestro informador incluso consiguió hablar con el que transportaba la droga, que era un griego. Dijo que nunca había hablado con un griego. ¿Me sigues?

—Estoy bien. Continúa.

—Ya ves, tiene sentido porque Papalanos estaba metido en graves problemas financieros. Estaba al borde de la bancarrota. El Fang apareció por primera vez en la calle en abril del 83. Me acuerdo porque fue el mes del gran tornado Easter. La casa de mi madre quedó destruida. Yo andaba de cabeza, intentando obtener las tasaciones del seguro por una parte y, por la otra, rastreando muestras de esa nueva basura de la que empezábamos a oír hablar. Sólo llevaba seis meses en estupefacientes. Fuera lo que fuese, a finales de verano, unos cuatro meses después, a Papalanos se le habían acabado los problemas. Se cobraron préstamos importantes, empezaron nuevas urbanizaciones; incluso renovó la mayor parte de su flota de camiones.

—De acuerdo —dice Brandon—. Pongamos que tienes razón, que Papalanos distribuía la droga al por mayor. Y pongamos que vuelves a tener razón, que Le Seure lo había conocido a través de su padre. ¿Y qué?

—Ahora, años después, se cargan aquí al cuñado de Le Seure, que llevaba encima el mismo material. Una droga que nunca ha vuelto a reaparecer en ningún sitio, *jamás*, Brandon. Y resulta que Papalanos era un viejo compinche de la familia Le Seure. ¿Coincidencia?

—¿Estás acusando también a Le Seure de traficar? ¿Un jefe de la DEA?

Ella se encoge de hombros.

—No. Sólo estoy diciendo que es mucha coincidencia y resulta difícil de tragar. A Le Seure y Papalanos les unían viejos vínculos. Y ahora el cuñado de Le Seure aparece con esa droga de la cual Papalanos tenía la exclusiva. Y el propio Le Seure deja una huella en la escena de un asesinato perpetrado esa misma noche por su cuñado. Lo que estoy diciendo es que hay muchas conexiones que me preocupan. Y vale la pena hurgar un poco más. ¿Cuándo te reincorporas?

—Mañana. Voy a pedir el alta.

—¿Con este dolor que tienes, Brandon?

—A tomar por el saco. Que me den pastillas. No estoy dispuesto a pasarme otro día en cama. Puede ser que esté un poco colocado pero quiero salir de aquí.

—Iba a sugerir que te vinieras a pasar un día o dos a casa.

—Es posible. Esto queda entre tú y yo, tal como hemos acordado, ¿vale?

—Tienes que confiar en alguien. —Le oprime la mano—. Y descansa.

—Oye, ¿me puedes pasar un paquete de Camel antes de irte?

Ella se ríe y le da una palmadita en la calva.

—Eres un chico malo —dice—. Pero simpático. Te llamaré mañana.

Viernes

23

Lancaster encuentra con relativa facilidad el número del gabinete de abogados Greene, Epstein, Sawyer y Simpkins, pero cuando llama le dicen que Harpo Epstein estará todo el día en el juzgado y ya no volverá a la oficina.

Así que marca el número de información. A partir de una lista que hizo de los barrios más residenciales —Grosse Ile, St. Clair Shores, Rochester Hills, Troy, Birmingham, Farmington Hills— encuentra cuatro números de cuatro H. Epstein. Acierta al tercer intento, un número de Bloomfield Village, una pequeña comunidad para gente acomodada justo al oeste de Birmingham, bastante al noroeste de la ciudad.

—Harpo está en la oficina —dice la mujer—. ¿Quién es usted, un vendedor?

El edificio en el que vivía cuando conoció a Denise y Bobby sigue en Nixon Road, al norte del Centro Médico en el cuadrante noreste de la ciudad, esa zona separada por el río Huron. Sigue pareciendo una ratonera desvencijada utilizada como vivienda para estudiantes, justamente lo que es, sólo que está en mejores condiciones que cuando él vivía allí. Para empezar, ha sido revestido de aluminio; se acabó ese perpetuo desconchamiento de la pintura que dejaba al descubierto la madera deteriorada. En el exterior de las ventanas se han colocado unas persianas negras. Pero siguen sin limpiar el camino de nieve y el aparcamiento está lleno de coches desvencijados. El guardapuertas de la entrada principal sigue colgado al bies, en la misma posición que cuando él se fue, ocho años y medio atrás. Extraño.

Lancaster aparca al otro lado de la calle y observa la llegada de un grupo de estudiantes que entran uno tras otro en el edificio.

Cuando Denise cruzó el vestíbulo aquella última vez, tenía algo más que unos cortes y una nariz sangrante. Bobby le había roto el tabique nasal y la clavícula derecha. Tenía la mandíbula tan lacerada que, mientras la limpiaba, Lancaster le veía el hueso. Lo primero que le dijo fue que jamás volvería a poner los pies en el apartamento de Bobby; lo segundo, que tampoco estaba dispuesta a ir a Urgencias.

Comenzó por suturarle la mandíbula. Para la nariz utilizó como anestésico local una suspensión de cocaína líquida y, allí mismo, en el sofá de su sala de estar, le recompuso lo que le había roto. Recuerda vívidamente que ella ni se inmutó cuando el, con un golpe seco, volvió a poner hueso y cartílago nasales en su lugar. Tenía los ojos inertes. Nunca había visto a nadie que no reaccionara a ese procedimiento, y su experiencia comprendía no pocos casos, porque si bien todavía era un estudiante, frecuentaba la sala de Urgencias siempre que podía. Más adelante pensó que quizá lo hubiera podido hacer sin anestesia de ninguna clase, que era insensible a todo porque ya estaba narcotizada. En aquel momento se había preguntado si no sentir el dolor era pura voluntad por parte suya.

La clavícula precisó de una venda Ace del número ocho mientras se soldaba. Al día siguiente se las arreglaría para realizar una sesión clandestina de rayos X y asegurarse de que no necesitaba que la tocara. Le puso hielo en la cara, la tendió en el sofa, y le dijo que durmiera. Entonces apagó las luces y se fue a la cama, sin creerse de verdad su solemne promesa, sin ni siquiera creerse que seguiría estando allí cuando él se despertara.

Pero cuando salió de la habitación por la mañana ella estaba sentada en la mesa de la cocina, ojos morados, cara hinchada y todo lo demás, escribiendo en una libreta. Encima del hornillo había un cacharro lleno de café recién hecho, y un cigarrillo se consumía en el cenicero.

—¿Cómo te encuentras?

—Bien —dijo—. Estás fuera de circulación por lo que a hoy se refiere. Nos vamos de aquí.

—¿Ah, sí?

—En un mes terminas en la universidad. Bobby cambia

de casa esta semana. Encontraré un sitio para nosotros en la ciudad, haré el trayecto de ida y vuelta cada día.

—Nosotros. ¿Tú y Bobby?

—Nosotros, tú y yo, y no quiero volver a oír su nombre.

—De acuerdo. ¿Va a ser algo platónico o vamos a vivir juntos de Vivir Juntos con mayúsculas?

—¿Es preciso que lo preguntes?

—Yo sé lo que siento. La pregunta es si tú de algún modo estás enamorada de mí.

—¿Quieres que lo esté?

—Sería bueno si vamos a intentar una cosa así. No quiero que terminemos dentro de unos meses citándonos con otras personas y actuando como malditos hermanos. No lo necesito. No quiero que me hagas lo que le hiciste a Bobby.

—No sabes cómo era nuestra relación. No tienes ni idea, así que no pretendas juzgarla.

—Erais amantes.

—¿Qué diferencia hay?

—Quizá ninguna. ¿Es eso lo que me estás diciendo? Tenía algo que tú necesitabas, y le diste algo a cambio. ¿Es así?

—Eso es cruel.

—No quiero ser el próximo, Denise.

Ella se quedó fumando y pensando unos momentos, y después dijo:

—Adrian, ¿crees que en la vida son pocas las personas de las que te puedes enamorar?

Él no lo sabía.

—Yo creo que el amor es algo que hay que hacer crecer, como una planta —dijo Denise—. Puede empezar en cualquier lugar, pero después tiene que ser cultivado, no importa de quién se trate. ¿Sabes qué es lo que hace que la gente siga amándose? ¿Sabes por qué están cada vez más enamorados?

—Dímelo.

—Por el deseo de estar enamorados. Si quieres enamorarte, entonces te enamorarás. Si quieres seguir estando enamorado, seguirás estándolo.

—¿Insinúas que uno puede forzarse a sí mismo?

—Justamente lo contrario. Te quiero o no estaría durmiendo contigo. No estaría aquí ahora. No me hubieran golpeado ayer por la noche.

—¿Te pegó por culpa mía?

—Olvídalo —dice ella.

—No. Quiero saberlo. ¿Te pegó porque habíamos empezado a vernos?

—No es tan sencillo. Me pegó por muchas razones, algunas tienen que ver contigo y otras no. No son celos de tipo corriente. No es de ésos. Y ya no importa. Ahora te quiero. Te quiero como nunca he querido a nadie, y mucho menos a Bobby. Nunca he deseado amarlo; siempre había deseado que no nos hubiéramos conocido. Pero me he arriesgado mucho por esto, por ti. Y sólo digo que a medida que pase el tiempo me enamoraré más de ti porque así lo deseo, deseo permanecer enamorada de ti. Y tú te enamorarás más de mí. Si verdaderamente es eso lo que queremos.

No estaba seguro de si aquello era lo más duro o lo más sincero que jamás había oído decir, pero se lo creyó.

Y resultó ser verdad.

A primera hora de la tarde consigue hablar con Sandra por teléfono.

—No sé —dice ella—. He estado llamando desde que te fuiste ayer. No contesta. Pero Bobby nunca se va muy lejos, y nunca se queda fuera toda la noche. Tiene demasiadas paranoias sobre que pueda sucederle algo. No sé qué es lo que está ocurriendo.

—Ahora voy para allá. Me llevarás a su casa.

—Te acabo de decir que no está.

—Has dicho que no contesta. Llegaré en un cuarto de hora.

Lo lleva en coche a una urbanización de apartamentos nuevos que no conocía, toda una comunidad de edificios idénticos, grises y de dos plantas, con apartamentos tipo motel que dan directamente al exterior en vez de a un vestíbulo central. Todas las puertas son rojas.

Aparcan en la parte de atrás y, a través de una verja negra que no está cerrada, acceden a un patio vacío excepción hecha de una piscina, que en invierno permanece cubierta con una lona azul plastificada.

La sigue por el tramo de escaleras y media galería del segundo piso hasta que se detiene frente al apartamento 242.

Sandra llama pero no obtiene respuesta.

—¿Dónde está? —dice Lancaster.

—En cualquier sitio. No lo sé. Eh, mira eso. Con este frío.

La ventana que queda a la derecha de la puerta está abierta de par en par. Lancaster ver el interior. Una persiana veneciana se lo impide, pero le llega un olor que le provoca una sensación extraña.

—Intenta abrir la puerta —dice Lancaster.

—¿Por qué?

—Inténtalo.

—¿Por qué?

—Lo esperaremos.

—Oh, Dios. Estás loco.

La aparta hacia un lado y él mismo intenta accionar el tirador. La puerta se abre. Y Adrian Lancaster sabe lo que se va a encontrar.

—Espera aquí fuera —dice.

Sandra retrocede hacia la barandilla metálica. Él abre la puerta de un empujón, da un paso hacia adelante, vuelve a desandar ese paso hacia atrás, y cierra la puerta.

—Vámonos.

—¿Qué hay dentro?

—Vamos. —Le tira del brazo con la intención de arrastrarla hacia la escalera.

—¿Qué? —dice ella, soltándose y echando a correr hacia el apartamento. Su grito viaja nítidamente por el aire glacial de enero, por toda la galería, de modo que todo el mundo puede oírlo. Al segundo grito, más fuerte que el anterior, Lancaster entra detrás de ella y cierra la puerta para amortiguar el sonido.

Y entonces se quedan los tres a solas: Lancaster, Sandra y el cuerpo hinchado y en estado de putrefacción de Bobby Karnowski. La garganta segada de Bobby les sonríe, mostrando los cartílagos blancos de la tráquea. Su camisa y el trozo de suelo que rodea su cabeza están cubiertos de sangre ennegrecida y apelmazada. Tiene una pierna doblada por la rodilla hacia un lado.

A pesar del hedor nauseabundo, Lancaster se agacha

junto al cuerpo y la gran mancha de sangre de aspecto pegajoso que tiene debajo. Las manos y los dedos muestran profundas cuchilladas, prueba evidente de autodefensa frente a un ataque con arma blanca. Ahora se percata de otras heridas: una raja en la mejilla izquierda, tan profunda que se pueden ver los molares; heridas muy penetrantes en el pecho y abdomen; y marcas de cortes cruzando la garganta por encima y por debajo del corte principal.

Las manchas de sangre sobre paredes y muebles ya se han secado.

—Fue una auténtica batalla —dice, y entonces se da cuenta de algo más. Sobre el vientre desnudo de Bobby hay un sobrecito de polvo marrón claro.

Sandra está acurrucada en posición fetal en la esquina junto a la puerta, gimoteando. Lancaster consigue levantarla.

—En silencio —le dice, tapándole los labios con los dedos—. Nos vamos, sin más.

—¿Y Bobby, qué?

—A Bobby ya no le importa un carajo. Ahora vámonos.

Fuera, la galería sigue desierta. Lancaster limpia el pomo de la puerta, después hace bajar a Sandra por la escalera, cruzan la verja, y regresan al coche. Ella solloza en silencio. Él encuentra sus llaves, arranca y se van.

Al cabo de un rato, Sandra dice:

—¿Vas a denunciarlo?

—Ni hablar.

—¿Por qué no?

—Si quieres ver tu nombre mezclado en este fregado, entonces llama tú.

—No —dice ella.

—Alguien lo encontrará. Tú actúa como si esto jamás hubiera ocurrido. Y si alguien te dice algo, ni me nombres. Por nuestro propio bien.

—Si yo estuviera en tu piel, Adrian, desaparecería. Me iría corriendo, tan rápido y tan lejos como me fuera posible. El país es grande —le dice Sandra cuando ya están casi llegando a su casa.

—No puedo hacerlo. Tengo una vida.

—A eso me refiero.

—Gracias por tu ayuda. Siento haberte metido en esto.

—Hazme un favor. A partir de ahora, no vengas más. Dejemos que nos basten nuestros afectuosos recuerdos.

A las cinco de la tarde vuelve a intentar hablar con el abogado. Esta vez contesta una chica joven, y le dice que se espere un minuto.

Escucha el ruido de fondo, la llamada de esa voz débil «¡Papá, al teléfono!» Y después una voz familiar que en su momento significó nada menos que la salvación, la voz que había dicho «Nos hemos ocupado de todo. Todavía tienes una carrera por delante, y en cuestión de meses te habrás librado de todo esto», ahora dice simplemente:

—¿Sí?

Lancaster encuentra su propia voz.

—Harpo, soy Adrian Lancaster.

Al otro extremo de la línea hay una pausa, una garganta que carraspea, y después:

—Te he estado esperando.

—¿Sabes lo que está ocurriendo?

—No.

Las palabras salen precipitadamente. El asesinato de Straw, el tinglado de los Babcock, las papelas de fentanil, las batallitas de las persecuciones y las pistolas y ahora Bobby Karnowski, muerto...

—Adrian, cálmate.

—¿No sabes nada de todo esto?

—No.

—Has dicho que me estabas esperando.

—Hace años. Ella dijo que algún día volverías, ya fuera porque necesitaras ayuda o simplemente por ganas de saber lo ocurrido. Me dijo que, cuando llegara ese momento, te ayudara.

Lancaster derrama un poco de heroína sobre la mesa, luego la arrastra hacia adelante y hacia atrás con una tarjeta de crédito, hasta formar una raya bien delimitada.

—¿Cómo podía ella saberlo?

—Entonces me dio un anticipo de diez mil dólares, para hacer por ti cualquier cosa que necesitaras. Tenemos mucho de que hablar. ¿Estás a salvo?

—Voy de clandestino, Harpo. Me alojo en un hotel de

Ann Arbor bajo un alias. Sé que hay un APB. Hace dos días, allí, di esquinazo a unos que me pisaban los talones.

—Ven a mi oficina mañana por la mañana. Durante el fin de semana será un lugar tranquilo. Tengo algo para ti.

—¿De parte de ella?

—Algo que ella te dejó.

—¿Por qué no me lo diste en su momento?

—Era parte del trato, Adrian. Sus instrucciones eran no decirte nada hasta que no hubiera pasado un año. Entonces, siempre y cuando volvieras, tenía que dártelo.

—Podías haberme llamado.

—No podía.

—Harpo, pensaba que se había ido a vivir al oeste y que más adelante había muerto de hepatitis. Pero una vieja amiga suya me ha dicho que murió antes de que yo saliera de rehabilitación.

—El trato, Adrian. Todo forma parte del trato que ella estructuró. Te explicaré lo que pueda.

—¿Murió en seguida?

Una pausa. Después:

—Mañana hablaremos de todo ello. Sigue escondido hasta que podamos hablar. No veas a nadie.

Lancaster se inclina hacia delante y utiliza un trozo de una pajita del McDonalds para esnifar el polvo.

—¿Adrian?

—Sí. De acuerdo.

—¿Mañana por la mañana? ¿Digamos que a las nueve?

—De acuerdo.

—Nos veremos entonces. Quédate tranquilo.

Lancaster se tiende sobre la cama sin hacer y, por primera vez desde que empezó la pesadilla, hace casi una semana, se pone a llorar.

Más tarde, esa misma noche, yace a oscuras en la cama del motel. Recuerda una noche en Detroit durante el primer otoño después de que se mudasen de vivienda. El apartamento no tenía ducha, sólo había una bañera pasada de moda que se asentaba sobre cuatro pies en forma de garra. Él siempre había odiado los baños, de modo que iba todo lo deprisa que podía. Pero esa noche Denise llenó la bañera con agua caliente y espuma para que se metieran los dos. Así era distinto, apenas si cabían. Ella estaba entre sus piernas, con la espalda contra su torso, y se quedaron así mucho rato. Deseaba hacer el amor allí mismo, en el agua caliente y jabonosa, pero ella no se lo permitía. Finalmente, Denise le dijo que se fuera corriendo a la cama, sin enjuagarse ni secarse.

—¡Venga! —dijo ella.

Salió corriendo. Esa noche hacía mucho frío, y al meterse entre las sábanas estaba mojado y helado, luego se dio la vuelta hacia la puerta. En seguida apareció ella, chorreando agua, con el cuerpo brillante de jabón, los pechos rebosantes y aquel triángulo de pelo enmarañado y mojado.

La ve así, a media carrera, riéndose, con el cuerpo brillando eternamente tal como había brillado aquella noche. En el momento real ella siguió avanzando hacia él, entró mojada en la cama y enroscó su cuerpo alrededor del suyo, calentándolos a los dos. Pero ahora, en su imaginación, en el ensueño de su memoria, permanece congelada, suspendida en su trayectoria hacia la cama, dando ilusión de movimiento, pero sin llegar jamás.

24

La prensa se ha instalado en Morgantown; no sólo con periodistas de Toledo y Detroit, sino también con los de las agencias AP y UPI, y de uno de los periódicos de Chicago. Se rumorea que el caso, que primero fue presentado como un posible crimen en serie, es en realidad un ajuste de cuentas en el mundo de las drogas, con lo cual ha empezado a generar atención de ámbito nacional. Y eso no agrada a ninguno de los implicados.

En Morgantown, el titular del vespertino del jueves cubre toda la parte superior de la primera página: POLICÍA CON 27 AÑOS DE SERVICIO TIROTEADO EN AJUSTE DE CUENTAS POR DROGAS, *Sobrevive a una bala y a una sobredosis accidental.*

Ken Barnes está en la oficina de Lou Adamski, gritando, indudablemente porque algún político le ha gritado antes a él. La discusión se centra en transferir todo el caso y toda autoridad a la DEA. Eso es lo que quiere Barnes. Pero la decisión final se ha dejado en manos del jefe.

Entonces se abre la puerta y entra Brandon arrastrando los pies, ponderando con una atención extrema su respiración y sus pasos. Como si quisiera demostrar que sigue estando en la brecha, va vestido con una de sus más estrafalarias combinaciones: corbata de seda negra decorada con el dibujo de una chica bailando, chaqueta a cuadros blancos y negros, camisa de franela roja y pantalones color canela.

—¿Quién ha empezado esta cabronada sin mí? —dice, fulminando con la mirada primero a Lou, después a Barnes.

—¿Qué diablos...? —dice Lou.

—No empieces —dice Brandon—. Que me aspen si voy a quedarme en cama durante la próxima semana.

Acto seguido pierde el aliento con un gran estremecimiento y se dobla sobre sí mismo. Barnes se pone en pie de un salto y lo ayuda a acomodarse en una silla.

Cuando Brandon se ha sentado, Lou mira a Barnes y asiente.

—Estoy fuera del caso —dice Brandon.

Él y Spinner se encuentran en un reservado de la parte trasera del Shu Fong Yu en South Main. Spinner se está comiendo un descomunal almuerzo a base de buey a la naranja y empanadillas de cebolleta, pero Brandon hoy sólo puede con una sopa. Desde el tiroteo, su estómago apenas si ha sido capaz de digerir alimento sólido. Siente un continuo dolor en el pecho, que se le ha extendido a toda la espalda.

—Lo cual no quiere decir que no me venga bien el descanso.

—Ah, todavía tienes la sartén por el mango —dice Spinner—. Déjalos que se asocien.

—¿Han encontrado algo?

—Desde luego. Han seguido la pista de la motonieve desde donde te dispararon. Alguien la había cargado en un camión a un kilómetro y medio de allí. Incluso han determinado que se trataba de una Yamaha 300 modelo Enticer, fabricada entre los años 1982 y 1986. No sé qué haríamos sin ellos.

Brandon se ríe.

—Y tú, ¿qué me cuentas?

—Vuelvo a estar con los apartamentos, el Hotel Washington. Hemos llevado a cabo algunas entrevistas y hemos registrado los archivos. De las treinta y dos habitaciones que tiene el edificio, veinticuatro están alquiladas. Conseguimos la lista de inquilinos y empezamos a preguntar, procediendo por eliminación. Para empezar, dos son mujeres, ambas mayores, una de cuarenta y cinco y la otra de cincuenta y dos. Nos quedan veintidós nombres. Vale, ya sé que nada de eso es muy científico, de acuerdo, pero esto fue lo que hice: averiguar quiénes eran los inquilinos más recientes de la lista, pensando que alguien que utilizara el lugar como base para estos crímenes no debía llevar mucho tiempo viviendo allí.

—De acuerdo.

—Hay siete tipos que llevan allí menos de dos meses. Los hemos encontrado a todos. Ninguno encaja con la descripción de Holt. Ninguno reconoció el retrato robot. A propósito, ayer los federales nos enviaron esto.

Saca de su chaqueta una copia en color y aparece sobre la mesa un rostro que mira hacia arriba: sombrero naranja, barba negra, ojos entrecerrados detrás de unas gafas redondas, pómulos marcados, dientes frontales ligeramente protuberantes. Arnie Holt.

—Tres personas del Red's recuerdan haberlo visto, y no es que sea fácil olvidarse de alguien con esta pinta.

—Parece una rata —dice Brandon.

—Sí. Bueno, así que quizá el hotel sea una pista falsa. Yo quería hacer una ronda con el boceto para mostrarlo a todos los vecinos, y también a los de las oficinas, a todo el personal, pero Lou dijo que Holt podría asustarse y poner pies en polvorosa si corría la voz de que su cara circulaba por ahí de mano en mano.

—Lou tenía razón. Pero ahora no tenemos otra alternativa. Así que hazlo. No se lo digas y ya está. —Brandon deja la cuchara, apoya la espalda en la pared del reservado, y se frota la zona dolorida y ardiente a la altura del pulmón derecho.

—Las huellas de la pistola del 25 que encontramos en el coche de alquiler accidentado no son de Lancaster. Jimmy cree que pertenecen a una mujer —dice Spinner.

Brandon enciende un cigarrillo que chupa sin inhalar.

—Tengo algo para ti —dice—. Ya sabes que estaba decidido a ir a por Lancaster. Pero cuantas más cosas veo, más pienso que a él también le están dando por el saco.

—¿Incluso con la cristalería que encontramos y el accidente de coche?

—No preguntes. Tú confía en mí. Sé lo que ocurrió esa noche.

—Joder, Brandon. Nos llevas mucha ventaja en este asunto, ¿no?

—Se ha convertido en algo un poco personal. De todos modos, en el hospital he tenido tiempo para pensar y he sacado alguna conclusión. Quienquiera que esté haciendo esto tiene información sobre Lancaster, dónde trabaja, dónde estará a ciertas horas. Alguien tiene línea directa.

—¿En el hospital?

—Allí o en la Clínica, me imagino. Recuerda, Lancaster y esa chica, Storm, se conocían de la clínica, y allí estuvo Kevin como paciente. Allí hizo amistades. Así que esta mañana he hecho algunas llamadas, he pedido algunos favores. He hablado con algunos de los que trabajan en Urgencias, y después me he puesto en contacto con una enfermera que conozco. Se supone que no pueden proporcionar información sobre los pacientes, pero le he mentido diciéndole que de todos modos estaba a punto de llegarme una orden de citación. Quédate con esto: Petie Boncaro estuvo allí el año pasado en tratamiento. Y también Tommy Winter.

—Vaya.

—Bien, éste es un terreno que hasta ahora sólo hemos investigado muy por encima y veo que he estado haciendo el imbécil, ¿estamos? Como punto de partida tenemos a Lancaster y Kevin Babcock y Storm, y todos ellos están involucrados con la Clínica. Pero aún no la hemos tocado.

—¿Quieres que me la trabaje?

—Diablos, sí. Toca todas las teclas. Habla con la gente. Consigue órdenes de citación si es necesario. Pero sé discreto.

—Desde luego.

—Si quieres ayuda para lo del hotel, te la haré llegar. Conozco tipos que te ayudarán con las preguntas y tendrán la boca cerrada en comisaría.

—Seguro. Todo lo que necesito son piernas y brazos.

—Está hecho. Pero que nadie se entere. Esta tarde no voy a estar, quizá me vaya de la ciudad este fin de semana. Te daré un nombre por si necesitas algo. Pero no se lo des a nadie, *a nadie*, tú eres el único que lo tiene. ¿De acuerdo? Si alguien te pregunta, tú no sabes nada. Después me llamas.

—Sin problema.

Brandon garabatea el nombre y el número de Ellen Byers en una servilleta que desliza a través de la mesa.

—Vaya mierda todo esto, ¿no? —Spinner eructa y se mete la servilleta en el bolsillo.

Emerald, Michigan, es un tranquilo pueblecito de casas impresionantes que van desde los aperitivos —estilo colonial, ladrillos rojos, tres dormitorios— a las minimansiones de variado estilo: de las georgianas clásicas de enormes columnas a las contemporáneas de múltiples alas. Incluso los aperitivos, se imagina Brandon, requerirían para su mantenimiento el doble de su salario. La casa de Le Seure es el buen gusto personificado, tres pisos revestidos de madera blanca con persianas verdes, que probablemente albergará cuatro dormitorios y que, de todos modos, se figura Brandon, saldrá por un cuarto de millón contante y sonante. El largo camino de entrada conduce a un garaje independiente de tres plazas y a un Peugeot nuevo aparcado en la entrada.

Sarah abre la puerta. Se sorprende de verlo allí, por supuesto, pero tiene la gracia que cabría esperar de la dueña de una casa así. Ese punto de dureza que percibió en el hospital ha desaparecido.

—¿Pero no he leído que le habían disparado? —dice.

—Las noticias vuelan.

—Y sin embargo, aquí está, como nuevo. Es usted una caja de sorpresas, detective. Incluso mi marido habla de usted.

—Espero que bien.

—No. Lo trata alternativamente de incompetente y de palurdo. Pero sólo habla de las personas que lo impresionan. Eso debería darle ánimos.

—Tomo buena nota. ¿Cómo es que está al tanto de lo que hago?

Lo mira y sonríe, la primera sonrisa que Brandon le ve. Sus ojos siguen siendo verdes y feroces, pero la sonrisa los hace mucho más bellos.

Una hija a la que presenta como Rachel, una niña morena y tranquila de unos diez años, dice hola y luego desaparece. Sarah lo conduce al estudio que se halla en la parte trasera de la casa, una habitación forrada de madera que da a una piscina.

—Estoy intentando atar cabos sueltos —dice—. A Michael, como usted quizá ya sepa, se le imputa el asesinato de Kevin Babcock.

—¿Y los demás? La prensa lo presenta como un baño de sangre.

—Creo que la cosa se está igualando. Los ejecutores están siendo ejecutados, si es que me explico. De todos modos, le he traído esto. —Se saca del bolsillo del abrigo una bolsa de plástico de las que se utilizan para guardar las pruebas, y la pone sobre la mesa que se halla entre los dos. Dentro de la bolsa hay la cadena y el medallón de oro de San Cristóbal que pertenecían a su hermano.

—Tuvimos que enviar la ropa al laboratorio, y esto quedó aparte. Los de Urgencias me lo han hecho llegar esta mañana. Hubieran debido entregármelo antes, pero generalmente andan demasiado atareados.

Sarah recoge la cadena y la deja resbalar entre sus dedos. Es obvio que no ha dormido mucho.

—Gracias.

—¿Qué pinta su marido en todo esto, Sarah?

Levanta la mirada hacia él, alarmada por un momento, hasta que la serenidad se afianza de nuevo.

—Sé que estaba en Morgantown. Sé que estuvo en casa de Kevin Babcock hacia la hora en que lo mataron. Sé que la DEA está metida, y no puedo creer que él no tenga un dedo en ese pastel. Lo que quiero saber es de qué se trata.

—Se trataba de Michael —dice ella, con la vista perdida más allá de las amplias puertas correderas de cristal—. Queríamos que volviera. Cuando supimos que estaba allí, involucrado en algo, Jim hizo lo que pudo. Llamó a sus amigos. Fue personalmente. Pero llegaron demasiado tarde.

—Yo creo que hay más.

—No, que yo sepa. Detective, quiero darle algo a cambio. ¿Puede esperar un minuto?

—Desde luego.

Cuando se va, Brandon sujeta sus costillas vendadas y durante un momento echa una mirada al exterior desde la puerta trasera. Después se dirige hacia la pared opuesta, llena de fotografías enmarcadas de todo tamaño. Fotos de Michael Straw y Sarah de adolescentes. Fotos de James y Sarah y Rachel Le Seure en familia. Fotos de la casa y los animales de compañía. Fotos de Le Seure en su oficina, con el gobernador, con senadores, incluso una con el presidente Reagan.

Y luego, a un lado, se percata de una foto del *Detroit Free Press*, enmarcada junto con su texto. Es vieja y se ha vuelto amarillenta. En ella, un James Le Seure con el pelo no tan plateado está de pie junto al entonces senador Irving Jovanovich. Le Seure luce una amplia sonrisa, con el aspecto de un hombre que intuye que se las ha ingeniado para encontrar el siguiente peldaño de la escalera. El texto dice: «El candidato independiente a gobernador, Jovanovich, y su más reciente asesor, el jefe regional de la DEA, James Le Seure.» La fecha que aparece en el margen superior es el 5 de abril de 1983, un año y medio antes de las elecciones.

Abril de 1983... Brandon se presiona el puente de la nariz y cierra los ojos. Abril del 83 fue el mes del famoso tornado que vino del este, el mismo mes, había dicho Ellen, en que el Fang apareció por primera vez en las calles de Detroit. El artículo que relacionaba a Le Seure con Papalanos llevaba fecha de unos meses después. A finales de verano, Papalanos había dejado de tener problemas financieros. Fue una primavera bastante movida para Papalanos, que empezó a vender Fang y a pagar su monumental deuda, y para James Le Seure, que empezó su carrera política. Y todo aquello comenzaba el mismo mes.

Byers tiene razón, piensa. Cuesta tragárselo.

—Veo que ha descubierto mi colección —dice Sarah—. Hago fotos de todo. Esto es lo que quería darle.

Le alcanza una pequeña foto de un chico que aparenta unos catorce o quince años. Su pelo rizado le cubre el cuello y las orejas. Está sentado en un sofa, sonriendo con afectación a la cámara.

—Mikey cuando era estudiante de segundo año. ¿Ve usted como era un chico muy normal?

Brandon asiente.

—Eso es todo. Era un chico normal. No sé lo que le pasó.

—Le pasó lo que a todos los yonquis. Lo que les pasa a todos ellos por culpa de la escoria que pone ese veneno en las calles. ¿Ha pensado alguna vez en ello?

—¿Qué quiere decir?

Se encoge de hombros.

—¿Le dice algo el nombre de Louie Papalanos?

—No —responde ella demasiado deprisa.

—Tiene gracia, su suegro hizo negocios con él. Siempre se metía en toda clase de líos. Para los federales era un caso asiduo.

—¿Por qué tendría que saber yo estas cosas?

—Parece que el nombre podría haberle sido mencionado. Su marido debe conocerlo.

—Podría ser. No veo que...

—Sólo que Papalanos forma parte de la escoria a la que me refería, una de las personas que pone heroína en la calle para que la gente se muera. Lo que pasa es que Papalanos sacó una clase especial de heroína, una heroína sintética llamada Fang. ¿Sabe a qué me refiero?

—Detective, ¿por qué me pregunta eso?

—A la unidad de Urgencias de Morgantown llegó una papelina de esa droga en el bolsillo de su hermano. Lo extraño del caso es que nadie sabía nada de este material desde hace seis años. La última vez que se había visto era a finales del 84 en Detroit. Más o menos la misma época en que el jefe de su marido era elegido gobernador.

—¿Está intentando insinuar algo?

—No. De ninguna manera. No tendría el menor sentido, ¿verdad? —Se ríe—. Perdone mi rudeza. Es que en este punto me bloqueo. En todo esto hay una conexión y que me aspen si sé encontrarla. En realidad no lo había creído hasta ahora mismo, cuando vi una foto en esta pared. Y, de repente, era demasiado, todas las conexiones. Todo encaja demasiado bien.

—¿De qué está hablando?

—No lo sé. Quiero decir, en realidad, ¿por qué estaría su marido involucrado? Es el gran cruzado contra las drogas ¿no es así? Salva vidas; no las destruye. Intentó salvar la de su hermano, ¿verdad?

Ella sabe algo, de eso está seguro. Quizá sólo un poco, pero algo al fin y al cabo.

—¿O no es así? Quiero decir, cuando les vi a usted y a su marido en el hospital, arreglando las cosas para que trajeran el cuerpo aquí, usted estaba furiosa con él. Pensé que era a causa del tinglado de las relaciones públicas, el papeleo y demás. Pero ahora no estoy tan seguro.

A Sarah Le Seure le ha cambiado la cara. Sigilosamente, algo de la rabia que Brandon había percibido en el hospital se ha apoderado de su rostro, pero también ha palidecido, como si de repente se sintiera atemorizada. Toma asiento en uno de los sofás y cruza las manos en su regazo.

—¿Murió su hermano a causa del lío en que su marido lo había metido?

Brandon no tiene ni idea de cuál puede ser su reacción. No sabe si se pondrá a gritar y lo echará, o si lo amenazará.

—Dígame lo que está pensando —dice ella fríamente.

—Realmente no lo sé. —Se sienta frente a ella—. Sé que Papalanos metió Fang en Detroit a partir de abril del 83. Cómo consiguió la droga, cómo supo dónde venderla, cómo hizo esa clase de conexiones, no lo sé. Pero también sé que su marido fue por primera vez seleccionado por el futuro gobernador durante ese mismo mes, abril del 83. —Brandon se pone de pie, coge la foto de periódico de la pared y se la tiende—. Sé que la droga desapareció justo antes de las elecciones del año siguiente. Sé que su marido conocía a Papalanos, que ambas familias habían hecho juntas muchos negocios. Sé que la semana pasada su hermano tenía en su poder, cuando lo llevaron a Urgencias al Hospital del condado de Morgantown, una de las primeras nuevas muestras de esta droga que se han detectado en seis años. Sé que su marido estuvo en la escena del crimen perpetrado contra Kevin Babcock. ¿Se da cuenta de todas esas coincidencias? Son sorprendentes. Pero no puedo darles una explicación.

—No demuestran nada.

—Tiene razón. No prueban absolutamente nada. Pero soy un viejo policía, Sarah. He estado haciendo esto durante mucho tiempo. Y sé lo raro que es que se dé una verdadera coincidencia. ¿Sabe cuántas veces me he encontrado con algo así? Nunca. En un caso de asesinato, nunca en mi vida he visto una concurrencia de hechos tan clara que no estuviera amañada con engaño. A la gente le gustan estas palabras: «Pruebas circunstanciales», dirán, «Resulta que estaba ahí por casualidad.» Pero nunca es verdad. Cuando empiezan a aparecer una y otra vez los mismos nombres o fechas o lugares, puedes apostar tu vida a que están conectados de alguna manera significativa que tiene que ver con el caso en cuestión. Sólo hay que encontrar las pruebas. Ahora la cuestión es ¿cuántas personas más deben morir asesinadas antes de que yo pueda demostrar algo? Tenemos cinco muertos y otro a punto de fallecer. ¿Cuántos...?

—Louie Papalanos estuvo en nuestra casa —dice ella. Brandon se calla y la contempla—. Entonces vivíamos en Allen Park. Vino pocas veces, una de ellas a cenar. Le llamaban Fat Louie, aunque por entonces estaba perdiendo peso.

—¿Eso cuándo fue?

—En aquella época, a principios del 83, un par de meses antes de que Jim fuera seleccionado por Jovanovich.

—¿Había visto antes a Papalanos?

—Ni tampoco lo he vuelto a ver desde entonces.

—Pero no escuchó nada de lo que dijeron.

—No, desde luego que no. —Y entonces suelta la siguiente bomba—. Michael también estaba aquel día.

—¿Reunido con ellos?

—Sí. —Ahora parece tan distante, que Brandon ni tan siquiera está seguro de que se percate de su presencia. Su voz se ha convertido en un fino y apagado hililllo. Tiene la mirada fija en las fotos que hay al otro lado de la habitación, pero él sabe que sólo está viendo el pasado.

—¿Michael Straw, James Le Seure y Louie Papalanos se reunieron en su casa a principios de 1983?

—Sí. Una vez. Jim tenía una oficina en el sótano. Estuvieron allá abajo por espacio de una hora. Sé que fue ese año porque Jim estaba al mismo tiempo en tratos con Jovanovich. No sé nada más, tan sólo esto: Quizá esté usted pensando en revisar los periódicos de esa época. La DEA aprehendió un gran alijo de heroína en Detroit, era algo en lo que habían trabajado durante mucho tiempo. Fue uno de los éxitos de Jim. El suministro de heroína en la ciudad bajó quizá entre un quince y un veinte por ciento. ¿Comprende?

—Se creó un vacío —dice Brandon. De modo que si alguien lo hubiera sabido con antelación, si hubiera tenido esa clase de información interna, y hubiera estado esperando para meter material nuevo, por ejemplo, heroína sintética potente, este alguien habría hecho fortuna con rapidez—. Escuche... ¿por qué me está contando esto?

—¿Contándole qué, detective? Y no me pida que repita nada, o testifique, ni siquiera que admita haber tenido esta conversación.

¿Por qué las personas se deciden finalmente a hablar? Es un viejo misterio. Brandon se imagina que la respuesta debe de ser tan sencilla como que porque se cansan de llevarlo a cuestas, como cualquier otra carga. Y al final el «porqué» no importa realmente.

Cuando se levanta para irse, le tiende la foto de su hermano.

—Quédesela, si no le importa —dice ella—. Me gustaría que ésa fuera la última imagen que guarde usted de él. Y si alguien le pregunta alguna vez cómo empiezan los yonquis, se la puede enseñar. Dígales que empiezan como todos nosotros, esperanzados y confundidos.

Cuando Brandon sale marcha atrás por el camino de acceso, un BMW entra a toda pastilla. Aprieta los frenos y evita por muy poco una colisión.

El Beamer retrocede hacia la calle y Brandon sale detrás de él. A través de la ventana trasera, puede ver el cabello brillante y la cara enjuta del conductor, James Le Seure.

Sus miradas se cruzan. Brandon saluda con la cabeza. Le Seure le sostiene la mirada durante un momento, y después, con una expresión de gran desinterés, desvía los ojos.

El segundo sábado

25

A Harpo Epstein le ha cambiado el cabello desde que Lancaster lo vio por última vez, ahora blanquea en las sienes y un poco más abajo, en la barba, que, por lo demás, sigue siendo oscura y tan poblada y cuidada como entonces. Ya pasa de los cuarenta y cinco, calcula Lancaster, y se halla a las puertas de la madurez. Pero aparte de las canas y unas cuantas arrugas, tiene buen aspecto: bronceado y saludable, ojos azul claro tan intensos como siempre, traje de lana azul marino a rayas blancas, sin duda hecho a medida.

Harpo está sentado en una silla de cuero rojo detrás de su escritorio, de espaldas a la inmensa pared de cristal cuya vista domina el corazón de la ciudad y, más allá, el Renaissance Center a orillas del río Detroit, y aún más lejos, la arboleda de Windsor, Ontario.

—Bonita vista —dice Lancaster, que ha tomado asiento justo enfrente, al otro lado de la mesa—. Es mejor que la de tu anterior despacho.

—Para estar en una ciudad que se está desintegrando, nos las hemos arreglado bastante bien —dice Harpo—. Pero actualmente la mitad de nuestro trabajo proviene de otras partes del país.

—¿Aún te dedicas principalmente a los pleitos?

—Exclusivamente. Tengo un equipo de tres litigantes a jornada completa bajo mis órdenes. Es todo lo que podemos hacer para mantener el negocio a flote. Pero, actualmente, la mayor parte procede del trabajo corporativo, cosas que nos pasan otros asociados del gremio. Todavía me gusta verme envuelto de vez en cuando en un buen caso criminal, pero no lo hago con tanta frecuencia como solía. ¿Y qué hay de ti?

Lancaster sonríe.

—Hasta hace poco, muy bien. Sigo siendo médico de Urgencias. Soy uno de los jefes de la sección de Urgencias del General del condado de Morgantown. El trabajo me mantiene ocupado, pero no es la batalla a la que tenía que enfrentarme aquí. Ya tuve mi ración de esa locura.

—Te escucho.

Se miran durante un momento y luego Lancaster dice:

—Hiciste mucho más que librarme de la cárcel, ¿no es así?

Harpo asiente.

—En realidad, tu problema no era más que un asunto secundario, en comparación con lo de ella.

—Bueno, ésa es la cuestión.

—No estoy enterado del todo. A mí también me ocultó algunas cosas. Sé que había, hay, unos beneficios generados por un par de patentes de drogas que ella poseía conjuntamente.

—¿De sus diseños de drogas?

—Sí.

—Sabía que estaba trabajando en algo, en colaboración con otros investigadores. Me dijo que tenían unas patentes pendientes, pero no estaba enterado de que algo hubiera llegado tan lejos como para empezar a devengar beneficios.

—La química medicinal, la síntesis de drogas, es, según me han dicho, un campo con grandes posibilidades. El diseño molecular farmacéutico es un negocio lucrativo. Hay una demanda virtualmente infinita de nuevos productos. Y ella y su equipo se encontraban en la más rabiosa vanguardia, por lo que yo sé. Era una especie de estrella en un sector muy especializado. Y vivía bajo mucha presión.

—Ya estaba enterado de todo eso. Bueno, quizá no sabía que fuera una estrella. Ella nunca hubiera dicho tal cosa. Pero leí los trabajos que había publicado. Leí las críticas. Sabía lo buena que era. Sus colaboradores no eran otros estudiantes, ¿sabes? Eran auténticos profesores que vivían a costa de los profundos conocimientos de Denise. Siempre había temido que ella fuera la única en no saber lo buena que era, que alguien se aprovechara de ella.

—Lo sabía, créeme. Puso los cimientos con sumo cuidado. Nadie podía engañarla.

—¿Eras tú el abogado que llevaba sus patentes?

—No. De eso se ocupaba otra firma, que no tenía nada que ver conmigo. La protegieron bien, me parece. Se encargan de todos los beneficios que ahora producen. Era muy juiciosa, Adrian, a la hora de elegir a quién daba la información, y explícita en sus instrucciones sobre cómo quería que se manejase dicha información. Creo que era mucho más manipuladora de lo que tu jamás llegaste a pensar.

—¿A cuánto ascienden esos beneficios?

—Ten en cuenta que lo que patentó no era material comercial convencional. Eran compuestos químicos específicos de aplicación limitada. Y tenía que repartir cualquier beneficio con la universidad. Incluso así, imagino que unos cincuenta mil al año. Pero no creo que su fortuna provenga de ahí. Sus beneficios por las patentes son ingresos legales y legítimos. Denise estaba involucrada también en otro negocio, de lo cual, según parece, te estás poniendo al corriente. Un negocio ilegal altamente lucrativo.

—Seguía traficando. Para Bobby Karnowski, me han dicho.

—Traficar exactamente, no. Era diseñadora. Inventó compuestos químicos nuevos y nuevas variantes de compuestos antiguos. Vamos, reflexiona; tienes todas las piezas.

—Dios mío. Tres, cuatro-metil etil fentanil.

—Era una de sus drogas, sí. De una potencia extraordinaria y de acción mucho más prolongada que la mayoría.

Lancaster se pone de pie porque ya no se puede estar quieto.

—¿Denise fabricaba esa basura y la vendía, Harpo? —Aturdido, se dirige hacia el ancho ventanal y se detiene al filo de la planta veinte, mirando hacia abajo casi en picado—. ¿Fabricaba fentanil a escondidas para que Bobby Karnowski lo vendiera? Es increíble. —Y en realidad parece tan lógico, que no le queda más remedio que creérselo. Se ríe—. Dios mío, ¿cómo se puede estar tan ciego?

—Naturalmente, ni siquiera a mí me dio todos los detalles. De algunos, tuve que enterarme por mi cuenta.

—¿Por qué?

—¿Para qué tenía que recurrir a mí? Para ponerse a salvo, Adrian. Y más importante aún, para salvarte a ti.

—¿De las personas a las que se lo vendía?

—En realidad no, aunque al final resultaron ser sus peores enemigos. Pero la droga era tan fuerte, tan increíblemente concentrada, que fue sólo una cuestión de tiempo que algunas remesas mal cortadas llegaran a la calle. Cuando eso ocurrió, empezó a morir gente. Casi treinta en un mes. Todos de sobredosis.

Lancaster gira sobre sus talones y vuelve a situarse frente a Harpo.

—Yo atendí alguno de esos casos en el Henry Ford. Los recuerdo. Uno de los chavales tenía diecisiete años. Lo fulminó, simplemente. —Siente un horrible sabor metálico en la boca.

—Finalmente, decidió dejarlo. No podía dejar que murieran más personas. Fue entonces cuando vino a verme. Se dio cuenta del terrible error que se había cometido, no sólo por esas muertes, sino por su compromiso con la gente para la que trabajaba. Y por haberte puesto en peligro, Adrian. Me habló del negocio que habías montado años antes en Ann Arbor, y de tu adicción, y de la suya. Quería salirse de la manera más limpia posible, y quería que tú también te salieras. Estaba de verdad más preocupada por tu seguridad y tu carrera que por la suya propia. Se habría tirado de cabeza al río para salvarte. De hecho, quizá fue eso lo que ocurrió. Fuera como fuere, empezamos a preparar un plan. Acudiríamos a las autoridades y lo contaríamos todo. Pero, como quizá recordarás, ambos teníais problemas en aquel momento para mantener vuestro hábito, ya que Denise había dejado de fabricar cualquier tipo de sustancia. Durante el último año en que estuvisteis juntos, casi nunca te metiste heroína natural.

—¿Fang?

—No, no creo que ella lo usara, ni que te permitiera usarlo. No era su única variante de fentanil; tenía toda una gama. El Fang tenía un valor comercial porque de una cantidad muy pequeña salía, al final, una gran cantidad. Pero ella sabía que era peligroso. Tú te metías otro de sus sintéticos, menos potente. Así se controlaba mejor, decía ella, los efectos eran mejores, más limpios, colocaba más que el material natural ordinario. No se fiaba de lo que podías encontrar en la calle. Estaba paranoica...

—La morfina —dice Lancaster. Él robaba morfina porque la fuente de suministro de Denise se había secado.

—¿Te acuerdas de eso?

—Desde luego —dice—. Pero no lo relacioné con nada.

Quiero decir que no pensé en su suministro. No sabía que ella lo había estado fabricando. Pensé que su vendedor habitual había sido arrestado. Fue lo que ella me contó.

—Había abandonado por completo la producción.

—Así que empecé a robar viales del hospital para salir de apuros.

—Y te cogieron. Fue su peor pesadilla. Pero eso nos obligó a movernos con gran rapidez. Además de salvar otras vidas, ella tenía que salvarte a ti. Llamé a las autoridades federales, a tus superiores y a los burócratas médicos del Estado, y tuvimos una reunión. Lo contó todo. Todo, Adrian. Y cerramos el trato: la administración del Henry Ford y la gente del Estado acordaron que si pasabas por rehabilitación y realizabas algún servicio público y aceptabas no intentar borrar los antecedentes, no presentarían cargos. Denise desaparecería. A cambio, ella daría a la DEA todos y cada uno de los nombres y contactos que tenía, e incluso algunos que no tenía. Compradores y distribuidores, la red completa incluidos los de más arriba. Éstos eran los que buscaban los federales. Los intermediarios no les interesaban. Querían a los que ponían el dinero para financiar la operación. Era un negocio muy importante. La DEA estimó que los compuestos químicos que suministraba Denise habían generado en la calle entre treinta y cincuenta millones de dólares durante los últimos quince meses. Y la cosa iba en aumento. Había evidencia de que los compradores de Hamtramck estaban planeando suministrar a gente de Cleveland, Chicago, Columbus. Quizá habían hecho alguna incursión en ciudades de la Costa Este.

Lancaster respira hondo para que se le despeje la cabeza, se vuelve hacia la ventana y mira en dirección al río.

—¿Y qué le ocurrió a Denise?

—Ahí es donde la cosa se complica. Les dio todo lo que tenía, apuntes y notas, fotografías, libretas donde llevaba las cuentas. Pero querían más, y ella no lo tenía. De modo que aceptó llevar un micrófono escondido. Se arregló todo para que ella concertase unas reuniones con los de arriba, que eran los que interesaban a la DEA. Y entonces, justo después de esas reuniones, cualquiera que fuera el resultado, utilizable o no, ella desaparecería, otorgándosele una nueva identidad. Tuvieron lugar varias reuniones. Ella les proporcionó pruebas muy valiosas. La última vez que la vi fue justo antes de la reunión final con el pez más gordo de todos. Nunca supe exactamente lo que ocurrió. Ciertos oficiales del gobierno me dijeron después que todo había salido como estaba previsto, y ella había abandonado la zona inmediatamente.

—Se había ido a Seattle.

—O a cualquier otro lugar. Pero nunca volví a tener noticias suyas. Nada, ni una llamada, ni una nota. Siempre pensé que volvería a ponerse en contacto una última vez. Y entonces corrió el rumor de que estaba muerta. Volví a llamar a los federales. Dijeron que era una artimaña para despistar; que estaba a salvo en algún lugar. —Harpo mira a Lancaster y frunce los labios—. Quizá nunca salió de esa reunión, Adrian. Por lo que sabemos, pudo haber sido descubierta y eliminada allí mismo. No importaba.

—¿No importaba?

—En lo referente a los términos del trato y de las instrucciones que me dio. Legalmente, era un asunto acabado. Mis manos estaban atadas. No hay manera de que sepamos cómo terminó realmente. Me consta que no fue enterrada en su tumba.

—*¿Qué?* —Lancaster vuelve a su silla y se sienta.

—Yo estaba allí cuando sellaron el ataúd vacío. El funeral fue un montaje, como toda esa historia de la hepatitis. Ella lo había preparado todo con antelación, por si acaso era necesario borrar sus huellas.

—Está viva —dice Lancaster—. Es ella la que está haciendo esto ahora. Nadie más podría apañárselas. Nadie más sabría cómo fabricar ese mismo compuesto químico. Está viva, Harpo.

—No lo sé. Pero si es así, ¿puedes explicarme por qué lo hace? ¿Por qué te arrastra de esta manera y comete asesinatos?

—No puedo dar una explicación. Pero ella sí. Y quizá sea otra persona la que está cometiendo esos asesinatos.

Harpo se levanta de la mesa y cruza el amplio despacho hasta un rincón apartado, donde una puerta corredera de caoba esconde un archivador. Abre con una llave el cajón inferior y saca una carpeta de papel Manila.

—Esto es tuyo —dice—. Ayer te dije por qué no podía llamarte. Fue muy explícita en sus instrucciones. Tenía que quedarme con ello hasta que hubiera pasado un año, y después hasta que tú vinieras y preguntaras por ella. Si quieres que te diga la verdad, pensé que te habrías puesto en contacto conmigo mucho antes.

—Es que me mudé de ciudad. Era lo que ella obviamente quería, y mirar hacia el pasado me parecía algo bastante inútil. Si hubiera sabido que había dejado algo...

—Sí. De todos modos, creo que en su mayor parte son cosas personales, aunque yo no las he leído. —Le pasa la carpeta—. Quizá tu solución se encuentre aquí.

Lancaster está otra vez de pie y le tiemblan las piernas.

—Harpo, ¿sabes quién estaba detrás de esto?

—La verdad es que no. Eso quedaba entre ella y las autoridades. Una vez alcanzado el acuerdo por el cual quedabais protegidos los dos, insistieron en que cuando ella confesara yo no estuviera presente. Yo lo comprendí. Nada de lo que dijera podría perjudicarla legalmente a esas alturas. Pero sé que la droga iba a parar a una banda radicada en el barrio griego. —Harpo presiona sus dedos frente a su barbilla—. El distribuidor operaba desde allí. Algunas personas me han dicho que la organización se salió del negocio de las drogas cuando todo esto ocurrió. Hicieron su dinero, salieron indemnes, y no han vuelto a las andadas desde entonces.

—Gracias —dice Adrian, estrechándole la mano.

—Si esto te lleva a alguna parte, es muy probable que te encuentres en un buen lío. Lo entiendes, ¿verdad?

—Sí.

—Yo ya he cobrado. Cuando todo termine, no hables con nadie antes de llamarme. Estaré a tu disposición.

Barrio griego de Detroit: un paseo de quince minutos a pie desde la oficina de Harpo. Pensando sólo en leer, y sintiéndose arrastrado a ese lugar por las circunstancias, Lancaster encuentra una mesa vacía en un rincón de un tranquilo restaurante familiar de la calle Kovach llamado El Ateniense, y pide una ensalada griega, *souvlaki*, y una botella de *retsina*. A una parte de sí mismo le parece una tontería esta elección, pero, dejando de lado que en su pasado hubiera algún *capo* griego de la droga, le gusta el sitio, disfruta de la comida y del ambiente de bazar del viejo mundo, y no se le ocurre mejor manera de matar la tarde que leer un pedazo de historia, hasta ahora oculto a sus ojos, acerca de sí mismo y de su amante, Denise Richards.

Pero antes de leer, bebe. El vino dulce y fuerte entra muy bien. Después de unos cuantos vasos, llega la comida. Por fin, después de comer, empieza. Coge la primera hoja de papel amarillento, y lee:

> 8 de octubre de 1984
>
> Querido Adrian:
>
> Quizá algún día, mucho después de que esto termine, leas esta carta. Así lo espero, y deseo que mucho antes me hayas perdonado por el daño que te he hecho. Si es la mitad del dolor que siento al dejarte, nunca podré disculparme lo suficiente, y tampoco lo intentaré. Sólo espero que sepas, o te hayas enterado, de que lo hice por amor y necesidad. Hay muchas cosas que no sabes acerca de mí, cosas que es mejor para ti que ignores, y puedes culparme de no compartir contigo toda mi vida pero, de nuevo, lo hice para proteger, no para ocultar. Quizá me equivoqué. Me he equivocado en muchas cosas.

Lancaster se detiene, respira, llena otro vaso de vino. No cabe la menor duda de que es su voz, que lo atraviesa y lo conmueve, porque hace que parezca que está muy cerca. El convencimiento de que sigue viva crece por momentos.

> Hay otras cosas que quiero que guardes tú, en su mayoría relacionadas conmigo, con nosotros. En primer lugar, copias de algunas cartas que me escribiste. Son cartas hermosas y, aunque tú quiza las hayas olvidado, yo no. Cuando no estás, las saco y las leo. Lo he hecho a menudo, como verás por su estado.
>
> Hay una foto en la que aparezco con mi familia, hace mucho tiempo, cuando todavía estábamos todos vivos. Ésta es mi vida fuera de ti, antes de ti, antes de Ann Arbor.

En la foto Denise es una mujer mucho más joven que la que él había conocido, en edad estudiantil, de pie, rodeando con los brazos a su madre y a su padre, con una hermana pequeña apretujada entre ellos. Nunca le había mencionado ni una sola vez a esas personas. Él jamás había conocido a ninguna, ni sabía nada de ellas. Ahora se pregunta por qué Denise, si le importaban tanto como para dejarle esta foto, no se había referido a ellas jamás.

> También hay una foto, tomada por algún amigo tuyo estudiante de medicina, de aquella vez que te llevé ese pastel de manzana de la panadería de Mrs. Tong de la calle State, ése que valía diez dólares y que siempre deseaste pero nunca creíste que podrías permitirte. Habías estado tres días empollando y parecías medio enfermo de hambre y cansancio.

Es una foto en la que sale él escondido en la biblioteca, con los pies, en calcetines, sobre la mesa, con un grueso libro de texto abierto en su regazo. Ella había entrado a hurtadillas con el pastel y un termo de café, pero se olvidó los cubiertos, de modo que se encerraron en un compartimento vacío y partieron el pastel con los dedos. Se lo cepillaron todo. Todavía recuerda la sensación de dolor en las mandíbulas de tanto salivar, y cómo se había sentido mareado y rejuvenecido a la vez por la ingestión masiva de azúcar.

> Sé que recuerdas todo esto, pero me gusta verlo escrito en un papel. Me ayuda a recordarlo mejor.
>
> Finalmente, hay una llave de una caja de seguridad de la sucursal West Woodward del Michigan United Trust. La caja está registrada a tu nombre y el mío, cualquiera de los dos. Está pagada por diez años a partir de hoy. Si no ha transcurrido una década, encontrarás algunas respuestas en esa caja.
>
> Te quiero,
>
> *Denise*

Woodward no está demasiado lejos, piensa, hasta que se percata de que es sábado. Encuentra un teléfono público en la parte trasera del restaurante y llama al banco. Está abierto hasta la una, pero ya pasan unos minutos de las doce. De modo que deja un billete de veinte sobre la mesa y sale a la carrera hacia el garaje donde tiene aparcado el coche.

26

El sábado por la mañana Brandon se va en coche hasta Detroit para encontrarse con Ellen. Su primera parada, sin embargo, es el sótano de la sede principal de la biblioteca del condado de Wayne, en el centro de Detroit, donde encuentra los artículos que Sarah mencionó acerca de la redada antiheroína de 1983. Tuvo lugar durante la última semana de marzo.

También aparece la fotografía fechada el 5 de abril que vio en la pared de Sarah. Pasa las páginas hasta las secciones dedicadas al municipio. En la edición del 12 de abril se menciona la droga por primera vez. «Durante las últimas semanas han estado apareciendo, especialmente en Hamtramck, muestras de un nuevo y altamente potente fentanil, una forma de heroína. Los hospitales locales ya han informado de tres sobredosis debidas a la droga, y las autoridades avisan de que ésta puede estar mucho más concentrada de lo que los compradores callejeros están acostumbrados a encontrar. Las autoridades están actualmente analizando la droga para determinar su composición exacta.»

Y entonces, semanas después, cuando el Fang ha sido identificado como tres, cuatro-metil etil fentanil acrilato, un editorialista de la ciudad, comentando la futilidad de la lucha contra la droga, escribía: «Justo cuando se bloquea un canal, parece abrirse otro. El vacío creado por los arrestos anteriores, al parecer, ya está siendo llenado por este nuevo sustituto muchísimo más peligroso.»

Brandon introduce monedas de veinticinco centavos en la máquina para hacer copias de todos estos artículos. Después, sale corriendo. Ha quedado con Ellen para comer.

Cuando llega, ella se pone de puntillas, acerca su mejilla a la de él, y le dice:

—Me alegro de que estés aquí. —Se quedan así, de pie, durante un momento, y el pecho le duele de lo fuerte que le late el corazón.

—Me alegro de haber podido levantarme de la cama para venir —dice mientras se sientan.

—¿Te encuentras bien de verdad?

—Yo no diría tanto. Puedo andar y respirar. ¿Qué más se puede pedir?

Los ojos de ella se cruzan por un momento con los suyos y, de nuevo, nota su corazón en su pecho contusionado.

—De todos modos —dice ella—, tienes buen aspecto. De verdad.

Después de recibir un resumen de las últimas novedades, Ellen clava el tenedor en una rodaja de tomate de la ensalada y la blande entre los dos.

—Todo son especulaciones, pero terriblemente seductoras, ¿no? —Lo mira del modo que le es habitual, por encima de las gafas.

—Le Seure puede ofrecer a Papalanos una oportunidad de recuperar todo el dinero de una jugada —dice Brandon—. Sabe que va a haber un descenso en el mercado en la oferta de heroína. La familia puede introducirla, venderla al por mayor muy rápidamente, sin ni siquiera tenerla que cortar, empaquetar o dividir. Sólo tienen que encontrar la nueva fuente. La fuente que encuentran es heroína sintética de alta calidad. Sin riesgos, algo rápido, poco volumen. ¿Y quién mejor para su distribución que Michael Straw, viejo camello toxicómano y, además, miembro de la familia? Ofrece la máxima seguridad. Y recuerda que había trabajado para Bobby Karnowski, y Bobby fue arrestado en la redada anti-Fang del 84.

—Le Seure podría haber servido en bandeja a Papalanos una situación en la que no había nada que perder: información acerca de la disminución en el suministro, protección, y una manera de obtener un nuevo aprovisionamiento —dice Ellen—. Aun así —continúa—, la pregunta fundamental es por qué. Le Seure está planeando hacer carrera en la política. ¿Por qué se arriesgaría a ayudar al viejo socio inmobiliario de su padre a vender droga? No tenemos ninguna prueba contra él, pero si pudiéramos contestar a esa pregunta, tendríamos un argumento mucho más sólido.

—Existe una razón —dice Brandon. Ella le sonríe y asiente.

Por la tarde se encuentra en otro sótano, esta vez en un archivo de la policía. Ellen lo ha acreditado. Sobre la mesa que está utilizando, aislada en un rincón, hay un teléfono y montones de expedientes de la investigación sobre el Fang realizada entre 1983 y 1984: recortes de prensa y fotos, informes de detectives, mandamientos judiciales, apuntes sobre las pruebas, transcripciones de juicios, e incluso un informe de un químico independiente al que se hizo venir para su consulta.

Casi todo está relacionado con la serie de arrestos y procesos realizados a los traficantes de poca monta, lo cual no le sirve de nada. Pero encuentra una foto no etiquetada, una toma bastante lejana de la ventana parcialmente abierta de la habitación de un hotel. Parece como si se hubiera tomado desde la ventana de otro edificio, situado en el lado opuesto de un callejón o de un patio.

En la habitación se distinguen seis personas. En el centro hay una mujer sentada en una mesa redonda de conferencias. Su cara es impresionante, pero a esta distancia sus ojos parecen los de un cadáver. Al otro lado de la habitación hay un hombre sentado en un sofa, de cara a la ventana. Otro hombre está de pie en la entrada, fumando. Hay otros dos hombres y una mujer sentados en la mesa frente a ella. Todos parecen estar escuchando atentamente lo que ella dice.

Brandon llama a la oficina de Ellen y le describe la foto.

—Ya me acuerdo —dice—. Había una confidente de altos vuelos, que fue quien destapó la cosa. Sólo un número muy reducido de personas, todos agentes federales, conocía su identidad. Pero, de un modo u otro, uno de nuestros equipos de vigilancia llegó donde no tenía que llegar y realizó la toma. Si la DEA lo hubiera sabido, habrían pedido el negativo y todas las copias. Así que no se lo dijimos.

27

Lancaster llega al banco cuando sólo faltan diez minutos para que cierre. Convence al director de que le deje ver la caja de seguridad diciéndole que sólo se demorará unos segundos, justo el tiempo suficiente para recoger su contenido. Para entrar tiene que identificarse, cosa que lo pone un poco nervioso, pero no hay otra salida.

Encuentra una cinta y un pequeño sobre sellado dirigido a él, con letra de Denise, y un montón de papeles sujetos con un elástico.

Es hora de buscar una habitación en otro hotel, y el más adecuado es el Howard Johnson, en la intersección de la Nacional 696 y la avenida Woodward, también conocida como carretera estatal n.º 1, la principal vía que conecta el noroeste con el sudeste, Pontiac con Detroit. Lancaster paga la habitación al contado para dos noches y se registra con un nombre falso, tal como ha estado haciendo hasta ahora.

Antes de empezar, hace una salida rápida para comprar una grabadora.

Entonces se instala. Pega las fotos de Denise en la pared sobre el pequeño escritorio de su habitación y deja encima la carpeta, el sobre y la grabadora. Son las dos y media de la tarde.

Los papeles resultan ser un montón de cartas personales, en su mayoría de su familia, unas cuantas de él, recibos y recortes de prensa que Denise había reunido y guardado en la caja. A medida que revisa el contenido, sin embargo, aumenta su sorpresa acerca de todo lo que desconocía de ella.

Algunos de los papeles, de un modo u otro, trazan los parámetros de su vida. Los coloca sobre la cama de tal modo que pueda verlos todos a la vez, empezando por un artículo de periódico amarillento:

GACETA DE LEXINGTON
30 de noviembre de 1977

Martha Gelles Richards, de 48 años, murió ayer cuando su coche fue alcanzado lateralmente por el remolque de un tractor en el cruce de Glann Road y la avenida Redding. Esta intersección ha sido objeto de debate por parte de los urbanistas de la ciudad a causa de los múltiples accidentes mortales que allí han tenido lugar (ver historia en página tres).

Mrs. Richards, auxiliar administrativa del hospital Lexington Memorial, volvía a casa de su trabajo cuando ocurrió el accidente. Deja marido, Jeremy Richards, de 51 años, socio de una empresa de fontanería, una hija de 25, Denise, estudiante de la Universidad del Estado de Ohio, y una hija de 14, Elisabeth, estudiante de primer año en el instituto Glen Ridge.

La familia ruega que todo donativo sea entregado a la Fundación Infantil del Hospital Lexington Memorial. Las exequias privadas tendrán lugar mañana en el cementerio de Ottumwa Ridge.

Él sabía por un comentario que hizo una vez Sandra que la madre de Denise había muerto, pero no tenía ni idea de que su muerte hubiera sido tan violenta ni tan reciente, sólo cuatro años antes de que él y Denise se conocieran. Lo que le sorprende es que ella nunca hubiera tenido necesidad de mencionárselo, de hablar de ello.

Después vienen una serie de cartas:

Matasellos de Lexington, Kentucky,
15 de Marzo de 1981

Querida Denise,

¡Tal como dijiste, me dieron el papel! ¡Kattrin en *Madre Coraje*! ¡No puedo creerlo! Dijeron que era la primera vez que un estudiante de instituto conseguía un papel en una de las producciones importantes de la Universidad de Kentucky. Ahora estoy asustada.

Ojalá pudieras venir. ¡Inténtalo, por favor!

Te quiere,
Liz

Lexington, Kentucky
Julio de 1981

Querida Denise,

Puedes estar muy orgullosa de tu hermana. Nos acaban de comunicar que el Estado de Ohio le otorgará una beca total para estudiar arte dramático. Está loca de alegría.

Desde que tu madre murió y tú faltas desde hace tanto tiempo, he estado preocupado por ella, sin saber exactamente qué clase de estímulos y consejos necesita una mujer joven. Sé que le has escrito mucho, y quiero que sepas que lo agradezco. Eso lo compensa todo.

Con cariño,
Papá

Se lleva las cartas a la ventana y fija la mirada en el aparcamiento del hotel y en una panorámica distinta del cielo de Michigan, un resplandor gris y continuo, que no deja pasar el sol.

Naturalmente que le había preguntado por su familia al principio de su relación. Siempre se iba por la ramas, contestando sin contestar, de modo que finalmente llegó a la conclusión de que estaba enemistada con ellos por algo de lo que no podía hablar. Pero no era así, ahora se da cuenta. Se escribían; debía de verlos de vez en cuando. ¿Cómo pudo no decírselo? Se ríe. ¿Qué significaba él para ella?

Matasellos de Lexington, Kentucky,
octubre de 1982

Querida Denise

Sé que tendría que continuar los estudios, pero estando papá tan enfermo y siendo tan grave el diagnóstico, tengo que estar aquí. Volveré a la escuela cuando esto haya terminado.

Además, actuar no me parece tan importante como antes. Quizá haga ciencias ahora, o enfermería, o farmacia, o medicina técnica. Como tú. O quizá simplemente me ponga a trabajar de algo. Cuidar de él de esta manera me ha hecho cambiar de modo de pensar.

Quería hablar de esto contigo, pero me ha resultado más fácil escribirte.

Te quiere,

L

Matasellos de Lexington, Kentucky, diciembre de 1982

Querida D:

Sabes lo mucho que ha significado para él que estuvieras aquí. Se ha ido en paz, y ahora se ha reunido con nuestra madre. Me ha gustado hablar contigo, y agradezco que creas que tengo tanto talento, pero estás equivocada. No poseo la clase de talento que realmente se necesita. Además, la escuela es algo en lo que ahora mismo no puedo pensar. No sé lo que voy a hacer.

Te quiere,

L

Más increíble que los hechos que ignoraba es que todo esto ocurriera cuando estaban juntos, al mismo tiempo que se enamoraban. Su padre murió el otoño en que Lancaster empezó las prácticas como médico residente en el Henry Ford; agonizó durante el verano que se mudaron, que empezaron a vivir juntos. Y ella no había dicho nada. Ni siquiera pasó en silencio una depresión. Durante ese año se ausentó algunas veces, pero decía que era por razones académicas, conferencias o simposios. Se iba a su casa para ver a su padre.

La primera reacción de Lancaster es de incredulidad. Por algún motivo, Denise se lo había inventado para desorientarlo, para volverlo loco al separarse de él. Las cartas están falsificadas.

O, si son auténticas, tal vez lo odiaba. O peor aún, le era indiferente. Tal vez sólo había estado con él por conveniencia, tal vez no había querido compartir con él su verdadera vida.

Pero esto no lo cree. Luego se enfada; quisiera tenerla cerca para poderle gritar, para poderle preguntar por qué no había sido capaz de hablar con él.

Entonces se pregunta si no habría sido culpa suya, si él no habría estado tan encerrado en sí mismo que Denise no encontraba la manera de hacerlo participar en el resto de su vida. Esta posibilidad es la que más le asusta.

Sin fechar, escrita a mano

Querida Neese:

He salido con la intención de darme una buena sesión con los libros, así que volveré tarde. No me esperes. Me costará estudiar porque estaré pensando en ti. Cuando acabe con los exámenes, me largaré, y tú también. Rumbo a Detroit. Rumbo a una nueva vida.

Rumbo a nosotros mismos.

No soy capaz de decirte cuánto te quiero.

Siempre tuyo,
A. L.

Finalmente hay una serie de recibos, que empiezan en marzo de 1983, y fechados cada dos meses hasta septiembre de 1984:

INSTITUTO McGIVVONS
17 W. Reynolds Hwy.
Lexington, Ky. 43875

FACTURA

Fecha: 22 de marzo de 1983
Para: Denise Richards
Rf.: E. Richards, tratamiento realizado y seguimiento

Debe $ 1,290.00
Recibido $ 2,500.00

Total $ 1,210

A continuación Lancaster abre el sobre sellado, y lee:

10/1/84
Adrian:

Esta cinta contiene una lista completa de los nombres y la información que proporcioné a la DEA. Es la única copia que existe, además de la que ellos tienen. Puede que algún día la necesites.

Denise

No ha oído su voz desde aquella última vez en la habitación del hospital en 1984. Pone la cinta:

> «No puedo dar ninguna explicación, Adrian, ninguna justificación que pueda tener algún significado para ti, así que no lo voy a intentar. Escucha: He hecho cosas que algún día quizá necesites saber, pero que no quiero que sepas hasta mucho después de que me haya ido. Ahora mismo, no estoy ni orgullosa ni avergonzada. Estoy petrificada, pero no tanto como para no darme cuenta de lo que inevitablemente ocurrirá.
>
> »He matado; soy responsable de unas muertes. Hay una droga, que tal vez te resulte familiar por tu trabajo en la unidad de Urgencias, llamada Fang...»

Es su voz lo que lo conmueve. Al oírla se echa a llorar, sólo unas lágrimas, y no está seguro de si son de rabia, de tristeza, o de otra cosa. No es que aún sienta el vacío de su separación.

Entonces se da cuenta de que es la primera vez que llora por ella, y comprende que éste es el precio que paga por la información que le ha dejado. Le debía estas lágrimas, del mismo modo que ella le debía esta explicación.

Hacia las siete está hambriento y se va corriendo al Kentucky Fried de la acera de enfrente en la avenida Woodward en busca de pollo grasiento y galletas. Algo rápido y que llene, que es lo que interesa.

Al volver se hace un par de rayas de heroína y esnifa una, después se acuesta para descansar unos veinte minutos, hasta que se le pase el efecto sedante. Empieza a darse cuenta de que ya no lo calma como antes. Le vuelven a temblar las manos. Luego tomará un poco más, pero ahora tiene que acabar esto.

A las diez, con la cabeza atestada de ideas y preguntas, se echa en la cama e intenta dormir un poco, pero le zumban las sienes y no consigue caer en un sueño profundo. Se pasa un rato dormitando.

Incluso el sueño ligero es de agradecer. El sueño consolida. El sueño conecta.

Al despertar, se da cuenta de que ha llegado el momento de volver a casa. Ha llegado el momento de dar el salto.

Escucha la cinta por última vez, se hace otra raya para asegurarse de que no se desmoronará, y entonces coge el teléfono.

Desde la centralita de Morgantown le dicen que el detective Brandon no se puede poner, pero Lancaster los convence de que es una emergencia relacionada con el caso en el que Brandon está trabajando. La espera es larga, varios minutos, antes de que llegue un hombre y se identifique como el detective Wharton.

—Necesito hablar con Brandon, ahora mismo.

—¿Quién es?

—Que se ponga.

—Está fuera de la ciudad.

—Dígale que la conexión de Tecumseh quiere hablar con él.

Pausa.

—Déme su número.

—Ni hablar. Volveré a llamar dentro de quince minutos.

—Vuelva a llamar a la centralita. Dígale que le pongan directamente con Wharton.

Quince minutos después, Wharton le da un número de Detroit.

Lancaster marca el número. Responde una mujer.

—Brandon —dice Lancaster.

Ella no hace ninguna pregunta. Acto seguido tiene a Brandon al otro lado de la línea.

—Siento molestarte. No sabía si te encontrabas bien.

—Estoy bien.

—Tengo unos documentos. Denise Richards era una diseñadora de drogas de primera categoría. Yo sabía que ése era su campo, pero juro que nunca até cabos. Era ella quien fabricaba el Fang en el 83 y el 84, Brandon. Ella lo inventó.

Lancaster sigue a la escucha mientras Brandon aparta el auricular y habla con otra persona:

—Ha descubierto la conexión. Richards era el químico.

Al fondo, una voz femenina dice:

—Había trabajado para Karnowski; Straw la conocía. Encaja perfectamente. ¡Y debe de haber sido el informador de la DEA!

—Lo era —corrobora Lancaster.

—Dice que así es. —Brandon se dirige a la mujer y después a Lancaster:

—Nos es de gran ayuda, Adrian.

—La gente se moría. Se entregó. No he sabido nada de todo esto hasta el día de hoy.

—¿Cómo es posible que no estuvieras al tanto?

—No lo sé, Brandon. De verdad. El trabajo en el hospital me tenía absorbido. La mayoría de los días hacía el viaje de ida y vuelta a Ann Arbor para trabajar en su tesis y allí era donde pasaba todo, pero me pregunto si tal vez es que no quería enterarme.

—Ya.

—Me dejó una cinta explicándomelo todo, con todo detalle. Bobby Karnowski y Michael Straw eran sus principales contactos: Bobby estableció los tratos y Straw era una especie de conexión con Detroit.

—Oye, hay algo que no te he dicho —dice Brandon—. Esta vez la droga se fabrica aquí, en Morgantown. Kevin era el hombre clave. Del químico iba a parar a Seth, pasando por él y Petie, después salía al exterior. Eso es lo que no entendíamos.

—En cierto modo, ella sigue estando aquí, Brandon.

—¿Crees que está viva?

—Su ataúd estaba vacío...

—¿Es Denise la que está haciendo todo esto?

—No lo sé. Me han utilizado para llegar hasta ella. Conocían la operación que llevábamos a cabo desde mi apartamento. —Lancaster está inmóvil tumbado en la cama, contemplando las grietas y manchas del techo de azulejos baratos—. Sabían que era una diseñadora, lo que podía hacer. Supongo que patentó algunas moléculas nuevas importantes. También experimentó fabricando algunos narcóticos sintéticos. Le había pasado un poco a Bobby, que a su vez lo dio a probar. Después de eso, cuando yo estaba a punto de graduarme y mudarme a Detroit, una noche Bobby le propinó una buena paliza. La curé yo. Dijo que quería venir a vivir conmigo, así que hicimos planes.

Pero esa pelea coincidió con la primera vez que él le hizo una nueva oferta: quería que siguiera fabricándolo para él. Ella tendría un porcentaje de los beneficios. De lo contrario, nos delataría. Nos hubiera costado las carreras. Así que Denise le siguió la corriente. Más tarde, durante ese mismo año, justo después de que nos mudáramos, le hizo una oferta descomunal. Tenía que encontrar la mejor heroína sintética que pudiera, y fabricarla en cantidad. Grandes cantidades. Entonces fue cuando empezó a fabricar Fang.

Se le ocurre que, una vez más, ése fue el mismo otoño en que murió su padre, el de 1982. Debía estar destrozada. Lancaster se vuelve hacia un lado y cierra los ojos, intentando detener la sensación de mareo que lo invade.

—A principios de 1983 ya habían acumulado una buena reserva de esa mierda. Dijo que altos cargos del poder estaban involucrados. Se puede extrapolar por las cantidades de droga pura que llegó a fabricar. Una vez cortada, el valor del polvo puesto en la calle era altísimo. Decenas de millones.

—¿Sabía de quién se trataba?

—No. Estuvo cerca. Hizo un trato con los federales y les dijo lo que sabía. Querían más. El último paso era que ella intentara llegar a la persona que lo controlaba todo. Volvió a ponerse en contacto con Karnowski y Straw y les exigió más dinero. Quería ver a los que manejaban el cotarro. Prepararon una reunión.

—Y se enteraron.

—Así lo creo. O la mataron, o lo vio venir y de un modo u otro escapó y se vio obligada a desaparecer para salvar la vida.

Ahora está en posición fetal, con la cabeza inclinada hacia las rodillas, los ojos cerrados, el auricular pegado a la oreja.

—Adrian, piensa en ello. ¿Cómo podían saber que Denise se había entregado? ¿Cómo podía esa gente saber eso? Sólo hay una explicación: las personas a las que se había confiado, las autoridades, quienesquiera que fueran.

—Desde dentro —dice Lancaster.

—¿Te das cuenta de a qué te enfrentas?

—Tú también.

—Yo también. Pero yo estoy cerca del bastardo que está detrás.

—¿Quién es?

—Por teléfono no.

—¿Quién es Holt?

—Ni idea.

—Escúchame. Voy a entregar este material, pero sólo a ti.

—¿Dónde estás?

—Aquí, en Detroit.

—¿Quieres que nos veamos?

—No puedo.

—Entonces déjalo en algún lugar seguro. Llama mañana a este número y dime dónde lo has dejado. Si responde la mujer, díselo.

—De acuerdo.

—Una cosa más, esta noche he recibido una llamada de otro detective. Lo tenía investigando en la clínica. Kevin, Winter, Boncaro, Storm y tú estabais todos relacionados con la clínica. Sabíamos que todo pasaba por Kevin. Resulta que estaba utilizando el lugar. A finales del año pasado, la primera vez que reapareció la droga, hubo una serie de llamadas desde la clínica al número de Straw en Detroit. Hubiéramos debido descubrirlo antes.

Lancaster se incorpora, se sienta en la cama, y pone los pies en el suelo.

—¿Cuándo tuvieron lugar esas llamadas, exactamente?

—Del veintitrés de octubre al quince de noviembre. Los martes y jueves por la noche.

—Gracias.

—Vigila tus espaldas. Trata sólo conmigo. Lo digo en serio. Una cosa más: hoy hemos recibido noticias de Ann Arbor. Bobby Karnowski fue encontrado acuchillado en su apartamento. Probablemente llevaba muerto una semana.

—Pobre Bobby —dice Lancaster.

Cuelga y marca un número de Morgantown. Espera oír un contestador automático, pero después de sonar tres veces contesta una mujer.

—Soy yo.

—¿Adrian?

—Sí.

—¡Dios mío! ¿Dónde estás? Tenía tantas ganas de que me llamaras... ¿Has encontrado algo?

—Escúchame. Escúchame atentamente. Siento haberme largado. Tenía que hacerlo solo. ¿Estás enfadada conmigo?

—Lo entiendo. Aquella noche me quedé en el hotel, después volví aquí. No sabía dónde más podía ir.

—Quiero que te vayas de ahí esta noche. Prepara el equipaje mínimo y desaparece. No te metas en el coche. No enciendas ninguna luz. ¿Tienes alguna salida trasera?

—Hay un sótano. Puedo salir por allí.

—¿Hay algún lugar cercano que esté abierto? ¿Algún bar?

—Hay uno muy cerca.

—Vete para allá. Llama a un taxi. ¿Tienes algo de dinero?

—Sí.

—Asegúrate sobre todo de que no te estén siguiendo. ¿Conoces el restaurante Bunnie's, en la autopista del sur?

—Un pozo de grasa.

—Está abierto toda la noche. Coge un taxi. Siéntate en un reservado de los de atrás, sola. Ponte a leer el periódico. Pide algo. Y espera.

—Adrian, ¿qué está ocurriendo?

—Vete.

Lo más sorprendente era hasta qué punto desconocía entonces la vida y el pasado de Denise. ¿Lo había planificado todo ella para que así fuera? No. También había sido culpa suya. Quizá principalmente culpa suya. Los yonquis, supone, son en el fondo y por necesidad inherentemente egoístas. Para ellos dos, la inmediatez del momento de cada uno y la continua satisfacción carnal de la droga sofocan los impulsos normales de conocerse a fondo. Pero incluso ésta es una triste excusa para no haberse dado cuenta del drama que ella había sufrido, que seguía sufriendo. Al final, piensa, fuera lo que fuere que ocurrió, probablemente hizo bien en irse.

Domingo

28

A última hora de la noche del sábado, después de que Spinner y Lancaster llamaran a Brando, Ellen recibió otra llamada, esta vez para ella. No quiso decirle de qué ni de quién se trataba, sólo que «Tal vez habría algún progreso.»

Sentado en el suelo del salón de su residencia suburbana, Brandon hacía girar la cabeza sobre los hombros intentando mitigar parte de la tensión que lo atenazaba; porque, además, le dolían las magulladuras del pecho, y su resfriado se había convertido en una irritación bronquial y una sinusitis progresivas.

Ellen le sirvió un whisky caliente con azúcar. Y luego Brandon sintió que le ponía las manos en los hombros, y lo friccionaba y masajeaba como en otro tiempo había hecho Lorraine.

—Quítate la camisa —le dijo. Él la obedeció, dejando al descubierto aquel torso de tonel con su espectacular cardenal; y ella siguió con el masaje, hasta que Brandon empezó a sentir cómo se le relajaban los músculos y la cabeza le pesaba del cansancio.

—Eres una mujer de mucho talento.

—Y tú un hombre al borde del colapso, a menos que duermas un poco. Todavía tendrías que estar en el hospital.

Abrieron el sofá cama y Ellen dispuso sábanas y mantas. Cuando se dio la vuelta para irse al primer piso, a su propia cama, Brandon la cogió por la cintura y la retuvo un momento.

Ella lo miró con una sonrisa. Brandon la soltó.

El domingo por la mañana, después de las rosquillas y el café en un establecimiento especializado del barrio, Brandon le pregunta:

—¿Cómo ocurrió? ¿Qué pasó cuando la DEA contactó con su informador en el 84?

—Bueno —responde Ellen—, nosotros, la Brigada de Estupefacientes del Departamento de Policía de Detroit, habíamos estado trabajando conjuntamente con la DEA durante más de un año para descubrir la fuente de producción de la droga. Pero en cuanto la DEA consiguió el informador, que ahora sabemos que era Denise Richards, a nosotros nos dejaron fuera. La explicación fue que temían una posible filtración.

—Alguien de dentro.

—Exacto. He oído decir que incluso dentro de la agencia, sólo algunas personas tenían acceso a ese nuevo informador, únicamente los de más arriba. Los agentes de a pie de la DEA también se quedaron fuera del caso. Lo que ocurrió fue que Le Seure decidió introducir agentes especiales de otras jurisdicciones.

—¿Agentes de la DEA?

—Sí, pero de otras partes del país, gente que sabía seguro que no podían estar involucrados. Vinieron de incógnito. Los tipos de la DEA que yo conocía ni tan siquiera sabían quién era esa gente. Quedó herméticamente cerrado el asunto.

—Y ésos fueron quienes se encargaron de Denise —comenta Brandon.

—Sí, que yo sepa.

—Lo cual habría sido perfecto, con una salvedad: que el propio Le Seure fuera la filtración.

—Tú lo has dicho —dice Ellen—. Entonces no habría sido más que una cortina de humo, un montaje creado por él para ocultarse.

—Lo que aún no sabemos es por qué lo hizo. ¿Qué ganaba con ello? Todavía no consigo verle el sentido.

—Anoche te dije que estaba trabajando en algo.

—¿Confías en mí?

No es ni mediodía. Ellen está tumbada en el sofá del salón con los pies en alto, tomando un refresco de naranja. Echa un vistazo a su reloj.

Brandon no contesta.

—No confías en nadie, ¿verdad?

—No del todo; ahora, no.

—Ajá. No confías en mí. ¿Crees que yo podía ser la filtración? Yo podía saberlo; estuve en el caso desde el principio hasta el final.

—Tal vez. Si es así, estoy bien jodido porque me has llevado por donde has querido.

—Bueno, piénsalo bien, Frank, y decídete. Si aún estás conmigo, vete fuera y gira a la izquierda, hasta el aparcamiento de la entrada. Quédate en la curva y haz que se vea que estás solo.

—¿Hablas en serio?

—Sí, señor. Pero sólo si confías en mí.

Está guapa tumbada así en el sofá, con un jersey largo y una falda estampada de flores que se le ha arremangado por encima de las rodillas. Debe de ser unos quince años más joven que él.

—Tienes unas piernas muy bonitas —le dice.

—Gracias.

—Lo que no significa que confíe en ti, pero soy capaz de hacer el idiota por unas bellas gambas.

—Gambas —dice entre risas—. Esa palabra delata tu edad, veterano.

Brandon se pone el abrigo y se dirige al lugar que le ha indicado. Poco antes había estado lloviznando, pero ahora la llovizna se ha intensificado hasta convertirse en lluvia fuerte y hace frío; deben de estar a pocos grados sobre cero. Su resfriado, que empezaba a presentar una ligera mejoría, probablemente volverá a agravarse con este régimen. Le duele el pecho, por dentro y por fuera. Desliza una mano en el interior del abrigo y fricciona la herida que le dejó la bala.

Cinco minutos después, un El Dorado nuevo gira en redondo por la curva del camino de entrada al aparcamiento y se detiene en seco frente a él. La puerta del pasajero se abre y sale un gigantesco monstruo de cuello grueso que, sin mirarlo siquiera, le abre la puerta de atrás.

—Entra —dice el monstruo.

—¿Para quién trabajas?

—¿Vamos a estar jugando o vas a entrar de una vez? Te doy tres segundos.

Brandon se mete dentro. No hay nadie en el asiento trasero. El coche arranca deprisa en dirección al centro de la ciudad. Al salir de la autopista, veinte minutos después, reconoce el lugar. Había estado una vez allí, años atrás, con Lorraine: el Barrio Griego.

Cruzan casi todo el barrio hasta un callejón sin salida bordeado de edificios de cinco o seis plantas de la época anterior a la Depresión, ornamentados pero que acusan el cansancio del paso del tiempo. La mayoría de ellos tienen ventanas con rejas de acero pintadas de negro. Se detienen frente a uno de esos edificios de ladrillo rojo, que podría ser un almacén o un bloque de pisos, y el conductor sale del coche. El monstruo del asiento del pasajero mira a Brandon.

—Vamos —le dice.

Brandon los sigue, a través de una puerta metálica de seguridad oxidada y muy abollada, hasta un vestíbulo destartalado y un ascensor antiguo de verja manual y elevador de latón.

Mientras suben, aparece un detector electrónico en la mano del conductor. Lo pasa por todo el cuerpo de Brandon, por la espalda, el pecho y entre las piernas.

Brandon le entrega la pistola.

El hombre deniega con la cabeza.

—Cables —dice.

En el cristal granulado de la puerta del despacho del quinto piso hay un cartel que dice «JACOB JOSEPH GAMBOLOS, EX COMANDANTE, ABOGADO». El despacho no es gran cosa: una salita de recepción pequeña en la que una secretaria de piernas robustas y leve bigote deja de teclear para anunciar su visita, y una habitación trasera sombría en la que el abogado espera sentado detrás de su escritorio.

Brandon se sorprende, creía que iba a encontrarse con un hombre corpulento, un griego de brazos y cuello recios, pelo engominado y traje de mil dólares. Pero Gambolos es pequeñito —abulta la mitad que la secretaria de la salita— y muy muy viejo. Su rostro es un laberinto de arrugas y pliegues, tan marcados que resulta imposible adivinar cómo debía haber sido en otros tiempos. Tiene manos diminutas, de dedos delicados y largos, apenas más gruesos que lápices, coronados por unas uñas de color sonrosado. Despliega esos dedos finos y le hace señas a Brandon de que entre, se siente y se ponga cómodo.

Uno de los dedos de lapicero oprime un botón del escritorio, y aparece la secretaria con dos tazas de café y una jarrita de leche. Gombolos le hace una indicación con la cabeza y la mujer se marcha.

—¿Sabe quién soy?

—No —responde Brandon.

—Soy abogado. Tengo un cliente, la Compañía Constructora Papalanos. —Su voz suena tan arrugada y desgastada como su rostro, diríase el croar de una rana que llega del otro lado de una charca—. No puedo contarle nada, detective, estoy seguro de que lo comprenderá. No puedo admitir nada en nombre de mi cliente. Ni puedo dar respuesta a los misterios que intenta resolver, porque desconozco las respuestas. Aún así, sus amigos de aquí, de mi ciudad, me han hablado de usted. Han dejado claro que tenían poder para ejercer una gran presión si era necesario.

—¿Se refiere a Ellen Byers?

—Tiene mucho más poder del que usted se imagina. Probablemente es uno de los tres o cuatro agentes de estupefacientes mejor relacionados de Detroit. Por lo que a mí respecta, le dije que no era necesaria ninguna presión. Me alegro de hablar con usted, quiero que comprenda que todo esto está acarreando muchos quebraderos de cabeza a mi cliente, muchos quebraderos de cabeza. Su nombre se ha visto involucrado en este asunto y eso lo perjudica, perjudica a su reputación y a su negocio. Haría cualquier cosa para que todo terminara.

—Si no puede decirme nada, ¿qué estoy haciendo aquí?

—¿Por qué no me cuenta lo que sabe, las conclusiones a las que ha llegado? Quizá pueda orientarle.

Brandon va directo al grano y le cuenta su teoría sobre la connivencia de James Le Seure y Louie Papalanos entre 1983 y 1984. El hecho de que, por alguna razón, Le Seure dejó que Papalanos se enterara de que habría una reducción en el suministro de heroína en la ciudad, para que Papalanos aprovechara la ocasión y empezara a suministrar derivados sintéticos. Que el cuñado de Le Seure los ayudó proporcionándole la heroína sintética a Papalanos, y que Le Seure los protegió durante todo aquel período.

Brandon sabe que sólo son especulaciones, simples conjeturas sobre el funcionamiento de la operación y la confabulación de Le Seure con Papalanos, pero cuando ve que el abogado apoya las manos sobre la mesa, observa cómo se incorpora en la silla y se yergue hasta poder mirar a Brandon desde arriba, y contempla cómo el rubor de la ira se adueña de su rostro, comprende que lo ha puesto nervioso. Por un instante, Brandon ve a aquel hombre pero más joven, intuye cómo debía ser cuarenta años atrás.

Espera un poco y Gambolos vuelve a arrellanarse en la silla, entrelaza las manos y se hace viejo de nuevo.

—Eso es tanto para que usted vea lo que yo sé como para echarme una mano, ¿no es así? —dice Brandon.

—El mundo es un mercado.

—¿Estoy en lo cierto?

El anciano se encoge de hombros y se vuelve un poco para contemplar la llovizna a través de la ventana.

—¿Están sus clientes involucrados en la situación actual? ¿Están detrás de la producción de Fang?

—No.

—¿Están conectados de alguna forma con los asesinatos relacionados con esta droga? ¿Con Michael Straw? ¿Con los hermanos Babcock? ¿Con Petie Boncaro? ¿Con la muerte de Tommy Winter?

—No.

—¿Tienen algún motivo para que la reaparición de este sintético químico les suponga una amenaza?

No hay respuesta.

—¿Y James Le Seure?

—A eso no puedo contestarle. No lo sé.

—¿Sus clientes tienen alguna relación con Le Seure en estos momentos?

—Eso no es asunto suyo.

—Sí que es asunto mío. Si están relacionados, son sospechosos y, si lo son, puedo conseguir una orden de arresto de mis colegas del Departamento de Policía de Detroit o de la DEA, que también participa en esta investigación.

Gambolos menea la cabeza y hace tamborilear sus dedos menudos sobre el escritorio.

—No me amenace. No le he hecho venir aquí para oír sus amenazas.

—¿Para qué me ha traído aquí?

—Es usted un toro, detective. ¿No se lo habían dicho antes?

—No, eso aún no me lo habían dicho.

—Este asunto es complejo, delicado. No se deshace un nudo complejo tirando de los cabos, tiene que desenredarlo, desatarlo con sutileza, ¿me sigue?

—La cuestión es, ¿qué puede decirme usted?

—Pregúnteme algo que pueda contestar.

—Muy bien. En mi teoría de la conspiración Le Seure/Papalanos hay una laguna que no consigo llenar: ¿Por qué lo habría hecho Le Seure? ¿Por qué iba a arriesgarse de ese modo cuando estaba al borde de su éxito político? ¿Por dinero? Eso no encaja.

—Al *borde* de su éxito político, ahí está su respuesta. James Le Seure era una de las personas que Jovanovich tenía en mente; ya había elegido a otras tres. ¿Sabe quiénes eran?

—Sí.

—¿Ha pensado en las razones por las que los nombró?

—Podían ayudarlo.

—Claro que podían ayudarlo. De lo que se trata es de cómo podían ayudarlo. ¿Qué es lo que se hace en esta ciudad? ¿Cuál es su auténtica fuerza?

—La producción.

—¿Y qué es lo que hace que la producción funcione?

Brandon se encoge de hombros.

—Imagínese que es usted un político; que anda buscando muchos votos. Piénselo un poco. ¿Dónde está el poder?

—En los sindicatos.

Gambolos se reclina en su silla y se frota las patillas; después, abre el primer cajón de su escritorio y saca un paquete de Kent y un cenicero.

—Se supone que lo he dejado, pero me permito uno o dos al día. —Le ofrece el paquete a Brandon, que acepta uno con mucho gusto.

—Los sindicatos —repite el abogado—. Eso era lo que Jovanovich necesitaba en su calidad de candidato independiente. Y como usted ya sabe, los sindicatos no suelen funcionar de un modo muy democrático; están controlados por un pequeño grupo de personas influyentes, a veces por una única persona. Cada sindicato es diferente. Algunos están dirigidos por la mafia tradicional; otros, por un puñado de dirigentes obreros que han logrado subir de categoría; y otros, por otros grupos... —Se encoge de hombros.

—De modo que esos asesores eran personas que controlaban los sindicatos.

—O, al menos, tenían influencia. Jovanovich necesitaba largas listas de votantes organizados; eso era lo que, según él, podían ayudarle a conseguir sus supuestos asesores. Pero como para todo, uno necesita cierto impulso. Así que, ¿cuál cree que fue el primer sindicato que respaldó al candidato?

—¿El AFL? —apuntó Brandon, encogiéndose de hombros.

—Se equivoca. Debería haber investigado un poco más, eso es un asunto de carácter público. ¿Se rinde? El primer sindicato que respaldó oficialmente al señor Jovanovich fue la Ironworkers Union y después lo hicieron los del ramo de fontanería y los de electricidad.

—Todos los sindicatos de la construcción.

—Exacto. De modo que, ¿quién cree que tenía el contacto? De los auténticos agentes de poder de Detroit, ¿quiénes eran los más fuertes en el sector inmobiliario? ¿Quiénes eran los que tenían mayor poder en urbanismo?

Asiente, intentando sonsacarle una respuesta a Brandon. Al ver que de parte de Brandon la respuesta no llega, se responde a sí mismo.

—Había tres hombres —dice—, pero el más poderoso, el que controlaba la mayor parte de los sindicatos... era Louie Papalanos.

—Eso es —exclama Brandon—. ¡Santo Cielo!

—Después le siguieron otros sindicatos, como el textil y el del automóvil. Pero la influencia de Papalanos fue la que marcó la pauta.

—Entonces, el hombre que consiguiera el respaldo de Papalanos, tendría mucho poder de cara a Jovanovich.

—Y mucho poder en general si Jovanovich salía elegido, a lo cual, con toda certeza, los sindicatos iban a contribuir.

De modo que eso era lo que Le Seure necesitaba. Fue a ver a Papalanos y le pidió el apoyo de los sindicatos de la construcción. Si lo conseguía, se aseguraba una baza. Jovanovich no sólo contaría con un asesor en su campaña electoral que daba la imagen de cruzado contra la droga, abogado competente y experto en temas jurídicos, sino que contaría también con el respaldo crucial para empezar a asegurarse el voto de Detroit. Pero los viejos lazos familiares no pesaban lo suficiente para ese tipo de favor, así que Le Seure tuvo que ofrecerle una jugosa recompensa. Y

¿qué podía ofrecerle? Información, una información que devolviera el dinero a las arcas de la familia Papalanos en un breve espacio de tiempo.

—¿Por qué me cuenta todo esto?

—Yo no le cuento nada; sólo le he dado una pequeña lección de historia política local. No hay nada de sorprendente o ilegal en eso. Delicadeza, recuerde.

—Está enojado con Le Seure, ¿no es cierto?

Gambolos parece de roca, sentado sin pestañear y con los labios fruncidos en un puchero.

—¿Personalmente? No. Lo que me molesta es que no lo hayan llevado mejor, que se les haya escapado de las manos y salgan todos malparados. Quiero que se termine, no me importa cómo.

Brandon fuma y Gambolos también. Un momento después, Gambolos dice:

—La gente que usted persigue tiene muchos secretos que ocultar. Todos ellos. Debe comprender que la información que reciba sólo le servirá para su exclusivo provecho, no podrá decir lo que ha descubierto, no es el tipo de información que puede exponerse en un tribunal.

—Comprendo.

—¿Se da cuenta de que nada de esto llegará jamás a los tribunales? ¿De que si se hace justicia, será de forma espontánea?

—No estoy seguro de entenderlo.

—Esas personas no son gente corriente, no se los puede coger por los cauces habituales, no pueden ser arrestadas y procesadas. —Gambolos se inclina hacia delante por encima del escritorio, aproximándose tanto que Brandon percibe el olor a humo y ceniza de su aliento—. Se aprende lo que es y lo que no lo es. Se descubre la verdad. Y, entonces, se actúa en consecuencia. Se actua rápidamente. Y de manera definitiva. ¿Comprende?

Brandon mira los ojos negros del anciano y se da cuenta de que entiende perfectamente lo que acaba de decirle. Y aún comprende algo más: eso no es sólo un consejo; es una oferta. Le ha ofrecido su ayuda. Se pueden lograr muchas cosas. Muchas.

Gambolos se echa hacia atrás y vuelve a ser el abogado de siempre.

—Eso es todo, detective. Siga el camino de ladrillos amarillos, y que tenga un buen día.

No entiende la broma hasta que está dentro de El Dorado en la autopista, de vuelta al suburbio de Ellen. El camino de ladrillos amarillos sólo lleva a un sitio: a la ciudad de Emerald .*

Lancaster llamó a Ellen y dejó instrucciones en el motel para que Brandon pudiera recoger las notas y la cinta de Denise; las había dejado en un cajón del escritorio y había precintado la puerta para que no se cerrara. Spinner también había llamado con un mensaje urgente.

Pero antes que nada, Brandon se sienta junto a Ellen y la pone al corriente.

—Quieren que les quites de en medio a Le Seure —dice ella—. Maldita sea.

—Escucha —le dice Brandon—. Quiero copias de la foto de Denise Richards; primero necesito una ampliación clara de su cara y después ampliaciones por secciones para poder ver los rostros de cuantos la rodean.

—Dalo por hecho.

Descuelga el teléfono para llamar a Spinner, pero antes de que pueda marcar el número, Ellen lo coge del brazo.

—Frank, escúchame con atención. Después descubres lo que tengas que descubrir, pero antes de hacer cualquier movimiento, llámame. Yo estaré aquí. Este caso está emponzoñado; si lo tocas, mueres. Tenlo siempre presente.

—¿Crees que no volveré a hablar contigo?

—No. Creo que eres impulsivo y temperamental y, ahora mismo, esas dos características son tus peores enemigos.

Encuentra a Spinner en su casa.

—¡Ah, Brandon! —le dice Spinner. —Ya era hora.

—¿Qué pasa?

—Ha ocurrido algo en el hotel Washington. Lo teníamos controlado. No había entrado ni salido nadie parecido a ese Arnie Holt, y creía que ya habíamos interrogado a todo el mundo. Pero estábamos haciendo un último repaso, estábamos arriba, en el sexto piso. Sólo que esta vez me

* Referencia a *El Mago de Oz*. *(N. del t.)*

he dado cuenta de que una anciana que no habíamos interrogado nos espiaba por la rendija de la puerta. La llamé. Ella cerró de golpe, pero al golpear en su puerta con los nudillos, me abrió. Le enseñé el retrato de Holt, y se limitó a señalar con el dedo.

»¿Dónde?

»Salió al pasillo y señaló la habitación seiscientos treinta y ocho.

—¿Y?

—De eso hace veinte minutos.

—¿No habéis entrado?

—No.

—No lo hagas y no llames a la puerta, espera a que llegue yo. Vigila esa planta y pon a un hombre de guardia en el vestíbulo. Si hay alguna habitación desocupada en esa planta, meteros dentro. Si alguien se acerca a esa habitación, échale el guante. Yo tengo que hacer una parada rápida y después me pondré en camino. Quiero registrarla antes de delegar.

—¿No necesitamos una orden?

—Llevo una pegada a la suela del zapato.

29

Está acostada en la cama, con las mantas tan arriba que sólo le asoman los ojos y el cabello oscuro. Él imagina una sonrisa en su rostro, una sonrisa leve y enigmática producto de algún sueño placentero. Espera a que se despierte, sentado en una cómoda butaca tapizada que ha arrastrado por la habitación hasta dejarla a un metro de la cama. Entre la butaca y la cama, ha dispuesto una mesita plegable en la que descansa la Magnum 357 que le compró su padre, un paquete de tabaco y un cenicero para ella, una botella de Johnnie Walker, etiqueta negra, dos vasos y su papelina de caballo.

Se levantará hambrienta, pero ahora no es momento de alimentarse. Alcohol y tabaco es lo que le suministrará. Se quedarán todo el día en esa habitación. Beberán y charlarán. El mundo no existe, ni la vida. No hay responsabilidades. Sólo hay historia.

Lo estaba esperando tal como él le había indicado, mirando por encima del *USA Today*, tomando café, nerviosa y con cara de cansada. Debía llevar unas dos horas allí. Su intención era llegar antes, pero quería una copia de la cinta de Denise y se había pasado más de una hora dando vueltas con el coche en busca de un *drugstore* nocturno donde comprar una segunda grabadora y una cinta virgen.

Se paró en el Bunnie's y le pidió cambio a la muchacha del mostrador para llamar por teléfono. Storm lo estaba observando. Sus miradas se cruzaron durante unos breves instantes, pero Lancaster en seguida miró hacia otra parte.

Esperó en el coche alquilado hasta que, al cabo de un minuto, apareció. Entonces rodeó el edificio por detrás y se detuvo hasta que ella lo alcanzó. Llevaba la misma capa negra que le había visto por última vez en la clínica.

Parecía contenta de verlo, le pasó los brazos alrededor del cuello y lo abrazó.

—Estaba preocupada por ti —le dijo.

—Y yo por ti —contestó él—. ¿Dónde podemos ir?

—Conozco un lugar. La casa de una amiga que se ha ido de la ciudad. Tengo la llave.

Ésa fue toda su conversación. Ella no hizo ninguna pregunta durante el trayecto al apartamento, ninguna mientras subían las escaleras, ni al dejar las bolsas en el salón. Lancaster se dio una ducha. Cuando salió, Storm ya estaba en la cama dormida.

El apartamento resultó ser el lugar ideal, situado en un anónimo complejo urbanístico de los suburbios de la parte oeste, no muy lejos de su propia casa. Demasiado perfecto, en realidad. No se sorprendió.

Se despierta con una sonrisa y se incorpora un poco.

—Hola —susurra él.

—¿Qué estás haciendo?

—Me gusta la pinta que tienes.

—Apuesto a que estoy horrible, debería asearme un poco. —Se pasa los dedos por el cabello.

—No. No te levantes.

—Adrian. —Se incorpora un poco más y ve la pistola—. ¿Para qué quieres eso?

—Como protección.

—Me pone nerviosa.

Él asiente y esnifa una raya de heroína.

—¿Pasa algo?

Asiente otra vez.

—Me estás asustando.

—Sólo quiero hablar contigo, Storm. Toma. —Sirve dos dedos de escocés en un vaso y se lo ofrece.

—¿Bromeas?

Se lo bebe él y vuelve a llenar el vaso.

—Mejor que empieces a darle —le dice—. Tendrás que aguantar el tipo.

Ella se incorpora del todo y se sienta con las piernas

cruzadas bajo las mantas y los brazos cruzados sobre el pecho.

—¿Has averiguado algo?

—¿Empiezo por el final o por el principio? —pregunta, asintiendo una vez más.

—Basta, Adrian. —Echa las mantas a un lado y se dispone a levantarse.

—Vuelve a meterte en la cama, maldita sea —le advierte, pistola en mano, esperando de pie hasta que ella vuelve a cruzar las piernas debajo de las mantas—. Esto no va a ser nada fácil y quiero acabar cuanto antes. Después podremos seguir con lo que sea que tengamos entre manos, pero ahora mismo nos vamos a dedicar a esto y a nada más. No nos moveremos de aquí aunque nos lleve todo el día.

—No lo mandes todo al carajo —dice ella—. Ahora, no. —Su mirada ha cambiado, él advierte algo distinto que no había notado antes, una rabia, una fuerza que ni siquiera había imaginado. También su voz es distinta, el cambio es sutil, es algo que no acierta a definir, tal vez el nuevo acento con que subraya esas cuatro palabras.

—Anoche, antes de encontrarme contigo, hablé con Brandon; me dijo que Kevin estaba vendiendo un Fang fabricado aquí, en Morgantown. También me contó que desde la clínica se habían hecho una serie de llamadas, que se iniciaron en octubre, al apartamento de Straw en Detroit. Brandon supuso que las había hecho Kevin pero tú y yo sabemos que, aunque Kevin estaba sometido a una terapia en la clínica, hacía tiempo que no aparecía por allí. Todas las llamadas se habían hecho los martes y los jueves por la tarde. Por eso, a primera hora de esta mañana he llamado a una de las secretarias de la clínica.

—Y te ha contado que yo estaba echando una mano con un grupo nuevo esas tardes, ¿no? ¿Y qué?

—Tú eras amiga de Kevin, erais suficientemente íntimos como para que supieras con qué gente estaba trapicheando. Al menos tienes que saber quién hizo esas llamadas, si no fuiste tú. —Lancaster se sirve otro trago de Johnnie Walker.

—No tienes ni idea de nada.

—¿Me vas a dejar que beba solo?

Esta vez ella acepta el vaso que le ofrece.

—Así que —continúa Lancaster—, ahora la cuestión es saber de qué va este juego, dónde conseguía la droga Kevin y en qué momento interviniste tú.

—Yo sólo le ayudaba.

—Eso no tiene sentido. ¿Cómo pudo hacerse con una partida de una variante de fentanil que había desaparecido hacía años? ¿Cómo fue a parar esta molécula, que me consta había diseñado Denise Richards, a manos de Kevin Babcock?

Storm sirve un trago, largo esta vez, para Lancaster y otro para ella, se miran y brindan. El whisky, tan temprano y con el estómago vacío, pega rápido y fuerte. Sienta bien, piensa Lancaster, que vuelve a llenar los vasos y le enciende un cigarrillo a Storm.

—¿A qué conclusión te ha llevado tu lógica?

—No sé si es mi lógica. La intuición, quizá. Creo que la suministrabas tú. ¿Aún no estás borracha?

Storm hace un gesto afirmativo.

—Yo también. No te dirigiste a mí por accidente y tampoco fue sólo porque yo había tratado a Kevin. Sabes exactamente quién soy, por eso viniste después a mi casa, no sólo porque tuvieras miedo. Sabías quién era yo mucho antes de venir a pedirme ayuda.

Ella lo observa con un leve balanceo.

—Así que volvamos a la lógica. ¿Cómo podías suministrar una droga que inventó Denise y que desapareció con ella?

Storm se recuesta en la cabecera de la cama, esperando a que él responda a su propia pregunta. Lancaster se contesta con otra pregunta.

—¿Por qué aquí, en este lugar tan pequeño? Podías haberlo hecho en cualquier otra parte, habría sido más seguro en la ciudad, mucho más anónimo. Aquí todo es mucho más expuesto.

—¿A ti qué te parece?

—Por mí.

—Quería que tú te enteraras —dice con una sonrisa dulce—. Quería que supieras lo que había ocurrido, porque me parece que nunca llegaste a saberlo. Creo que pensabas que ella se había ido y vivía en alguna parte.

—¿Fue así?

—No. La mataron, Adrian.

Le da un vuelco el corazón; ésa es la verdad y lo sabe. Se sorprende de su propia reacción, de esta renovada sensación de pérdida, de la esperanza que se ha permitido albergar.

—¿Viste su cadáver?

—¿Qué más da? Me lo había contado todo, cada uno de los detalles de su vida; me había hablado de ti y de cómo te quería, de los cerdos para los que trabajaba, del asunto en el que estaba metida; me dijo que iba a identificar al cabrón que lo había organizado y a acabar con él. Pero sabía que quizá no saldría de ésa, Adrian. Me prometió que en cuanto acabara con este asunto volvería a casa; sin ti, yo era lo único que le quedaba. Pero no llegó a llamar. Entonces supe que la habían asesinado. Lo que nunca he comprendido es por qué no la ayudaron los agentes de narcóticos si trabajaba para ellos. ¿Cómo es que dejaron que se metiera en ese tinglado y no volviera a salir de él y no hicieron nada al respecto?

No se trata tan sólo del acento, ese deje de Kentucky, sino también de su dicción, tan cuidada como siempre, pero con un matiz distinto.

—Eres actriz.

—Sí. Soy actriz. Ella pensaba que yo tenía talento, así que después de su muerte, volví y me gradué en la Universidad de Cincinnati.

—¿Lo hiciste por ella?

—Por mí y para vengarla a ella. Es una técnica que siempre viene bien. ¿Qué otra cosa podía hacer?

—¿Cuánto dinero dejó? ¿Derechos por patente?

Storm coge un cigarrillo de la mesa que hay entre ellos y lo enciende.

—Depende. Este año no será gran cosa, cuarenta y cinco o cincuenta. El año pasado casi fueron setenta y cinco mil.

—¿Y?

—Hay una cuenta suiza, en un banco de las Bahamas. Me dejó algo menos de ochocientos mil dólares.

—¡Joder! —Aparta la silla de la mesa y se levanta.

—¿Estás enfadado?

—No. No lo sé. —Sólo aturdido otra vez ante la magnitud de lo que desconocía—. De modo que te has consagrado a ello. ¿Por qué has esperado tanto?

—Tenía que ser la composición química exacta, era la única forma de que la cosa funcionara. Ella me dejó todas sus notas después de que te arrestaran, cuando supo que todo había acabado. Me lo dio todo para que lo guardara, libros de consulta, esquemas, grabaciones de conferencias... Por supuesto, yo no entendía nada. Le pagué a un amigo que estaba haciendo un doctorado en farmacia para que volviera a sintetizar esa droga y se quedara calladito. Tenía que mantener a su mujer y a su hijo. No te imaginas el trabajo que supuso.

—Estoy dispuesto a imaginarme cualquier cosa, Storm. ¿O debería llamarte Liz? —Se desplaza hasta los pies de la cama y se la queda mirando desde arriba.

—Storm suena bien, ¿no?

—Sí, me gusta más. ¿A quién has matado hasta ahora?

—No he matado a nadie. ¿Estás grabando esta conversación? ¿Tienes a tus colegas de la poli ahí fuera con las esposas a punto?

—Ahí fuera no hay nadie.

—Siéntate, ¿quieres? Me estás poniendo nerviosa. —Lancaster vuelve a sentarse y ella dice—: No he tenido que matar a nadie, eso es lo más bueno. Todo lo que tuve que hacer fue poner ese veneno en la calle y salir de en medio. Sabía que esos hijos de puta empezarían a matarse los unos a los otros.

—¿Quiénes?

—Para empezar, Michael Straw y Bobby Karnowski. Y no sé quién más. Tú me vas a ayudar a averiguarlo.

Lancaster se echa a reír.

—Michael y Bobby fueron los que se la llevaron, ¿sabes? Me llamó de camino a casa de Bobby. Me acuerdo de aquel día; era un día espléndido de otoño. Las hojas acababan de mudar de color y el cambio de estación se sentía en el aire. Ella me dijo que aquí caían las últimas hojas. Estaba llorando, Adrian.

Storm se sienta en la cama, animada de pronto por el recuerdo de un día que debió de ser una agonía. Lancaster no se lo puede imaginar. La expresión de la cara de la muchacha ha vuelto a cambiar; tiene los ojos muy abiertos, la mirada fija y las mejillas encendidas.

—Tenía miedo. Estuve esperando su llamada todo el día, horas y horas. Pero no llamó. Ya sabes lo que pasa cuando esperas y esperas, pero la esperanza se va desvaneciendo. Y aún así no quieres admitir que todo ha acabado. Pero al llegar la noche, sabía que estaba muerta, que habían sido ellos o que, al menos, tenían algo que ver.

Lo mira con la boca torcida en una mueca de emoción. Cierra los ojos.

—Juré que esos dos lo pagarían y Straw lo ha pagado.

—Karnowski también. Murió apuñalado hace una semana.

—Pues me alegro. —Sacude la cabeza, bebe un trago y recupera el control.

—¿Y Kevin? —le pregunta.

—Fue un error terrible, él fue quien más me ayudó. Una vez resintetizada la droga, sólo fue cuestión de ir soltándola. Y pensé que este sitio era tan bueno como cualquier otro. Además, estabas tú, y acabarías por enterarte. Vine hasta aquí, me establecí, fingí ser cocainómana e ingresé en la clínica para someterme a tratamiento y terapia de grupo.

—Donde conociste a Kevin.

—¿Sabes alguna forma mejor de introducirte en la subcultura de la droga de una ciudad?

—¿Cómo te enteraste de lo de su hermano?

—Me limité a prestar atención confiando en que acabaría por encontrar a alguien. Estuve allí cerca de un año antes de ponerme en movimiento. Le compré varias veces a Seth a través de Kevin para ver si se las arreglaba bien haciendo pases.

—Encontraste la forma de hacer circular la droga.

—Sí. Convencí a Kevin para que distribuyera un poco de caballo, lo que supuestamente era caballo, a la gente que conocía, entre quienes, por supuesto, se encontraban Seth y sus amigos. Eran pequeños traficantes. Le dije que hiciera correr la voz de que había más material, de que queríamos hacerlo a lo grande; todos se harían ricos si lograban copar el mercado de Detroit. Si hay algo en lo que siempre se puede confiar es en la ambición de la gente. El socio de Seth en Jackson tenía contactos en Detroit y, antes de que me diera cuenta, la droga estaba en la calle. Sólo fue cuestión de tiempo que las personas que buscaba dieran con ella, descubrieran de qué se trataba y vinieran a ver qué estaba pasando. Lo que me parece increíble es que todo sucediera tan deprisa. Solté las primeras muestras a finales de octubre. Ni tres meses.

—¿Kevin sabía quién eras en realidad?

—No. Sin embargo, era el único que sabía que yo la fabricaba. Sabía que tenía que mantener la boca cerrada respecto a su auténtica proveedora, él era mi escudo. Pero también era un amigo, un verdadero amigo. Yo lo apreciaba; sentí mucho que se lo cargaran.

—Volvió a engancharse. ¿Sabes?, había llegado a dejarlo del todo.

—Eso fue culpa de Petie, no mía. Yo sólo traficaba.

—Tráfico. Tenías que saber que muchos inocentes se iban a hundir por eso. Quiero decir que te lo reconozco, es un plan muy inteligente por un lado, pero muy sucio por otro.

—No había otra salida.

—Seth ha muerto. El detective y yo hemos caído en un agujero, Seth y Holt trapichearon con alguien que acabó pegándole un tiro a Seth. A Brandon también le dispararon, pero ha sobrevivido.

—Ya lo he leído.

—Bonito, ¿eh? Pero Holt ha escapado. ¿Quién es? ¿Lo contrataste tú?

—No. Fue Kevin.

—Me dijiste que él te llamó por lo de Kevin. ¿Lo había planeado él? ¿O, en realidad, tú ya sabías que Kevin había muerto y sólo estabas jugando conmigo?

—No lo sabía, Adrian, ocurrió tal como te lo conté, Holt me llamó. Es verdad que quería involucrarte, pero no de esa manera; no quería que encontraras muerto a Kevin.

—Holt estaba presente la noche en que mataron a Petie y vio el pase, estaba con Seth cuando le dispararon. Tienes que saber quién es, tú fabricabas el material. Es evidente que Holt está de tu parte, Storm.

—¡Le dije a Kevin que se deshiciera de él! —asegura Storm—, pero para él era una protección. Al principio, pensé que era amigo de Kevin, pero después comprendí que Holt y él se habían conocido hacía poco, a través de Petie. Holt se le presentó y lo convenció de que necesitaba un gorila. Y a Kevin le gustó la idea de tener una especie de socio-guardaespaldas. Sabía que nadie podía enterarse de mi doble juego, pero lo ponía nervioso. Le parecía que era el único que se exponía y Holt le ofreció una tabla de salvación. Holt, que siempre llevaba encima una pistola, le daba tranquilidad, seguridad y poder, lo acompañaba a todas partes.

—Su protección no pudo salvarlo. ¿Holt sabía algo de ti?

—No. Kevin juró que no le había dicho nada; sabía que yo lo dejaría. Pero Holt nos vio juntos muchas veces, se olía algo pero no sabe que yo era la fuente de la droga. Todo el material que le pasaron desde la muerte de Kevin, la partida que viste en el aeropuerto, ya estaba fabricada y la tenía guardada. Hace semanas que yo no he hecho ningún pase. Empezó a tratar directamente con Petie y con Seth.

—Sí, pero mira, justo después de que yo encontrara a Kevin, Holt llamó a la policía y les informó del asesinato que había tenido lugar en aquella dirección. ¿Por qué llamó en aquel preciso momento? ¿Cómo sabía que yo estaba allí?

—La gente sabía que habías ayudado a Kevin en otras ocasiones. Quizá te siguió...

—¡Una mierda! —Lancaster da un golpe en la mesa con la palma de la mano y el cenicero y la botella caen al suelo—. De eso hace seis años. ¿Y ahora resulta que por casualidad me convences para que vaya a encontrarme con un chico muerto y por casualidad Holt me está viendo? ¡Venga ya!

—Quizá le comenté que iba a hablar contigo —dice, encogiéndose de hombros.

—Tal vez le hablaste de mí antes de que vinieras esa mañana, para proteger tu posición. Tal vez querías que Holt te tomara por una niñata... sin duda, eso es lo que creía Seth. Así que en algún momento dejaste caer mi nombre de forma que ellos pensaran que yo podía ser el químico. Era lo más natural, viví con ella más de dos años. Trafiqué para ella. Además, era el médico de Kevin.

Ella observa cómo se enfada. Lancaster prosigue:

—Holt te llamó aquella mañana para planear que fueras a la clínica y me convencieras de que me acercara a casa de Kevin; puede que supieras que estaba muerto y puede que no. Holt quería que me hicieras salir porque necesitaba saber si yo estaba al corriente del asunto. Él estaba enterado de lo de Kevin, tanto si tú lo sabías como si no. Llamó a la pasma para que me pillara allí con el cadáver. Eso te venía al pelo, era perfecto para ti porque *tú* le diste mi nombre en primer lugar para involucrarme. Sabías que yo acabaría por atar cabos, con Straw y Karnowski de por medio.

—Lo hice por ti.

—¿Y los rumores acerca de mí? Los empezaste tú. ¿Y las probetas que había en mi sótano? Eras la única que había estado allí. Yo salí de casa aquella noche para empezar la carrera para despistar a la pasma. Ibas a quedarte unos minutos, después tenías que largarte y reunirte conmigo. Y eso fue lo que hiciste, excepto que antes de marcharte te escurriste abajo y dejaste pruebas que me delataban como productor de heroína sintética.

Ella apoya la barbilla en el pecho y tuerce la boca en una mueca de tensión.

—¿Eso también lo hiciste por mí? —dice—. Muchas gracias por el maldito favor.

—¡Eras uno de ellos! —le grita—. ¡Eras uno de los que estaban con ella! También eras un camello, maldita sea. ¡Tú la mataste!

—Nunca supe nada de esa droga, Storm, nunca supe lo que ella hacía. Cuando nos fuimos de Ann Arbor, todo había acabado, lo único que hacía era chutarme con ella; durante dos años, todo lo que sabía era que éramos yonquis. No tenía ni idea de que seguía traficando. No tenía ni idea de que la fabricaba ella. Me enteré hace tres días, cuando fui a Ann Arbor y hablé con un amigo suyo.

—No te creo.

Lancaster coloca la grabadora encima de la mesita y pone la copia de la cinta que Denise le dejó. Su voz llena la habitación y desgrana una serie de hechos que le eran desconocidos, aclarando así que él no tenía nada que ver con el asunto del Fang, que no podía saber nada de eso.

Cuando termina, Storm está sollozando.

Lancaster se saca del bolsillo de la camisa una fotografía, una de las dos que Denise había dejado para él en su carpeta, la de su familia. Storm, conocida entonces como Elizabeth Richards, es una chica delgada con el pelo largo, debe tener unos doce años y lleva aparatos correctores en los dientes. Está de pie entre Denise, su madre y su padre y los cuatro sonríen a la cámara en un día de verano en Kentucky. Lancaster la tira sobre la cama.

—Anoche, cuando la conseguí, la estuve mirando y ni siquiera entonces me di cuenta de que eras tú, sólo lo comprendí cuando Brandon me contó lo de las llamadas. Es gracioso como un pequeño detalle hace cristalizar todo el mosaico: las cartas que escribiste, la cantidad de cosas que sabías, tu aparición en mi casa aquella mañana, las probetas en mi sótano, incluso los absurdos disparates con Seth en el Red's. Todo encajaba de pronto. Pensé que era muy listo imaginando todo esto. Pensé que te sorprendería cuando te lo dijera. Pero yo no pinto nada; incluso esta conversación, el que haya llegado a comprenderlo todo, sólo forma parte del plan.

—Más o menos. Alguien tenía que mostrarte la verdad.

—Ella nunca me había hablado de ti, no sabía que tenía una hermana.

—Me lo contó todo sobre ti. ¡Me quedé colgada de ti! —Storm ríe tímidamente y se seca las lágrimas con la sábana—. Cuando te conoció, mucho antes de que empezarais a vivir juntos, ya me hablaba de ti en sus cartas. Te amaba antes de que tú lo supieras, creo que se enamoró de ti en cuanto os conocisteis. Yo tenía dieciséis años la primera vez que oí tu nombre. Recuerdo que estábamos sentadas arriba, en mi habitación. No entendía por qué vivía con Bobby, mi padre lo sabía y no le hacía ninguna gracia. Y ahí estaba ella hablándome de aquel otro tío que acababa de conocer, un futuro médico con el extraño nombre de Adrian. Empecé a odiarte cuando ella murió; en aquellos momentos deseaba odiar a todo el mundo.

—¿Por qué no me habló de ti? —dice Lancaster—. ¿De ninguno de vosotros? ¿Sabes que el primer otoño que pasamos juntos fue cuando tu padre murió? Ni tan siquiera lo mencionó, y eso fue justo después de que empezara a fabricar Fang. ¡Dios mío! —Se lleva las manos a la cabeza—. Es culpa mía. Tiene que serlo. Estaba demasiado encerrado en mí mismo.

—No te lo tomes de esta manera —dice Storm—. Denise siempre había sido así. En ella todo eran compartimentos. Le costaba sintetizar, creo que necesitaba hacerlo para no explotar, lo sentía todo con demasiada intensidad. Se guardaba para ella cosas importantes durante meses.

—No. Habría sido distinto si yo hubiese estado allí de verdad, si me hubiera fijado en cómo se sentía, si le hubiese prestado atención. Podía haberla ayudado a que sacara lo que llevaba dentro. Yo hice que las cosas fueran de ese modo.

—Era muy fuerte, Adrian, creo que aún no te imaginas lo fuerte que era. Era mi madre, ¿sabes?

—¿Qué?

—No literalmente, claro, pero emocionalmente, pienso en ella como la persona que me ha criado. Más que criado, formado. Ella era la fuerte, la que me enseñaba. Nuestros padres no eran así y ambos trabajaron durante toda mi infancia, así que, de todos modos, estaban fuera. Pero ella estaba allí.

»Cuando estaba en tercero lo pasé muy mal porque se fue a la universidad y me quedé realmente sola. Tenía problemas con un chico de la escuela; de camino a casa, me esperaba en una esquina y se metía conmigo hasta ponerme furiosa y después me pegaba. Sucedía muy a menudo. Mis padres llamaron a la escuela y se reunieron varias veces con los suyos, una vez incluso lo expulsaron. El acoso paraba una temporada, pero siempre volvía a empezar.

»Las cosas llegaron a tal punto que tenía pesadillas con regularidad.

»Un día llegué a casa con rasguños porque me había puesto la zancadilla. Denise había venido a pasar el fin de semana. Me echó un vistazo y me arrastró por el brazo hasta la casa del chico, que se llamaba Rodney. Estaba jugando en el patio.

»"Ahora ve allí y enfréntate con él", me dijo.

»No quise ir y me eché a llorar pero ella me dijo: "No me voy a ir hasta que lo hagas." Lloré tan fuerte que me entraron náuseas; Rodney se acercó a ver qué pasaba, y se quedó allí plantado, sonriendo.

»Estaba tan furiosa y humillada que no podía soportarlo, pero ella no me dejó escapar y él se quedó allí, disfrutando con la escena.

»"Cobardica", me dijo el chico. Fue como si algo se reventara. Sin pensármelo, me erguí y le di un puñetazo en toda la nariz. No había visto en mi vida a nadie sangrar de aquella manera, estaba segura de que lo había matado.

»Después, Denise me abrazó y se disculpó una y otra vez, pero me dijo que ésa era la única forma de acabar con aquello.

»Y fue el final, ¿sabes? Ese chico no volvió a pegarme ni a amenazarme y las pesadillas también acabaron.

Lancaster siente un vacío, como si acabara de deshacerse de una parte de sí mismo que no volverá a recuperar. Pero esa sensación no es del todo negativa; aporta ligereza y espacio. Se le descargan los pulmones y respira con mayor facilidad.

Se levanta y deja en el suelo la pistola que hay encima de la mesa. Después, aparta la mesa de la cama y devuelve la silla a su posición original.

—Ya está bien —le dice—. Haré algo para comer, si te apetece.

—Ven —le dice ella. Lancaster se sienta en el borde de la cama; Storm lo atrae hacia ella, lo rodea con los brazos y apoya la cabeza en su hombro.

—Hace tanto tiempo que te conozco... —susurra.

—¿Qué vamos a hacer?

Se separa un poco de él y le mira el cabello, los ojos, la nariz. Luego se inclina hacia delante, hasta rozar su cara, hasta que sus labios se unen a los de Lancaster. Sus besos son como los de una niña, piensa él, breves y vacilantes, pero llenos de curiosidad. Tras un instante, empieza a devolvérselos. Los besos se hacen más intensos, sin que ni él ni ella titubeen acerca de lo que ninguno de los dos quiere detener.

Él le quita la camiseta. Caen de costado entrelazados hasta que quedan tumbados en la cama. Lancaster apoya una mejilla contra su vientre desnudo. Ella lo besa en la cabeza. Storm tiene la piel tan caliente que Lancaster se asusta pensando que está enferma pero al cabo de un momento advierte el calor en su propia cara, el sudor que le resbala por el cuerpo. Ella, que ya está completamente desnuda, vuelve a apartarse para acabar de desvestirlo.

—Mírala —le dice Lancaster deslizando las manos por sus breves senos, recorriendo su cuerpo hasta las caderas.

La tiende boca arriba hasta que queda debajo de él, sosteniéndole la cabeza con la mano. Los ojos oscuros de Storm están muy abiertos y él la penetra así. Ella le enrosca las piernas alrededor de la cintura. Está húmeda, están húmedos, tienen el vientre y las piernas húmedos, y al besarse de nuevo, Storm le tira del cabello y le araña el cuello.

30

La orden que Brandon lleva en la suela del zapato no es necesaria, veinte dólares y una sonrisa le bastan al arrugado recepcionista.

La habitación 638 está a nombre de un tal Zeke Bade y el recepcionista lo conoce.

—Nuestro querido Caraculo. Hace cosa de un año que ocupa la habitación, pero ahora mismo no está, de hecho hace un mes que no lo veo. A veces, se va de viaje.

—¿Le importa que eche un vistazo? —Brandon desliza sobre el mostrador los dos billetes de diez dólares y él le pasa la llave.

En otros tiempos, el Washington había sido un hotel-pensión de primera categoría, pero ahora, el vestíbulo huele a cerrado, casi todas las bombillas están fundidas y la moqueta muy desgastada. En el hueco de la escalera, que se ven obligados a utilizar porque los ascensores no funcionan, se han acumulado unos charcos de líquidos misteriosos, la iluminación es aún peor que en la recepción y el hedor les da arcadas.

A Brandon le duelen los pulmones y tiene que detenerse varias veces al subir la escalera. Cuando llega arriba está mareado, siente punzadas en las costillas fracturadas y le arde el pecho del esfuerzo.

Cuando llaman a la puerta de la 638, no obtienen respuesta. En la planta reina el silencio, de modo que Brandon abre.

Spinner entra primero, y Brandon lo oye exclamar, «¡La hostia!».

Apoyado contra la pared del fondo hay un colchón sin funda repleto de artillería: Una pistola automática Glock 23, calibre 40, con una recámara de veinticinco cartuchos y doscientos cincuenta cartuchos en cajas, una Remington semiautomática modelo 740, una escopeta de caza 30.06 con una mira Nixon 5X, cincuenta cartuchos blindados y cincuenta casquetes vacíos, una pistola de gas lacrimógeno, latas de gas y una pistola paralizante de 150.000 voltios.

Las mantas han sido dobladas y apiladas en un rincón.

Al otro lado de la habitación, pegadas con celo en la pared y presidiendo una mesa pequeña, hay unas fotografías de quince por veinte centímetros, tomadas a una distancia media, de Bobby Karnowski y de Mike Straw; y un poco más abajo, justo por encima de la mesa, un retrato de Adrian Lancaster.

Las prendas de vestir están desparramadas por toda la habitación: traje militar y un equipo para hacer motonieve.

Spinner señala con el dedo; la ubicua gorra de caza naranja con orejeras descansa en el antepecho de la ventana.

El primer comentario de Brandon es:

—Que no se toque nada. Que venga Jimmy ahora mismo sin que se entere nadie. Vamos a poner este sitio patas arriba en seguida y luego lo dejaremos todo limpio. Después de eso, podéis llamar a Lou.

Sale con cautela de la habitación y se lleva con él a Spinner.

Jimmy Méndez reparte guantes asépticos antes de volver a entrar. En primer lugar fotografía la habitación tal como está, y luego empiezan a investigar.

En el armario descubren más libros, guías de balística, manuales de instrucción de la marina y un ejemplar manoseado de *El príncipe* de Maquiavelo. Encuentran más municiones y una caja de bombas de mano, y detrás de ésta, otra caja, que contiene varios pares de matrículas robadas de seis estados diferentes, una cámara Cannon de 35 milímetros con una lente de largo alcance de 120 milímetros, un teléfono móvil y un cargador Panasonic y un tarro lleno de una sustancia gelatinosa de color claro.

—Ese cabrón estaba preparando una guerra —dice Spinner.

—Un cabello —observa Jimmy, mostrando un par de

pinzas. Ha estado examinando la gorra de cazador—. Bastante corto, fino y oscuro.

Jimmy echa un polvo especial en la culata de la pistola pero las huellas son difíciles de detectar hasta que, en el gatillo del 30.06 encuentran una auténtica belleza. La imprime, la mete en un sobre sellado y limpia el arma con alcohol para borrar cualquier resto del polvo o del almidón de sus guantes.

—Salgamos de aquí —dice Brandon—. Dejadles el tarro de gelatina a los federales. Debe tratarse del Napalm. Al recepcionista de abajo le pagaré para que se encuentre tan mal que tenga que irse a casa. Spinner, ve a ver otra vez a aquella anciana y dile que no abra la puerta a nadie en todo el día; después, dame media hora para regresar a la comisaría y aposentarme antes de que llames a Lou. Dile sólo lo que me contaste cuando estaba en Detroit. Extenderán una orden de registro y aparecerán por aquí. Vámonos.

Cuando Brandon entra en el vestíbulo del edificio de los Juzgados, se da cuenta de que ha cambiado algo. El sargento del mostrador de recepción lo observa a través de la abertura que hay en la mampara de cristal ahumado y Brandon lee una advertencia en su mirada. El escaso personal que deambula por el vestíbulo, un par de agentes y un recepcionista, también actúan con cautela.

Arriba, en el tercero, hay un gran bullicio y todo el mundo se mueve a la carrera, a pesar de que es la hora del turno de noche y la planta debería estar en silencio. La gente corre de aquí para allá; los encargados de mantenimiento pasan delante de Brandon cargados con una mesa justo en el momento en que se dispone a salir del ascensor. Ve a un agente al que conoce muy bien y arquea las cejas como si le preguntara *¿Qué pasa?*

El poli deletrea tres letras y al ver que Brandon no lo entiende a la primera, se lo repite.

La DEA. Los federales han instalado a sus hombres, la gente de Kline se ha trasladado al edificio. Brandon no está furioso ni decepcionado, sino que siente que es algo que no esperaba. No le importa, le resulta un alivio.

Brandon ve a varios hombres y mujeres trajeados a

quienes no conoce, unos seis, en total, que están arrimando unas mesas a las ventanas.

—Lou no ha podido evitarlo —explica el poli—. He oído decir que hoy se le han echado encima. Además de Ken Barnes, ha venido el mismo mayor Davies y dos concejales, aparte de alguien del condado. Un montón de camiones de la basura cargados de mierda humeante.

Brandon va al despacho de Lou Adamski. Adamski, el montón de ladrillos, está sentado detrás de su mesa, y Julian Kline, con uno de sus mejores trajes, está en el sofá.

—He vuelto —anuncia Brandon.

—Brandon —le dice Lou—. Ha habido un cambio.

—Está bien, Lou —asegura Brandon. La cara de ladrillo de Lou tiene una expresión casi de disculpa, algo que Brandon no le había visto antes. Le entran ganas de reír—. Es lo más acertado. Déjame que te cuente lo que he averiguado hoy y, después, me iré a dormir; me duele mucho el pecho y estoy agotado.

—Una herida como la que has sufrido tarda un buen tiempo en cicatrizar —observa Kline.

Brandon asiente y saca una carpeta y una casete.

—Esto nos lo ha pasado Adrian Lancaster, yo aún no lo he visto, sólo lo he recogido, como él quería que se hiciera. Son los documentos que Denise Richards le dejó hace seis años; cartas, listas de información y una cinta en la que detalla todo lo que les contó a los federales y lo que nunca le dijo a él. Quizá sirva de ayuda, al menos dará una idea de cómo estaba estructurado el grupo, pero, aparte de eso, no creo que sea de ninguna utilidad.

Brandon se lo pensó mucho antes de desvelar la información y, finalmente, decidió hacerlo, no por la importancia de lo que se contaba, puesto que la mayor parte de la información ya constaba en los archivos de la DEA, sino porque es una prueba irrefutable de que Lancaster no conocía la trama original de la fabricación de Fang. Quizá eso empiece a sentar las bases que lo exculparán cuando todo termine.

—¿Tienes un momento? —dice Brandon, dirigiéndose a Kline.

Ambos cruzan la sala en dirección al despacho de Brandon y cierran la puerta al entrar.

—Creí que te gustaría trabajar fuera de aquí.

—Pensaba utilizar la sala de conferencias.

—Déjala para el grupo. Usa mi despacho, no lo necesito.

—No puedes dejarnos plantados.

—Voy a descansar, me quedaré cerca del teléfono. Escucha, hay algo más.

Kline se sienta en la silla de Brandon, detrás de la mesa.

—Estoy siguiendo este caso muy de cercca.

—Como debe hacerse. Lo sabes mejor que nadie, Brandon, desde el principio, yo ya lo sabía. Quizá pensabas que estaba jugando contigo, tal vez creíste que me metía en tu terreno. Pero estaba seguro de que sabrías cómo llevarlo: solo y con la boca cerrada. Tuve que crear el ambiente adecuado para que las cosas fueran así. Tú y yo estábamos en lo cierto. Un buen ejemplo es que Lancaster se puso en contacto contigo después de desaparecer, tal como te predije. Si no hubieras sido tan reservado, si él hubiera tenido la más mínima sospecha de que vendrías a nosotros con esta información, o de que les estabas lamiendo el culo a los federales como los demás idiotas de por aquí, nunca se habría desprendido de la carpeta y la cinta, ¿no es cierto?

—Exacto.

—De modo que tenías toda la razón del mundo. Ahora tienes que saber cuál es el momento adecuado para compartir lo que has descubierto.

—Ha llegado el momento —dice Brandon. Se frota los ojos y reflexiona. El caso ha alcanzado demasiada magnitud y necesita ayuda, necesita a alguien poderoso que lo respalde. Ha llegado la hora de dejar que los chicos mayores empiecen a jugar como chicos mayores.

¿Pero cómo saber lo que debe ocultar y lo que debe entregar? Conservará a Ellen a su lado, sabe lo mismo que él y puede necesitarla, y, por supuesto, el contacto con Lancaster, él es quien tiene el as en la manga.

—¿Y bien? —dice Kline, inclinándose hacia delante y esperando una respuesta.

—Es James Le Seure, ha sido cosa suya, Julian. Él fue el cerebro de toda la operación y como jefe de la DEA lo tenía todo controlado. El caso nunca se habría llegado a resolver de un modo definitivo porque era él quien tenía que resolverlo.

—¿Cómo lo sabes?

Brandon le cuenta su teoría, y le informa de las investigaciones y de sus encuentros en Detroit.

—Nosotros hemos estado investigando la conexión con Papalanos aunque, por lo que dices, ya no está involucrado. Pero Le Seure...

Brandon hace un gesto afirmativo.

—¿Alguién más está al corriente de lo que sabes?

—Creo que no. Tíos, ¿vosotros no teníais ni idea? ¿Ni siquiera después de la aparición de Straw?

—Nuestra teoría oficial es que a Le Seure le están tendiendo una trampa por algún motivo —asiente Kline.

—¿En serio? ¿Crees que puede ser así?

—Sí y no —responde encogiéndose de hombros—. No resulta fácil acusar a tu antiguo jefe de esa clase de crímenes. Observamos y nos mantenemos a la espera y vamos reuniendo pruebas. Y ya veremos dónde nos llevan. ¿Quién sabe?

Brandon asiente de nuevo y se lleva a los labios un Camel sin encender.

—Has hecho un trabajo de artista, Frank.

En la sala, oye el teléfono de Lou y al cabo de un momento suena su propio intercomunicador. Kline lo descuelga y, por su reacción, Brandon adivina que es Spinner que llama dando parte de su hallazgo desde el hotel Washington. Brandon sonríe mientras Lou y Kline corren como locos hacia el ascensor. Después, pone los pies sobre la mesa y enciende el cigarrillo.

31

Por primera vez en lo que va de invierno, Lancaster agradecería una nevada. Incluso en noviembre, cuando con las primeras neviscas se creó un ambiente general de anticipación, como suele suceder en los cambios de estación, él anhelaba el calor, el sol. Ahora, sentado frente al hogar en el salón de este apartamento iluminado por la luz crepuscular, con Storm acurrucada entre sus piernas, una manta encima de los hombros y un buen fuego, desea que caiga sobre el mundo una nevada densa e intensa, que aisle y acalle. Pero no está nevando, está lloviendo, lluvia fuerte y fría que convertirá en lodo helado de febrero la nieve que ya ha empezado a caer. Todos los años sucede lo mismo.

El whisky casi se ha terminado. Está oscureciendo.

—La clave era Straw —dice Storm—. Denise me escribió diciéndome que cuando Straw comenzó a aparecer con mayor frecuencia, Bobby empezó a hablar de fabricar en cantidad, y dijo que quería algo nuevo y realmente bueno. Comentó que había conectado con un mercado increíble. Ella todavía no había atado cabos. Fabricó un poco más y Bobby comenzó a presionarla para que produjera a mayor escala. Denise se negó. Entonces, Straw la amenazó diciéndole que si no colaboraba te denunciarían a ti. Sabía cosas que podían pringarte, incluso cosas que Bobby no tenía manera de saber, así que Denise continuó colaborando.

—¿Ella te contó todo esto?

—Al final, y exactamente así. Busqué a Straw pero no logré dar con él. Su nombre no figuraba en la guía, no tenía trabajo conocido. Karnowski era mucho más fácil de localizar, pero no me acerqué a él. Me limité a observar y esperar.

Fuma un cigarrillo tras otro, y los apaga por la mitad

para encender el siguiente. Lancaster se da cuenta de que está muy nerviosa. Nota la tensión por el simple contacto con su piel, como si ésta apenas pudiera reprimir la energía que contiene.

—En diciembre, ciertas personas de Detroit visitaron a Seth y actuaron como si quisieran entrar en el negocio. Le aseguraron que podían darle mucho color, quitar de en medio al intermediario y distribuir todo cuanto él pudiera suministrarles. Le dije a Kevin que hablara con Seth y que él les dijera que podíamos negociarlo. Pero yo haría el contacto.

—Todo esto sin que Seth conociera tu identidad.

—Exacto. De modo que le dieron un número de teléfono, que me hizo llegar a través de Kevin. Yo no sabía dónde llamaba, sólo que era un número de Detroit. Pero pagué a alguien para que siguiera la pista y resultó ser el apartamento de Michael Straw. Entonces supe que mi plan había funcionado. Se habían dado cuenta de lo que era aquella droga y habían estado husmeando. Así que me puse manos a la obra. Llamé, esperé un par de días, les di falsas esperanzas. Algunas de esas llamadas se hicieron desde la clínica.

—¿No habría sido más fácil llamar desde un teléfono público?

—Lo hice a veces. Pero tú estabas en la clínica y era una forma más de meterte en el asunto. Migas de pan en el bosque, como Pulgarcito. Al principio dejé que Straw creyera que yo estaba interesada en hacer el pase. Después, empecé a jugar con él. Mencioné el nombre de Denise y, al final, le dije que había hablado con Bobby Karnowski y él me había contado lo sucedido, lo que habían hecho. Lo habrían matado, pero yo me había puesto en comunicación con él, advirtiéndolo. Llegué a conocer muy bien a Bobby Karnowsky.

—¿Qué le dijiste?

—Mentiras. Que era amiga de Denise. Que ella me había hablado de él. Pero le pregunté si sabía que corría Fang por las calles y Straw y los suyos creían que era Karnowski quien lo fabricaba. Luego le dije que era una estupa; y se echó a llorar. Le propuse una colaboración; si él cooperaba, nosotros cooperaríamos. Yo quería nombres. Mira, una vez le hube hablado a Straw de Karnowski, el tiempo se nos echó encima. De esto hace menos de un mes.

—¿Por qué se lo dijiste?

—Karnowski no sabía ningún nombre. Sólo conocía a Straw. Lo mantuvieron fuera del juego. Pero aun así, Michael se asustó. Ésa era la cuestión. Yo eché leña al fuego. Él y su gente sabían que tenían que acabar con esto, de modo que vinieron hasta aquí. Se concertó una reunión. Yo sabía que iba a ser un baño de sangre. Pensaba llevarme a Kevin en el último momento, dejar que los que aparecieran se las tuvieran entre sí. Pero Straw llegó antes de tiempo, encontró a Kevin y encontró allí la droga. Supongo que se volvió loco. Ellos, quienesquiera que sean «ellos», vigilaban a todo el mundo a aquellas alturas. Sabían dónde vivía Kevin.

—¿Pero quién mató a Straw?

—No lo sé. Quizá fue Holt, pero no sé por qué.

—Y, por arte de magia, sucedió en las proximidades de mi hospital. Me cayó a mí, ¿sabes?

—Una fantástica casualidad. Yo no hubiera podido planearlo. Salió así. No sólo murió, sino que además tuviste que verlo.

El resplandor del fuego le circunda la cabeza, confiriéndole un aura, como si fuera un ángel. Un ángel vengador. Lancaster le acaricia los hombros y siente que un calor exótico lo recorre, de sus manos a sus hombros, a todo su cuerpo.

Le queda alrededor de un cuarto de la heroína y se hace rayas cada poco para que no se le pase el efecto.

—Eres compulsivo, ¿sabes?

—Tú has vuelto a abrir la puerta. ¿Más venganza?

—Supongo que sí. ¿Pero no comprendes que todo esto, todo tu sufrimiento, ha sido tanto en pro del conocimiento como en pro de la venganza?

—Conocimiento.

—La única forma de meterte en el asunto sin dejarte la posibilidad de no colaborar era involucrándote. No tenías más elección que volver atrás, para descubrir qué había ocurrido en realidad. Eso era lo más importante. Tenías que saberlo.

—Pero también me odiabas.

—Sí. Estaba equivocada, lo admito. De todos modos, ahora tienes que dejar la droga.

—La necesito para llegar al final de este asunto. La dejaré cuando termine todo. No me he metido tanta como para volver a engancharme. Puedo dejarla.

—A engancharte físicamente.

—¿Qué?

—No has tomado suficiente para tener dependencia física. Pero tienes que ser capaz de dejarla, Adrian. Tienes que estar mentalmente dispuesto a dejarla. ¿Puedes hacerlo?

Lancaster no quiere creer que tendrá problemas. Lleva limpio mucho tiempo. Esto sólo es una breve aberración, una experiencia extraordinaria. Cuando esto acabe ni tan siquiera le apetecerá tomar más.

—Después, te lo prometo. Entonces podré.

Al cabo de un rato se van a la cama. Ella está acostada apoyando la cara en el pecho de Lancaster y con una pierna sobre las de él. La oscuridad confina el dormitorio y, aparte de su voz, sólo se oye el repiqueteo del aguanieve en el cristal de la ventana.

—¿Podrías hablarme de ella? Quiero decir de cómo era en realidad. ¿Era fácil vivir con ella?

—Puedo hablar de ella —responde Lancaster—. No. No era una persona fácil.

—Nunca lo fue.

—Pero yo no buscaba a alguien fácil. En realidad no buscaba a nadie, pero era joven y ella era la clase de persona que te engullía.

—Sí. Era exactamente así.

—Si te quería, no tenías elección. Nunca te habías sentido amado de esa forma, cuidado así, jamás te habían hecho el amor ni mimado de esa manera, ni te habías sentido tan afortunado como cuando estabas con ella. Y cuando las cosas iban mal, te parecía que nunca habías cometido un error mayor que quedarte colgado de ella.

—Yo no tuve otra oportunidad. Era mía, simplemente.

—Sí.

—¿Te habrías quedado con ella?

—Sí —contesta al cabo de un momento—. Creo que sí. Me parece que nos habríamos desenganchado y que eso habría sido muy difícil, que hubiera podido hacer que todo terminara. Pero si lo hubiésemos superado, entonces, sí, en el fondo creo que habríamos seguido juntos.

En una ocasión, al principio, en la época de Ann Arbor, cuando Denise todavía vivía con Bobby, no mucho después, quizá tan sólo uno o dos meses después de que Lancaster se acostara con ella por primera vez, ellos dos solos fueron a los jardines botánicos que hay en la zona oeste de Ann Arbor. Ella llevó el almuerzo. Cuando lo dispuso en el mantel, Lancaster no podía creer que aquélla fuera su idea de un pícnic. Se componía de una botella de Moët, una ensalada de langosta con mayonesa hecha por ella misma en casa, pan de corteza gruesa comprado aquella misma mañana, una porción de un queso francés suave que él no había probado nunca y peras verdes de Anjou a trocitos.

Denise se echó a reír al ver la expresión de su cara y después le sirvió su ración con los dedos.

—Pero eso fue al principio —dice Storm.

—Ésa es la cuestión —responde Lancaster—. Continuó así. El último año, en el 84, cuando ambos estábamos increíblemente ocupados y muy nerviosos, tuvimos una pelea bastante dura por algo y justo después me tocó un turno de casi cuarenta y ocho horas en el hospital. Era un fin de semana de invierno y un par de internos estaban enfermos o algo parecido y uno de los médicos de plantilla no podía salir de su barrio. De modo que seguí trabajando. De vez en cuando echaba una cabezada, pero nunca más de una hora seguida. Y ese fin de semana hubo de todo, accidentes de coche, una electrocución, ataques cardíacos por doquier, sobredosis, congelaciones, un par de apuñalados, un balazo en la ingle... De todo, entraban a montones por la puerta. Y seguíamos trabajando. Tenía la sensación de que no había levantado los ojos de la camilla ni una sola vez en todo el fin de semana. Cuando por fin el lunes por la mañana, hacia la seis, me pude marchar a casa, estaba más que extenuado, ¿sabes? Te encuentras en un estado de entumecimiento; no sientes nada. Así que me voy a mi apartamento y entro. Intento no hacer ruido porque pienso que ella debe de estar durmiendo o a punto de salir con el coche para Ann Arbor. Pero allí, en medio del salón, Denise había extendido una sábana y, encima, había colocado un desayuno a base de café, zumo, buñuelos y fresas. ¿Dónde había conseguido fresas frescas en Detroit en pleno invierno? ¿Cómo sabía que iba a llegar a casa en ese preciso momento? Fue genial. Comí un poco y ella se quedó conmigo hasta que me dormí. Yo sabía que Denise estaba cansada y estresada. Ahora comprendo que estaba incluso peor de lo que entonces pensé, con Bobby y Straw detrás de ella. Pero solía hacer ese tipo de cosas. Tenía ese instinto y esa capacidad.

—Te quería.

Lancaster trae de la cocina un vaso largo de agua helada para cada uno, porque tienen la boca seca del alcohol que han tomado durante el día, y, además, un paquete de tabaco y un cenicero para Storm.

—Háblame de Holt —le dice él.

Storm se incorpora en la cama y enciende un cigarrillo.

—Creo que Holt se los sirvió a todos en bandeja —contesta—. Creo que era un topo.

—¿Por qué no dejar vivo a Straw, entonces?

—No lo sé. No sabemos qué pasó aquella noche.

—Eso no explica por qué me llamó, ni lo de la carta.

—Sí que lo explica. Como tú mismo dijiste, intentaba hacerte salir, porque yo le había mencionado tu nombre. Luego me llamó a mí, creyendo que yo sabía quién era el químico. Eso es lo que perseguía. Nadie sabía qué estaba pasando, Adrian. Trata de entenderlo. Cuando esta droga saltó a la calle, debieron perder la cabeza. Más tarde, cuando te arrestaron y pasaste a formar parte del tinglado, ¿cuánto tiempo crees que tardaron en darse cuenta de que eras el antiguo novio de Denise? ¿De que habías trabajado para Karnowski? Seguro que no mucho.

—Tienes razón —admite Lancaster—. Holt sabía quién era Straw cuando me llamó. Sabía lo de la cicatriz, conocía nuestro pasado. Eso significa que tenía que estar con ellos, quienesquiera que sean. Pero la pregunta principal sigue en el aire: ¿Quiénes son ellos?

—Hablaba en serio cuando te dije que ibas a ayudarme a descubrirlo. Ahora tienes que salvar tu propio pellejo. Es una situación en la que uno no puede echarse atrás. O sale el que está detras de esto o te las cargarás tú.

—No sé qué esperas que haga.

—Ve a ver a Brandon. Cuéntaselo todo y, luego, dile que yo seré el anzuelo. Dejadme ahí fuera y los atraeré. Como Denise, sólo que esta vez tú estarás allí, y la policía también.

—Pero piénsatelo un poco. Para empezar, a Denise le pusieron una trampa. La gente a la que acudió, la poli, o los federales, o quien fuese, estaban metidos en el asunto. Eso es lo que cree Brandon. No podían haberlo sabido de no ser por una filtración.

Storm se queda callada un largo rato. A la luz anaranjada que se enciende cuando da una calada al cigarrillo, Lancaster ve que tiene la cara mojada de lágrimas.

—Eso no puede ser una gran sorpresa para ti.

—No.

—La semana pasada, en mi casa, me dijiste que los estupas estaban detrás de Kevin. ¿Era cierto?

—Sí y no. Creo que Petie Boncaro, que trabajaba para él y era su amante, también se sopló acerca de Kevin.

—¿Por qué?

—Era un cobarde.

—¿Sabes que pienso? —dice Lancaster—. Creo que tienes que salir de este asunto ahora. Ya has hecho lo que tenías que hacer. Has fabricado la droga y la has hecho correr. El infierno que buscabas se ha hecho realidad. Ya te has vengado.

—No puedo, Adrian. Tengo que saber quién estaba detrás de todo esto.

—Creo que Brandon lo sabe.

—¿Quién es?

—Lo sabe él, no yo. ¿Quieres acudir a él?

—¿Sólo a él?

—Sí.

—¿Confías en él?

—Sí.

Storm apoya la barbilla en el hombro de Lancaster y él siente su aliento en la cara.

—Llama desde una cabina, para mayor seguridad.

32

La casa está demasiado silenciosa sin Lorraine. No se oye el vaporizador del humidificador, ni la tos que viene del dormitorio. Aunque ella estaba inválida y no podía hablar, su sola presencia hacía que aquello no estuviera tan silencioso.

Susan le ha preparado una buena cena, con salchichas, *sauerkraut* y patatas hervidas. Es toda una comilona y le sienta bien. El trabajo será levantarse y llegar a la silla reclinable de la sala de estar. Después de eso ya no importa nada.

Pero el teléfono suena entre la segunda y la tercera ración.

—¿Quién es?

—Soy Lancaster. Estoy en una cabina. ¿Tienes el paquete?

—Lo tengo.

—Tengo algunas respuestas. Puedo decirte de dónde sale la droga. He encontrado al químico. Pero ahora necesito que me digas lo que sabes, quién estaba detrás de esto entonces.

—¿Y luego me dirás lo que sabes tú?

—Ahora no.

—No es un trato muy bueno.

—Ha de ser de esta manera.

—¿Puedes entregar a Holt?

—No.

—Entonces, hay un problema. A estas alturas, la cuestión de la droga me tiene sin cuidado.

—Cada cosa a su tiempo.

—Lancaster, no sé qué estás haciendo ni qué crees saber pero, sea lo que sea, espero que aciertes porque están pasando cosas que apuntan hacia gente poderosa. Estamos pisando los talones a gente que puede devolvernos la pisada con mucha fuerza.

—¿Los talones de quién, Brandon?

—Quedemos en algún lugar. Sólo tú y yo. Tú me pasas tu información y yo te paso la mía. Toda.

—Pero Brandon, en el momento en que nos encontremos, en aquel preciso instante, estaré expuesto. No sabemos qué está pasando ni quién está al corriente de qué. Hubo filtraciones antes, y fácilmente podría volver a haberlas. Por eso quiero saber quién está detrás de todo esto. Dijiste que lo sabías.

—Dije que no podía probar nada. Tendrás que creer que lo tengo controlado. Nadie sabe que estoy hablando contigo. Pero, ¿qué me dices de ti? No sé con quién estás. No sé con quién has estado, con quién has hablado, quién te ha visto.

—Si nos encontramos tiene que ser en un sitio seguro. Y a solas.

—Lo haremos en un terrreno neutral, aislado, fuera de la ciudad. —Brandon echa un vistazo a través de la ventana de la cocina y mira el patio, bordeado por Elmer Creek en la parte trasera—. Donde encontraron a Straw. Ese sitio que llaman Suicide Park. ¿Lo conoces?

—Sí.

—Allí no hay nada.

—Mañana por la mañana a primera hora. Pongamos a las siete. Y los dos iremos solos.

Brandon saca brillo a la pistola del 44 y la carga con balas de fuego. Se pregunta, por supuesto, qué información tendrá Lancaster. Espera que sea buena, porque sabe que de no ser así, si no se aclaran las cosas, entonces, a pesar de la carpeta y la cinta que le ha entregado hoy, el propio Lancaster será el principal sospechoso de la producción de Fang. Y de ahí a los asesinatos sólo hay un paso.

Lunes

33

Más tarde, ella se despertó. Él la estaba mirando.

Se sentó y se apartó el cabello de la cara, dejándolo sujeto detrás de las orejas. El fuego del salón se había extinguido, pero había el calor de las brasas que brillaban en la oscuridad.

—Todo está listo.

—Necesitamos un punto de referencia. Quizá tengamos que separarnos. Las cosas pueden ponerse feas —dijo ella.

—¿Referencia? ¿Cuál?

—Estableceremos una par de sitios y horas. Si es posible, acudiremos a las dos citas, para fichar. Si ambos aparecemos, todo va bien. Si uno tiene que encontrar al otro, sabemos que, o bien estará allí, o bien se puede contactar con él dejando un mensaje.

—¿Qué ocurre si uno de nosotros no puede presentarse en ninguna de las citas?

Ella cogió el paquete de cigarrillos de encima de la mesita de noche y encendió uno; al darle una calada, su rostro quedó iluminado.

—Entonces, no apareciendo, ya hemos dejado un mensaje. Nos hemos comunicado. En primer lugar, hay este apartamento. Lo tengo de reserva, con dos llaves. Ocurra lo que ocurra, no podemos permitir que nadie más lo conozca. Es nuestro seguro de vida en caso de que algo salga mal. Si es preciso llevar a alguien a los otros lugares acordados, podemos hacerlo.

—Bueno, ¿cuál es la primera cita?

—El restaurante donde nos encontramos ayer noche. Vi que detrás de la puerta principal hay un tablero a disposición del público para dejar mensajes. Mañana por la tarde, a las cinco.

—El segundo lugar que sea en las afueras, en el mismo sitio en que he quedado con Brandon. En el Suicide Park. En el Mirador, junto al río.

—Pasado mañana...digamos que al mediodía.

—De acuerdo.

—Pero también quiero ir mañana.

—Puedes mirar, pero no puedes dejarte ver. Si recuerdo bien, hay bosques. Llegaremos pronto para que te puedas esconder. Pero allí no podrás fumarte un cigarrillo tras otro. Te descubrirán.

—Consiéntemelo ahora —dijo ella—. Y después confía en mí.

Eran las cuatro de la madrugada. Podían dormir otro par de horas.

Al levantarse, se hizo una buena dosis. Hoy no podía haber nervios, ni titubeos. Por primera vez desde que compró la heroína, decidió inyectarse. Utilizando una jeringa de tuberculina del número 25, se metió un pico subcutáneo en el antebrazo. No era lo mismo que hacerlo en la vena principal, pero incluso así el efecto fue intenso y supo que duraría. Necesitaba que durase.

Llegaron con más de media hora de adelanto, y hacía tanto frío, que pensó que no iba a poder resistirlo.

Aparte de que Storm tenía que esconderse, Lancaster quería llegar pronto a esta cita para observar el terreno, para ver hacia dónde podía escapar si era necesario. Pero no hay escapatoria.

Fueron en su LTD alquilado. Cuando llegaron todavía estaba oscuro. Permanecieron de pie durante un momento con la vista perdida en el vacío donde se perdía el río helado.

—El bosque queda a nuestra izquierda, al este —dijo ella—. Estaré por allí si me necesitas.

Una vez más, llevaba el capa negra con capucha para cubrir su chaqueta roja, para ser menos visible.

Él asintió. Tenía el 38 Especial de Brandon metido dentro del cinto, debajo del abrigo. Ella se había quedado el 357 de cañón más largo porque, según dijo, si tenía que disparar sería desde una distancia mayor.

—¿Llevas algo encima? —le pregunta él— ¿Para los nervios?

Ella le pasa un par de Valiums. Se los traga.

—Un beso —dijo ella. La besó una vez, dos veces, y luego ya no estaba allí.

A las 6.30 el cielo azul oscuro empezó a dar paso a un creciente resplandor que surgía del este del horizonte. A Lancaster siempre le han maravillado los amaneceres, en particular ese breve momento antes de que empiece de verdad a haber luz, cuando es más una raspadura de la oscuridad que otra cosa, una sensación de que pronto la noche habrá desaparecido.

A las 6.45, al hacerse más fuerte la oscura luz diurna, él ya está helado, con los pies entumecidos hasta las pantorrillas y los dedos de la mano convertidos en cubitos de hielo. Su aliento es humo. Brandon no llegará hasta dentro de quince minutos.

Entonces Lancaster oye que se acerca un coche a la zona de aparcamiento. El motor se apaga y una puerta se abre y se cierra.

Aparece un hombre en lo alto de la cuesta, pero no es Brandon.

El hombre avanza cautelosamente hacia él, con unos zapatos de ciudad que resbalan sobre la nieve. Viste tabardo de lana y bufanda de seda, y no hay duda de que debajo lleva traje y corbata.

No es alto. Cuando está más cerca sonríe. Lancaster no lo conoce, pero sabe que algo ha salido mal.

—¿Doctor Lancaster?

—¿Quién es usted?

El hombre tiene el cabello rubio y rizado, y continúa sonriendo. Lleva unas gafas de montura roja.

—Estoy aquí en lugar de Brandon. No ha podido venir.

—¿Cómo...?

—Soy el agente especial Kline. De la DEA —Muestra una placa, que parece auténtica—. Quizá Brandon ya se lo haya dicho; estamos investigando esta serie de asesinatos que ha habido por aquí recientemente. Esta mañana ha tenido problemas y me ha pedido que viniera a su encuentro, para que lo llevara a algún sitio a charlar.

—Ése no era el trato, maldita sea. ¿Se encuentra bien?

Kline pasea la mirada por la capa de hielo que recubre la nieve.

—No exactamente.

—¿Qué ha ocurrido?

—Ahora no puedo decírselo. Queremos ponerlo a usted bajo custodia y protección.

—¿Han disparado a Brandon?

—No puedo decírselo. Pero parece que la presión que estamos ejerciendo está surtiendo efecto. Usted necesitará protección.

—No necesito ninguna protección —dice Lancaster—. Le dije que lo vería a solas. Y así lo haré cuando sea posible.

Lancaster empieza a subir la cuesta en dirección al aparcamiento.

—No puedo dejar que se vaya. Tengo órdenes. Vayamos a algún sitio y hablemos. Le invito a desayunar.

—No —dice Lancaster por encima del hombro.

—¿Quiere que lo arreste?

Se detiene.

—Lo haré. Puedo hacerlo. ¿O quiere comportarse de manera civilizada?

—¿Puedo conducir?

—No. Pero si no quiere ser protegido, lo dejaré marchar después de haber hablado. En eso estoy de acuerdo.

Lancaster se gira para volver a hacerle frente.

—¿Lleva arma? —pregunta Kline.

Lancaster no está muy seguro de lo que tiene que decir.

El hombre avanza hasta Lancaster, lo rodea, y lo cachea de arriba a abajo. Encuentra el 38 y se lo quita.

Así que, ¿cuál es la alternativa? Mientras el hombre lo acomoda en el asiento trasero, Lancaster se las apaña para sacarse disimuladamente del bolsillo del abrigo y dejar caer al suelo las llaves del LTD. El coche se pone en marcha.

En su asiento trasero, Lancaster se da cuenta de que las puertas no tienen manijas, y de que han quitado los botones de las cerraduras de seguridad.

Está sucediendo ahora. Siente que está empezando el final.

Desde la carretera sucia y llena de baches se meten en la 57 en dirección al sur, hacia la ciudad. Cuando hacen el giro, Lancaster arriesga una mirada casual por encima del hombro. Allí, a unos quinientos metros, les sigue el LTD. Obviamente, su presencia no pasa desapercibida al agente.

Conduce despacio, intentando no perderlo. En lugar de seguir la circunvalación de la ciudad, se dirigen hacia las estrechas calles del centro. De vez en cuando se oye algún bocinazo. Las calles están llenas de nieve a medio derretir.

Se meten por un estrecho pasaje entre el restaurado Teatro de Morgantown y el edificio de un banco, que al cabo de pocos metros desemboca en un aparcamiento público. Llega un momento en que entre los edificios, la nieve y los árboles, quedan bastante escondidos. Kline detiene el coche, bloqueando el callejón.

Lancaster se vuelve para observar. Storm ha llegado detrás de ellos.

Ella se da cuenta demasiado tarde de que se ha metido en una trampa.

Kline sale del coche, apoya una pistola con silenciador encima del capó, y apunta.

Storm se tira encima del asiento. Pero no la está apuntando a ella. La pistola hace poco ruido. El neumático delantero de la derecha explota.

De un salto se vuelve a meter dentro y arranca. Sin apurarse.

—¿Puedo preguntar? —dice Lancaster—. ¿Qué coño es todo esto?

—Se suponía que iba a estar solo. Ése era el acuerdo.

—Cuénteme todo lo que sabe del acuerdo.

Continúan hacia el sur hasta que han atravesado totalmente la ciudad, después giran hacia el este, y al siguiente cruce, otra vez hacia el sur, hasta que sólo aparecen campos en barbecho y el cielo gris y bajo, y los cadáveres lejanos de árboles sin fruto que marcan los límites de las propiedades, y barrancos y lechos de riachuelos.

Después de algunos kilómetros más, vuelven a girar, metiéndose en un pequeño espolón cubierto de nieve entre dos campos, y se paran en el camino frente a una vieja granja aislada recubierta de madera situada cerca del arcén. Detrás de ella, descansa un granero en su lento pero inexorable desmoronamiento. Lancaster no ve señal de vida.

—El desayuno —dice Lancaster.

—El mejor que se puede encontrar —dice Kline. Mete el coche en el granero, y lleva a Lancaster hacia la casa.

Dentro hay otro hombre, mucho más elegante incluso que Kline.

Tiene el cabello plateado y bien cortado. Sus ropas parecen caras. Lleva un traje de ejecutivo y zapatillas de seda debajo de un delantal blanco y largo. No cambia de expresión cuando Lancaster hace su entrada. Está preparando desayuno para tres, y muy bien por cierto, a juzgar por el olor, piensa Lancaster.

34

Son las ocho bien pasadas cuando Brandon llega a la zona de gravilla del aparcamiento del Mirador, y ve un LTD con una pegatina de coche alquilado y un neumático provisionalmente hecho un buñuelo en la parte delantera derecha.

Antes de que el coche se detenga, ya está fuera y ha echado a correr.

Sin embargo, cuando llega al terraplén y baja por la pendiente hacia la barandilla, la única figura que ve es la de una mujer acurrucada sobre el suelo, que se abraza a sí misma y se balancea hacia delante y hacia detrás. Reduce el paso, luego se detiene por completo y observa.

Storm está llorando. Se arrodilla junto a ella. La contusión de la frente causada por el accidente ya ha desaparecido. Los puntos de sutura ya no están.

—¿Qué te pasa?

—Me he hecho daño en la rodilla. Ya me pondré bien. Tienen a Adrian.

—¿Qué ha ocurrido?

—Alguien vino a buscarlo. Un hombre. Me di cuenta de que algo no funcionaba. Te estaba esperando a ti, ¿no?

—Sí. ¿Qué aspecto tenía ese hombre?

—Bajo y rubio.

—Kline.

—Enseñó una placa. Yo estaba en ese bosque de allí, escondida. Salí corriendo y les grité que pararan. Resbalé en el hielo, o en algo, y me caí. Se llevó a Adrian a su coche y se largaron.

—Vamos. Te ayudaré.

En su casa vacía encuentra algunas vendas y hielo para la rodilla, después hierve el agua para el té. La ayuda a instalarse en una butaca que le permite poner el pie en alto.

—¿A qué hora ha llegado?

—Poco después de amanecer. Me he sentado en el coche un rato para calentarme. Luego he decidido dar una vuelta. Entonces me he vuelto a caer. Sabía que vendrías. ¿Dónde has estado tanto rato?

—Me han pinchado dos ruedas con un cuchillo.

Storm se queda reflexionando.

—¿Crees que...?

—Sí.

—Anoche sólo te llamó a ti. ¿Quién podría...?

Brandon se lleva los dedos a los labios y la interrumpe, y entonces ella lo comprende.

—¿Estabas con él? —dice Brandon.

—Sí.

—Has estado con él.

—Sólo las últimas veinticuatro horas, más o menos. Antes él estaba en otra parte.

—¿Por qué lo ayudas? ¿Qué hay entre vosotros?

Ella se encoge los hombros.

—No soy de mucha ayuda. Le cuento cosas que recuerdo de Kevin. Estoy enamorada de él.

—Santo cielo. —La tetera lanza un pitido agudo—. ¿Qué pista creía estar siguiendo? —pregunta desde la cocina.

—No lo sé. Crees que he dicho a alguien que tenías cita con él, ¿verdad? No he podido decírselo a nadie. He estado con él todo el tiempo.

—Si tú lo dices...

—¿Crees que iba a meterlo en una encerrona y después vendría aquí a sentarme en la nieve y esperarte?

—No lo sé. —Le pasa una taza de té.

En el arcén de la carretera aparca una furgoneta y sale un hombre con abrigo que se dirige a la casa. Lleva un maletín abultado. Antes de que llegue a la puerta principal, Brandon ya le ha abierto y el tipo entra sin cruzar palabra. Echa una mirada a Storm, después dirige toda su atención a la casa.

Saca de la cartera un equipo electrónico, que incluye una especie de varilla doblada, que enchufa en un contador. Después empieza a moverse por la habitación y acerca la varilla a las lámparas y los cuadros. Cuando acaba con la sala de estar, continúa en otras partes de la casa.

—Es alguien que he contratado —le dice Brandon en voz baja.

Ella asiente con la cabeza.

—Podríamos irnos de aquí.

Ella vuelve a asentir.

Se la lleva consigo y se dirige a la ciudad. No se fía de ella ni un pelo, pero prefiere esperar a ver qué resultados da el técnico en reconocimientos. Si no hay micros, seguro que la chica le ha tendido una trampa. En cualquier caso, imagina, si es una jugarreta suya, significa que ella sabe algo que él debería saber. Y si no es así, ha sido la última en ver a Lancaster y quizá ha oído algo importante. De cualquier modo, ella es lo único que tiene ahora.

Desde una cabina pública marca el número de Ellen y deja un breve mensaje en el contestador referente al secuestro de Lancaster.

El próximo paso consiste en ir al juzgado acompañado de Storm. Quiere que lo vean con ella. Si alguien sabe quién es, si la han visto al llevarse a Lancaster, quiere que piensen que anda detrás de alguna pista, quizá eso les haga decir algo.

Pero nadie presta mucha atención. Kline no ha aparecido; Lou está pegado al teléfono; los otros federales andan todos atareados, encorvados sobre sus diferentes cometidos.

Se dirige a Storm:

—¿Qué quieres hacer? ¿Tienes algún plan?

—No.

—¿Alguna idea sobre cómo encontrar a Lancaster?

Ella saca un cigarrillo y revuelve su bolso.

—Toma —dice él, dándole fuego. Ella inhala y exhala, delicadamente.

—Depende de la habilidad que tenga Adrian para mentir —dice—. Tal vez podría tener algunas ideas.

—Brandon —entra Spinner—. Te he intentando localizar. —Spinner mira a la chica un momento, después vuelve a Brandon—. Jimmy tiene resultados sobre... ¿nos perdonas?

—Claro —contesta ella. Se va cerca del ascensor, porque hay un cenicero adosado a la pared.

—¿Quién es?

—No importa —dice Brandon—. ¿Qué ocurre?

—Mira —dice Spinner, alcanzándole un informe—. Una huella del gatillo del 30.06 que había en el Washington. Jimmy consiguió una pareja nítida.

—¿Sí?

—Es extraño. No sé cómo interpretarlo.

—Ya sabes que somos los únicos que estamos al corriente —dice Brandon—. Tú, Jimmy y yo.

—Ya lo sé.

—¿Eso te preocupa?

—No. ¿Debería preocuparme?

—¿Y a Jimmy?

—Está de acuerdo. Hará lo que le digas, ya lo sabes.

—Lo retendré un poco más. Después lo entregaré.

—Cómo tú digas.

—Kline tiene a Lancaster.

—No jodas —dice Spinner—. ¿Qué...?

—No lo sé. Creo que han puesto micrófonos en mi casa. Esta mañana tenía una cita secreta. Al salir de casa, me habían rajado las dos ruedas de delante. Lancaster ha sido secuestrado. ¿Kline no ha aparecido por aquí?

—Para nada. He estado aquí toda la mañana.

—Entonces tiene al médico escondido en algún sitio. Ya me estoy volviendo a poner nervioso. Esto no me huele nada bien.

Brandon recoge a la chica y se marcha.

35

Mientras el tipo alto cocina, Kline conduce a Lancaster a una sala de estar escasamente amueblada. Se sienta en una silla de madera junto a una vieja mesa de café amarilla, frente a Lancaster, a quien le dan la silla plegable de jardín que es un poco más cómoda.

—Soy Julian —empieza—. Tú eres el doctor Adrian Lancaster.

Lancaster no dice nada.

—¿Correcto?

—Sí.

—Eres uno de los jefes del servicio de Urgencias del Hospital General del condado de Morgantown.

—¿Me lo está preguntando?

—Sí.

—Ah —dice Adrian—. Sí.

—Fuiste arrestado hace ocho días...

Y continúa así, nombrando los hechos que constituyen la vida de Lancaster, y éste corrigiendo cualquier pequeña imprecisión. Se remontan a la época de Denise: el tinglado en el apartamento de Adrian, la adicción, Karnowski, Straw, el traslado a Detroit, el arresto. Todos los puntos álgidos. Tal como hizo antes con Brandon, Lancaster niega haber sabido algo referente a la fabricación de sintéticos por parte de Denise.

—De acuerdo —dice Kline—. Ahora. ¿Conoces a Elisabeth Richards?

Esta pregunta lo deja helado por un momento.

—Era la hermana de Denise.

—¿Era?

—Es, supongo.

—No la conoces.

—No.

—¿Alguna vez te has encontrado con ella?
—No.
—¿La has visto en alguna ocasión?
—Hace dos días, por primera vez.
—¿Qué?
—Encontré una foto suya de cuando tenía doce o trece años. Nunca la había visto antes. Denise nunca me habló de su familia.
—¿Dónde está esa foto?
—En... mi casa.
—¿Quién nos estaba siguiendo?
—Una chica llamada Storm. Tan sólo una amiga.
—La amiga de Kevin Babcock, que fue a verte a la clínica.
—Sí.
—Dijo que había hablado con el hombre llamado Arnie Holt. Más tarde, Holt se puso en contacto contigo en la sala de Urgencias. ¿Lo habías visto antes de eso?
—No lo he visto nunca.
—¿Has hablado con él antes, o desde entonces?
—No.
—Pero recibiste una carta suya.
—Sí. Eso es todo.
Julian Kline se vuelve a sentar, entrelaza los dedos por detrás de la cabeza, y clava la mirada en Adrian.
—Mierda —dice.
—Si me dice qué está buscando, quizá...
—James.
El cocinero entra en la habitación. Lancaster se pregunta qué ha podido oír desde la cocina. Todo, probablemente.
—Ya conoces mi teoría —dice James.
—Un alias doble —dice Kline.
James asiente.
—Ahora, si es que puedo interrumpir...
—¿Está preparado? —pregunta Kline. Y a Adrian—: Comamos.

El desayuno es excepcional. Gachas de avena y embutido de ternera, patatas fritas y huevos pasados por agua, panecillos tiernos de canela y zumo. James prepara platos enormes y los sirve. Lancaster no recuerda un desayuno como éste, y le resulta difícil superar la incongruencia de estar cautivo en una granja semiabandonada en medio de la tundra de Michigan y comiendo de modo tan abundante.

—Incluso en el desierto, en un escondite, lo principal es una buena comida —dice James, el cocinero—. Uno tiene que negarse a pasar sin ella, simplemente.

Durante la comida Kline apenas habla y James no dice nada en absoluto. Los tres se limitan a comer. Es muy extraño.

Después, vuelven a llevar a Lancaster a la sala de estar y, esta vez, le dan la silla de madera. Kline se sienta frente a él y James en un taburete en el otro extremo de la habitación.

—Empecemos donde lo dejamos —dice Kline—. ¿Conoces a alguien que pueda ser Elisabeth Richards?

—¿Cómo dice?

—Alguien que atendiera por otro nombre pero que en realidad fuese Liz Richards. Quizá ella, o él, guarda algún parecido con la vieja foto. Quizá se parece a Denise.

—No —dice Lancaster—. Lo siento. ¿Me quieren decir de qué va todo esto?

Kline rebusca en el interior de su chaqueta y saca un pedazo de papel.

—Una serie de asesinatos, obviamente relacionados. Uno o quizá dos asesinos. Tenemos acceso a un ordenador muy inteligente que hace toda clase de cosas maliciosamente complejas, como comparar huellas digitales a nivel nacional, buscar asesinatos similares en otras zonas, comparar tipos específicos de compuestos químicos, fibras, vidrios o metales encontrados en las escenas del crimen por todo el país. Pero este ordenador también hace operaciones sencillas que a veces pueden abrir un caso. En esta ocasión, la respuesta era la más sencilla. Tu paquete de información procedente de Denise nos llegó a través de Brandon. También la carta de Holt y las notas que tomaste sobre la conversación telefónica. Hemos estado haciendo una lista de todos lo nombres que han aparecido desde el principio.

—¿Y qué?

—Pues que el ordenador realizó la pequeña operación

estándar que siempre lleva a cabo con los nombres conectados con una serie de crímenes. Analizó los nombres.

—¿Y cómo se analizan los nombres?

—Por su ortografía, doctor. Por las letras. —Hace una pausa, obviamente complacido consigo mismo y con su perspicaz ordenador.

—¿Y?

—Esto quizá te parezca exagerado, pero ten paciencia. Y ten presente la mentalidad de la clase de personas que cometen extraños crímenes en serie. A veces son muy inteligentes, y muy bizantinas en su manera de pensar.

—Soy todo oídos.

—Cuando Holt te llamó a Urgencias, dijo algunas cosas poco corrientes. Dijo: «Arnie Holt es el nombre perfecto, ya lo descubrirás... el nombre de un rey, de una bestia.» Así que el mensaje que recibiste procedía de un Cruzado Real.

—Algo así.

—Arnie Holt tiene nueve letras. Letras que se pueden ordenar de otro modo y formar nuevas palabras. Sucede que colocando de otra forma esas mismas nueve letras formamos el término *Lion Heart,* Corazón de León. Un nombre es el anagrama del otro —Kline le tira el bolígrafo y el trozo de papel a Lancaster—. Inténtalo tú mismo.

Lancaster se siente indispuesto.

—¿Coincidencia? —dice Kline—. Imposible. Es común entre los asesinos en serie utilizar alias anagramáticos. De algún modo, los consuela.

—Corazón de León —dice Lancaster.

—Un rey, una bestia —dice Kline, inclinándose hacia delante, sonriendo—. El rey que es un corazón de león, doctor, un cruzado. ¿Cómo se llamaba?

—Ricardo —dice Lancaster.

—Eso es. El rey Ricardo. Richard. La cruzada de Ricardo. ¿Como en Denise Richards? ¿Elizabeth Richards? Enviamos las cintas con la voz de Holt a Washington, donde nuestros muchachos de audio las hicieron pasar por unos circuitos de diagnóstico de alta tecnología. Me han dicho que la voz había sido alterada electrónicamente. Creen que detrás se escondía la voz de una mujer.

—¿Arnie Holt es Denise Richards?

—No lo creemos. Creemos que Holt es la hermana, Liz.

No sabíamos nada de ella hasta que nos llegó tu información.

Arnie Holt es Elizabeth Richards. Esta frase se repite en la mente de Lancaster, pensando en la voz áspera del teléfono, ese extraño que nadie ha visto jamás, excepto en la semipenumbra de un bar o en la oscuridad de la noche, pero con el cual Storm dijo que había hablado varias veces. Liz Richards era actriz.

Pero Liz Richards es Storm.

Así que Storm es Arnie Holt.

Él sabe que es verdad.

—Oh, Dios mío —susurra Adrian Lancaster.

«No tuve que matar a nadie», le había dicho Storm. «Eso fue lo mejor.» Pero, ¿mató a alguien Arnie Holt? ¿Utilizó el alias para quedarse aparte de los asesinatos? ¿Posee una personalidad múltiple? ¿Es una psicópata?

El sábado por la noche, justo antes de volver, Lancaster fue al Instituto McGivvons, donde, según los recibos que dejó Denise, Elizabeth Richards había recibido tratamiento. McGivvons, le dijo finalmente una enfermera del turno de noche, era un hospital psiquiátrico. La mayoría de los pacientes eran casos graves y crónicos. Ella tuvo que ser la asesina de Straw. Y de Karnowski. A nadie más le importarían esos dos.

De eso se trata. Storm quiere saber quién más mató a su hermana, para asesinarlos.

Pero, ¿y los otros, Kevin Babcock y Petie Boncaro? Storm no tenía nada contra ellos. Distribuían su droga. Trabajaban para ella. O Tommy Winter, del que Brandon le había hablado. ¿Y Seth Babcock? Holt, o Storm, estaba en la moto de nieve, no disparaba.

Adrian Lancaster se siente mal. Un sudor frío le empapa la cara. Tembloroso, con náuseas, y un poco mareado, pide excusas y encuentra el cuarto de baño, donde se lava la cara con agua fría y se sienta, con la cabeza entre las manos, intentando pensar qué hacer. Pero tiene la cabeza muy espesa.

Un poco después se oye un golpe en la puerta.

—Doctor. Soy Kline. Llevas veinte minutos ahí dentro.

¿Veinte minutos?

—Pero si acabo de entrar.

—Mira el reloj, doctor. Entraste a las nueve treinta y cinco. Son casi las diez en punto.

Mira su reloj. Está borroso. No puede enfocar la vista. Entonces lo comprende todo y vuelve dando traspiés a la sala de estar.

—¿Qué era? —dice.

James le sonríe. Kline parece de piedra, y dice:

—Siéntate, doctor. Hablemos un rato más.

—¿Qué era?

—Triazolam. Te amodorrará un poco, te hará ser menos hostil. Después te meteremos en las venas un poquito de suero de la verdad y tendremos una charla. Para ver si hay algún cabo suelto. Es tán fácil olvidar cosas, reprimirlas. Creo que sabes quién es Liz Richards, lo reconozcas o no.

Lancaster se deja caer en la silla. La habitación gira a su alrededor. La voz de Kline es tranquilizante, sin embargo, un punto de estabilidad en un mar de confusión.

—Bueno, sois muy inteligentes —dice Lancaster. Articula muy mal las palabras—. Pero esta mañana me he inyectado una buena dosis de heroína, y además he tomado Valium, así que de momento la medicación me sale por las jodidas orejas.

Y dicho esto, se inclina hacia delante y cae al suelo, inconsciente.

A media tarde, vuelve en sí. Está en un dormitorio, que a juzgar por el ángulo que forman los árboles de fuera, se encuentra en la planta baja, atado a la cama. Le duele tanto la cabeza que al mirar la débil luz de las ventanas, ve colores a cada latido de su corazón.

No lleva más de un minuto o dos despierto cuando entran. Deben estar controlándolo por un monitor. La luz de la cabecera se enciende, haciendo que el dolor de cabeza ascienda a un nivel más agudo.

—¿Por qué hacéis esto?

—¿Sabes quién es Liz Richards? ¿Dónde podemos encontrarla?

—No, ya os lo he dicho.

James sujeta el brazo izquierdo de Lancaster, que ya está atado e inmovilizado. Lancaster nota el roce frío del algodón con alcohol o Betadine, sea lo que sea que estén usando.

—Ya os dije que no sé quién es. Nunca he visto a Arnie Holt. ¿Qué queréis de mí?

—Quiero sondear tu mente —dice Kline—. En alguna parte te has encontrado con Liz Richards. Quizá me mientas, o quizá no lo sepas de verdad. Pero te has encontrado con ella, y quiero saber dónde.

Siente una intensa punzada de dolor cuando James le clava con torpeza una aguja en la vena antecubital.

—Sois inhumanos —dice Lancaster. La habitación empieza a dar vueltas y a ponerse borrosa—. ¿Pentotal? —dice.

—Parecido —susurra Kline. Está en cuclillas, con los labios pegados a las orejas de Lancaster—. Surital. Es una de nuestras favoritas...

Después, Lancaster vuelve a quedar inconsciente.

Una noche, cuando estaban enamorados y viviendo juntos, Lancaster y Denise tuvieron una riña. El tema hace tiempo que ha sido olvidado. El motivo fue la tensión que estaban pasando debida a los efectos del síndrome de abstinencia. Se habían quedado sin nada. Donde quiera que Denise consiguiera la droga, fuera cual fuese la fuente, ésta se había secado. Lancaster estaba nervioso aquella noche. Sentía una sensación extraña en la piel, le hacía daño, y tenía dolor de cabeza y frío. Se habían metido el último pico por la mañana. Todavía no había entrado en el síndrome físico, pero los síntomas estaban empezando.

—Ya me encargaré yo de ello si tú no puedes —recuerda haber dicho.

Ella lo miró con los ojos enrojecidos. Quería que lo dejaran. Había una clínica de metadona, dijo. Podrían ir allí, tomarse un par de semanas de vacaciones. Pero él sabía cómo funcionaba la metadona. No muy bien. Conocía a esa clase de yonqui y eran los más patéticos. Ni siquiera tenían el valor de sus adicciones.

Se echó a reír de su pequeño chiste interno.

—Dirigiremos nuestra propia maldita clínica. Lo hemos hecho antes.

—¿Qué harás?

No quería besarla. No quería estar cerca de ella. No quería estar cerca de nada. Sentía una comezón. Tenía la piel reseca, escamosa y abierta, sentía grandes grietas esperando para abrirse justo debajo de la superficie. Se rajaría a lo largo de brazos, piernas y abdomen, y expulsaría los fluidos de su cuerpo.

Pero ella intentaba acercarse, rodearlo con los brazos.

—¿Qué harás?

Permanecía inmóvil, para reducir la sensibilidad, mientras ella lo desnudaba. Le faltaban dos horas para ir al hospital.

Desnudo, con el ambiente un poco frío, estaba tumbado en la cama, boca arriba, con la mirada fija en el techo, inmóvil, intentando no participar. Ella se puso encima de él, moviéndose hacia arriba y hacia abajo. Entró y salió de él. Se movió y se movió y finalmente él no pudo quedarse quieto. Le agarró un mechón de cabello y le tiró la cabeza hacia atrás, y le dio tal mordisco en el cuello que le hizo sangre. Ella gimió y lo abrazó con más fuerza.

Se revolcaron en el tormento. Denise se enroscó a su cuerpo y no quería soltarlo, no le dejaba coger aire, y se lo trabajó, se lo trabajó hasta que estuvo tan excitado que casi no podía controlarse.

Entonces lo tumbó de un empujón sobre la espalda, se montó encima de él e hizo que la penetrara.

La intensidad y la alta tensión de su excitación; ella, una tigresa rezongando y arañándole, con el pelo que le colgaba delante de la cara, estaba fuera de sí. Lancaster lo sentía junto con los efectos enloquecedores de su propia condición, la piel de gallina, un martilleo en la cabeza, el estómago hecho un nudo; al mismo tiempo, jamás se había sentido más potente, más sexual.

Cabalgaron, cada vez con más ímpetu. A la espera del punto álgido, los movimientos de Lancaster se acompasaban a los de ella, el efecto menguante de la droga lo retrasaba, impedía y a la vez realzaba tanto el principio de su eyaculación que pensó que ese momento nunca acabaría. Nunca se había excitado tanto. Nunca había sentido algo así.

Finalmente, sin embargo, se corrieron juntos. En el momento del clímax, él perdió todo control. Gritó. Se mordió los labios. Y ella... recuerda que la estaba estrangulando, rodeándole el cuello con las manos y apretándoselo hasta que la cara se le puso morada, los ojos saltones y babeaba. Y todavía seguían enganchados en su oleada. Entonces le soltó el cuello, retiró la mano, y le dio tal bofetada, tal golpe, que la tiró de la cama.

—¡Sigue! —fue todo lo que ella dijo.

Se arrastró hacia ella y acabó de follársela en el suelo.

Sólo años después recordaría esto y comprendería lo que había visto en su propio interior, el demonio que había podido entrever por un instante. Nunca antes había pegado a una mujer. Comprendió cómo la gente puede matar a otras personas. Sólo había un pequeño paso. Comprendió algo, sólo una noción, de Bobby Karnowski que antes no había comprendido. Y se preguntó si Denise y él podrían volver a hacer el amor.

Sabe lo que ella hubiera dicho, si hubiera tenido la oportunidad de preguntárselo:

«Siempre. Siempre se puede volver a hacer el amor. Hacer el amor es algo más que esto. Siempre puede haber amor después de la violencia. Te lo mostraré.» Eso es lo que habría dicho. Pero aquella noche robó la morfina, fue arrestado y lo separaron de ella. Su vida cambió. Estaba salvado. Y estaba condenado.

36

Storm y Brandon cenan juntos en el restaurante Bunnies', a sugerencia de Storm. Le ha puesto al corriente de los contactos que habían fijado de antemano. En el tablero para anuncios, sin embargo, no hay ninguna nota de Lancaster.

—Estoy preocupada por él —dice.

«Yo también», piensa Brandon. Es impredecible lo que los federales, libres de toda traba, son capaces de hacerle. Pero aun así, son oficiales de la ley. Hay límites de conducta que ni siquiera ellos pueden traspasar.

—¿Dónde es la próxima cita?

—Mañana al mediodía, donde me encontraste esta mañana. Estás solo ante el peligro, ¿no? —dice ella—. Más solo que la una.

—Eso parece.

—¿Quieres contarme lo que sabes? Tengo curiosidad por averiguar quién hay detrás de todo esto.

—Esta pregunta aún está pendiente de respuesta —dice Brandon—. ¿Te ha hablado Lancaster de su pasado, de Denise Richards?

—Bastante.

Brandon mira con ojos saltones su cara bonita, después enciende un pitillo y dice:

—Vámonos.

En el aparcamiento, en su coche, hace una cosa extraña. Mientras ella se abrocha el cinturón, Brandon estira la mano y le toca el cabello, pasándoselo entre los dedos. Storm se queda helada; no se mueve.

—Bastante corto —dice él—. Fino. Oscuro.

Deja caer la mano en el regazo. Ambos están contemplando la penumbra. Cuando la mano vuelve a aparecer, empuña el 44. Brandon aprieta el cañón del arma contra el cuello de Storm.

—¿Qué pasa con los hombres? —dice—. Cuando quieren hablar, me apuntan con una pistola.

—El coche del viernes por la noche, después de que os persiguiera Seth Babcock. ¿Se te ocurre algo?

—No.

—Había una pistola debajo del asiento del copiloto, una automática del calibre 25. Era tuya, ¿verdad?

—Puede ser.

—Estaba llena de tus huellas. De las tuyas y de nadie más.

—¿Y qué?

—La habitación seis treinta y ocho del hotel Washington Street, que es donde Holt vivía, estaba repleta de munición. De la positiva de un 30.06 obtuvimos una fantástica huella del índice. Una copia perfecta, colega, de la del calibre 25. Era tu dedo índice. El de Arnie Holt.

Ella no responde.

—Tú.

—Sí. Sabía que tus hombres vigilaban el lugar. Vosotros, sois todos tan obvios. Todos vosotros.

—Maquillaje. Barba.

—Acento. Dentadura. Un poco de relleno aquí y allá.

—¿Y lo de la voz? ¿Cómo lo hiciste?

Saca del bolso un pequeño aparato electrónico preparado para adaptarse al micrófono de un teléfono.

—Alterador digital de la voz. En los comercios se pueden encontrar versiones más chungas. Son para mujeres que viven solas, para que los que llaman piensen que allí vive un hombre. Éste es un poco más sofisticado. Se lo compré a un ingeniero electrónico que conozco.

—Por teléfono funciona. Pero, ¿y en persona?

—¿Con quién tenía que hablar? ¿Con quién estaba? Con Kevin, pero Kevin lo sabía. Me ayudó a prepararlo. Utilizamos a Holt como el mítico químico, visto, pero no oído, excepto cuando así lo quisimos. Un par de veces, me disfracé y fui con él al bar. Me llevó, tomamos un par de copas y me largué. La gente nos vio. Dirigí la operación de Petie y Seth por teléfono. Después hice alguna llamada más, informé de algún incidente, hablé con cierto médico.

¡Fua!, creé toda una persona. Te sorprendería ver lo fácil que fue.

—Fuiste con Seth al aeropuerto.

—Sí. Y, como Holt, me encontré, primero con uno y después con otro, con Petie y Straw. Ésas fueron las únicas ocasiones en que hablé directamente con alguien. Las tres veces era de noche, en el exterior, sin luz. Todas las veces tenía un conveniente y terrible dolor de garganta, y sólo podía hablar en voz baja. La mayoría de la gente carece de imaginación para cuestionarse lo que se les dice.

—Podría llevarte a cualquier sitio y matarte.

—Sería una estupidez. Nunca te las apañarás solo.

—¿A quién has matado?

—A Straw y a Karnowski.

—¿Y ya está?

—De momento.

—¿Straw mató a Kevin?

—Sí. No sé qué ocurrió exactamente, pero Straw dijo que a Kevin le entró miedo y lo atacó primero, que no había planeado matarlo. Quizá sea así, poque Kevin no les servía de nada muerto. Sea como fuere, se pelearon, y en la lucha Straw perdió el control y lo mató. Yo, como Holt, no fui a casa de Kevin hasta un rato después de que sucediera, pero Straw había regresado para encubrirse, para hacer que pareciera un suicidio. Convencí a Straw de que no estaba enfadado, de que Kevin me había estado haciendo la pirula y ahora quería encargarme yo mismo de mover la droga. Naturalmente, creyó que ya me tenía, que conseguiría la droga y después me mataría o me entregaría. Naturalmente, se equivocaba.

—Le pegaste fuego en el Mirador cuando llegó el *sheriff*.

—Justo cuando estaba llegando. Y sólo le puse Napalm en la manga, para asegurarme de que sobrevivía. Incluso así, mira como ardió.

—¿Estaba inconsciente?

—Semi. Lo golpeé con una llanta. Sabes que aún no lo has resuelto. Pensaste que habías dado con algo, pero todavía tienes asesinatos que resolver, detective. ¿Quién mató a Petie? ¿Quién disparó a Winter? ¿Y a Seth? ¿Por qué nos tirotearon a ti y a mí en el aeopuerto?

—¿Lo sabes tú?

—No. Fue un hombre.

—Por eso pensamos en Arnie Holt.

—Éste era un hombre. El mismo que tiró a Petie por el puente. Levantó a Petie como si nada.

—Las huellas de pisadas que había al otro lado del puente eran tuyas. Subían un tramo y volvían a bajar.

—Sí.

—¿Quién diablos eres realmente?

—Ésa es una buena pregunta.

—¿Lo sabía Kevin?

—No. Pensaba que era simplemente Storm, una licenciada en química.

—¿Me lo dirás?

—Si me garantizas una cosa. O me arrestas, en cuyo caso estarás solo y por tanto no conseguirás nada y morirás, o me cuentas todo lo que sabes. Todo, tengo que saberlo todo, entonces podré ayudarte. Entonces podré acabar esto.

—Una cosa o la otra —dice él—. Tienes mi palabra. Ahora habla.

Brandon guarda la pistola y enciende dos cigarrillos, uno para cada uno.

Antes de volver a la casa, Brandon se detiene en la cabina de una gasolinera y hace una llamada.

—Ya hemos terminado de buscar micrófonos —dice el que contesta, el mismo hombre que se había encargado del rastreo por la mañana—. Alguien te ha estado escuchando. Pero sólo a través de la línea telefónica. Ni siquiera creo que entraran en la casa. No hay micros en el interior, así que puedes conversar tranquilamente. Lo único que no debes hacer es utilizar el teléfono.

Brandon cuelga.

De modo que Kline no solamente tiene a Lancaster, sino que ha intervenido el teléfono de Brandon. ¿Y de quién más? Probablemente, de todo aquel que esté relacionado con el caso. Está claro que Kline se ha apartado de todos los agentes locales... ahora la operación es suya. Está intentando controlarlo todo. Lo que no está claro es quién lo controla a él.

Storm está instalada en el antiguo dormitorio de Susan, echando una siesta, libre de arresto. Brandon se ha percatado de que la cojera que fingía ha desaparecido. La caída en la nieve, la torcedura de la rodilla, todo era una farsa.

La casa está a oscuras excepto por una lamparilla de noche que hay en la cocina; Brandon oye un ruido en el exterior, y después alguien llama.

Se asoma por la ventana y ve a Byers ante la puerta principal.

—Date prisa —dice—. Me estoy helando.

—¿Qué haces aquí?

—Te dije que vendría si me necesitabas.

—¿Te necesito?

—Hoy he llamado. Me han dicho que estabas de baja indefinida por enfermedad. He preguntado por el caso, ya que estoy relacionada con él. Me han dicho que ahora es asunto de la DEA. «Y una mierda», me dije. ¿Tienes alguna noticia?

Brandon se echa a reír.

Él y Ellen se sientan a la mesa de la cocina. Primero hablan de Lorraine.

—Todo es diferente —dice—. He empezado a pensar que quizá debería quedarse allí.

—Quizá tanto por tu bien como por el suyo. A veces se nos permite desprendernos de alguna carga, ¿sabes? Ya has cumplido tu penitencia.

—Se trata tanto de Lancaster como de cualquier otra cosa —dice—. Ahora, cuando lo veo, o pienso en él, es como si fuera otra víctima de la mierda que ha caído sobre todos nosotros. Nada más. Probablemente ha hecho más bien que la mayoría de las personas. Más que yo.

—Es otra clase de bien —dice Ellen. Desliza la mano por la mesa y la pone sobre la de él.

Están a punto de revisar las ampliaciones de la foto de Denise que Brandon encontró en los archivos, cuando Storm aparece en el umbral de la puerta.

Brandon observa cómo Ellen mira a Storm. Hay algo en

sus ojos cuando mira a esta demente; Brandon cree que es, en gran parte, admiración.

—¿Te encuentras bien para mirar unas cuantas fotos? —dice él—. Puede ser difícil.

—Puedo mirarlas —Storm señala a Ellen con la cabeza—. ¿Está metida en el asunto?

—Del todo —dice Brandon.

Ellen saca una carpeta de papel de Manila de su bolsa. Primero desliza sobre la mesa una ampliación del rostro de Denise. Storm no reacciona; al coger la foto, se le endurecen las facciones del rostro.

—Probablemente es la última foto que le hicieron —dice—. Quiero una copia.

—Quédate ésta —dice Ellen—. He traído varias.

Storm se la lleva al salón.

—¿Qué más? —dice Brandon.

—Espera que vuelva.

Storm regresa al cabo de un minuto, compuesta, impávida, como si fuera de piedra.

—Es una foto muy notable —empieza Ellen—. Nunca se debió haber hecho, no porque salga Denise, sino porque también salen esos interrogadores.

—Los agentes secretos que vinieron de fuera.

Ella coloca la foto original que Brandon vio.

—¿Qué estáis pensando? —dice Storm—, ¿que esos agentes secretos vendieron a Denise?

—Uno de ellos, creemos —dice Ellen—. Le Seure todavía estaba en la DEA por esa época. Era unos meses antes de las elecciones. Pero, desde luego, no estaba relacionado con la mecánica propiamente dicha de la investigación. Necesitaba a alguien que estuviera dentro, alguien que estuviera cerca del confidente, para eliminar todo lo que pudiera involucrarle a él. No sabemos si Denise había oído hablar de Le Seure o no, pero él no quería arriesgarse.

—Así que puso a alguien para que la matara.

—Sí. Y por la cinta que le dejó a Lancaster sabemos que todavía estaba siendo utilizada por Karnowski y Michael Straw. Ellos fueron los que al final la entregaron. Ella pensaba que iba a una reunión de alto nivel con el tipo que estaba detrás de todo, con Le Seure. Llevaba un micrófono. Sólo que los que le pusieron el micrófono, esos agentes de la DEA, o al menos uno de ellos, sabían que no iba a regresar jamás. ¿Quién la mató? ¿Karnowski y Straw? ¿El agente secreto? ¿Le Seure? Probablemente, nunca lo sabremos. Por lo que a mí respecta, la mataron todos.

—¿Así que, quién era ese agente?

—Por eso estamos aquí —dice Brandon—. Para echar un vistazo a cada uno de ellos.

—Exacto. Sabemos que el hombre que está de pie junto a la puerta era un agente especial de la DEA que venía de Chicago —Ellen desliza sobre la mesa una ampliación suya de ocho por diez. Brandon se sorprende de la claridad de reproducción de la ampliación. Se aprecian los ojos de ese hombre mirando furtivamente desde el humo que sube del cigarrillo que sostiene en la mano. Tiene la cabeza un poco ladeada, como si se esforzara en escuchar lo que la chica está diciendo.

—Su nombre era Roger Markover. A los seis meses estaba muerto.

—¿Muerto? ¿Cómo?

—Un ataque de corazón, clasificado como cuestionable. No tenía ningún historial con antecedentes de enfermedad cardíaca, ni síntomas manifiestos de enfermedad o trastorno cardiopulmonar. Un chequeo reciente reveló que estaba en buena forma, tenía la presión baja, etcétera.

—El segundo hombre, el del sofá, de cara a nosotros, es un alguacil federal. —Pasa a la siguiente ampliación—. No asistió en secreto. Era un testigo real, un elemento neutral. Se retiró hace unos tres años, ahora vive en Cayo Largo, Florida. Anoche hablé con él. Afirma que no sabe nada. Se metió en esto y salió. No tuvo conocimiento de nada ilegal.

—¿Dice la verdad?

—Probablemente —responde Ellen—. No hay ninguna razón para sospechar que no es así. Y ahora, los tres que están sentados a la mesa, uno junto al otro, son más problemáticos. No pueden ser identificados. Iban todos de incógnito, presumiblemente eran de la DEA, pero no sabemos de dónde venían. De todos modos, es probable que todos ellos trabajaran en secreto. Habría sido imposible seguirles la pista.

Le pasa las fotos de una en una a Brandon. Primero, la foto de la mujer. No es una toma tan nítida como las demás. Está escribiendo algo, de modo que su cara está inclinada hacia abajo, no hacia la cámara. Tiene el pelo rubio y lo lleva recogido en la coronilla.

La segunda es la del hombre que está más cerca de la ventana. Descansa la mandíbula en una mano mientras contempla a Denise. Se está quedando calvo; tiene la cara medio girada desde la ventana.

La última toma, del tercer hombre, también es menos clara, pero mira hacia la ventana con la cabeza un poco agachada, cerca de la mesa, como si estuviera escuchando algo procedente de su superficie. Lleva gafas, barba y jersey de cuello alto. Parece más joven que los demás, ciertamente, más joven que ahora. Pero Brandon reconoce su cara bonita y su cabello rizado.

Storm también lo reconoce, del Mirador sobre el río Sorrow.

Es una foto de Julian Kline.

Martes

37

De mañana. Hace frío en el dormitorio. O es que él tiene frío y la habitación está templada. A Lancaster le castañetean los dientes; tiene espasmos en las rodillas. Sigue atado con correas y le escuecen las muñecas por la abrasión del cuero. Pero gracias a Dios, se le ha ido el dolor de cabeza. Se hace un autoexamen, tensando las correas, sintiendo los músculos y los huesos. No siente mucho dolor en ninguna parte, no parece que tenga nada roto ni desgarrado.

Huele como si estuvieran cocinando otro de sus desayunos. Se pregunta qué tienen estos tipos con los desayunos. Le parece raro que se tomen la molestia de traerse toda esa comida hasta aquí, y que pierdan el tiempo cocinando. Si por él fuera, sólo comería pan y bebería café.

—¡Hey! —los llama.

Kline asoma la cabeza.

—¿Tienes hambre? ¿Te apetece un poco del desayuno de James?

—Claro —dice Lancaster—. Pero esta vez aseguraos de que la dosis sea la correcta.

—¿Cómo íbamos a saber que ya te habías medicado?

—Exacto.

—En serio, ¿quieres comer?

—Que te den por el saco —dice Adrian Lancaster.

Lancaster está en el salón, sentado en la silla de madera, con las manos atadas detrás de la espalda y los pies atados el uno al otro. Kline lo mira con ojos malignos, se gira y le suelta una bofetada en la boca con el reverso de la mano. La fuerza del golpe los tumba, a él y a la silla, hacia un lado. Escupe sangre y se lame la herida del labio.

Kline vuelve a enderezar la silla. James el cocinero está sentado en su taburete en el lado opuesto de la estancia, contemplando.

—Hemos registrado tu casa. No hay ninguna foto —dice Kline—. Y sabías más de lo que nos has dicho. Viste el pase del aeropuerto. Viste el tiroteo. Y Elizabeth Richards está aquí. Tú la conoces.

—Hijo de perra —dice Lancaster. Para sus adentros, sin embargo, está encantado de que Kline no pronuncie el nombre de Storm. Quizá no lo haya soltado ni tan siquiera bajo los efectos de los narcóticos.

—Has hablado de un apartamento en el que estaba ella. Tú también estabas allí.

—No está allí.

—Tú dame la dirección.

—Te estoy diciendo que ya no está allí. Sólo pasó unos días conmigo.

—¿Cómo sabes que no está?

—Porque yo tengo la única llave. ¿Mola?

Esta vez Kline le propina un directo que arranca de la altura de la cadera y le da en toda la cara, volcando la silla hacia atrás. Lancaster se estrella de cabeza contra el suelo, y vuelve a quedarse aturdido unos instantes. Se atraganta con la sangre que le sale a borbotones de la nariz y gira la cabeza a fin de despejar los conductos respiratorios.

—Cuidado —dice James, desde su taburete.

Kline vuelve a poner la silla de pie. La camisa de Lancaster se va empapando de sangre. Mucha sangre. Una buena fractura de nariz. Sin embargo, el dolor es bueno. Disipa dudas. Agudiza facultades. Mantiene la boca abierta para poder respirar. Tose escupiendo sangre, que salpica la camisa blanca de Kline.

Con un movimiento rápido, Kline abre una navaja.

—Ya te lo he dicho, doctor Pico. Quiero enterarme. Si no me dices, además ahora mismo, dónde puedo encontrar a esta mujer, empezaré a amputarte.

—Se escapó. ¿Cómo puedo saber dónde está? ¿Cómo?

Kline hace un gesto de asentimiento. Se pone al lado de Lancaster. Con un movimiento casi imperceptible de la muñeca, lo corta. Siente un intenso dolor, seguido de una horrible comezón en la oreja y el calor de la sangre que le resbala por el cuello. No dice nada.

Kline sostiene en alto un pedazo de carne grisácea.

—El lóbulo de la oreja. ¿Captas? ¿Lo siguiente un dedo? ¿Un párpado? ¿El pene?

Anoche no compareció al restaurante. Hubiera debido servir de advertencia. ¿Habría recurrido a Brandon? ¿Sabría él algo? ¿Sabría que Kline estaba loco de atar? ¿Que esos idiotas habían enloquecido y estaban fuera de todo control?

Y entonces, en aquel preciso instante, Lancaster lo entiende.

—Tú mataste a Denise —le dice.

A Kline se le muda el semblante por unos instantes, se queda petrificado y lanza una mirada a James. Ésa es la respuesta.

—Rejodido asesino. Tú te los has estado cargando. Tú eres el asesino, ahora también, el de la máscara negra.

—Cierra el pico —dice Kline.

—Eres tú.

—¡Cállate! ¿Dónde está?

—Come mierda.

Kline hace girar la silla de modo que Lancaster queda de cara a la ventana. Agarrando el índice izquierdo de Lancaster, le coloca su propio pulgar sobre el nudillo medio y lo dobla hacia arriba hasta que se rompe con un crujido.

Lancaster grita.

Kline lo desata, dejándole las manos libres.

Tiene el dedo destrozado. Estruja el dorso de la mano izquierda con la derecha y se lo aprieta contra el muslo. Con la palma apoyada sobre la pierna el dedo roto señala hacia arriba de un modo grotesco.

Después de eso se echa a llorar, con unos sollozos atroces que le surgen del vientre y le recorren el pecho.

Reteniendo la respiración, se fuerza a volver a poner en su lugar de un golpe el dedo roto. Siente que se desplaza con un chirrido.

A continuación, se inclina hacia adelante y vomita entre las piernas.

Storm posee el arma. Storm posee el control. Storm lo ha empezado. Storm puede terminarlo.

A Lancaster no se le ocurre mayor venganza que dejarla suelta frente a esos tipos. No tienen ni idea de lo que se están buscando.

Se ha calmado un poco, a pesar de que le hace daño la mano con un dolor que jamás había experimentado.

Kline le acerca de nuevo la navaja a la cara, apuntando al ojo izquierdo.

—Te lo diré. Tienes que creerme.

—Qué.

—El lugar donde me recogisteis ayer.

—Sí.

—Tenía una cita allí este mediodía, con la chica llamada Storm, la de la rueda reventada. Es amiga de Liz. Me iba a llevar hasta ella. Sabe dónde está.

—Mientes.

—No me lo puedo permitir. No quiero perder nada más. Y ya no me importa. ¿Qué hora es?

Kline echa una mirada a James.

—Poco más de las diez.

—Pues vayamos allí a mediodía. Si no aparece nadie, tengo un número de teléfono. Podéis seguir la pista, obtener una dirección, encontrar a Storm.

—¿Nunca has estado en casa de esa tal Storm?

—No. Sólo la he visto un par de veces.

—¿Conoce a Liz?

—Son buenas amigas, según tengo entendido.

Kline vuelve a mirar a James y éste le hace señal de que se acerque. Hablan en voz baja.

—De acuerdo —dice Kline entonces—. Lo intentaremos. Si has mentido, nunca dejarás de lamentarlo.

—Te equivocas —dice lancaster.

38

I

En el Mirador brilla el sol como si el invierno hubiera terminado. Se refleja en la nieve endurecida, proyectando sobre el mundo un resplandor borroso. El río sigue corriendo por el dique helado.

En el extremo oeste del parque, al lado de un camino que se interna en un bosquecillo, Brandon está arrodillado detrás de un tocón. Tiene la Magnum 44 en el bolsillo del abrigo y, apoyada en el tocón, una escopeta de la policía calibre 12. Sabe que si Lancaster aparece, será una emboscada. Lancaster no vendrá solo.

Ellen ha tomado posición en el extremo opuesto del parque, donde empieza el bosque tupido. Debajo del abrigo, lleva uno de los chalecos Kevlar de Brandon.

Storm está apoyada en la barandilla que hay al borde del precipicio, visible, tal como lo ha querido. Él sabe que lleva una pistola en los vaqueros. Con la cantidad de armas que han confiscado en el hotel Washington, y aún se las ha arreglado para hacerse con una pistola. Al llegar, Storm estaba tiritando, de expectación, ha supuesto Brandon. La muchacha lleva puesto el otro de sus chalecos Kevlar.

Son casi las doce del mediodía.

II

Lancaster está completamente despierto. El efecto de las drogas ha desaparecido. Tiene la mano muy hinchada, tanto que no ha podido ponerse un guante. James lo ha ayudado a vendarla para estabilizar la fractura. La tiene metida en el interior de la chaqueta. La nariz también se le ha hinchado y le cruza la cara de un extremo al otro; sus ojos no son más que dos rajas y están ennegreciéndose muy deprisa. Le arde la oreja. Tiene la mente en blanco, tan en blanco como puede. Nunca ha pensado gran cosa de la muerte, excepto como en una fuerza invisible a la que hay que vencer en las mesas de los quirófanos de Urgencias. Nunca le ha preocupado su propia muerte. Tampoco ahora va a pararse a pensar en esta posibilidad.

Kline está junto a él en el asiento de atrás. James conduce.

Hace un día magnífico. Lancaster rememora la descripción que le hizo Storm del día que murió Denise, de la belleza de aquel otoño. Es gracioso que el hombre que tiene al lado estuviera allí entonces. Incluso era posible que la hubiera matado él. Quizá los dos estuvieron allí. Uno de ellos podía haber sido la última persona en tocarla viva.

—¿Te acuerdas de ella? —le pregunta.

Kline, que hoy ha cambiado su traje por unas botas y unos vaqueros, no reacciona.

—Sólo me pregunto qué sucedió, quién la mató. Sólo me pregunto si se lo vio venir.

—¿Quieres sufrir un poco más? —dice Kline—. ¿Quieres que vuelva a rajarte?

—No.

—Pues cierra la boca.

—Es mi coche —dice Lancaster refiriéndose al LTD—. Debe de estar aquí.

—Bien —responde Kline—. Excelente. Veamos qué tiene que contar esa chica.

—Tráela —ordena James—. Yo me espero aquí. Se está más caliente.

Los dos, Kline y Lancaster, atraviesan la zona de aparcamiento y bajan por la pendiente del parque cubierto de nieve hacia la barandilla. Allí espera una muchacha vestida con una chaqueta de color rojo. Está de cara al bosque, cerca del final de la barandilla, a unos veinte metros de donde se hallan ellos. Saluda a Adrian con la mano pero se detiene en seguida, al advertir la presencia del otro hombre. Mira a su alrededor, como si de pronto se asustara de que no esté solo.

«Bien por ti —piensa Lancaster—. Jódelo bien jodido.»

Se abren camino por la nieve hasta cubrir aproximadamente la mitad de la distancia que los separa de ella, cuando Storm les grita:

—Deteneos ahí.

—Oye, muchachita —dice Kline sin aminorar el paso en lo más mínimo y acercándose hasta quedar a pocos metros de distancia, con Lancaster a su lado.

—Adrian —dice Storm—. ¿Qué te han hecho?

—Storm, este hombre es un oficial federal. Está buscando a Liz Richards. Liz es Arnie Holt.

—Quiero que vengas con nosotros —prosigue Kline—. Vamos a poner fin a este asunto.

—Conocía a Denise —dice Lancaster—. La conocía de verdad, Storm.

—¡Cállate! —vocifera Kline. Le aparece la pistola con silenciador del 22 en la mano, apuntando a Lancaster—. Y tú —continúa, dirigiéndose a Storm—, saca las manos del abrigo y mantenlas a la vista. Date prisa o lo mato.

—Hazlo y morirás —responde ella.

—¿Qué...?

—Kline —grita Brandon—. Baja el arma. Apártate de ellos con las manos en la cabeza.

Kline, con los ojos muy abiertos, mira más allá de Lancaster. Brandon ha asentado la escopeta encima del tocón.

—Aléjate y baja la pistola.

—Si disparas ese cacharro lo matarás —dice Kline.

—Balas de plomo —grita Brandon—. Como las que utilizaste en el aeropuerto, ¿te acuerdas? Mucho más precisas.

—Lo mataré si no bajas el arma. —Kline tiene la pistola contra la sien de Lancaster.

—Y luego yo te mataré a ti, y me gustará. Si te rindes, conservarás la vida.

III

En el espacio abierto, con la capa dura que recubre la nieve y el aire frío, el sonido se propaga con facilidad. Se ha levantado una leve brisa, que resuena en el oído de Brandon. Por lo demás, reina el silencio.

—Una mierda —dice Kline.

—Tengo hombres apostados en el bosque que queda a tus espaldas. Tengo hombres que ahora mismo están acordonando los coches. Estás rodeado.

—¿Rodeado? Soy agente federal, Brandon. Sé muy bien dónde están tus hombres y no están aquí.

—Eres un asesino —dice Brandon—. Tú tiraste por el puente a Petie Boncaro. Disparaste a Tommy Winter. Eres el hombre de la máscara negra.

—Estás loco.

—Tengo una foto antigua, de hace seis años, en la que sales tú. Fuiste tú quien armó todo el tinglado. Trabajabas para...

—Eso es —oye Brandon, y la voz viene de su izquierda, de lo alto de la colina que lleva al aparcamiento. Un hombre con el cabello gris plateado le sonríe. Lleva una escopeta de caza con mira de alcance, una hermosa pieza, con la culata de madera oscura y el cañón y el percutor de metal negro, liso y mate—. Esto es el final, detective. No podía perdérmelo.

—Le Seure —exclama Brandon.

Le Seure dispara; la bala atraviesa unos matorrales que se interponen entre ellos y continúa hasta dar con el cuerpo de Brandon, que cae rodando hacia atrás, cruza el camino y se detiene en el borde del precipicio, debajo del cual el río fluye. El sonido hace eco en la nieve y en los árboles y en la orilla opuesta del río, reflejándose en la dureza de las rocas y del hielo, retumbando hasta perderse en la lejanía.

IV

—Brandon —dice Lancaster, pero en voz baja, casi para sí mismo.

—Le Seure —exclama Storm.

En ese momento ocurren varias cosas a la vez.

—¡Kline! —grita Ellen Byers desde su puesto de observación escondido— ¡Tira la pistola!

Le Seure, que se halla en el extremo opuesto del parque, se esconde de un salto detrás de un árbol y gira la escopeta en dirección a su voz, apuntando al bosque.

Kline, naturalmente, ha estado mirando a Brandon y a Le Seure, y luego el bosque en el que se oculta Ellen. Al darse la vuelta, ve que Storm tiene entre sus manos el 357, apuntándole a la cara. La pistola reluce bajo el sol de primera hora de la tarde.

—No te muevas —dice la muchacha.

Kline se queda petrificado.

—Tira el arma y vete hacia Le Seure, despacito, o te mato aquí mismo.

Kline obedece.

Lancaster se agacha y recoge la pistola de Kline.

—Arrodíllate detrás de mí, Adrian —le dice Storm.

Lancaster se arrastra por la nieve, sujetando contra el pecho con la mano rota el revólver de Kline. La tortura lo ha dejado en estado de *shock*; tirita con tanta violencia que no consigue ver con claridad.

Mientras Kline se da la vuelta, Storm agarra a Lancaster del cabello y lo arrastra hacia ella.

Con el apoyo de Ellen desde el bosque, y Kline como escudo, Storm y Lancaster están curiosamente protegidos.

—Dile que no dispare —dice ella—. Si alguien se mueve, morirás.

—¿Quién eres en realidad? —le pregunta Kline.

—Soy la persona que tú estabas buscando. Me llamo Storm. Me llamo Elizabeth Richards. Me llamo Corazón de León.

—Eres la hermana de Denise.

—Me llamo Muerte —grita en voz muy alta, para que se oiga desde lejos.

—Mátalo —dice Lancaster—. Mata a Kline.

Pero no lo hace. Kline es lo único que los mantiene vivos. Todos permanecen a la espera, Kline interceptando la trayectoria del disparo de Le Seure a Storm, Lancaster arrodillado en la nieve detrás de ella, ella encañonando con la pistola el cuello de Kline.

Han alcanzado un punto de estasis momentánea. Es el momento hacia el que todos ellos han estado avanzando desde hace años.

—Ahora ya sabes quién soy —vocifera Storm—. Y yo sé quién eres tú, James Le Seure. Sé que cuando Denise y su abogado fueron a la DEA, no tenían manera de saber que el jefe del distrito era el mismo hombre que estaba detrás de todo lo que ella había hecho, el hombre para quien había estado trabajando.

—Exacto —dice Le Seure.

—Pero, aun así, necesitabas un fantasma, alguien invisible y corrompido que estuviera dentro y te sirviera de ojos y de oídos, y te hiciera el trabajo sucio. Y ése era Julian Kline.

—Una chica muy lista —dice él.

—¿Qué coño estamos haciendo aquí? —vocifera Kline.

—Estamos saciándonos —contesta Le Seure.

—¿Qué hicisteis con ella? —pregunta Storm—. Eso es todo lo que quiero saber.

—Julian le inyectó su propia droga —responde Le Seure—. Le dimos una sobredosis por si algo fallaba y alguien la encontraba. Pero no falló nada. Boby y Michael le dieron un entierro corecto, una ceremonia anónima en una de esas zonas pantanosas de Battle Creek.

Lancaster se ha arrastrado hasta la barandilla, que utiliza de apoyo para levantarse. Ha vuelto un poco en sí.

—James Le Seure —grita Ellen Byers, con su voz incorpórea procedente de los lindes del bosque—. No tienes escapatoria. Quiero que ahora mismo tires el arma y te rindas.

Le Seure asoma por detrás del árbol, coloca la mira sobre los arbustos e intenta enfocar a Ellen.

—Aquí fue donde prendí fuego a Michael Straw —dice Storm.

—Era un idiota —replica Kline—. Babcock podía habernos dicho todo lo que necesitábamos saber. Pero Straw pensó que matándolo nos ayudaba a resolver nuestros problemas.

—Me encantó ver cómo se quemaba —continúa Storm—. Ojalá que hubiera podido quedarme a mirar un rato más. Se debatía y gritaba.

—Pero sobrevivió.

—Eso fue a propósito.

—Debes estar orgullosa de ti misma.

—No tanto como lo estaré cuando te queme a ti.

Ahora Lancaster se ha puesto de pie. Advierte algo a su izquierda, más abajo del punto de la barandilla en que se encuentra, algo que a los demás les pasa desapercibido. Levanta la pistola de Kline hacia Le Seure y suelta un grito para distraer la atención. Le Seure muerde el anzuelo y apunta a Lancaster, que tensa el cuerpo en espera del disparo inminente.

Suena una detonación, un rugido que no proviene de Le Seure ni de Ellen ni de Storm, sino de Brandon, que se ha arrastrado y se ha sacado del interior del abrigo la Magnum del 44 con su carga infernal. La bala de núcleo de mercurio alcanza a Le Seure en su rostro bien cuidado; le arranca el cuero cabelludo y le abre el cráneo, salpicando la nieve de materia gris. El disparo retumba en la nieve y sobre el río helado.

Pero esta distracción le da entrada a Kline. Tira al suelo de un golpe la pistola de Storm y se abalanza sobre ella, haciéndola caer hacia atrás. Luchan sobre la nieve, rodando en dirección a Lancaster tan deprisa que éste se ve obligado a apartarse para no ser derribado. Al intentar esquivarlos, resbala en el hielo, tropieza y pierde la pistola de Kline. Storm y Kline pasan dando tumbos por encima del arma.

Entonces, Kline levanta a Storm contra la barandilla. Ella le da un puñetazo en la cara con la mano libre y se echa hacia atrás para volver a golpearlo pero, de pronto, se detiene, petrificada. Kline le ha clavado el puño, y ahora Lancaster percibe la navaja que tiene en la mano. Kline se saca a Storm de encima de un empujón y la tira al suelo.

Ellen baja corriendo la pendiente hacia ellos.

Kline recoge su pistola y echa a correr hacia el bosque que bordea el parque por el lado oeste.

Ellen le dispara una vez. La bala restalla en la baranda y silba por encima del río. Kline le devuelve el tiro y desaparece entre la arboleda.

Ellen lo persigue.

Storm levanta la vista hacia Adrian, con la cara contraída de dolor y rabia.

—Vamos, ve —le dice—. Acábalo.

Lancaster encuentra la 357 de su padre en el lugar donde Storm la dejó caer cuando Kline se abalanzó sobre ella, y corre agachado hacia donde se han dirigido Ellen y Kline.

V

Brandon yace sangrando sobre la nieve. Le ha quedado el cuello torcido de tal manera que, a pesar de estar tumbado boca arriba, tiene una panorámica de la otra orilla del río, de aquel lugar hermoso y tranquilo.

Los oía hablar, a Storm, Le Seure y Kline. Está contento de haberlos oído. No estaba equivocado. Sus vísceras estaban en lo cierto. La apreciación que tenía de su gente y de su ciudad era lo que siempre había sido: exacta. Siente una especie de liberación. Está tranquilo. No le duele nada. La nieve lo sostiene.

Cierra los ojos.

Y de pronto deja de estar tumbado en la nieve al borde del precipicio sobre el río Sorrow. Se está elevando por el aire, mirando su antiguo cuerpo que se ha quedado sangrando allí abajo. Ve el cadáver de James Le Seure en lo alto de la pendiente. Storm está doblada sobre sí misma, abrazándose, siguiendo la barandilla en dirección a él.

Brandon sube.

Se le aparece una abertura, una entrada al aire que lo atrae.

Alguien lo saluda con la mano, haciéndole señas para que se acerque, animándolo a entrar. Es una mujer. Es May, su hija menor.

Es hermosa, como cuando estaba viva. Es joven. También él es joven.

VI

Cuando Denise fue a la clínica de rehabilitación de Royal Oak a visitar por última vez a Lancaster, se sentaron junto a una mesa en una sala de conferencias pequeña y de mobiliario barato. La única ventana era de paneles de vidrio grueso, que dejaban entrar los rayos de sol pero con una luz tenue y difuminada. No había salido desde hacía un mes, lo que es más, sólo había vislumbrado el exterior un par de veces, ya que aquí la mayoría de las ventanas estaban hechas de los mismos paneles de vidrio.

Harpo Epstein la había acompañado, pero al cabo de unos minutos los dejó solos en la sala. Denise encendió un cigarrillo y le ofreció otro a él, que aceptó a pesar de que no había fumado mucho desde su ingreso. Aquí, la mayoría de los pacientes consumía cigarrillos y café de un modo obsesivo, ya que éstas eran las únicas drogas que se les permitían, las únicas armas que tenían para calmar sus nervios. Pero pasados los primeros quince días de abstinencia durante la cual perdió conciencia, el tabaco había empezado a darle dolor de cabeza. Sin embargo con ella fumó. Necesitaba tener algo que hacer con sus manos para evitar tocarla. Sabía que si la tocaba sería mucho más difícil llegar hasta el final.

Lancaster llevaba tejanos y zapatillas y una camiseta vieja. Ella iba de vestido y chaqueta como si fuera a asistir a una reunión importante.

—He querido ponerme elegante para ti —dijo.

—Mejor que no —replicó él—. Ya es bastante duro así. Resulta más fácil si no tengo motivos para pensar en ti.

Esperaba que ella lo castigara, que le dijera que no era a ella a quien dejaba sino tan sólo la droga, que lo estaría esperando cuando saliera. Pero no dijo nada.

Entonces pensó algo que no se le había ocurrido antes.

—¿Y tú qué? —le preguntó— ¿Por qué no estás en tratamiento?

—Ya lo estaré. Pero aún no. Tengo algunos asuntos pendientes.

—¿Qué asuntos? —le dice, después le pregunta—: Sigues enganchada, ¿verdad? —Hace ademán de cogerle el brazo para subirle la manga y mirárselo, pero ella lo retira.

—¿Verdad que sí?

Denise lo mira.

—Adrian, tengo que irme una temporada, tal vez no me encuentres cuando salgas.

—¿Adónde?

—No lo sé. De verdad, no lo sé. Pero estaré en contacto contigo. Y pronto vendrás a verme. Te lo prometo.

—Denise, ¿cómo es que aún ligas caballo?

—No hablemos de eso, por favor. No debes hablar de eso. Tienes que olvidarlo. Ahora ése es tu trabajo, olvidar.

—Pero, ¿por qué? ¿Por qué no estás en tratamiento?

—Te lo contaré cuando volvamos a vernos. Es una historia muy larga.

—Me pillaron, Denise. Me estaban esperando fuera, en el aparcamiento. La cogí para ti, para que no tuvieras que sufrir tanto —Ya lo había hecho un par de veces, había robado morfina porque tenían poco suministro—. Lo hice porque tú lo querías.

—No —le dijo. Y Lancaster vio que se le llenaban los ojos de lágrimas. Denise se sacó un pañuelo del bolso.

—¿Quién se lo dijo, Denise? ¿Cómo podían saber que la había cogido? Fui prudente. Seguí los trámites. Sé cómo robar droga.

Ella le sonrió a través de las lágrimas, que no cesaban de brotar.

—¿Cómo, Denise?

—Yo los avisé, cariño. Fui yo.

Lancaster se quedó callado, mirando la mesa de fórmica, el cigarrillo que tenía atenazado entre los dedos, el humo que se elevaba en espirales por la habitación pequeña y mal ventilada. Dio una calada al cigarrillo y exhaló; luego hizo un gesto afirmativo.

—Lo hice porque necesitábamos que nos forzaran. ¿Lo comprendes? Alguien tenía que detenernos.

—No me des explicaciones —le dijo—. Algo así no se puede explicar con palabras.

—Pero quiero que lo comprendas.

—Lo comprendo. —Le devuelve la sonrisa y le limpia una lágrima de la mejilla. Sintió el calor de la piel de Denise contra su mano fría—. Lo entiendo. Yo también te quiero.

Lancaster aprendió un poco sobre cacerías cuando se trasladaron con su madre de Cleveland a este lugar apartado. Solían llevarlo los amigos, le daban una escopeta cargada y se iba andando por el bosque, la mayoría de las veces, observando cómo cazaban los venados y después ayudándolos a limpiar y a recoger. La quietud de estos bosques le recuerda aquellas cacerías, el acecho sigiloso, a la escucha del chasquido de una rama o del crujido de la capa de hielo al resquebrajarse.

Sólo se oye el rumor de la brisa entre las copas de los árboles.

Entonces lo oye, es un sonido que parece venir de distintas direcciones, aunque próximo, el restallido de una rama, el ruido de un cuerpo grande al atravesar la maleza.

Oye un disparo y, a continuación, el silbido del silenciador del 22. La nieve y los árboles absorben el sonido.

Rastrea las huellas a través de un tupido bosquecillo de zarzas, arbustos y hierbajos y sale a un camino de cerca de un metro de anchura que está despejado un tramo de casi dos metros. Allí hay huellas de una moto de nieve y, hacia mitad de camino, pisadas recientes de bota.

Ellen está tendida en medio del camino, desplomada contra el tronco de un árbol, con la cabeza enterrada en la nieve y las piernas abiertas.

Lancaster le da la vuelta.

—Vete —le dice ella—. Está aquí mismo.

Tiene el hombro izquierdo completamente desgarrado y al caer se ha hecho un corte en la cabeza.

Un pedazo de plomo se incrusta en el árbol y en seguida se oye el desagradable y sordo silbido del silenciador del 22. Se tira al suelo y rueda hacia delante, aterrizando encima de la mano rota. El dolor le deja sin aliento pero levanta la vista a tiempo para ver a Kline, que está corriendo, apunta con la 357 y dispara cuatro veces.

Kline desaparece en una curva cerrada.

Lancaster avanza arastrándose a lo largo de la barandilla y luego se incorpora y echa a correr agachado. Al llegar a la curva, se mete dentro, se detiene, avanza un paso, observa. Se da cuenta de que hay manchas de sangre en la nieve a la altura de sus pies. Sangre oscura, venosa, cuya pérdida no entraña peligro de muerte.

—¡Kline!—grita.

Cerca de su oreja izquierda, dolorida y ensangrentada, pasa un fuerte zumbido y, una vez más, el sonido de la pistola de Kline retumba y se absorbe en la nieve.

Al coger la curva, en lugar de seguir pegado a la barandilla, se adentra reptando en el bosque. Arbustos y ramas le azotan el rostro. Se siente atrapado, cogido en una ratonera, sin posibilidad de echar a correr. Entonces vislumbra un movimiento de color entre los árboles, levanta el arma, apunta y dispara dos veces.

No se oye nada, ni el rumor de un cuerpo al desplomarse ni el de un cuerpo que se da a la fuga.

Vuelve arrastrándose hasta la barandilla y avanza de rodillas sigilosamente para tener una buena panorámica de la curva. Contiene la respiración. Kline ha vuelto hacia él. Se encuentran cara a cara, a menos de dos metros de distancia.

Ambos empuñan sus armas.

—No te quedan balas —dice Kline—. Tiene seis disparos. Cuéntalos.

Lancaster aprieta el gatillo. El percutor martillea sobre una recámara vacía.

Kline baja la pistola y observa.

De nuevo, Lancaster intenta disparar y, de nuevo, el inofensivo chasquido hueco de metal contra metal.

Después, él también baja la pistola.

No importa. Se da cuenta de que todo ha acabado por fin. Sangre brillante asoma por debajo del abrigo de Kline, le cae por las piernas y empapa la nieve bajo sus pies.

Julian Kline da un paso hacia delante y cae muerto.

El piloto sitúa el helicóptero justo en el extremo opuesto del aparcamiento pavimentado, entre los dos coches. Por insistencia de Lancaster, no ha venido ningún traumatólogo ni ninguna enfermera de vuelo. Les ha dicho que él será el doctor. Hay que transportar a mucha gente y no habrá más espacio.

Cuando Lancaster salió del bosque, Storm sostenía la mano de Brandon en su regazo.

—¿Ha llamado alguien?

—No.

Había hecho la llamada desde el teléfono del coche de Kline. Al regresar, echó una mirada a Brandon, que ya no respiraba. La bala de plomo de la escopeta le había dado en la parte inferior de la caja torácica, perforándole el pulmón, rico en riego sanguíneo, y probablemente el hígado. Le abrió una grave herida de salida en la espalda. Con el equipo apropiado podría intentar cerrar el agujero e insertar un tubo pulmonar para darle respiración asisitida, pero Brandon ha perdido una gran cantidad de sangre. Lancaster levanta la vista hacia Storm y sacude la cabeza.

La navaja de Kline había herido a Storm pero el Kevlar desvió la cuchillada y el grosor de las prendas de vestir impidió que la herida fuera demasido profunda. La cuchilla penetró en la parte inferior del abdomen. Habría que lavarla y suturarla pero Storm no corría un peligro inmediato.

El *sheriff* Donner, sus agentes y la policía de Morgantown han empezado a llegar. Spinner Wharton está aquí, contemplando atónito la nieve salpicada de sangre del parque.

Mira a Brandon, que está sobre la camilla. Mira la cara amoratada e hinchada de Lancaster, su oreja ensangrentada y su mano vendada, mira a Ellen y a Storm que están siendo acomodadas en las camillas.

—El bosque —dice Lancaster señalando con el dedo—, Kline está allí, muerto.

Al cabo de un momento llega Lou Adamski y al ver a Brandon se derrumba.

Entonces aterriza un segundo helicóptero, el vuelo salvavidas de St. Rita, Ann Arbor, que se encontraba en la zona para transportar una urgencia preferencial.

—Hemos oído que teníais un buen cacao por aquí —le grita el doctor a Lancaster—, pero ¡Santo Cielo!...

Ellen, que está consciente pero pierde sangre, quiere ver a Brandon. Le han dicho que no saldría de ésta. Desde su camilla alarga el brazo para cogerle la mano. Murmura algo que Lancaster no llega a oír, y luego se lleva por un momento la mano de Brandon a su mejilla. El pajarraco de Ann Arbor la transporta sólo a ella, porque es la que más necesita atención inmediata. Despega al cabo de sólo siete minutos de haber aterrizado y se dirige hacia Morgantown.

—Nosotros iremos contigo —le dice Lancaster a su piloto—, Brandon, Storm y yo.

El piloto pone en marcha el motor y las aspas, y el aire barre el espacio a su alrededor.

Una vez que Brandon y Storm han sido atados, Lancaster levanta el pulgar y el piloto alza el vuelo. Pero cuando ya están en el aire, Storm se desabrocha las correas y se sienta.

—¿Brandon? —inquiere.

—Muerto —responde Lancaster—. No tenía ninguna probabilidad de sobrevivir.

—Lo siento, Adrian.

Lancaster abre con un gesto rápido la caja roja de metal que sirve de carrito de emergencias de a bordo y que contiene las medicinas y el material necesario en situaciones críticas.

Extrae el vial de morfina y una jeringuilla con aguja desechables.

—Ya no puedes —le dice Storm—. Se ha acabado. Me prometiste que lo dejarías cuando todo hubiera terminado.

—Puedo dejarlo —dice Lancaster—, sólo que ahora mismo...

Entonces se oye a sí mismo, como si fuera por primera vez, como si todos los cientos de veces que ha oído a los demás pronunciar esas palabras vacías y absurdas, como si las docenas de veces que él mismo las ha pronunciado, no hubieran existido. Pero ahora puede oírla, con su propia voz, la mentira. *Puedo dejarlo*. Siempre ha sido una mentira, una frase vacía, porque cuando sientes la necesidad eres capaz de convencerte de lo que sea. Pero nada es verdad, nada tiene ningún sentido, excepto de dónde vas a sacar la próxima dosis.

Mira hacia abajo, las carreteras y el tráfico.

—Lo necesito —dice.

—Ahora —responde Storm—. Ahora mismo, tienes que empezar a enfrentarte a esta historia.

—No puedo dejarlo así, sin más.

—Vale. Entonces hazlo bajo control. Pero no sigas picándote en el brazo. Esta vez no conseguirás salir.

—Va a ser más duro que antes.

—Prométemelo... Esperarás a llegar y entonces llamarás a alguien. Te vas a meter lo mismo, pero habrá alguien contigo, alguien que pueda ayudarte. Y cada vez que te metas un pico lo harás en compañía.

—Así lo haré.

—Tenlo siempre en cuenta.

Lancaster asiente.

—¿Me lo das?

—No me he puesto nada desde ayer por la mañana. Me duele todo.

—Ya lo sé.

Lancaster abre la mano y le muestra la palma abierta. Storm coge la ampolla de morfina y se la mete en el bolsillo de su chaqueta.

—¿Qué es lo que quieres? —dice por fin Lancaster— ¿Vas a quedarte?

—¿Tú quieres que me quede?

—Sí.

—Me pasaría los próximos treinta años en la cárcel si me quedara.

Lancaster asiente.

—¿Por qué no vienes conmigo?

Buena pregunta, se dice Lancaster. Por un momento se lo imagina, ser libre, viviendo los dos de las rentas de sus intereses. Es una idea atractiva y seductora, la sugerencia de esta libertad. Es la fuente del poder de Storm, ya se da cuenta. Pero del mismo modo que su imaginación se abre a esta idea, un instante después vuelve a cerrarse. Ahora mismo, aquí mismo, nadie puede hacer lo que puede hacer él. Lo necesitan. Éste es *su* poder. Esto lo obliga. Y sabe que así tiene que ser.

—No puedo —responde él.

—Ahora todo ha terminado.

—Tanta destrucción... —dice.

—Diles que te he amenazado con una pistola, que he secuestrado el helicóptero. Así no tendrás problemas.

—¿Necesitas ayuda?

—¿Para eso? —Se toca el vientre— Haré que me lo curen.

—No me refería a esto. Sé lo del instituto McGivvons. Sé que estuviste allí siguiendo un tratamiento. ¿De qué se trataba?

—Depresión aguda crónica reactiva, me dijeron. Empezó después de que muriera mi padre. Pero sólo era paciente externa.

—Hasta la muerte de Denise. ¿Tenías más familia?

—No. Ella era toda mi familia. Entonces me admitieron como interna.

—¿Cuánto tiempo pasaste allí?

—Casi tres años con interrupciones. Salía por períodos de corta duración, seguía con los estudios por otro semestre. Hice cuatro tentativas de suicidio, una de las cuales fue casi definitiva. Me pasé dos semanas entubada en cuidados intensivos. Pastillas y whisky. Pero ahora no necesito ayuda. Precisamente ahora no.

Fija su mirada en los bonitos ojos de Storm y se pregunta si algún día volverá a verlos.

—Quizá algún día —dice ella como si le estuviera dando una respuesta.

Lancaster se encoge de hombros y luego se inclina hacia delante y le toca el hombro al piloto.

—¿Puedes detenerte sólo un momento? Volveremos a subir en seguida.

—¿Qué pasa?

—Tú hazlo. Te lo explicaré después.

El piloto asiente, hace girar el pajarraco en círculos estrechos y baja en espiral hasta aposentarlo sobre un campo cubierto de nieve. Unos cuantos cientos de metros hacia el este discurre la State Route 57. Lancaster la señala con el dedo.

—Vete al médico. Se te va a infectar.

—Me pondré bien —dice Storm.

—Ya sé que sí.

—Denise te lo agradece. Dondequiera que esté su alma, Denise lo sabe.

Storm se inclina hacia él y lo besa en la mejilla, y luego se abre la puerta, y el viento y la nieve irrumpen haciendo remolinos, y Storm pone los pies en tierra y echa a correr. Como es habitual en ella, piensa Lancaster, no mira hacia atrás.

Mientras ellos cobran altura Storm se aleja rápidamente, y en seguida lo único que Lancaster puede ver es el nilón rojo de su chaqueta, un punto diminuto que ahora está llegando a la carretera que la llevará de vuelta al anonimato del cual surgió.

Lancaster alarga el brazo y toma en su mano la de Brandon, fría como el mármol. Cuando ya ha perdido completamente de vista a Storm, mira hacia adelante por la ventana de la cabina.

Morgantown asoma por el horizonte, y después en seguida llegan a casa.

Impreso en el mes de mayo de 1995
en Talleres Gráficos DUPLEX, S. A.
Ciudad de Asunción, 26
08030 Barcelona

CRAIG HOLDEN

RÍO SIN FONDO

Planeta / Seix Barral

Foto de la cubierta, © Saki Sakakibara/Photonica

Título original:
The River Sorrow

Traducción de
Maite Cirugeda Galés

Primera edición: mayo 1995

Córcega, 270 - 08008 Barcelona

ISBN: 84-322-4039-7

Depósito legal: B. 19.167 - 1995

Impreso en España

A Lisa, que resistió
y
a Alex, que llegó